SEM TEMPO PARA
DESPEDIDAS

LINWOOD BARCLAY

SEM TEMPO PARA DESPEDIDAS

Tradução de
BEATRIZ HORTA

1ª edição

EDITORA RECORD
RIO DE JANEIRO • SÃO PAULO
2013

CIP-BRASIL. CATALOGAÇÃO NA FONTE
SINDICATO NACIONAL DOS EDITORES DE LIVROS, RJ

Barclay, Linwood
B189s   Sem tempo para despedidas / Linwood Barclay; tradução de Beatriz Horta. – Rio de Janeiro: Record, 2013.

Tradução de: No Time for Goodbye
ISBN 978-85-01-09314-1

1. Pessoas perdidas – Ficção. 2. História de suspense. 3. Ficção americana. I. Horta, Beatriz, 1954-. II. Título.

12-1569

CDD: 813
CDU: 821.111(73)-3

Título original em inglês:
NO TIME FOR GOODBYE

Copyright © 2007 Linwood Barclay

Texto revisado segundo o novo Acordo Ortográfico da Língua Portuguesa.

Todos os direitos reservados. Proibida a reprodução, no todo ou em parte, através de quaisquer meios. Os direitos morais do autor foram assegurados.

Direitos exclusivos de publicação em língua portuguesa somente para o Brasil adquiridos pela
EDITORA RECORD LTDA.
Rua Argentina, 171 – Rio de Janeiro, RJ – 20921-380 – Tel.: 2585-2000, que se reserva a propriedade literária desta tradução.

Impresso no Brasil

ISBN 978-85-01-09314-1

Seja um leitor preferencial Record.
Cadastre-se e receba informações sobre nossos lançamentos e nossas promoções.

EDITORA AFILIADA

Atendimento e venda direta ao leitor:
mdireto@record.com.br ou (21) 2585-2002.

Este é para minha mulher, Neetha

Agradecimentos

Como larguei o curso de química no ensino médio, agradeço muito a Barbara Reid, técnica em DNA do Centro de Ciências Periciais em Toronto, por me ajudar em detalhes deste livro. Se alguma coisa estiver errada, acho que não posso culpá-la.

Agradeço também a Bill Massey, da Orion, Irwyn Applebaum, Nita Taublib e Danielle Perez, da Bantam Dell, e à minha maravilhosa agente Helen Heller, pelo apoio e confiança incessantes.

Por último, mas não menos importante, a equipe doméstica: Neetha, Spencer e Paige.

Maio de 1983

Quando Cynthia acordou, a casa estava tão quieta que ela pensou que fosse sábado.

Quem dera!

Se havia um dia em que ela precisava que fosse sábado e não dia de aula, era esse. O estômago continuava embrulhado, a cabeça estava pesada e foi preciso algum esforço para impedi-la de cair para a frente ou para os lados.

Céus, o que era aquilo na lixeira ao lado da cama? Ela nem lembrava de ter vomitado à noite mas, se precisava de prova, ali estava.

Primeiro, teve de cuidar daquilo, antes que os pais entrassem no quarto. Cynthia levantou-se, cambaleou, pegou a pequena lixeira de plástico com uma das mãos e entreabriu a porta do quarto com a outra. Não havia ninguém no corredor, então passou de mansinho pelas portas abertas do quarto dos pais e do irmão, entrou furtivamente no banheiro e trancou a porta.

Jogou o conteúdo do lixo na privada, lavou-o na banheira e deu uma olhada no espelho com os olhos ainda turvos. Então é assim que fica uma garota de 14 anos quando bebe demais, pensou.

Não era uma boa aparência. Ela se lembrava vagamente do que Vince havia oferecido para ela experimentar na noite anterior, algo que ele trouxera de casa. Duas latas de Bud, um pouco de vodca, gim e uma garrafa aberta de vinho tinto. Ela havia prometido levar um pouco do rum do pai, mas ficou com medo.

Algo nos quartos a estava deixando intrigada.

Jogou água fria no rosto e secou com uma toalha. Cynthia respirou fundo e tentou se aprumar, caso a mãe estivesse esperando por ela atrás da porta.

Não estava.

Sentindo a trama do carpete sob os pés, Cynthia voltou para seu quarto, cujas paredes eram cobertas de cartazes do Kiss e outras bandas arrasadoras que deixavam seus pais loucos. No caminho, deu uma olhada no quarto do irmão, Todd, depois no quarto dos pais. As camas estavam arrumadas. A mãe só costumava arrumar as camas mais tarde; Todd nunca arrumava a dele, e a mãe deixava por isso mesmo; naquele momento, parecia que ninguém tinha dormido nelas.

Cynthia sentiu uma onda de pânico. Será que estava atrasada para a escola? Atrasada quanto tempo?

Viu o relógio de Todd na mesa de cabeceira dele. Marcava 7h50. Quase meia hora antes do horário que costumava sair para a primeira aula.

A casa estava silenciosa.

Àquela hora, ela normalmente ouvia os pais na cozinha, no térreo. Mesmo se não estivessem conversando, como era frequente, ouviria o leve som da porta da geladeira abrindo e fechando, uma espátula raspando o fundo da frigideira, o ruído abafado dos pratos sendo colocados na pia, alguém (quase sempre, o pai) folheando o jornal matutino e resmungando sobre alguma notícia que o tinha irritado.

Estranho.

Entrou em seu quarto, fechou a porta. Controle-se, pensou. Apareça para o café da manhã como se nada tivesse acontecido. Faça de conta que não houve nenhuma briga na noite anterior. Faça de conta que seu pai não arrancou você do carro do namorado muito mais velho que você e levou-a para casa.

Cynthia deu uma olhada no exercício de matemática do nono ano que estava ao lado do notebook aberto, em cima da escrivaninha. Na noite anterior, ela havia feito só a metade das questões antes de sair, achando que, se levantasse cedo, conseguiria terminar de manhã.

Todd costumava estar agitando pela casa. Entrava e saía do banheiro, colocava Led Zeppelin no som, berrava pela mãe no andar de baixo para saber onde estavam as calças dele, arrotava, ficava na porta do quarto de Cynthia enchendo o saco dela.

Ela não lembrava de o irmão ter comentado algo sobre ir mais cedo para a escola, mas por que comentaria? Não costumavam ir juntos. Para ele, a irmã não passava de uma nerd do nono ano, embora ela se esforçasse para aprontar tanto quanto ele. Espera só até ela contar como se embebedou pela primeira vez na vida! Quando as coisas estavam ruins para o lado dele e precisava aliviar a situação, ele desistia.

Certo, vai ver que Todd precisou ir cedo para a escola, mas onde estariam seu pai e sua mãe?

Talvez o pai tivesse saído para mais uma viagem de negócios antes mesmo de o dia clarear. Ele estava sempre indo para algum lugar, não dava para acompanhar o ritmo. Pena que não estivesse fora na noite anterior.

E a mãe devia ter levado Todd na escola, ou alguma coisa assim.

Ela se vestiu. Jeans, suéter. Um pouco de maquiagem só para não ficar com a cara muito ruim, mas não exagerou para que a mãe não ficasse enchendo sua paciência, dizendo que a filha ia fazer "teste para vagabunda".

Entrou na cozinha e parou.

Não tinha caixa de cereal, suco de fruta nem café na cafeteira. Nada de pratos sobre a mesa, pão na torradeira, canecas de leite. Nenhuma tigela com um resto de leite e Rice Krispies empapados na pia. A cozinha estava exatamente igual à noite anterior, depois que a mãe lavou tudo após o jantar.

Cynthia olhou em volta à procura de um bilhete deixado em algum canto. A mãe sempre escrevia bilhetinhos quando precisava sair. Até mesmo quando estava zangada. Podia ser um bilhete bem grande dizendo "Hoje, você faz as coisas" ou "Frite seus ovos, tive de levar Todd de carro" ou apenas "Volto mais tarde". Se estivesse muito irritada, em vez de dizer "Amor, mamãe" ela escreveria "A., mamãe".

Não havia bilhete.

Cynthia tomou coragem para chamar:

— Mãe? — Subitamente sua voz pareceu estranha para si mesma. Talvez por que houvesse alguma coisa nela que Cynthia não queria admitir.

Como a mãe não respondeu, ela gritou outra vez:

— Pai?

Nada, de novo.

Deve ser o castigo, concluiu. Tinha irritado e desapontado os pais e agora eles agiam como se ela não existisse. Tratamento de silêncio, em escala familiar.

Certo, ela poderia lidar com isso. Era melhor do que encarar uma briga logo de manhã cedo.

Achando que não conseguiria comer nada, pegou os livros da escola e saiu.

Na escada da frente, o *Journal Courier* parecia uma tora, dobrado e preso com uma tira de borracha.

Sem pensar, Cynthia tirou o jornal do caminho com um chute, passou pela entrada vazia da garagem, sem o Dodge do pai e o Escort da mãe, e seguiu para a Escola Secundária Milford South. Talvez, se conseguisse achar o irmão, pudesse saber o que estava acontecendo ou pelo menos em que encrenca ela estava metida.

Pelo jeito, era uma encrenca daquelas.

Tinha perdido o sinal de entrada das 8 horas. Na tarde do dia anterior, a Sra. Asphodel tinha telefonado para avisar que se Cynthia não melhorasse nos deveres de inglês ia ser reprovada. A menina disse aos pais que iria fazer a lição na casa de Pam, que podia ajudá-la na matéria, embora isso fosse besteira e absoluta perda de tempo.

— Certo, mas você tem de estar em casa às 20 horas.

— Ah, por favor... — Cynthia pediu. — Mal dá tempo de fazer um dever. Querem que eu perca o ano? É isso?

— Oito horas em ponto — disse o pai.

Bom, dane-se, pensou. Chegaria em casa na hora em que chegasse.

Às 8h15, como Cynthia não tinha chegado, a mãe ligou para a casa de Pam, e a mãe dela atendeu. A mãe de Cynthia disse:

— Alô, aqui é Patricia Bigge, mãe de Cynthia. Posso falar com ela, por favor?

— Como é? — A mãe de Pam perguntou.

Cynthia não estava lá e, aliás, nem Pam.

Foi aí que o pai de Cynthia pegou o gasto chapéu de feltro que usava para ir a todo canto, entrou no Dodge e deu uma volta pela vizinhança, procurando a filha. Desconfiava que ela estivesse com aquele rapaz, Vince Fleming, de 17 anos, do primeiro ano do ensino médio, que tinha carteira de motorista e costumava circular por ali num enferrujado Mustang vermelho 1970. Clayton e Patricia Bigge não gostavam muito dele. Menino difícil, família complicada, má influência. Uma noite, Cynthia ouviu os pais falando que o pai de Vince não prestava, ou coisa assim, mas não se incomodou.

Foi por puro acaso que o pai dela viu o carro no final do estacionamento do shopping Connecticut Post, na avenida Post, perto dos cinemas. O Mustang estava encostado na calçada e o pai estacionou na frente dele, bloqueando a saída. Na hora em que viu o chapéu de feltro, Cynthia teve certeza de que era o pai.

— Droga! — disse Cynthia.

Ainda bem que ele não apareceu dois minutos antes, quando os dois estavam se beijando, ou quando Vince mostrou seu novo canivete. Céus, era só apertar um botãozinho e pronto! Surgiam 10 centímetros de aço. Vince segurava o canivete no colo, mexendo de um lado para outro e rindo, vai ver estava fingindo que o canivete era outra coisa. Cynthia o segurou, brandiu-o como se cortasse o ar e riu.

— Devagar, você pode fazer muito estrago com isso — preveniu Vincent.

Então Clayton Bigge caminhou, decidido, em direção à porta do carona e escancarou-a. As dobradiças enferrujadas rangeram.

— Ei, cara, cuidado! — disse Vince, sem o canivete na mão, mas com uma garrafa de cerveja, o que era quase tão ruim quanto.

— Não se dirija a mim como "Ei, cara" — disse Clayton, segurando o braço da filha e puxando-a para fora do carro. — Deus do céu!, você está fedendo a bebida — falou para ela.

Cynthia teve vontade de morrer.

Ela não olhou para o pai nem disse nada, nem mesmo quando ele começou a falar que ela estava virando um problema, que se não colocasse a cabeça no lugar ia ser uma fodida a vida inteira, que ele não sabia onde tinha errado, só queria que ela crescesse e fosse feliz e blá-blá-blá e, céus! mesmo irado ele dirigia como se estivesse fazendo prova para tirar carteira de motorista, jamais ultrapassava a velocidade permitida, sempre usava as setas para virar, o cara era inacreditável!

Quando chegaram na entrada da garagem, Cynthia saltou do carro antes que o pai estacionasse, se esforçando para não trocar as pernas. A mãe estava lá, parecendo mais preocupada do que irritada, dizendo:

— Cynthia! Onde é que você estava...

Furiosa, Cynthia passou pela mãe e subiu para o quarto. Do andar de baixo, o pai gritou:

— Desça! Precisamos conversar!

— Quero que morram! — ela gritou, batendo a porta do quarto.

Tudo isso veio à lembrança enquanto ela ia andando para a escola. O resto da noite ainda estava um pouco confuso.

Lembrou que sentou na cama, tonta. Cansada demais para se envergonhar. Resolveu deitar, achando que podia dormir e esquecer tudo até de manhã, dali a dez longas horas.

Muita coisa podia acontecer antes do amanhecer.

A certa altura, meio dormindo, meio acordada, achou que tinha ouvido alguém na porta do quarto. Como se a pessoa estivesse ali indecisa.

Mais tarde teve a impressão de ouvir alguém novamente.

Levantou para ver quem era? Pelo menos tentou sair da cama? Não lembrava.

Agora, estava quase chegando na escola.

O problema é que sentia remorso. Havia desrespeitado quase todas as regras domésticas numa única noite. Primeiro, mentindo que ia à casa de Pam. Pam era sua melhor amiga, ia sempre na casa dela, passava o fim de semana lá a cada 15 dias. A mãe de Cynthia gostava de Pam, até confiava nela. Ao incluir a amiga na história, Cynthia estava querendo ganhar tempo, achando que a mãe não ia ligar tão rápido para a mãe de Pam. Tinha planejado tanto!

Seria bom se os erros de Cynthia fossem só esses. Mas tinha se atrasado para a escola. Ficou namorando no carro. Com um rapaz de *17 anos*. Um rapaz que, diziam, quebrara as vidraças da escola no ano anterior e pegou "emprestado" o carro de um vizinho para passear.

Os pais dela até que eram legais. Na maior parte do tempo. Principalmente a mãe. Mesmo o pai, quando estava em casa, também era bacana.

Talvez Todd tivesse pego carona para ir à escola. Se ele tivesse prova e estivesse atrasado, a mãe podia tê-lo levado, depois ido fazer compras na mercearia. Ou tomar café no Howard Johnson's. Fazia isso de vez em quando.

Primeira aula, história, um horror. Segunda aula, matemática, pior ainda. Ela não conseguia se concentrar, a cabeça ainda doía.

— Como resolveu essa questões, Cynthia? — perguntou o professor de matemática.

Ela nem olhou para ele.

Pouco antes do almoço ela encontrou Pam, que disse:

— Cara, se você vai dizer para sua mãe que está na minha casa, pode me avisar? Assim posso dizer *alguma coisa* para a minha.

— Desculpe. Ela deu um ataque? — perguntou Cynthia.

— Deu. Quando cheguei em casa — disse Pam.

No almoço, Cynthia saiu furtivamente da lanchonete, foi para o orelhão da escola e ligou para casa. Ia dizer para a mãe que estava arrependida. Muito, muito arrependida. Depois, ia perguntar se podia ir para casa, pois estava se sentindo mal. A mãe cuidaria dela. Não podia brigar com ela, se estava doente. Talvez fizesse uma sopa.

Depois que o telefone tocou 15 vezes, Cynthia desistiu, achou que talvez tivesse ligado para o número errado. Tentou de novo, mas ninguém atendeu. Não sabia o telefone do trabalho do pai. Ele viajava quase sem parar, tinha de esperar que voltasse de algum lugar.

Ela estava com uns amigos em frente à escola quando Vince Fleming apareceu dirigindo o Mustang.

— Desculpe por aquela merda que deu noite passada. Pô, seu pai é uma figura.

— É, bem... — disse Cynthia.

— Como foi quando chegou em casa? — perguntou Vince.

Alguma coisa no jeito dele mostrava que já sabia que havia algo errado. Cynthia deu de ombros, balançou a cabeça, não queria falar naquele assunto.

Vince perguntou:

— Cadê o seu irmão?

— Por quê? — disse ela.

— Ele está doente em casa?

Ninguém tinha visto Todd na escola. Vince disse que tinha procurado Todd para perguntar, como Cynthia estava, se ela ia ficar de castigo, pois pretendia sair com ela na sexta ou no sábado à noite. O amigo de Vince, Kyle, ia conseguir umas cervejas, então Cynthia e ele poderiam ir àquele lugar no alto da colina, ficar no carro um pouco, olhar as estrelas, que tal?

Cynthia correu para casa. Não pediu carona para Vince, embora ele estivesse ali. Não foi à secretaria da escola avisar que estava saindo mais cedo. Correu o caminho todo, pensando, tomara que o carro dela esteja lá, tomara que o carro dela esteja lá.

Mas quando virou a esquina da avenida Pumpkin Delight com a Hickory e viu a casa de dois andares, o Escort amarelo não estava lá. Mesmo assim, entrou em casa e chamou a mãe, com o pouco de fôlego que ainda tinha. Depois, chamou o irmão.

Começou a tremer, depois se controlou.

Não fazia sentido. Por mais que os pais estivessem zangados com ela, não fariam aquilo, certo? Ir embora? Sair sem dizer nada para ela? E levar Todd junto?

Cynthia se sentiu idiota, para fazer isso, mas tocou a campainha da casa ao lado, dos Jamison. Devia ter uma explicação simples para tudo aquilo, alguma coisa que ela esqueceu, uma consulta ao dentista, alguma coisa, e a qualquer momento a mãe ia entrar com o carro na garagem. Cynthia ia se sentir uma imbecil completa, mas tudo bem.

Quando a Sra. Jamison abriu a porta, Cynthia ficou tagarelando, disse que quando acordou não tinha ninguém em casa, que tinha ido para a escola e Todd não aparecera, e a mãe ainda não...

A Sra. Jamison disse:

— Está tudo bem. Sua mãe deve ter ido fazer compras. — A Sra. Jamison levou Cynthia em casa e viu o jornal que ainda estava na porta. As duas olharam no andar de cima e no de baixo, foram até a garagem e o quintal. — Estranho mesmo — concluiu a Sra. Jamison. Não sabia a que conclusão chegar, então, meio relutante, chamou a polícia de Milford.

Mandaram um policial que, a princípio, não parecia preocupado. Mas dali a pouco havia mais policiais e mais carros, e à tarde havia tiras por todo lado. Cynthia ouviu-os descrevendo os carros dos pais, ligando para o Hospital Milford. A polícia subia e descia a rua, batia na porta das casas, fazia perguntas.

— Tem certeza de que eles não disseram que iam a algum lugar? — perguntou um homem que afirmou ser detetive mas não estava de uniforme como todos os policiais. Chamava-se Findley, ou Finlay.

Será que ele achava que Cynthia esqueceria uma coisa dessas? Que ela de repente ia dizer: "Ah, lembrei agora! Eles foram visitar minha tia Tess!"

— Veja, não parece que seus pais e seu irmão arrumaram as coisas e foram para algum lugar. As roupas deles continuam aí, e há malas no porão — observou o detetive.

Fizeram muitas perguntas. Qual foi a última vez em que viu os pais? Quando foi dormir? Quem era aquele rapaz com quem esteve? Cynthia tentou contar tudo para o detetive, contou até que teve uma briga com os pais, embora não tenha contado que fora uma briga feia, que ela estava bêbada e que falou que queria que os pais morressem.

O detetive parecia bem simpático, mas não perguntava as coisas que Cynthia estava pensando. Por que a mãe, o pai e o irmão iriam sumir? Onde teriam ido? Por que não a levaram junto?

De repente, ela teve um acesso e começou a mexer em tudo na cozinha. Levantou o jogo americano da mesa, tirou a torradeira do lugar, olhou embaixo das cadeiras, examinou o espaço entre o forno e a parede, lágrimas escorrendo dos olhos.

— O que foi, moça? O que você está fazendo? — perguntou o detetive.

— Cadê o bilhete? Tem que ter um. Minha mãe nunca sai sem deixar um bilhete — disse Cynthia, implorando com os olhos uma resposta.

1

Cynthia ficou parada em frente à casa de dois andares na Hickory Street. Não era a primeira em 25 anos que olhava onde passara a infância. Continuava morando em Milford. De vez em quando, ia até lá, de carro. Ela me mostrou a casa uma vez, antes de nos casarmos, e passou rápido. "Essa aqui" dissera, sem parar o carro. Raramente parava. E se parasse, não descia. Nunca tinha ficado na calçada olhando a casa.

Sem dúvida, fazia bastante tempo que tinha entrado por aquela porta.

Ela parecia grudada na calçada, sem conseguir dar nem um passo em direção à casa. Eu queria ficar ao lado, andar com ela até a porta. A entrada da garagem tinha apenas uns 10 metros, mas se estendia por um quarto de século através do passado. Eu estava pensando que, para Cynthia, estar ali devia ser como olhar do lado errado de um binóculo: ela podia andar um dia inteiro e jamais chegar.

Continuei onde eu estava, do outro lado da rua, vendo Cynthia de costas, seus cabelos ruivos e curtos. Eu tinha ordens a seguir.

Cynthia ficou lá, como se aguardasse permissão para se aproximar. Então, a autorização veio.

— Tudo bem, Sra. Archer? Vá andando para a casa, sem muita pressa. Meio indecisa, sabe, como se fosse a primeira vez que entra aí desde que tinha 14 anos.

Cynthia olhou por cima do ombro para uma mulher de jeans e tênis, rabo de cavalo passando por dentro do boné de beisebol. Era uma das três assistentes de produção.

— Essa *é* a primeira vez — disse Cynthia.

— Ééé, não olhe para mim — disse a garota do rabo de cavalo. — Olhe apenas para a casa e vá andando pela entrada da garagem pensando naquela época, há 25 anos, quando tudo aconteceu. Certo?

Cynthia olhou para mim do outro lado da rua, fez uma careta e eu sorri de leve, como se nós dois estivéssemos perguntando "Fazer o quê?".

E ela foi avançando pela entrada da garagem, devagar. Se a câmera não estivesse gravando, será que ela teria se aproximado da casa assim? Com aquela mistura de firmeza e apreensão? Provavelmente. Mas naquela hora pareceu falso, forçado.

Quando ela subiu a escada da frente e estendeu a mão, imaginei seu tremor. Uma emoção sincera que, achava eu, a câmera não conseguiria captar.

Cynthia pôs a mão na maçaneta, girou-a e ia abrir a porta quando a garota do rabo de cavalo gritou:

— Certo! Corta! Muito bom! Fique aí! — Depois, disse para o câmera: — Certo, vamos para dentro da casa, gravar ela entrando.

— Porra, vocês estão brincando comigo? — perguntei, bem alto para toda a equipe ouvir (meia dúzia de pessoas além de Paula Malloy, com seus dentes brilhantes e roupas Donna Karan, que comandava as câmeras e fazia as falas em off).

Paula veio falar comigo.

— Sr. Archer, está tudo bem? — perguntou, estendendo as duas mãos e tocando nas minhas costas, gesto que era marca registrada dos Malloy.

— Como pode fazer isso com ela? Minha mulher está entrando lá pela primeira vez desde que a droga da família dela sumiu e você só diz "Corta"?

— Terry. Posso lhe chamar de Terry? — perguntou, se aproximando de mim.

Não respondi.

— Terry, desculpe, temos de ficar com a câmera na posição e queremos mostrar o rosto de Cynthia quando entrar na casa depois de tantos anos, queremos que essa cena seja verdadeira. Que seja sincera. Acho que vocês dois também querem.

Essa era boa. Uma repórter de um programa de tevê chamado *Deadline* que, quando não estava relembrando crimes bizarros e não solucionados que ocorreram anos antes, corria atrás da última celebridade que foi pega dirigindo bêbada, ou caçava um artista que não colocou o cinto de segurança no filhinho. Quando não fazia isso, fingia-se de sincera.

— Claro, claro — concordei, cansado, pensando na situação como um todo e imaginando que talvez, após tantos anos, aparecer na tevê pudesse finalmente trazer algumas respostas para Cynthia.

Paula exibiu os dentes perfeitos e atravessou a rua correndo, os saltos batendo no chão.

Desde que Cynthia e eu havíamos chegado, fiz o que pude para não me meter. Consegui um dia de folga na escola. Meu diretor e amigo de longa data, Rolly Carruthers, sabia como aquela gravação era importante para Cynthia e arrumou um professor para dar minhas aulas de inglês e escrita criativa. Cynthia tirou folga da Pamela's, a loja de roupas onde trabalhava. Deixamos nossa filha, Grace, de 8 anos, na escola, no caminho. Grace acharia interessante ver uma equipe de tevê trabalhando, mas sua apresentação à produção televisiva não seria através da tragédia pessoal da mãe.

O casal que morava atualmente na casa era aposentado, veio de Hartford havia dez anos para ficar perto do barco que tinha no porto de Milford e recebeu um dinheiro dos produtores para sair durante o dia enquanto gravavam o programa. A equipe tirou bugigangas e fotos pessoais das paredes, tentando fazer a casa parecer o mais impessoal possível, já que não dava para deixá-la igual a quando Cynthia morava lá.

Antes de os donos saírem para passar o dia velejando, falaram um pouco para as câmeras, no gramado da frente.

Marido: "É difícil imaginar o que pode ter acontecido aqui, naquela época. Você fica pensando: será que eles foram todos cortados em pedacinhos no porão, ou alguma coisa assim?"

Mulher: "Sabe, de vez em quando tenho a impressão de ouvir vozes. Como se os fantasmas deles estivessem ainda andando pela casa. Estou sentada na cozinha e sinto um calafrio, como se a mãe, o pai ou o rapaz tivessem passado."

Marido: "Quando compramos a casa, não sabíamos o que tinha acontecido aqui. Alguém comprou da moça e vendeu para outra pessoa, então compramos dela. Quando descobri o que aconteceu, na biblioteca de Milford, fiquei pensando: por que a menina foi poupada? Hein? Meio estranho, não acha?"

Cynthia ouviu isso de trás de um dos caminhões da produção e gritou:

— Como? O que o senhor quer dizer com isso?

Um dos membros da equipe de produção apareceu e fez:

— "Psssiu!", mas Cynthia não se incomodou.

— Não me mande calar a boca — disse ao produtor. Depois, virando-se para o proprietário da casa: — O que o senhor está insinuando?

O homem a olhou, assustado. Não devia ter ideia de que a pessoa a quem se referiu estava ali. A produtora de rabo de cavalo pegou Cynthia pelo braço e levou-a gentilmente, porém com firmeza, para trás do caminhão.

— Que merda é essa? O que ele está querendo dizer? Que eu tive alguma coisa a ver com o sumiço da minha família? Aguentei essa porcaria durante tanto...

— Não se preocupe com ele — disse a produtora.

— Você falou que a intenção era me ajudar — Cynthia lembrou. — Era me ajudar a descobrir o que houve com eles. Eu só aceitei fazer o programa por isso. Você vai exibir isso que ele disse? O que as pessoas vão pensar quando ouvirem?

— Não se preocupe. Não vamos usar — assegurou a produtora.

A produção deve ter ficado apavorada pensando que Cynthia desistisse àquela altura, antes mesmo de ter gravado um minuto com ela, por isso a tranquilizaram prometendo que, quando o programa fosse ao ar, alguém que sabia de alguma coisa certamente o assistiria. É sempre assim, disseram. Afirmaram também que já tinham resolvido casos no país inteiro que eram considerados insolúveis pela polícia.

Depois de convencerem Cynthia outra vez de que tinham as melhores intenções e de despacharem os dois velhos chatos que moravam na casa, o espetáculo continuou.

Acompanhei dois câmeras dentro da casa e saí do caminho quando eles se posicionaram para captar as expressões de apreensão e familiaridade no rosto de Cynthia de vários ângulos. Achei que, na televisão, eles iam editar a cena de várias formas, talvez deixassem a imagem toda granulada, usariam vários truques para adicionar mais drama ao caso que produtores de tevê de décadas atrás considerariam bastante dramático por si só.

Levaram Cynthia para o andar de cima, para o antigo quarto dela. Ela parecia atordoada. Queriam gravá-la entrando no quarto, e Cynthia teve de fazer a cena duas vezes. Na primeira, o câmera esperava-a dentro do banheiro abrindo a porta do quarto e para mostrá-la entrando, meio indecisa. Repetiram a cena, agora do corredor, com a câmera por cima do ombro dela ao entrar no quarto. Quando o programa foi ao ar, dava para ver que usaram lentes olho de peixe ou algo assim para a cena ficar mais fantasmagórica, como se Jason, com sua máscara assustadora, estivesse escondido atrás da porta.

Paula Malloy, que começou sua carreira na tevê como moça do tempo, retocou a maquilagem e afofou os cabelos louros. Ela e Cynthia tiveram então pequenos microfones presos na parte de trás de suas saias, com os fios passando por dentro da blusa e presos na gola. Paula deixou o ombro encostar no de Cynthia como se fossem duas velhas amigas lembrando, relutantes, os maus momentos da vida.

Quando entraram na cozinha, com as câmeras gravando, Paula perguntou:

— O que você deve ter pensado? — Cynthia parecia estar num sonho. — Até então, você não tinha ouvido um som na casa, seu irmão não estava lá em cima, você desce aqui para a cozinha e não há sinal de vida.

— Eu não sabia o que estava acontecendo — disse Cynthia, baixinho. — Pensei que todos tinham saído cedo. Que meu pai tinha ido trabalhar, que minha mãe tinha ido levar meu irmão na escola. Achei que deviam estar irritados comigo pelo que eu havia feito na noite anterior.

— Você era uma adolescente difícil? — perguntou Paula.

— Às... vezes. Na noite anterior, eu tinha saído com um rapaz que meus pais não aprovavam. Bebi alguma coisa, mas eu não era como certas garotas, quer dizer, gostava dos meus pais e acho... — A voz falhou um pouco nesse ponto. — ... que eles gostavam de mim.

— O boletim de ocorrência da época registra que você discutiu com seus pais.

— É. Por não ter chegado em casa na hora em que prometi e ter mentido para eles. Eu disse coisas horríveis.

— O quê, por exemplo?

— Ah! — Cynthia hesitou. — Sabe, os jovens dizem coisas horríveis da boca para fora para os pais, mas sem a intenção de magoar.

— Hoje, 25 anos depois, onde você acha que eles estão?

Cynthia balançou a cabeça, triste.

— É o que me pergunto. Não tem um dia que eu não pense nisso.

— Se pudesse dizer alguma coisa para eles agora, aqui no *Deadline*, se eles ainda estiverem vivos, o que seria?

Cynthia, confusa, olhou sem esperanças pela janela da cozinha.

— Olhe para a câmera, lá — disse Paula Malloy, colocando a mão no ombro de Cynthia. Fiquei do lado, era só o que eu podia fazer para não entrar no cenário e arrancar aquela cara artificial de Paula. — Fale o que você esperou para dizer durante todos esses anos.

Com os olhos brilhando, Cynthia obedeceu; olhou para a câmera e só conseguiu dizer:

— Por quê?

Paula fez uma pausa dramática e perguntou:

— Por que o quê?

— Por que — ela repetiu, tentando se recompor — vocês me deixaram? Se podiam, se estavam vivos, por que não entraram em contato? Por que não deixaram nem um simples bilhete? Por que pelo menos não se despediram?

Eu podia sentir a eletricidade entre a equipe, nos produtores. Ninguém parecia respirar. Sabia o que eles estavam pensando. Aquela era a cena que os faria faturar. Ia ficar bem impressionante na tevê. Eu os detestava por explorarem a tragédia de Cynthia, por explorarem o sofrimento dela para divertir. Pois, no final das contas, era isso mesmo, diversão. Mas me contive, pois era claro que Cynthia também sabia disso, que estavam se aproveitando dela, que para eles era apenas mais uma história, um jeito de preencher mais meia hora de espetáculo. Ela aceitou ser explorada porque alguém poderia assistir e aparecer com a chave para abrir o passado dela.

A pedido do programa, Cynthia levou duas caixas gastas de sapato onde guardava lembranças. Recortes de jornais, fotos Polaroid desbotadas, retratos da classe, boletins da escola, tudo o que ela conseguiu pegar antes de mudar para a casa da tia materna, chamada Tess Berman.

Fizeram Cynthia sentar à mesa da cozinha com as caixas abertas à sua frente, tirando um recorte depois do outro, colocando-os sobre a mesa como se formassem um quebra-cabeça, procurando as peças com lados retos, tentando montar as laterais e depois ir para o meio.

Mas as caixas de Cynthia não tinham peças com lados retos. Não havia jeito de passar para as peças do meio. Em vez de mil peças de um quebra-cabeça, era como se ela tivesse uma peça de mil quebra-cabeças diferentes.

— Esta foto somos nós — ela disse, mostrando uma Polaroid — num acampamento em Vermont. — A câmera mostrou Todd e Cynthia descabelados, ao lado da mãe, com a barraca de camping ao fundo. Cynthia parecia ter uns 5 anos; o irmão, 7; as caras sujas de terra e a mãe sorrindo orgulhosa, de cabelos presos num lenço xadrez vermelho e branco.

— Não tenho fotos do meu pai — ela disse, com pesar. — Era sempre ele que tirava as fotos de nós, então agora preciso lembrar como ele era. Ainda o vejo, alto, sempre com aquele chapéu de feltro e o bigode fino. Um homem bonito. Todd era parecido com ele.

Pegou uma notícia amarelada de jornal.

— Olhe este recorte — disse Cynthia, abrindo-o, desajeitada. — É uma das coisas que achei na gaveta de meu pai, o pouco que tinha lá. — A câmera se aproximou de novo, mostrando o pedaço quadrado de jornal. Era uma apagada e granulada foto preto e branco de um time de basquete de escola. Uma dúzia de meninos olhava para a câmera, alguns sorrindo, outros fazendo cara de bobo. — Papai deve ter guardado porque Todd está nessa foto, embora não tenham colocado o nome dele na legenda. Papai se orgulhava de nós. Dizia isso sempre. Gostava de brincar que nós éramos a melhor família que ele já teve.

Entrevistaram o meu diretor, Rolly Carruthers.

— É um mistério — ele disse. — Conheci Clayton Bigge. Fomos pescar algumas vezes. Era uma boa pessoa. Não consigo imaginar o que aconteceu com eles. Talvez algum assassino em série tenha passado pelo país e a família de Cynthia estava no lugar errado, na hora errada, não?

Entrevistaram tia Tess.

— Perdi uma irmã, um cunhado e um sobrinho — ela contou. — Mas, para Cynthia, a perda foi muito maior. Apesar de tudo, ela conseguiu vencer e se tornar uma ótima menina, uma ótima pessoa.

Os produtores mantiveram a promessa e não exibiram os comentários do novo proprietário da casa de Cynthia, mas arrumaram outra pessoa que disse algo quase tão sinistro quanto.

Quando o programa foi ao ar, duas semanas depois, Cynthia ficou pasma com o detetive que conversou com ela depois que a vizinha, Sra. Jamison, chamou a polícia naquele dia. O homem agora estava aposentado, morando no Arizona. A legenda na imagem identificava "Bartholomew Finlay, detetive aposentado". Ele fez a investigação inicial e, após um ano sem chegar a qualquer conclusão, arquivou o caso. Os produtores usaram a equipe de uma das emissoras afiliadas em Phoenix para entrevistá-lo, sentado ao lado de um reluzente trailer Airstream.

— O que sempre me intrigou foi: por que ela sobreviveu? Considerando, claro, que o resto da família tivesse sido assassinada. Pois nunca aceitei a tese de a família ir embora deixando a menina para trás. Já vi chutarem o filho difícil para fora de casa, isso acontece muito. Mas se dar o trabalho de sumir para se livrar de um dos filhos? Não fazia sentido. O que me levava de novo à pergunta inicial. Por que ela sobreviveu? Não há muitas possibilidades.

— O que o senhor quer dizer com isso? — ouviu-se a voz de Paula Mallory, apesar de a câmera continuar mostrando Finlay. As perguntas da produtora foram inseridas depois, pois ela não foi ao Arizona entrevistar o sujeito.

— Pense um pouco — disse o detetive Finlay.

— Como assim, pense um pouco? — perguntou a voz de Malloy.

— É só o que tenho a dizer.

Ao ver isso, Cynthia ficou furiosa.

— Céus, outra vez isso! — gritou para a tevê. — Esse filho da puta está sugerindo que eu tive algo a ver com aquilo. Ouvi esses boatos durante anos. E aquela escrota da Paula Malloy disse que não iam mostrar nada assim!

Consegui acalmá-la, pois em geral o programa tinha sido muito positivo. Nos trechos em que Cynthia andava pela casa, contando a Paula o que acontecera naquele dia, ela pareceu sincera e convincente.

— Se alguém souber de alguma coisa — falei para ela —, não vai se influenciar pelo que disse um tira tolo aposentado. Na verdade, o que ele disse torna ainda mais provável que alguém apareça para desmentir.

E assim o programa seguiu, exibido depois da final de um *reality show*, com um bando de obesos que gostariam de ser estrelas de rock, obrigados a morar na mesma casa para ver quem emagrecia mais e ganhava um contrato com uma gravadora.

Assim que o programa terminou, Cynthia ficou ao lado do telefone, imaginando que alguém que soubesse alguma coisa ia assistir e ligar para o estúdio imediatamente. Os produtores entrariam em contato antes do dia seguinte, com o mistério resolvido. Finalmente, ela saberia a verdade.

Mas ninguém ligou, só uma mulher que disse que a própria família tinha sido abduzida por alienígenas e um homem com a tese que os parentes de Cynthia tinham pisado em alguma fenda no tecido do tempo e estavam correndo de dinossauros, ou tendo as mentes apagadas em algum tipo de *Matrix* do futuro.

Nada em que se pudesse acreditar.

Claro que ninguém que soubesse de algo viu o programa. Se viu, não ia falar.

Na primeira semana Cynthia ligou para os produtores do *Deadline* diariamente. Eles foram muito simpáticos, disseram que, se tivessem alguma notícia, entrariam em contato. Na segunda semana Cynthia ligou dia sim, dia não, e os produtores foram mais ríspidos, disseram que se não tinham entrado em contato é porque não tinham novidades e que, se surgisse alguma informação, avisariam.

Não houve mais reportagens sobre a história de Cynthia. Em pouco tempo ela virou assunto superado.

2

Os olhos de Grace suplicavam, mas sua voz era firme.

— Pai. Eu. Tenho. Oito. Anos — ela disse.

— Onde será que aprendeu a falar desse jeito? Essa técnica de dividir a frase em palavras isoladas para dar efeito dramático. Como se eu precisasse perguntar. Aquela casa já tinha dramas demais.

— Eu sei — falei para minha filha.

Os cereais estavam ficando empapados e ela não tinha tocado no suco de laranja.

— Meus colegas riem de mim — ela acrescentou.

Dei um gole no café. Eu tinha acabado de servir, mas já estava esfriando. A cafeteira estava desligada. Resolvi tomar café no Dunkin' Donuts a caminho da escola.

— Quem ri de você? — perguntei.

— Todo mundo — garantiu Grace.

— Todo mundo — repeti. — Como eles fazem? Marcam uma reunião? O diretor se levanta e diz para todo mundo rir de você?

— Agora *você* está rindo de mim.

Ela tinha razão.

— Desculpe. Estava só tentando ter uma ideia do tamanho do problema. Acho que não se trata de todo mundo. Apenas parece que é todo mundo. E mesmo que sejam só algumas pessoas, entendo que pode ser bastante constrangedor.

— É.

— São os seus amigos?

— São. Dizem que mamãe me trata como um bebê.

— Sua mãe está só sendo cuidadosa. Ela gosta muito de você — garanti.

— Eu sei, mas tenho 8 anos.

— Sua mãe só quer que você chegue em segurança na escola, mais nada.

Derrotada, Grace suspirou e abaixou a cabeça, deixando um cacho de cabelos castanhos cair sobre os olhos castanhos. Usou a colher para mover alguns grãos dentro do pote de cereais.

— Mas ela não precisa me levar à escola. Nenhuma mãe leva, a menos que o filho seja do jardim da infância.

Já tínhamos passado por aquilo antes e tentei conversar com Cynthia, sugeri o mais gentilmente possível que talvez estivesse na hora de Grace alçar voo, agora que estava no quarto ano. Havia muitas crianças com as quais ela podia ir, não precisava ir sozinha.

— Por que *você* não me leva? — Grace perguntou, com um certo brilho no olhar.

As raras vezes em que a levei para a escola, tinha ficado para trás por quase todo o quarteirão. Para todo mundo, eu estava apenas dando uma caminhada, não estava cuidando de Grace, garantindo que ela chegasse bem. Nunca contamos isso para Cynthia. Ela me fez jurar que fiquei bem ao lado de Grace durante todo o trajeto até a Escola Pública Fairmont e esperei na calçada até ela entrar.

— Não posso, filha. Tenho de estar no trabalho às 8 horas. Se eu levá-la, você vai ter de esperar uma hora na frente da escola. Sua mãe só começa a trabalhar às 10 horas, então ela pode ir. Quando eu tiver uma folga na primeira aula, eu levo você.

Na verdade, Cynthia tinha feito seu horário na loja de Pamela de forma a estar em casa de manhã e para garantir que Grace chegasse em segurança na escola. Ela nunca sonhou em trabalhar numa loja de roupas que pertencia à melhor amiga dela do ensino médio, mas isso permitia que trabalhasse meio período e pudesse estar em casa na hora da saída da escola. Como concessão para Grace, não a esperava na porta da escola, mas na rua. De lá, Cynthia via logo nossa filha de rabo de cavalo no meio da multidão. Ela tentou convencer Grace a acenar para que ela pudesse vê-la mais depressa, mas Grace teimou e não cedeu.

O problema piorou quando um professor pediu para a classe permanecer em sala depois de o sino tocar. Talvez fosse uma retenção em massa ou alguma recomendação de última hora sobre o dever de casa. Grace ficou sentada lá, apavorada, não porque a mãe iria se preocupar, mas por que, ansiosa com o atraso, ia entrar na escola e procurá-la.

— E o meu telescópio quebrou — avisou Grace.

— Quebrou como?

— O suporte soltou. Dei um jeito, mas vai soltar de novo.

— Vou dar uma olhada.

— Tenho de observar os asteroides assassinos. Não posso fazer isso com o telescópio quebrado — disse Grace.

— Certo, vou olhar — repeti.

— Você sabia que se um asteroide bater na Terra será igual a 1 milhão de bombas nucleares explodindo?

— Não deve ser tanto. Mas concordo que não seria nada bom — eu disse.

— Quando tenho um pesadelo de asteroide se chocando com a Terra posso afastá-lo do meu pensamento se, antes de ir para a cama, eu olhar para garantir que nenhum está vindo.

Concordei com a cabeça. A questão era que tínhamos comprado um telescópio mais barato. Era um modelo de final de linha. Ninguém quer pagar uma fortuna sem saber se a filha vai gostar do presente. Nós simplesmente não tínhamos muito dinheiro para gastar.

— E mamãe? — perguntou Grace.

— E mamãe o quê?

— Ela precisa andar ao meu lado?

— Vou falar com ela — avisei.

— Falar com quem? — perguntou Cynthia, entrando na cozinha.

Cynthia estava bem-disposta nessa manhã. Estava linda, na verdade. Era uma mulher que chamava atenção e nunca me cansei de seus olhos verdes, suas salientes maçãs do rosto, seu cabelo vermelho-chama. Não estavam mais compridos como eram quando a conheci, mas continuavam marcantes. As pessoas acham que ela faz muita ginástica, mas é a ansiedade que a ajuda a manter o corpo. Ela queima calorias se preocupando. Não corre, não frequenta academia. Também não temos dinheiro para isso.

Como eu disse, sou professor de inglês numa escola secundária e Cynthia trabalha com vendas, apesar de ter diploma em serviço social e ter trabalhado na área por algum tempo. Portanto, não estamos exatamente nadando em dinheiro. Temos uma casa, grande o suficiente para nós três, num bairro simples, que fica a poucos quarteirões de onde Cynthia foi criada. Pode-se imaginar que ela ia querer ficar longe daquela casa, mas acho que preferiu continuar por perto, caso alguém voltasse e quisesse entrar em contato.

Tanto o meu carro quanto o dela têm dez anos de uso e passamos as férias em lugares baratos. No verão, passamos uma semana no chalé do meu tio perto de Montpelier e há três anos, quando Grace tinha 5, fomos a Disney World, mas ficamos hospedados fora do parque, num motel simples de Orlando, onde às 2 horas da manhã podíamos ouvir o sujeito no quarto ao lado dizendo à garota para tomar cuidado e se preocupar com os próprios dentes.

Mas acho que temos uma boa vida e somos mais ou menos felizes. Quase todos os dias.

Às vezes, as noites podem ser difíceis.

— Com a professora de Grace — disse eu, inventando uma mentira boba sobre a pessoa com quem Grace queria que eu falasse.

— O que você quer falar com ela? — perguntou Cynthia.

— Eu estava apenas dizendo que quando tiver uma daquelas reuniões de pais e professores eu falo com a Sra. Enders — expliquei. — Na última vez, você foi, eu tinha uma reunião dessas na minha escola na mesma noite, parece que é sempre assim.

— Ela é muito simpática. Bem mais do que a professora do ano passado, como é mesmo que se chamava? Sra. Phelps. Achava-a um pouco exigente — disse Cynthia.

— Eu detestava ela — Grace concordou. — Ela nos obrigava a ficar horas de pé numa perna só quando nos comportávamos mal.

— Preciso ir — avisei, dando mais um gole no café frio. — Cyn, acho que precisamos de uma cafeteira nova.

— Vou dar uma olhada — disse Cynthia.

Levantei da mesa e Grace me olhou, desesperada. Eu sabia o que ela queria. Fale com ela. Por favor, fale com ela.

— Terry, você viu onde está a chave extra? — perguntou Cynthia.

— Hein? — respondi.

Ela mostrou o gancho vazio na parede da porta da cozinha que abria para o nosso pequeno quintal.

— Onde está a outra chave? A que usamos quando vamos caminhar até o canal e não queremos levar o chaveiro com o controle do alarme do carro e a chave do trabalho.

— Não sei. Grace, você está com a chave?

Grace ainda não tinha a chave de casa. Não precisava, Cynthia levava e trazia a filha da escola. Ela negou com a cabeça e fixou os olhos em mim.

Dei de ombros.

— Vai ver que fui eu. Devo ter deixado ao lado da cama. — Passei por Cynthia, cheirando os cabelos dela. — Vai até a porta se despedir de mim? — perguntei.

Ela me seguiu até a porta da frente.

— O que está havendo? Grace está bem? Ela parece tão esquisita esta manhã — comentou.

Sorri e neguei com a cabeça.

— Ah, sabe como é. Ela está com 8 anos, Cyn.

Cynthia se afastou um pouco, irritada.

— Ela reclamou de mim?

— Nossa filha só precisa se sentir um pouco mais independente.

— Era isso, então. Ela queria que você falasse comigo, não com a professora.

Sorri, cansado.

— Grace diz que as outras crianças riem dela.

— Isso passa.

Eu quis dizer alguma coisa, mas achei que já tínhamos discutido aquilo tantas vezes que não havia nada a acrescentar.

Então, Cynthia preencheu o silêncio.

— Você sabe que o mundo está cheio de gente ruim.

— Eu sei, Cyn, eu sei. — Tentei afastar a frustração e o cansaço da minha voz. — Mas até quando você vai levá-la para a escola? Até ter 12 anos? Quinze? Vai levá-la quando estiver no ensino médio?

— Vou pensar nisso quando chegar a hora — ela disse. Fez uma pausa. — Vi aquele carro de novo.

O carro. Sempre tinha um carro.

Cynthia notou pela minha cara que eu não via nenhum problema naquilo.

— Você acha que estou maluca — ela disse.

— Não acho.

— Vi duas vezes. Um carro marrom.

— Que marca?

— Não sei. Um modelo comum. Com vidros escuros. Quando passa por Grace e por mim, diminui a velocidade.

— Ele já parou alguma vez? O motorista disse alguma coisa?

— Não.

— Você anotou a placa?

— Não. Na primeira vez, não pensei nisso. Na segunda, fiquei muito confusa.

— Cyn, deve ser alguém que mora por aqui. As pessoas têm que reduzir a velocidade, tem uma escola aqui perto. Lembra que um dia a polícia colocou um controlador de velocidade? Para as pessoas diminuírem a marcha ali, naquele horário.

Cynthia desviou os olhos, cruzou os braços.

— Você não passa por lá todos os dias como eu. Não sabe o que acontece.

— Mas sei que você prejudica nossa filha impedindo que ela faça as coisas sozinha.

— Ah, então você acha que se um homem tentar puxá-la para dentro daquele carro ela consegue se defender? Uma menina de 8 anos?

— Como é que passamos de um carro marrom a um sequestrador?

— Você não leva essas coisas a sério como eu. — Esperou um instante. — É compreensível.

Enchi a boca de ar e soprei.

— Certo, mas olha, não vamos resolver isso agora. Tenho de ir — falei.

— Certo. Acho que vou ligar para eles — disse Cynthia, ainda sem olhar para mim.

Hesitei.

— Eles quem?

— O programa. *Deadline*.

— Cyn, faz umas três semanas que o programa foi ao ar. Se alguém ia ligar, já teria ligado. Além disso, se a emissora receber alguma ligação que interesse, vai entrar em contato. Vão querer fazer uma continuação do caso.

— Mas vou ligar assim mesmo. Faz algum tempo que não telefono, então eles não vão se incomodar dessa vez. Pode ser que tenham ouvido alguma coisa, acharam que não era importante, que era algum chato, mas talvez seja algo. Sabe, tivemos sorte de alguém lembrar o que aconteceu comigo e achar que valia a pena contar a história.

Virei-a com carinho, levantei o queixo dela para que nossos olhos se encontrassem.

— Certo, faça o que quiser. Amo você, sabe disso — falei.

— Também amo você. Sei... sei que não é fácil viver com essa história na cabeça. Sei que é difícil para Grace. Conheço minhas preocupações, sei que podem ser muito pesadas para ela. Mas, desde que o programa foi exibido, tudo voltou a ser muito real para mim.

— Compreendo. Mas quero que você consiga viver no presente e não fixada no passado — falei.

Senti o ombro dela mexer.

— Fixada? Acha que faço isso?

Palavra errada. Era de se esperar que um professor tivesse algo melhor a dizer.

— Não seja condescendente. Você acha que entende, mas não entende. Não pode entender — ela disse.

Não havia muito o que eu pudesse acrescentar, porque ela tinha razão. Inclinei-me, dei um beijo nos cabelos dela e fui trabalhar.

3

*E*la queria ser consoladora no que tinha de dizer, mas era importante também ser firme.

— Compreendo perfeitamente que vocês achem a ideia um pouco inquietante. Sei que devem estar se sentindo esquisitos com essa história toda, mas, acreditem, já passei por isso, pensei muito e esse é o único jeito. As famílias são assim com a família. Você tem que fazer o que precisa, mesmo que seja difícil, mesmo que seja doloroso. Claro, o que temos de fazer vai ser difícil, mas é preciso ver o todo. É como quando se diz (vocês não devem ter idade para lembrar disso) que é preciso destruir uma aldeia para salvá-la. É parecido. Pensem na nossa família como uma aldeia. Nós temos de fazer o possível para salvá-la.

Ela gostava do trecho com "nós". Fazia com que se sentisse numa espécie de time.

4

Quando me mostraram Cynthia na Universidade de Connecticut, meu amigo Roger cochichou:

— Archer, dá uma olhada naquela garota. Ela é uma gata, tem aquele cabelo que parece fogo, mas tem a vida toda bem fodida.

Cynthia Bigge estava sentada na segunda fila do auditório, anotando os nomes dos livros sobre o Holocausto. Roger e eu estávamos mais no alto, perto da porta, de maneira que podíamos sair assim que o professor terminasse o discurso.

— Fodida por quê ? — cochichei para ele.

— Lembra daquela história que aconteceu há alguns anos, de uma garota que a família sumiu e nunca mais apareceu?

— Não. — Naquela época, eu não lia jornal nem via televisão. Como muitos adolescentes, eu era mais concentrado em mim mesmo; ia ser o próximo Philip Roth, ou Robertson Davies, ou John Irving, estava em processo de escolha, indiferente aos acontecimentos, a menos que uma das organizações mais radicais do campus quisesse alunos para protestar contra alguma coisa. Eu procurava fazer a minha parte, porque tais manifestações eram ótimas para arrumar garotas.

— Pois então, os pais e a irmã, ou o irmão, não lembro, sumiram.

Inclinei-me e cochichei:

— Foram mortos?

Roger deu de ombros.

— Quem vai saber, cara? O interessante é isso. — Ele apontou com a cabeça na direção de Cynthia. — Talvez ela saiba. Vai ver acabou com eles todos. Você nunca teve vontade de matar sua família inteira?

Dei de ombros. Achava que isso passava pela cabeça de todo mundo, um dia.

— Acho ela metida — disse Roger. — Não dá atenção a ninguém, está sempre na biblioteca, trabalhando, fazendo os deveres. Não fica com ninguém, não vai a lugar nenhum. Mas tem um belo traseiro.

Ela era bonita.

Era a única aula que eu tinha com ela. Eu fazia licenciatura, ia ser professor, caso aquela história de ser um escritor best-seller não desse certo logo. Meus pais eram aposentados e moravam em Boca Raton, foram professores e gostaram muito. Pelo menos, era uma profissão à prova de recessão. Perguntei e soube que Cynthia fazia serviço social no campus Storrs, que tinha cursos de estudos de gênero, aconselhamento conjugal, cuidado com os idosos, economia doméstica e porcarias similares.

Eu estava sentado em frente à livraria da universidade, usando um moletom do UConn Huskies, olhando umas anotações, quando percebi alguém em pé na minha frente.

— Por que fica perguntando aos outros sobre mim? — disse Cynthia.

Foi a primeira vez que a ouvi falar. Voz suave, mas segura.

— Hum? — perguntei.

— Alguém me disse que anda querendo saber de mim. Você é Terrence Archer, não?

Concordei com a cabeça.

— Terry — anunciei meu apelido.

— Certo. Então por que fica perguntando sobre mim?

Dei de ombros.

— Não sei.

— O que quer saber? Há algo que queira saber? Se houver, basta me perguntar, por que não gosto de gente falando pelas minhas costas. Eu sei quando isso acontece.

— Olha, desculpe, eu só...

— Pensa que não sei que as pessoas falam de mim?

— Céus, você é paranoica ou o quê? Eu não estava *falando* de você. Só querendo saber se...

— Estava pensando se eu sou aquela. Que a família sumiu. Pois sou, sim. Agora você pode cuidar da droga da sua vida.

— Minha mãe tem cabelos ruivos — falei, mudando de assunto. — Não tanto quanto os seus. Meio louro-avermelhado, sabe como? Mas o seu é lindo mesmo. — Cynthia piscou e eu emendei. — Então, é, devo ter perguntado de você para algumas pessoas, queria saber se está saindo com alguém, disseram que não e agora entendo por quê.

Ela olhou para mim.

— Então — eu disse, enfiando as anotações na mochila e jogando-a nas costas. — Desculpe. — Levantei e virei-me para ir embora.

— Não estou — disse Cynthia.

Parei.

— Não está o quê?

— Não estou saindo com ninguém. — Ela engoliu em seco.

Percebi que fui muito abrupto.

— Não quis ser agressivo. É que você ficou meio... sensível.

Concordamos que ela foi sensível demais e que eu fui um idiota e acabamos tomando café numa lanchonete do campus, onde Cynthia me contou que morava com a tia, quando não estava na universidade.

— Tess é muito legal — disse Cynthia. — Não teve filhos, então, quando fui morar na casa dela, depois do que aconteceu com a minha família, o mundo dela ficou de cabeça para baixo. Mas foi legal comigo. Quer dizer: o que ela podia fazer? Ela meio que passou por uma tragédia, também, com o sumiço da irmã, do cunhado e do sobrinho.

— E o que foi feito da casa onde você morava com seus pais e seu irmão?

Eu era assim. O Sr. Prático. A família da garota some e eu pergunto da casa.

— Eu não podia morar lá sozinha. Também não tinha quem pagasse a hipoteca, então, como não acharam a minha família, o banco retomou a casa, os advogados entraram e todo o dinheiro que meus pais já tinham pago foi para um seguro, e quase não fez diferença na amortização da hipoteca. Agora faz muito tempo, eles acham que todos morreram, sabe? Para efeito legal, mesmo que não tenham morrido. — Ela rolou os olhos e fez uma careta.

O que eu podia dizer?

— Então, tia Tess me fez estudar. Eu trabalho no verão, essas coisas, mas não paga muita coisa. Não sei como ela consegue me sustentar e pagar meus estudos. Deve estar mergulhada em dívidas, mas não reclama.

— Puxa! — exclamei. Dei um gole no café.

E pela primeira vez Cynthia sorriu.

— Puxa! — ela repetiu. — É só o que você tem a dizer, Terry? *Puxa!* — Tão rápido quanto o sorriso apareceu, sumiu. — Desculpe. Não sei o que espero que as pessoas digam. Não sei o que diria, se eu não fosse eu.

— Não sei como você lida com isso — falei.

Cynthia deu um gole no chá.

— Tem dia que quero me matar, sabe? Depois, penso: e se eles aparecerem amanhã? — Ela sorriu de novo. — Não seria um horror?

Mais uma vez, o sorriso sumiu como se fosse levado por uma brisa suave.

Um cacho dos cabelos ruivos caiu nos olhos e ela puxou-o para trás da orelha.

— O fato é que eles podem estar mortos e não tiveram chance de se despedir de mim. Ou podem estar vivos ainda e não querem ser incomodados. — Olhou pela janela. — Não sei o que é pior.

Passamos mais ou menos um minuto calados. Por fim, Cynthia disse:

— Você é ótimo. Se eu saísse com alguém, seria com alguém parecido com você.

— Se ficar desesperada, você sabe onde me encontrar — avisei.

Pela janela, olhou os alunos passando, e por um instante foi como se ela sumisse dali.

— Às vezes, tenho a impressão de ver um deles — ela disse.

— Como? Fantasmas, ou coisa assim? — perguntei.

— Não, não — ela respondeu, ainda olhando para fora. — Eu vejo alguém e penso que é meu pai ou minha mãe. Quando estão de costas, quer dizer. Tem alguma coisa no jeito deles, a cabeça, a maneira de andar, que me parece familiar, e acho que são eles. Ou vejo um menino mais velho que eu, que podia ser meu irmão, sete anos depois. Meus pais ainda devem ser como eram, certo? Mas meu irmão pode estar completamente diferente, embora possa ter mantido alguma coisa semelhante, não é?

— Acho que sim — respondi.

— Eu vejo alguém parecido e corro atrás, passo na frente, seguro no braço ou coisa assim, viro e dou uma boa olhada. — Ela tirou os olhos da janela e fitou o chá, como se procurasse uma resposta nele. — Mas nunca são eles.

— Acho que um dia você para de fazer isso — eu comentei.

— Se forem eles — disse Cynthia.

Começamos a namorar. Íamos ao cinema, estudávamos juntos na biblioteca. Ela quis que eu me interessasse por tênis. Nunca foi meu esporte preferido, mas me esforcei. Cynthia foi a primeira a concordar que não era grande jogadora, embora tivesse um ótimo *backhand*. Mas já era suficiente para arrasar comigo na quadra. Se eu dava o saque e via o braço direito dela rebater por cima do ombro esquerdo, sabia que não tinha muita chance de receber a bola na rede. Quando eu via a bola.

Um dia, eu estava na minha máquina de escrever Remington, que na época já era quase uma antiguidade, enorme, preta, de aço, pesada como um Volkswagen e com a tecla "e" parecendo mais um "c", mesmo com fita nova. Tentava terminar um ensaio sobre Thoreau pelo qual, sinceramente, eu não dava um tostão. Não ajudava o fato de Cynthia estar na cama, completamente vestida, na única cama de solteiro do meu quarto, dormindo depois de ler uma edição de *Miséria*, de Stephen King. Ela não era doutora em inglês e podia ler a droga que quisesse, então se consolava ao ler sobre pessoas que passaram por coisas piores do que ela.

Eu a tinha convidado para me ver datilografar meu ensaio.

— É bem interessante, escrevo com os dez dedos.

— Ao mesmo tempo? — ela brincou.

Concordei com a cabeça.

— Deve ser incrível — ela disse.

Ela levou um trabalho para fazer e sentou-se na cama, encostada na parede, e de vez em quando eu a sentia me observando. Estávamos saindo, mas mal tínhamos nos tocado. Segurei a mão dela para ajudá-la a descer do ônibus. Eu havia colocado a mão no ombro dela quando passei a cadeira na lanchonete. Nossos ombros se tocaram quando olhávamos o céu à noite.

Nada mais.

Tive a impressão de ouvir o lençol sendo puxado, mas estava concentrado em escrever uma nota de rodapé. Depois, ela ficou atrás de mim, uma presença meio elétrica. Passou a mão no meu peito, inclinou-se e beijou meu rosto. Virei-me para ela poder me beijar a boca. Mais tarde, embaixo do lençol, antes de transarmos, Cynthia disse:

— Você não pode me machucar.

— Não vou te machucar. Vou fazer bem devagar — garanti.

— Não é isso — ela sussurrou. — Se você não me quiser, se resolver não ficar comigo, não se preocupe. Não vou sofrer mais do que já sofri pelo que aconteceu comigo.

Ela estava enganada.

5

Depois que a conheci e ela começou a abrir o coração para mim, Cynthia contou mais a respeito da família, de Clayton, Patricia e do irmão mais velho, Todd, a quem amava e odiava, dependendo do dia.

Quando falava neles, costumava mudar o tempo do verbo. "Minha mãe se chamava, quer dizer, minha mãe se *chama* Patricia." Cynthia não conseguia aceitar a parte dela que admitia que todos podiam estar mortos. Ainda tinha resquícios de esperança como cinzas de um acampamento abandonado.

Ela era da família Bigge. Clayton Bigge era filho único, os pais morreram quando ele era jovem, não tinha tios e tias a quem procurar. Nunca havia reuniões de família, nem disputas entre Clayton e Patricia para decidir na casa de que família iriam passar o Natal, embora de vez em quando o trabalho fizesse Clayton se ausentar da cidade em feriados.

— Eu sou a família inteira. Não tem mais ninguém — ele gostava de dizer.

Ele também não era muito sentimental. Não tinha empoeirados álbuns com fotos das gerações anteriores, nenhuma foto do passado, nem velhas cartas de amor de ex-namoradas para Patricia jogar fora quando se casou com ele. Quando Clayton tinha 15 anos, um fogo na cozinha ficou fora de controle e queimou a casa toda. Duas gerações de lembranças viraram fumaça. Ele era um sujeito que vivia um dia de cada vez, aproveitava o momento, não se interessava em olhar para trás.

Patricia também não tinha uma família grande mas, pelo menos, tinha uma história. Muitas fotos (guardadas em caixas de sapato, não em álbuns) dos pais, parentes e amigos da infância. O pai morreu de poliomielite quando ela era pequena, mas a mãe ainda era viva quando ela conheceu Clayton. Ele era atraente, embora um pouco calado. Ele a convenceu a fugir para não ter um casamento formal, o que desapontou a pequena família dela.

A irmã da mãe, Tess, não aceitou aquilo. Não gostava de que o trabalho de Clayton o obrigasse a estar na estrada quase o tempo todo, deixando Patricia cuidar dos filhos sozinha por longos períodos. Mas ele os sustentava, era um homem decente e seu amor por Patricia parecia profundo e sincero.

Antes de conhecer Clayton, Patricia Bigge trabalhava numa farmácia em Milford, na rua North Broad, que dava num parque da cidade, pouco depois da antiga biblioteca, onde pegava emprestado obras clássicas do enorme acervo. Ela arrumava as prateleiras, atendia no caixa, ajudava o farmacêutico, mas só nas coisas mais básicas. Não tinha treinamento adequado e sabia que devia ter estudado mais, aprendido algum ofício, alguma coisa, mas, sobretudo, algo que a sustentasse. O mesmo acontecia com a irmã Tess, que trabalhava numa fábrica de peças para rádios, em Bridgeport.

Um dia, Clayton entrou na farmácia à procura de uma barra de chocolate Mars.

Patricia gostava de contar que, se o marido não tivesse uma vontade louca de comer uma barra de Mars naquele dia de julho de 1967, ao passar por Milford numa viagem de vendas, as coisas teriam sido bem diferentes.

Eles se deram muito bem. Foi um namoro rápido, e em poucas semanas de casada ela estava grávida de Todd. Clayton achou uma casa em Hickory por um preço que podiam pagar, logo depois da avenida Pumpkin Deligh, perto da praia e do canal de Long Island. Queria que a mulher e o filho vivessem numa casa boa, enquanto ele estivesse na estrada. Ele era responsável pelo trecho que ia de Nova York a Chicago e, acima, até Buffalo, vendendo lubrificantes industriais e outros suprimentos para lojas de máquina por toda essa região. Tinha muitos fregueses fixos. Trabalhava bastante.

Dois anos depois do nascimento de Todd nasceu Cynthia.

Eu estava pensando em tudo isso enquanto dirigia rumo à Escola Old Fairfield. Sempre que meus pensamentos voavam, eles pousavam sobre o passado de minha mulher, a criação dela, os parentes que jamais conheci e, muito provavelmente, jamais viria a conhecer.

Talvez, se eu tivesse tido oportunidade de conviver com eles, tiraria mais conclusões sobre o que incomodava Cynthia. Mas a verdade era que a mulher que eu amava fora forjada mais pelo que aconteceu desde que perdeu a família (ou que a família a perdeu) do que pelo que ocorreu antes disso.

Parei na lanchonete para tomar um café, resistindo à vontade de comer uma rosquinha com recheio de limão ali mesmo e levei-a para a escola, junto com uma sacola cheia de textos dos meus alunos dependurada no ombro, quando vi Roland Carruthers, o diretor e talvez meu melhor amigo na escola.

— Rolly — chamei.

— Cadê a minha rosquinha? — perguntou, apontando para o pacote de papel que eu segurava.

— Se você der a minha primeira aula, volto lá e compro uma para você.

— Se eu fizer isso, vou precisar de algo mais forte do que café.

— Os alunos não são tão ruins.

— São selvagens — disse Rolly, sem nem um sorriso.

— Você nem sabe quem está ou não na minha turma da primeira aula.

— Se são alunos dessa escola, são selvagens — disse Rolly, imóvel.

— O que está havendo com Jane Scavullo? — perguntei. Era minha aluna de escrita criativa, uma menina difícil, com uma família problemática que, na melhor das hipóteses, tinha uma situação complicada com a escola e que passava quase tanto tempo na sala dos professores quanto as secretárias. Por acaso, ela também escrevia como um anjo. Um anjo que teria prazer em agredir você com uma frase; mesmo assim, um anjo.

— Avisei que ela está a essa distância de uma suspensão — disse Rolly, com o polegar e o indicador alguns centímetros afastados um do outro.

Dois dias antes Jane e outra garota brigaram na frente da escola, com direito a puxões de cabelos e arranhões no rosto. Por causa de algum rapaz, claro. Alguma vez o motivo era outro? Atraíram um monte de gente que ficou incentivando, sem querer saber qual das duas venceria, desde que a briga continuasse. Até que Rolly chegou e acabou com a festa.

— E o que ela disse?

Rolly fez de conta que estava mascando chiclete de um jeito exagerado, inclusive fazendo sons de estourar uma bola.

— Certo — disse eu.

— Você gosta dela — concluiu ele.

Destampei o meu copo de papel e dei um gole no café.

— Tem algo diferente nela — falei.

— Você não desiste das pessoas. Mas você tem qualidades também — comentou Rolly.

Minha amizade com ele era o que se poderia chamar de multifacetada. Colega de trabalho e amigo mas, como tem duas décadas a mais que eu, é uma espécie de figura paternal também. Eu o procurava quando precisava de conselhos ou, como eu gostava de dizer para ele, uma perspectiva de alguém de outro tempo. Conheci-o por meio de Cynthia. Se para mim ele era uma figura paterna não oficial, para ela era um tio não oficial. Foi amigo do pai dela, antes de Clayton sumir e, fora a tia Tess, era a única pessoa que conhecia que tinha alguma ligação com seu passado.

Ele estava prestes a se aposentar e, às vezes, podia-se dizer que estava contando os dias para ficar na Florida, morando num trailer em algum lugar perto de Bradenton, pescando marlins, peixe-espada ou o que quer que tivesse nas águas de lá.

— Vai estar aqui mais tarde? — perguntei.

— Claro. Por quê?

— Só... umas coisas.

Ele concordou com a cabeça. Sabia o que isso significava.

— Apareça, depois das 11 horas seria ótimo. Antes disso, estarei com o superintendente.

Fui para a sala dos professores, olhei se meu escaninho tinha cartas ou notícias importantes, mas não tinha. Quando virei para voltar ao corredor, bati de encontro com Lauren Wells, que também olhava a correspondência.

— Desculpe — disse eu.

— Opa — disse Lauren, e ao perceber em quem tinha esbarrado, sorriu, surpresa. Vestia um conjunto de ginástica vermelho e tênis brancos, o que fazia sentido, já que era professora de educação física. — Olá, como vai?

Lauren veio para Old Fairfield há quatro anos, transferida de uma escola em New Haven, onde o ex-marido dava aulas. Quando o casamento terminou, ela não quis trabalhar no mesmo lugar que ele — pelo menos essa foi a história que se espalhou. Como tinha fama de excelente treinadora, com alunos vencedores em diversos campeonatos regionais, ela pôde escolher entre várias escolas qual o diretor que teria o prazer de tê-la na equipe.

Rolly ganhou. Ele comentou comigo, particularmente, que a contratara pelo que poderia acrescentar à escola, o que incluía "um corpo incrível, esvoaçantes cabelos ruivos e belos olhos castanhos".

Minha primeira reação à descrição foi:

— Ruivos? Quem disse?

Eu devo ter olhado esquisito para ele, pois se sentiu na obrigação de explicar:

— Calma, é só uma observação. A única vara que eu levanto hoje em dia é a de pesca.

Desde que entrou na escola, Lauren Wells jamais me notou, até ser exibido o programa sobre a família de Cynthia. Então, sempre que me via, perguntava como iam as coisas.

— Alguma coisa boa? — perguntou.

— Hein? — Por um instante pensei que ela quisesse saber se alguém tinha levado sanduíches para a sala dos professores. Às vezes, apareciam umas rosquinhas deliciosas milagrosamente.

— Estou me referindo ao programa — explicou. — Faz duas semanas, não? Alguém ligou com alguma informação sobre a família de Cynthia?

Foi engraçado ela usar o nome de Cynthia e não "a família de sua mulher". Era como se ela a conhecesse, embora nunca tivessem se visto, pelo que eu sabia. Talvez tivessem comparecido a algum evento da escola em que os professores levavam os cônjuges.

— Nada — respondi.

— Cynthia deve estar *tão* desapontada — ela disse, colocando a mão, solidária, no meu braço.

— É, seria ótimo se tivéssemos notícias. Alguém deve saber alguma coisa, mesmo depois de tantos anos.

— Penso sempre em vocês. Outra noite mesmo comentei com um amigo. E você, como está enfrentando a situação? Está bem? — perguntou.

— Eu? Claro, estou bem — respondi, surpreso.

— Sabe, às vezes você... — disse ela, suavizando a voz — ...talvez eu não deva dizer, mas às vezes vejo você na sala dos professores, parece cansado. E triste.

Não sabia o que era mais importante: Lauren me achar cansado e triste, ou ficar me observando na sala dos professores.

— Estou bem, sério.

Ela sorriu.

— Que bom, que bom. — Pigarreou. — Bom, tenho de ir para o ginásio. Podíamos conversar de vez em quando,. — Ela tocou no meu braço novamente e deixou a mão repousar ali por um instante antes de sair da sala.

*

Ao me encaminhar para a aula de escrita criativa pensei que quem colocava uma coisa "criativa" como primeira atividade da manhã não conhecia os alunos do ensino médio ou tinha pouco senso de humor. Comentei isso com Rolly, que respondeu:

— Por isso chamam de criativa. Para conseguir que os alunos prestem atenção a essa hora do dia é preciso ser criativo. Se alguém pode conseguir isso, é você, Terry.

A turma tinha 21 corpos quando entrei, a metade dos quais esparramados nas carteiras como se a espinha dorsal deles tivesse sido retirada cirurgicamente. Coloquei o café e minha pasta na mesa ruidosamente. Isso chamou a atenção dos alunos, pois eles sabiam o que devia ter dentro da pasta.

No fundo da sala, Jane Scavullo, 17 anos, estava tão enfiada na carteira que eu mal enxergava o curativo no queixo dela.

— Muito bem, li os textos de vocês e alguns são muito bons, conseguiram escrever parágrafos inteiros sem usar a palavra "porra".

Dois risinhos.

— Você não pode ser demitido por falar isso? — perguntou um rapaz chamado Bruno, sentado ao lado da janela, com fios brancos de aparelho de som saindo dos ouvidos e sumindo na jaqueta.

— Espero que sim, porra — respondi, apontando para meus ouvidos. — Bruno, pode desligar isso agora?

Bruno tirou os fones do ouvido.

Peguei a pilha de trabalhos, a maioria escrita no computador, alguns manuscritos, e tirei um.

— Bom, vocês lembram que falei que para um texto ser interessante não precisa ter como tema assassinatos, terroristas nucleares ou alienígenas saindo do peito de pessoas? Ou seja, que podemos achar assunto em situações totalmente mundanas?

Uma mão levantada. Era Bruno.

— Mun... o quê?

— Mundano. Comum.

— Por que então você não disse comum? Por que precisa de uma palavra diferente se uma normal serviria?

Sorri.

— Ponhas os fones no ouvido de novo.

— Não, se eu puser, posso perder alguma coisa mundana.

— Vou ler um trecho — avisei, segurando a folha. Vi Jane levantar a cabeça 1 centímetro. Talvez tivesse reconhecido o papel pautado e manuscrito, não era igual ao de uma impressora a laser.

— "O pai dela ou, pelo menos, o sujeito que dormia com a mãe há tanto tempo que podia ser chamado assim, tira uma caixa de ovos da geladeira e quebra dois numa tigela. O bacon já está chiando numa frigideira quando ela entra na cozinha; ele faz sinal com a cabeça para ela sentar à mesa. Pergunta de que jeito ela gosta dos ovos, ela diz que tanto faz, por não ter outra resposta; ninguém jamais perguntou aquilo. A única coisa remotamente parecida com ovo que a mãe algum dia fez para ela foi waffle semipronto numa torradeira. E ela pensa que, seja lá como aquele sujeito fizer o ovo, tem muita chance de ficar melhor que um maldito Waffle."

Parei de ler e perguntei à classe:

— Algum comentário?

— Gosto dos ovos malpassados — disse um garoto atrás de Bruno.

Uma garota do outro lado da sala falou:

— Gostei do texto. Dá vontade de saber como é esse sujeito, pois, se ele se incomoda com o café da manhã dela, talvez não seja um idiota. Minha mãe só arruma idiota.

— Vai ver que o sujeito está preparando o café da manhã dela por que quer comer ela *e* a mãe — disse Bruno.

Risos.

Uma hora depois, quando eles saíam da classe, chamei Jane. Ela virou de lado para minha mesa, relutante.

— Está aborrecida? — perguntei.

Ela deu de ombros, passou a mão no curativo, fazendo com que eu o notasse, mas tentando fazer com que eu não o visse.

— Seu texto, está bom, por isso eu o li.

Deu de ombros outra vez.

— Soube que você está quase a ponto de ser suspensa.

— Foi aquela vadia que começou a briga — disse Jane.

— Você escreve bem. Mandei aquele conto que você fez para o concurso de contos da biblioteca. O concurso para alunos.

Os olhos de Jane meio que dançaram.

— Algumas coisas que você escreve me lembram Oates, já leu Joyce Carol Oates? — perguntei.

Jane negou com a cabeça.

— Experimente ler *Foxfire: Confessions of a Girl Gang*. Não deve ter na nossa biblioteca. Não são belas palavras. Você o encontra na Biblioteca Milford — sugeri.

— Era só? — ela perguntou.

Fiz sinal que sim, ela se encaminhou para a porta.

Encontrei Rolly no computador da sala dele, olhando alguma coisa no monitor. Mostrou a tela.

— Eles querem mais provas. Daqui a pouco, não teremos tempo para ensinar. Vamos fazer só provas, da hora em que os alunos chegam aqui até a hora que saem.

— Qual é o caso daquela menina? — perguntei. Tive de lembrá-lo de quem eu estava falando.

— Jane Scavullo, é uma pena — ele disse. — Acho que nem temos o endereço atual dela. O último que tínhamos da mãe é de dois anos atrás, mais ou menos. Ela se mudou com algum namorado novo e levou a filha junto.

— O velho problema familiar — eu disse. — Acho que nos últimos meses ela melhorou um pouco. Não tem faltado tanto e parece um pouco menos agressiva. Talvez esse novo sujeito esteja ajudando.

Rolly deu de ombros. Abriu sobre a mesa uma caixa de biscoitos Girl Guide.

— Quer um? — ele perguntou, passando a caixa para mim.

Peguei um de baunilha.

— Isso tudo está me desgastando — disse Rolly. — Não é igual a quando comecei aqui. Sabe o que achei no terreno, atrás da escola outro dia? Não só latas de cerveja, antes fosse, mas cachimbos de crack e, você não vai acreditar, um revólver. Nas moitas, como se tivesse caído do bolso de alguém ou tivesse sido escondido ali.

Aquilo não era exatamente uma novidade.

— Mas como está você? — Rolly perguntou. — Parece meio desligado hoje. Você está bem?

— Talvez esteja longe mesmo. Ando com problemas domésticos. Cyn não consegue dar um pouco de liberdade a Grace.

— Ela continua procurando asteroides? — perguntou Rolly. Ele tinha ido lá em casa algumas vezes com a mulher, Millicent, e adorou conversar com Grace. Ela mostrou o telescópio. — Menina inteligente. Deve ter puxado a mãe.

— Entendo por que ela faz isso, quer dizer, se eu tivesse passado pelo que Cyn passou, talvez me apegasse mais às coisas mas, droga, não sei. Ela diz que há um carro nos vigiando.

— Um carro?

— Um carro marrom que passou duas vezes por ela quando levava Grace à escola, a pé.

— Aconteceu alguma coisa?

— Não. Dois meses atrás, era um utilitário verde. No ano passado, Cyn disse que um barbudo que estava na esquina olhou estranho para elas três vezes numa semana.

Rolly mordeu mais um biscoito.

— Talvez, nos últimos tempos, tenha sido por causa do programa da tevê.

— Acho que em parte é isso. Faz 25 anos que a família sumiu, ela está pagando caro por isso.

— Preciso conversar com ela — disse Rolly. — É hora de irmos à praia.

Nos anos seguintes ao sumiço da família, Rolly ia pegar Cynthia na casa de Tess, de vez em quando. Tomavam sorvete na Carvel da esquina da avenida Bridgeport com a Clark, depois andavam pela praia do canal Long Island. Às vezes conversavam, às vezes, não.

— Pode ser boa ideia — aprovei. — E estamos indo a uma psiquiatra de vez em quando, Dra. Naomi Kinzler.

— Como vai indo?

Dei de ombros e perguntei:

— O que você acha que aconteceu, Rolly?

— Quantas vezes já me perguntou isso, Terry?

— Gostaria que essa história terminasse para Cyn, que ela tivesse alguma resposta. Acho que ela esperava isso do programa. — Fiz uma pausa. — Mas você conheceu Clayton, ia pescar com ele. Sabia como ele era.

— Ele e Patricia.

— Eles davam a impressão de serem do tipo de gente que abandona a filha?

— Não. O que eu acho, que sempre acreditei no fundo, é que foram mortos. Como eu disse no programa, algum assassino em série, ou coisa assim.

Concordei com a cabeça, devagar, embora a polícia nunca tivesse acreditado muito nessa tese. O sumiço da família de Cynthia não tinha nenhum elemento que combinasse com quaisquer de seus registros.

— É isso — disse eu. — Se algum assassino em série entrou na casa, levou-os e matou-os, por que poupou Cynthia? Por que a deixou?

Rolly não tinha resposta.

— Posso perguntar uma coisa? — ele disse.

— Claro — respondi.

— Por que você acha que a nossa professora de educação física lindona colocaria um bilhete no seu escaninho e, um minuto após, iria pegá-lo de volta?

— Como assim?

— Terry, lembre-se de que você é casado.

6

Depois que Rolly acabou de contar o que tinha visto, sentado no fundo da sala dos professores, fingindo ler um jornal, teve boas notícias para me dar. No dia seguinte, Sylvia, a professora de artes cênicas, ia fazer um ensaio de manhã cedo para a grande produção anual da escola, que nesse ano se intitulava "Malditos Ianques". A metade dos meus alunos de escrita criativa estava envolvida na peça, então minha primeira aula foi cancelada, pois, com muitos alunos ausentes, os demais também não iam aparecer.

Assim, na manhã seguinte, enquanto Grace pegava sua torrada com geleia, perguntei:

— Adivinha quem vai levar você hoje para a escola?

O rosto dela se iluminou.

— Você? Mesmo?

— É, já falei para sua mãe. Não tenho a primeira aula, então posso ir.

— Vai realmente me levar, andando, tipo, do meu lado?

Ouvi Cynthia descendo a escada, então coloquei o indicador sobre os lábios e Grace ficou quieta na hora.

— Então, Pipoca, seu pai vai levar você hoje, certo? — ela disse. Pipoca. Era o apelido que a mãe de Cynthia usava com ela.

— Claro!

Cynthia levantou uma sobrancelha.

— Ah, estou vendo que você não gosta da minha companhia.

— Mãe... — disse Grace.

Cynthia sorriu. Se estava ofendida, não demonstrou. Menos segura do que eu, Grace tentou consertar as coisas.

— De vez em quando é bom ir com papai, só para variar.

— O que está lendo? — Cynthia me perguntou.

Eu estava com o jornal aberto nos Classificados. Uma vez por semana tinha uma seção só de casas à venda.

— Ah, nada.

— Nada, como? Está pensando em se mudar?

— Não quero me mudar — avisou Grace.

— Ninguém vai se mudar — eu disse. — É que, às vezes, acho que podíamos ter um pouco mais de espaço.

— Como podíamos ter mais lugar sem mudar? Ei, a frase rimou! — disse Grace.

— Certo, teríamos de nos mudar para ter mais espaço — concordei.

— A menos que aumentássemos a casa — disse Cynthia.

— Ah! — disse Grace, tendo uma ideia. — Podíamos construir um observatório!

Cynthia achou graça e disse:

— Eu estava pensando em mais um banheiro.

— Não, não — atalhou Grace, sem desistir. — Podia fazer um quarto com uma abertura no teto para ver as estrelas à noite e eu podia arrumar um telescópio maior para olhar direto para o céu em vez de ficar na janela, o que é um saco.

— Não diga saco — pediu Cynthia, mas sorrindo.

— Certo, dei um *fox pass*?

Na nossa casa, pronunciávamos *faux pas* assim, de propósito. Há muito tempo a expressão era uma piada particular entre mim e Cynthia, e Grace acabou achando que significava gafe social.

— Não, querida, não é um *fox pass*. É só uma palavra que não queremos ouvir.

Mudando de assunto, Grace perguntou:

— E cadê o bilhete?

— Que bilhete? — perguntou a mãe.

— Sobre o passeio, você tem de fazer um bilhete para a escola — disse Grace.

— Querida, você não disse nada sobre bilhete para passeio. Não pode vir com essas coisas em cima da hora — disse Cynthia.

— O bilhete é para quê? — perguntei.

— Vamos conhecer o Corpo de Bombeiros hoje e precisamos de uma autorização dos pais ou responsáveis.

— Por que não avisou antes...

— Não se preocupe, eu escrevo — comentei.

Subi para onde seria o nosso terceiro quarto, que por enquanto era uma mistura de ateliê e escritório. Encostada no canto, havia uma mesa onde Cynthia e eu dividíamos um computador. Ali eu lia os trabalhos dos alunos e preparava as aulas. Na mesma mesa ficava a minha velha máquina de escrever Royal dos tempos da faculdade, que eu ainda usava para escrever pequenos bilhetes, já que a minha letra é horrorosa e acho mais fácil colocar um papel na máquina do que ligar o computador, abrir o Word, escrever, imprimir etc.

Assim, datilografei um bilhete para o professor de Grace autorizando nossa filha a sair da escola para visitar o Corpo de Bombeiros. Esperava apenas que o fato de a letra "e" se parecer com o "c" não causasse nenhuma confusão, principalmente por que o nome de minha filha parecia "Gracc".

Desci, entreguei o bilhete dobrado para Grace e mandei-a colocar na mochila para não perder.

Na porta, Cynthia recomendou:

— Espere Grace entrar na escola.

Nossa filha não ouviu, estava na entrada da garagem, girando como uma furadeira elétrica.

— E se os alunos ficarem brincando um pouco do lado de fora? — perguntei. — Se virem alguém com a minha aparência perto do pátio da escola, não vão chamar a polícia?

— Se eu visse você lá, mandava prendê-lo na hora — disse Cynthia. — Sério, apenas leve-a até o pátio e pronto. — Ela me puxou para mais perto. — Quando exatamente você precisa chegar na sua escola?

— Só na segunda aula.

— Então tem quase uma hora sobrando — disse ela, me olhando de um jeito que eu não via tantas vezes quanto gostaria.

— Sim — respondi, bem calmo. — Tem razão, Sra. Archer. Pretende fazer alguma coisa?

— Talvez, Sr. Archer. — Cynthia deu um sorriso e um beijo rápido na minha boca.

— Grace não vai estranhar se eu disser que temos de ir para a escola correndo?

— Vá — ela disse, me empurrando para a porta.

Quando cheguei perto de Grace, ela me perguntou:

— E qual é o plano?

— Plano? Nenhum.

— Quero dizer, você vai manter uma boa distância de mim?

— Na verdade eu pensei em ir bem ao seu lado, e talvez me sentar na sua sala e ficar lá por uma hora, mais ou menos.

— Papai, não brinque.

— Quem disse que estou brincando? Gostaria de ficar na sala com você. Vendo se presta atenção direito.

— Você nem caberia na carteira — observou Grace.

— Podia sentar em cima dela. Sem problema.

— Mamãe parecia meio animada hoje — disse Grace.

— Claro. Ela fica assim muitas vezes — concordei, e Grace me olhou como se eu não estivesse sendo muito sincero. — Sua mãe anda com a cabeça cheia de coisas. Não tem sido fácil para ela.

— Por que faz 25 anos — disse Grace. Assim mesmo.

— É — concordei.

— E por causa do programa da tevê — disse Grace. — Não sei por que vocês não deixaram eu assistir. Vocês gravaram, não é?

— Sua mãe não quer deixá-la preocupada com as coisas que aconteceram com ela — expliquei.

— Uma amiga minha gravou — disse Grace, calma. — Eu meio que já vi — ela avisou, com um tom de "e daí" na voz.

— Quando você viu? — perguntei.

Cynthia mantinha nossa filha numa rédea tão curta que saberia se Grace tivesse ido à casa de uma amiga depois da escola. Será que ela tinha trazido escondido a fita e assistido sem som, enquanto estávamos no escritório?

— Fui à casa dela no almoço — disse Grace.

Mesmo quando os filhos têm 8 anos, não é possível esconder nada deles. Daqui a cinco anos ela seria uma adolescente. Céus!

— Quem quer que tenha deixado você ver, não devia.

— Achei que o policial foi um idiota — disse ela.

— Que policial? Do que você está falando?

— O policial do programa, o que mora num trailer e disse que era estranho só sobrar a mamãe. Eu sei o que ele quis dizer. Que mamãe fez tudo. Matou todo mundo.

— É, bom, ele é um babaca.

Grace virou a cabeça para mim.

— *Fox pass* — disse ela.

— Afirmar uma coisa não é um *fox pass* — falei, balançando a cabeça, sem querer entrar naquele assunto.

— Mamãe gostava do irmão dela, Todd?

— Sim, ela gostava. Brigava com ele como todos os irmãos e irmãs fazem, mas o amava. E ela não matou o irmão, nem a mãe ou o pai. Lamento que você tenha visto o programa e ouvido aquele detetive filho da puta, isso mesmo, filho da puta, insinuar aquilo. — Fiz uma pausa. — Vai contar para sua mãe que viu?

Grace, ainda pasma por eu usar o palavrão, negou com a cabeça.

— Acho que ela ficaria uma fera.

Provavelmente, mas eu não quis concordar.

— É bom que você conte em algum momento, quando todo mundo estiver num bom dia.

— Hoje vai ser um bom dia — avaliou Grace. — Não vi nenhum asteroide na noite passada, então vamos estar a salvo pelo menos até a noite.

— Que bom.

— Você não precisa me acompanhar mais — disse Grace.

Na frente, vi alguns alunos da idade dela, talvez fossem até seus amigos. Outras crianças entravam na rua, vindas das ruas laterais. Dava para ver a escola, a três quarteirões.

— Estamos chegando. Você pode me olhar daqui — disse Grace.

— Certo. Vamos fazer o seguinte: você vai na minha frente e eu sigo no meu jeito de velho. Como Tim Conway.

— Quem?

Comecei a arrastar os pés e Grace riu.

— Tchau, pai — ela disse, apressando o passo.

Fiquei de olho nela, dei passos pequenos, fui ultrapassado por outras crianças a pé, de bicicleta, de skate e de patins.

Ela não olhou para trás. Correu para alcançar os amigos, gritando:

— Esperem!

Enfiei as mãos nos bolsos, pensei em voltar para casa e ficar algum tempo a sós com Cynthia.

Foi aí que o carro marrom passou.

Era um velho modelo americano, bem comum, Impala, acho, meio enferrujado em volta das rodas. Insufilm, mas do tipo mais barato, cheio de bolhas como se o vidro estivesse com sarampo ou algo assim.

Parei e observei o carro descer a rua até a última esquina antes da escola, onde Grace conversava com duas amigas.

O carro parou na esquina, a poucos metros de Grace, e meu coração foi parar na boca.

Então, uma das lanternas traseiras começou a piscar, o carro virou à direita e sumiu.

Grace e as amigas, com a ajuda de um guarda de trânsito com uma berrante camisa laranja, segurando uma enorme placa de PARE, atravessaram a rua e entraram na escola. Para minha surpresa, ela olhou para trás e acenou para mim. Acenei de volta.

Então, certo, havia um carro marrom. Mas nenhum homem saltou de dentro dele e pegou minha filha. Nem o filho de ninguém, aliás. Se o motorista fosse algum assassino em série maluco (que é o inverso de um assassino em série normal), não estava disposto a matar ninguém naquela manhã.

Parecia um sujeito a caminho do trabalho.

Fiquei lá um instante, vendo Grace ser engolida pela multidão de colegas, e fui invadido por uma tristeza. Cynthia achava que todo mundo tramava levar os entes queridos dela.

Talvez, se eu não estivesse pensando naquilo, teria andado mais rápido ao voltar para casa. Mas, ao me aproximar, tentei afastar a tristeza, ficar com uma disposição mais positiva. Afinal, minha mulher estava me esperando, provavelmente embaixo dos lençóis.

Assim, andei mais rápido no último quarteirão, passei pela entrada da garagem e ao chegar na porta da frente, gritei:

— Cheeeeeguei.

Nenhuma resposta.

Achei que isso significava que Cynthia já estava na cama, me esperando, mas quando cheguei no começo da escada ouvi uma voz na cozinha.

— Estou aqui — disse Cynthia. A voz era contida.

Fiquei na soleira da porta. Ela estava à mesa da cozinha, com o telefone na frente. O rosto parecia sem cor.

— O que foi? — perguntei.

— Telefonaram — disse ela, baixinho.

— Quem era?

— Ele não disse.

— Bom, o que ele queria?

— Só dar um recado.

— Que recado?

— Disse que eles me perdoam.

— Quem?

— Minha família. Ele disse que me perdoam pelo que fiz.

7

Sentei ao lado de Cynthia à mesa da cozinha. Coloquei uma mão sobre a dela e senti que tremia.

— Certo. Tente lembrar exatamente o que ele disse — recomendei.

— Já falei — ela disse, juntando as palavras. Mordeu o lábio superior. — Ele disse... bom, espera um instante. Então, o telefone tocou, atendi e ele disse: "É Cynthia Bigge?" Achei estranho me chamar por esse nome, mas confirmei. Não acreditei na hora, mas ele disse: "Sua família perdoa você." — Ela fez uma pausa. — "Pelo que você fez."

— Não soube o que dizer. Acho que só perguntei quem era, do que ele estava falando.

— E o que ele respondeu?

— Nada. Desligou. — Uma solitária lágrima escorreu pelo rosto de Cynthia quando olhou para mim. — Por que disse isso? O que quer dizer "eles me perdoam"?

— Não sei. Deve ser algum maluco que viu o programa — falei.

— Mas por que alguém ligaria para dizer isso? Com que finalidade?

Puxei o telefone para perto de mim. Era o único telefone moderno que tínhamos em casa, com uma pequena tela identificadora de chamadas.

— Por que ele diria que minha família me perdoa? O que a família acha que eu fiz? Não entendo. E se acham que fiz algo, como podem dizer que perdoam? Não faz sentido, Terry.

— Eu sei, é loucura. — Estava olhando para o telefone. — Você viu de onde era a ligação?

— Olhei, mas não consegui. Quando ele desligou, tentei conferir o número, mas...

Apertei o botão que registrava a ligação. Não havia nenhum registro nos últimos minutos.

— Não mostra nada — constatei.

Cynthia fungou, limpou a lágrima com a mão e se inclinou sobre o telefone:

— Eu devo ter... o que fiz? Quando fui conferir de onde era a ligação, devo ter apertado a tecla de salvar.

— Essa tecla é para apagar — eu disse.

— Como?

— Você apagou a última ligação.

— Ah, droga, eu estava tão nervosa, tão preocupada, que não pensei no que estava fazendo.

— É — concordei. — Mas como era a voz desse homem?

Cynthia não ouviu minha pergunta. Estava com um olhar ausente.

— Não acredito. Não acredito que apaguei a ligação. De todo jeito, era um número privado. A tela não mostrava nada, a não ser a palavra "desconhecido".

— Certo, não vamos mais nos preocupar com isso. Mas o homem, que impressão você teve dele?

Cynthia ficou com a mão meio levantada, num gesto fútil.

— Era homem, falava baixo, como se tentasse disfarçar a voz. Mas não tinha nada marcante. — Ela fez uma pausa, depois os olhos brilharam, teve uma ideia. — Podemos ligar para a companhia telefônica. Eles devem ter registro da chamada, talvez tenham até uma gravação dela.

— Eles não gravam todas as ligações — expliquei. — Embora muita gente ache isso. E o que vamos dizer para eles? Foi uma única ligação, de um maluco que provavelmente viu o programa. Não ameaçou você, nem sequer usou uma linguagem obscena.

Coloquei o braço no ombro de Cynthia.

— Olha... não se preocupe. Muita gente sabe o que aconteceu com você. Pode virar um alvo. Sabe o que devemos fazer?

— O quê?

— Arrumar um número que não esteja na lista telefônica. Assim não receberíamos mais chamadas como essa.

Cynthia negou com a cabeça.

— Não, não podemos fazer isso.

— Acho que não custa muito caro e, além disso...

— Não, não.

— Por que não?

Ela engoliu em seco.

— Por que, quando minha família finalmente resolver entrar em contato, poderão me ligar.

Depois do almoço, tive um tempo livre, então saí da escola, fui de carro até a o trabalho de Cynthia e entrei na loja com quatro xícaras de café para viagem.

A loja não vende exatamente moda de luxo, e Pamela Forster não tinha uma clientela jovem e descolada. As prateleiras estavam cheias de roupas conservadoras do tipo apreciado pelas mulheres que usam sapatos confortáveis, como eu gostava de brincar com Cynthia.

— Certo, não se trata exatamente de uma grife de luxo — Cynthia concordaria. — Mas nenhuma butique chique me deixaria trabalhar só até a hora de pegar Grace na escola. Mas Pam deixa.

Era verdade.

Cyn estava de pé no fundo da loja, na frente de um provador de roupa, falando com uma cliente através da cortina.

— Quer experimentar o tamanho 40? — perguntou.

Ela não me viu, mas Pam, sim, e sorriu por trás do caixa. Pam, alta, magra, estreita, se equilibrava bem em sapatos de saltos sete. Seu vestido turquesa, na altura dos joelhos, era bem moderno, parecia não ter saído da loja dela. Só por que não atraía um público que não conhecia a *Vogue*, ela não precisava rebaixar seu estilo.

— Você é muito gentil — ela disse, olhando os quatro copos de café. — Mas só eu e Cyn estamos defendendo a fortaleza agora. Ann não está.

— Pode ser que o café ainda esteja quente quando ela voltar.

Pam tirou a tampa de plástico do café e despejou dentro o conteúdo de um pacote de adoçante.

— Como estão as coisas?

— Bem.

— Cynthia disse que até agora não teve nenhuma notícia depois do programa.

Todo mundo só queria falar naquele assunto? Lauren Wells, minha filha e agora Pamela Forster?

— Pois é — confirmei.

— Eu disse para ela não fazer isso — disse Pam, balançando a cabeça.

— Disse? — Aquilo era novidade para mim.

— Faz tempo, quando ligaram pela primeira vez querendo fazer o programa. Eu disse, querida, esquece. Não vale a pena mexer nesse assunto.

— É mesmo — concordei.

— Eu disse: olha, são 25 anos, não? O que passou, passou, se você não consegue ir em frente depois de tanta água por baixo da ponte, bom, como vai ser daqui a cinco ou dez anos?

— Ela nunca comentou — observei.

Cynthia nos viu conversando, acenou, mas não saiu da frente da cortina.

— Sabe aquela mulher dentro da cabine, tentando entrar em uma roupa que não cabe nela? — disse Pamela, baixo. — Ela já saiu da loja sem pagar as roupas, então ficamos de olho. Temos que ter muita atenção.

— Ladra de loja, é? — perguntei.

Pamela concordou com a cabeça.

— Se ela roubou, por que você não a denuncia? Por que a deixa entrar aqui de novo?

— Não tenho prova. Só desconfiamos. Meio que deixamos ela saber que sabemos sem dizer nada, só ficamos de olho nela.

Comecei a imaginar a mulher que estava atrás da cortina. Jovem, um pouco rude, meio arrogante. O tipo de pessoa que você identificaria como ladra, talvez com uma tatuagem no ombro.

A cortina se abriu e surgiu uma mulher pequena e atarracada, de quarenta e tantos anos ou talvez cinquenta e poucos, e entregou várias roupas para Cynthia. Se fosse para avaliá-la pelo estereótipo, diria que era bibliotecária.

— Não achei nada hoje — disse a cliente, educada, passando por Pamela e por mim.

— É ela? — perguntei para Pamela.

— É. Ela é frequentadora de desfiles — disse Pamela.

Cynthia se aproximou, me beijou no rosto e disse:

— Café? Alguma comemoração?

— Estava com tempo livre e vim aqui — expliquei.

Pamela pediu licença e foi para o fundo da loja com o café.

— Por causa de hoje de manhã? — perguntou Cynthia.

— Você ficou muito preocupada com aquele telefonema. Eu queria ver como você estava.

— Estou bem — ela disse, pouco convicta, e deu um gole no café. — Estou bem.

— Não sabia que Pam foi contra você fazer o *Deadline*.

— No começo, você também foi contra.

— Você nunca comentou que ela era contra.

— Você sabe que Pam não consegue guardar a opinião dela para si própria. Ela também acha que você deveria emagrecer uns 2kg.

Voltei então ao assunto da freguesa:

— Então aquela mulher que está com as roupas é uma ladra?

— Você acha que sempre descobre quem é o mau sujeito, mas nem sempre — disse Cynthia, dando mais um gole no café.

Esse era o dia em que tínhamos consulta com a Dra. Naomi Kinzler depois do trabalho. Cynthia deixou Grace na casa de uma amiga após a escola e fomos. Estávamos nos consultando havia quatro meses, a cada 15 dias, por recomendação do nosso médico.

Ele tentou, sem sucesso, livrar Cynthia das preocupações e achou melhor para ela e para nós que conversássemos com alguém, para evitar que ela ficasse dependente de remédios.

Desde o começo não acreditei que uma psiquiatra pudesse resolver alguma coisa e após quase dez sessões continuei cético. A Dra. Kinzler atendia num prédio comercial cheio de outros consultórios médicos a leste de Bridgeport, numa sala com vista para o pedágio quando as cortinas não estavam fechadas, como hoje. Acho que ela me viu olhando pela janela nas vezes anteriores, devaneando, contando caminhões com reboque.

Às vezes, a Dra. Kinzler recebia nós dois; outras, chamava apenas um só para uma conversa particular.

Eu nunca tinha ido a um psicanalista. Tudo o que eu sabia sobre esses profissionais era o que via no programa *Família Soprano* com o Dr. Melfi ajudando Tony a resolver seus problemas. Não sabia se os nossos problemas eram mais ou menos graves que os dele. Muitas pessoas sumiam em volta de Tony o tempo todo, mas costumava ser ele quem arranjava tudo. Tinha a vantagem de saber o que acontece com os desaparecidos.

Naomi Kinzler não era exatamente o Dr. Melfi. Era pequena, gorda, com os cabelos grisalhos puxados e bem presos. Devia ter quase uns 70 anos, achava eu, e estava naquele negócio há tempo suficiente para saber como afastar a dor dos outros sem deixar grudar nela.

— Então, quais as novidades, desde a nossa última sessão? — ela perguntou.

Eu não sabia se Cynthia ia falar do telefonema do maluco naquela manhã. De certa maneira, eu não achava que fosse uma coisa tão importante. A situação melhorou com minha visita à loja, então, antes que Cynthia pudesse responder alguma coisa, eu disse:

— As coisas vão bem. Tudo muito bem.

— Como vai Grace?

— Está ótima. Levei-a à escola hoje, a pé. Tivemos uma excelente conversa — contei.

— Sobre o quê? — perguntou Cynthia.

— Nada especial. Só batemos papo.

— Ela continua examinando o céu à noite à procura de meteoros? — perguntou a Dra. Kinzler.

Acenei, afastando a ideia.

— Isso não é nada.

— Você acha? — ela retrucou.

— Ah, claro! Ela se interessa muito pelo sistema solar, o espaço, os outros planetas, só isso — avaliei.

— Você comprou o telescópio para ela.

— É.

— Por que ela acha que um asteroide vai destruir a Terra — lembrou a Dra. Kinzler.

— Isso ajudou-a a enfrentar seus medos e a ver as estrelas e os planetas. Além dos vizinhos — acrescentei, sorrindo.

— Como está a ansiedade dela? Você diria que continua alta, ou está diminuindo?

— Está diminuindo — disse eu.

— Continua alta — disse Cynthia, junto comigo.

A Dra. Kinzler franziu o cenho. Detesto quando eles fazem isso.

— Acho que ela continua ansiosa. Às vezes, fica muito sensível — disse Cynthia, olhando para mim.

A Dra. Kinzler concordou, pensativa. Olhando para Cynthia, perguntou:

— Por quê?

Cynthia não era boba. Sabia aonde a doutora ia chegar. Já conhecia o caminho.

— Acho que puxou de mim.

A Dra. Kinzler levantou os ombros 1 milímetro. Um dar de ombros cauteloso.

— O que você acha? — ela indagou.

— Procuro não me preocupar na presença dela. Tentamos não falar nas coisas na frente dela — disse Cynthia.

Acho que fiz um barulho, bufei, funguei ou algo que chamou a atenção das duas.

— Sim? — disse a Dra. Kinzler.

— Ela sabe. Grace sabe muito mais do que demonstra. Ela viu o programa de tevê.

— Onde? — perguntou Cynthia.

— Na casa de uma amiga.

— Que amiga? Quero saber quem foi — exigiu.

— Não sei. E acho que não adianta tentar arrancar isso dela. — Olhei para a Dra. Kinzler. — Essa frase é apenas uma figura de linguagem.

A Dra. Kinzler concordou com a cabeça.

Cynthia mordeu o lábio inferior.

— Ela não está preparada. Não precisa saber essas coisas a meu respeito. Pelo menos, não agora. Precisa ser protegida.

— Essa é uma das coisas mais difíceis para os pais: perceber que não podem proteger os filhos de tudo — disse a Dra. Kinzler.

Cynthia ficou pensando um instante e disse:

— Eu recebi um telefonema.

Ela contou os detalhes, quase minuciosamente. A médica fez algumas perguntas parecidas com as minhas. Ela reconheceu a voz? Houve outra ligação? Essas coisas. E:

— O que você acha que o homem quis dizer com sua família lhe perdoa?

— Nada. É um maluco — eu me intrometi.

A Dra. Kinzler me olhou de um jeito que entendi como "cala a boca".

— É isso que fico pensando — disse Cynthia. — Por que ele diz que me perdoam? Por não tê-los encontrado? Por não fazer mais para saber o que houve com eles?

— Ninguém poderia esperar isso. Você era uma menina, 14 anos ainda é uma criança — observou a Dra. Kinzler.

— E fico pensando: será que eles acham que a culpa é minha? É culpa minha eles terem sumido? O que eu fiz para eles me largarem no meio da noite?

— Uma parte sua ainda acredita que, de certa maneira, você foi responsável — disse a Dra. Kinzler.

— Olha, foi uma *ligação de um maluco* — falei, antes que Cynthia pudesse dizer qualquer coisa. — Todo tipo de gente viu aquele programa. Não é de estranhar que alguns doidos saiam da toca.

A Dra. Kinzler suspirou levemente e olhou para mim.

— Terry, acho que é um bom momento para Cynthia e eu conversarmos a sós.

— Não, está tudo certo, ele não precisa sair — disse Cynthia.

— Terry — disse a Dra. Kinzler, se esforçando tanto para ser calma que eu tive certeza de que estava irritada. — Claro que pode ter sido um maluco, mas o que ele disse também pode desencadear sentimentos em Cynthia. Entendendo a reação dela temos mais chance de compreender isso.

— O que, exatamente, estamos tentando entender? — perguntei. Eu não estava querendo discussão, queria mesmo saber. — Não quero ser chato, mas no momento não sei qual é a intenção.

— Tentamos ajudar Cynthia a lidar com um fato traumático da infância dela que repercute até hoje, não só nela, mas na relação de vocês dois.

— Nosso relacionamento é ótimo — garanti.

— Ele nem sempre acredita em mim — acusou Cynthia.

— O quê!? — exclamei.

— Você nem sempre acredita em mim — ela repetiu. — Como quando falei do carro marrom. Você acha que não é nada. E quando o homem ligou hoje de manhã e você não achou no registro de ligações, ficou pensando se alguém tinha mesmo ligado.

— Eu nunca disse isso — garanti. Olhei para a doutora como se fosse uma juíza e eu, um réu, desesperado em provar a própria inocência. — Não é verdade. Eu nunca disse nada parecido.

— Mas eu sei que pensou — insistiu Cynthia, mas não havia raiva em sua voz. Tocou no meu braço. — Sinceramente, não culpo você. Eu sei o que passei, sei que é difícil conviver comigo. Não só nos últimos meses, mas desde que nos casamos. Esse problema esteve sempre presente. Procuro afastar, como se tentasse esconder no armário, mas de vez em quando é como se eu abrisse a porta por engano e tudo saísse novamente. Quando nos conhecemos...

— Cynthia, você não...

— Quando nos conhecemos, eu sabia que ao me aproximar passaria para você parte da minha dor, mas eu era egoísta. Queria tanto amar você, mesmo que para isso você tivesse de compartilhar meu sofrimento.

— Cynthia...

— E você tem sido tão paciente, tem mesmo. Por isso gosto tanto de você. É preciso ser o homem mais paciente do mundo para me aturar. No seu lugar, eu também estaria irritada. Esqueça, certo? Aconteceu há muito tempo. Como disse Pam, deixa essa merda pra lá. Foda-se.

— Eu nunca diria nada parecido.

A Dra. Kinzler ficou nos observando.

— Bom, eu pensei isso milhares de vezes e gostaria de esquecer. Mas, às vezes, sei que isso vai parecer maluquice...

A Dra. Kinzler e eu nos calamos.

— Às vezes, escuto a conversa deles, ouço minha mãe e meu irmão. Papai. Ouço como se estivessem aqui nesta sala. Conversando.

A Dra. Kinzler foi a primeira a falar.

— Você responde?

— Acho que sim — disse Cynthia.

— Você está dormindo quando ouve? — perguntou a Dra. Kinzler.

Cynthia pensou

— Devo estar. Quer dizer, não estou ouvindo a conversa deles agora. — Ela sorriu. — Não ouvi no carro, quando estávamos a caminho daqui.

Por dentro, respirei aliviado.

— Então deve ser durante o sono, ou num devaneio. Mas é como se estivessem ao meu redor, tentando falar comigo — acrescentou Cynthia.

73

— O que estão querendo dizer? — perguntou a Dra. Kinzler.

Cynthia tirou a mão do meu braço e cruzou as mãos no colo.

— Não sei, varia. Às vezes, só conversam, sem um assunto determinado. O que vão comer no jantar, o que está passando na tevê, nada importante. Outra vezes...

Devo ter feito menção de dizer alguma coisa, pois a Dra. Kinzler me atirou mais um olhar. Mas eu não ia falar nada. Minha boca abriu por antecipação, imaginando o que Cynthia ia dizer. Foi a primeira vez que contou que os parentes falavam com ela.

— Outras vezes, acho que estão me chamando para ficar com eles.

— Ficar com eles? — perguntou a Dra. Kinzler.

— Ficar com eles para sermos uma família outra vez.

— O que você responde? — perguntou a doutora.

— Eu digo que quero ir, mas não posso.

— Por que não pode? — perguntei.

Cynthia olhou bem para mim e sorriu, triste.

— Por que eles estão num lugar onde não posso levar você e Grace.

8

— *E se eu largasse tudo e fizesse agora? Então, podia voltar para casa* — ele disse.

— *Não, não* — ela disse, ríspida. *Parou um instante e procurou se acalmar.* — *Sei que você gostaria de voltar. Isso é tudo o que eu quero. Mas, antes temos de resolver o resto. Você não pode ficar impaciente. Quando eu era mais jovem, às vezes era ansiosa, impaciente. Hoje, sei que é melhor esperar para fazer direito.* — *Ela pôde ouvir o suspiro dele do outro lado da linha.*

— *Não quero estragar tudo* — ele disse.

— *Não vai. Você sempre foi comportado. É ótimo ter pelo menos uma pessoa assim na casa.* — *Riso discreto.* — *Você é um bom menino, não imagina como gosto de você.*

— *Não sou mais menino.*

— *Eu também não sou mais garota, mas penso sempre em você como um jovem.*

— *Vai ser estranho... fazer isso.*

— *Eu sei. Mas é o que estou tentando lhe dizer. Se tiver paciência, quando chegar a hora, quando estiver tudo pronto, vai parecer a coisa mais natural do mundo.*

— *Imagino que sim.* — *Ele não parecia ter certeza.*

— *É o que precisa lembrar. O que está fazendo é parte de um grande ciclo. É isso que somos. Você já a viu?*

— *Sim. Foi estranho. Uma parte de mim queria dizer oi; contar para ela: olha, você não imagina quem sou eu.*

9

No fim de semana seguinte fomos visitar Tess, tia de Cynthia, que morava numa casa pequena e simples, a caminho de Derby, perto da arborizada estrada Derby-Milford. Ficava a uns 20 minutos de carro, mas não a visitávamos tanto quanto devíamos. Então, quando havia uma ocasião especial, como o Dia de Ação de Graças, Natal ou o aniversário dela, como nesse fim de semana, fazíamos questão de nos reunir.

Eu estava achando ótimo. Gostava de Tess quase tanto quanto de Cynthia. Não só por ser uma velhinha maravilhosa, mas pelo que fez pela minha esposa após o sumiço da família dela. (Aliás, quando a chamava de velhinha maravilhosa me arriscava a receber um olhar de censura, mas alegre.) Tess cuidou de uma jovem adolescente que às vezes era difícil. Cynthia era a primeira a reconhecer isso.

— Eu nunca tive escolha — disse Tess para mim, uma vez. — Ela era filha da minha irmã. E minha irmã tinha sumido com o marido e o filho. O que eu podia fazer?

Tess tinha um jeito impertinente e levemente agressivo, mas foi a forma que inventou para se defender. Por dentro, ela era um doce. Claro que tinha direito de, com o passar dos anos, ficar um pouco doida. O marido deixou-a antes de Cynthia ir morar com ela, trocou-a por uma garçonete de Stamford e, como dizia Tess, se enfiaram num fim de mundo no Oeste e nunca mais apareceram, graças a Deus! Parara de trabalhar na fábrica de peças de rádio havia anos e conseguira um emprego no escritório do departamento de estradas do condado, ganhando o suficiente apenas para se sustentar. Não sobrava muito dinheiro para uma adolescente, mas Tess fazia o possível. Não teve filhos e, depois de ser abandonada pelo marido, era ótimo ter alguém com quem dividir a casa, mesmo que a situação de Cynthia fosse misteriosa e dramática.

Tess estava com sessenta e tantos anos, era aposentada, vivia do seguro social e da pensão que recebia do condado. Fazia jardinagem e cerâmica, de vez em quando viajava de ônibus, como no último outono, ia para Vermont ou Nova Hampshire ver as folhas das árvores mudarem de cor.

— "Céus, um ônibus cheio de velhos, tive vontade de morrer" ela dissera — mas não tinha muita vida social. Não era muito sociável, de frequentar reuniões de associação de aposentados. Mas se mantinha atualizada, assinava a *Harper's*, o *The New Yorker* e o *The Atlantic Monthly* e não se acanhava em manifestar suas ideias políticas de esquerda. Um dia, ela me disse pelo telefone:

— Esse presidente faz uma ideia estúpida parecer vencedora do prêmio Nobel.

Passar quase a adolescência toda com Tess ajudou Cynthia forjar sua personalidade e influenciou a decisão dela de, no começo do nosso casamento, se dedicar à assistência social.

Tess adorava nos encontrar. Gostava especialmente de Grace.

— Eu estava no porão, mexendo numas caixas de livros velhos e olha o que achei — disse ela, depois dos abraços e beijos da chegada, se esparramando em sua espreguiçadeira.

Tess se inclinou para a frente, afastou um exemplar do *The New Yorker* que estava escondendo alguma coisa e entregou para Grace um enorme livro de capa dura, *Cosmo*, de Carl Sagan. Grace arregalou os olhos, vendo o caleidoscópio de estrelas na capa.

— É um lindo livro antigo — explicou Tess, como se desculpando pela distração. — Foi lançado há quase 30 anos, o autor já morreu e há muito mais coisa interessante na internet, mas deve ter alguma coisa que interesse a você.

— Obrigada! — disse Grace, pegando o livro e quase deixando-o cair, não esperando que fosse tão pesado. — Tem alguma coisa sobre asteroides?

— Provavelmente — disse Tess.

Grace correu para o porão, onde eu sabia que ia se refestelar no sofá na frente da tevê, se enrolar num lençol e folhear o livro.

— Que simpático — disse Cynthia, se abaixando para dar o quarto beijo em Tess desde que chegamos.

— Não fazia sentido jogar fora o livro — disse Tess. — Podia doar para a biblioteca, mas você acha que eles querem livros de 30 anos? Como você está, querida? Parece cansada — disse para Cynthia.

— Ah, estou ótima. Mas você também parece meio abatida hoje.

— Ah, não, estou ótima — disse Tess, olhando para nós por cima dos óculos de leitura.

Carreguei uma sacola de compras cheia.

— Trouxemos umas coisas.

— Ah, não precisava. Deixem comigo — disse Tess.

Chamamos Grace para subir e ver Tess ganhar seus presentes: luvas novas de jardinagem, um lenço de seda verde e vermelho, um pacote de biscoitos sortidos. Tess fazia ar de surpresa e expectativa para cada coisa que saía da sacola.

— Os biscoitos são presente meu — avisou Grace. — Tia Tess?

— Sim, querida?

— Por que você tem tanto papel higiênico em casa?

— Grace! — repreendeu Cynthia.

— Isso sim é um *fox pass* — falei para Grace.

Tess fez sinal com a mão, dando a entender que isso não a constrangia. Como muitos idosos, ela também tinha mania de estocar certas coisas. Os armários de mantimentos do porão eram lotados de papel higiênico de folhas duplas.

— Quando está em oferta, compro e guardo — explicou Tess.

Grace voltou para o porão e Tess disse para nós:

— Quando chegar o Apocalipse, vou ser a única pessoa que poderá se limpar.

Tive a impressão de que ela ficou cansada com os presentes. Recostou-se na espreguiçadeira e suspirou fundo.

— Você está bem mesmo? — perguntou Cynthia.

— Estou joia — ela respondeu. E, como se lembrasse de alguma coisa: — Ah, não é possível. Esqueci de comprar sorvete para Grace.

— Não tem problema, íamos levar você para jantar fora. Quer ir no Knickerbocker's? Você gosta de batatas assadas.

— Não sei. Acho que estou meio cansada. Por que não jantamos aqui? Tenho umas coisas. Mas queria tanto o sorvete.

— Eu vou comprar — comentei. — Posso ir de carro até Derby e achar uma mercearia ou um posto Seven Eleven.

— Podia comprar mais umas coisas — disse Tess. — Cynthia, é melhor você ir, senão ele compra tudo errado.

— Tudo bem — concordou Cynthia.

— Eu queria que Terry tirasse umas coisas da garagem e levasse para o porão, se puder — disse Tess olhando para mim.

— Claro — respondi.

Ela fez uma listinha, entregou para Cynthia, que garantiu voltar em meia hora. Fiquei na cozinha enquanto Cynthia saía, olhei o painel ao lado do telefone de parede; Tess tinha pendurado uma foto de Grace na Disney. Abri o congelador procurando gelo para colocar num copo de água.

Na frente do congelador havia um pote de sorvete de chocolate. Peguei, tirei a tampa. Tinha uma concha lá dentro. Pensei: com a idade, ela está ficando esquecida.

— Ei, Tess, você ainda tem sorvete — avisei.

— É mesmo? — ela perguntou da sala.

Coloquei o sorvete no lugar, fechei a geladeira e sentei num sofá ao lado de Tess.

— Como estão as coisas? — perguntei.

— Fui ao médico — disse ela.

— Por quê? O que você tem?

— Estou morrendo, Terry.

— Como assim? Qual é o problema?

— Não se preocupe, não vai ser do dia para a noite. Posso viver mais seis meses, talvez um ano. Nunca se sabe. Tem gente que dura muito, mas não quero ficar prolongando as coisas. Não é bom. Para ser sincera, eu gostaria de ir rápido, sabe? É mais simples.

— Tess, conte.

Ela deu de ombros.

— Não importa. Fiz uns exames, precisam de mais dois para confirmar, mas certamente vão dizer a mesma coisa. O fato é que dá para ver a linha de chegada. E quero contar primeiro para você, Cynthia tem passado por muita coisa nos últimos tempos. Vinte e cinco anos do desaparecimento, o programa de tevê.

— Outro dia, um homem ligou e não quis se identificar. Ela ficou muito abalada — contei.

Tess fechou os olhos um instante e balançou a cabeça.

— Loucos. Veem uma coisa na televisão, conseguem o número na lista telefônica.

— Foi o que pensei.

— Um dia Cynthia terá de saber que não estou bem. É só esperar a hora certa de contar.

Ouvimos barulho na escada. Grace apareceu, segurando o novo livro com as duas mãos.

— Sabiam que a Lua e a Terra foram atingidas mais ou menos pela mesma quantidade de asteroides, mas como a Terra tem atmosfera, ela achatou a superfície e por isso não vemos todas as crateras? Já a Lua não tem ar e, quando um asteroide cai nela, a cratera fica para sempre.

— Bom livro, hein? — perguntou Tess.

Grace concordou com a cabeça.

— Estou com fome — disse ela.

— Sua mãe foi fazer compras — avisei.

— Ela saiu?

— Volta logo. Saiu, mas volta logo. Tem sorvete no refrigerador. De chocolate.

— Por que não leva o pote todo para o porão com uma colher? — sugeriu Tess.

— Posso? — perguntou Grace. Aquela era uma violação de todas as leis de boas maneiras que ela conhecia.

— Pode — autorizei.

Ela correu para a cozinha, arrastou uma cadeira para alcançar o refrigerador, pegou o sorvete e uma colher na gaveta e desceu correndo a escada.

Quando olhei, Tess estava com os olhos cheios d'água.

— Acho que você deve contar para Cynthia — eu disse.

Ela segurou minha mão.

— Claro, não pediria isso a você. Mas precisava contar primeiro para você, assim, quando eu contar para Cynthia, você pode ajudá-la.

— Eu também vou precisar de ajuda — falei, provocando um sorriso nela.

— Você acabou sendo um ótimo marido para ela. No começo, eu não tinha certeza.

— Pois é. — Sorri.

— Achava você meio fechado. Muito sério. Mas acabou sendo ótimo. Fico contente por ela ter encontrado você, depois de passar por tantos problemas.

Tess desviou o olhar e apertou de leve a minha mão.

— Tem outra coisa — acrescentou.

Isso deu a impressão de que o que ela ia dizer era mais grave do que estar morrendo.

— Há algumas coisas que preciso contar enquanto ainda posso. Entende o que quero dizer?

— Acho que sim.

— Não tenho muito mais tempo para revelar isso. E se acontecer alguma coisa e eu me for amanhã? E se nunca contar? Não sei se Cynthia está preparada para saber tudo isso. Não sei nem se vai ajudá-la, pois traz mais perguntas do que respostas. Pode atormentá-la mais do que ajudá-la.

— Tess, o que é?

— Apenas tenha paciência e escute. Você tem de saber, um dia isso pode ser uma peça importante do quebra-cabeça. Isoladamente, não sei o que fazer com o fato, mas pode ser que um dia, no futuro, você descubra um pouco mais sobre o que aconteceu com minha irmã, meu cunhado e Todd. E aí essa informação pode ser útil.

Eu respirava, mas tinha a impressão de estar prendendo a respiração, esperando Tess parar de enrolar.

— O quê? Você não quer saber? — perguntou Tess, como se eu fosse um idiota.

— Pelo amor de Deus, Tess, estou esperando.

— É sobre dinheiro — disse ela.

— Dinheiro?

Tess confirmou com a cabeça, cansada.

— Dinheiro. Ele simplesmente apareceu.

— De onde?

Ela levantou as sobrancelhas.

— Bom, esse é o problema, não? De onde? De quem?

Passei a mão na cabeça, um pouco exasperado.

— Comece pelo princípio.

Tess respirou devagar.

— Não ia ser fácil educar Cynthia. Mas, como eu disse, não tinha escolha. Era minha sobrinha, carne e sangue da minha irmã. Eu gostava dela como se fosse minha filha, então, quando tudo aconteceu, eu a adotei. Ela foi uma criança meio agitada até os pais sumirem e, de certa forma, isso a sossegou. Passou a encarar as coisas de maneira mais séria, a prestar atenção nas aulas. Claro que tinha lá seus momentos ruins. Uma noite, chegou em casa com a polícia, que achou maconha com ela.

— É mesmo? — perguntei.

Tess sorriu.

— Soltaram Cynthia com um aviso. Não contar nada — disse Tess, colocando o indicador sobre os lábios.

— Claro.

— Mas quando acontece uma coisa dessas, perder a família, você acha que pode fazer o que quiser, se soltar, chegar tarde, sabe como é?

— Acho que sim.

— Mas uma parte dela queria melhorar. Se os pais voltassem, ela queria ser alguém, ser útil. Eles se foram, mas ela queria que se orgulhassem dela. Então, resolveu fazer faculdade.

— Na Universidade de Connecticut — falei.

— Isso, uma boa faculdade, mas era cara. Fiquei pensando em como pagar. As notas dela eram boas, mas não davam para conseguir uma bolsa de estudos. Eu teria de fazer empréstimo, essas coisas.

— Sei.

— Achei o primeiro envelope no carro, no assento do carona — disse Tess. — Estava lá. Eu voltava do trabalho, e quando entrei no carro tinha aquele envelope branco no banco do carona. Eu havia trancado o carro, mas abri os vidros um pouquinho porque estava muito calor e queria que entrasse um ar. O espaço na janela só dava para enfiar um envelope. Era bem estreito.

Inclinei a cabeça de um lado.

— Era dinheiro vivo?

— Uns 500 dólares em notas de 20, 5, e 100.

— Um envelope cheio de dinheiro? Sem explicação, sem bilhete, nada?

— Ah, tinha um bilhete.

Ela se levantou, foi até uma antiga escrivaninha de tampo móvel, que ficava de frente para a porta de entrada e abriu a única gaveta.

— Achei isso quando comecei a limpar o porão, as caixas de livros e tudo. Não posso mais acumular coisas, o que vai facilitar para você e Cynthia arrumarem depois que eu me for.

Presa com um elástico, era uma pequena pilha de envelopes, uma dúzia ou mais. Juntos, não tinham mais de 5 centímetros de altura.

— Claro que agora estão todos vazios — disse Tess. — Mas os guardei, embora não tenham destinatário nem remetente, carimbo dos correios, nada. Pensei: e se tiverem impressões digitais ou alguma coisa que possa ajudar, um dia?

Tess estava com as mãos em cima, então era pouco provável que aqueles envelopes pudessem guardar alguma prova. Mas a ciência pericial não era exatamente a minha especialidade. Nunca dei aulas de química.

Tess tirou um pedaço de papel da pilha presa pelo elástico.

— Este foi o único bilhete que recebi. Com o primeiro envelope. Todos os seguintes tinham dinheiro, mas nem uma palavra.

Ela me entregou um papel tamanho padrão, escrito à máquina, dobrado em três. Tinha amarelado um pouco com o tempo.

Abri.

O bilhete era datilografado, de propósito, em letras maiúsculas. Dizia:

PARA AJUDAR VOCÊ COM CYNTHIA. PARA OS
ESTUDOS DELA E O QUE MAIS VOCÊ PRECISAR. VAI
RECEBER MAIS, PORÉM DEVE OBEDECER ÀS REGRAS:
JAMAIS CONTE PARA ELA NEM PARA NINGUÉM SOBRE
ESSE DINHEIRO. NÃO TENTE DESCOBRIR DE ONDE
VEM. JAMAIS.

Era isso.

Devo ter lido três vezes antes de olhar para Tess, que estava parada na minha frente.

— Nunca contei para Cynthia. Nem para ninguém. Nunca tentei descobrir quem colocou no meu carro. Nunca soube quando ou onde iria aparecer. Uma vez, encontrei dentro do *New Haven Register*, à tarde, na escada da frente. Outra vez, saí da agência de correio, tinha outro no carro.

— Você nunca viu ninguém.

— Não. Acho que quem deixou ficou me observando, garantindo que eu estaria bem longe para não ter perigo. Quer saber uma coisa? Sempre que estacionava o carro eu deixava uma fresta, caso ele viesse.

— No total, quanto recebeu?

— Em seis anos, mais de 42 mil dólares.

— Puxa!

Tess estendeu a mão para que eu lhe entregasse o bilhete de volta. Dobrou-o, colocou-o no elástico com os outros envelopes, levantou-se e guardou tudo na gaveta do armário.

— Quer dizer que nunca mais recebeu nada. Há quanto tempo? — perguntei.

Tess pensou um instante

— Uns 15 anos, eu acho. Não recebi mais nada, depois que Cynthia terminou a faculdade. Foi uma bênção, garanto a você. Eu não teria conseguido pagar os estudos dela sem esse dinheiro. Só se vendesse a casa, fizesse uma outra hipoteca ou algo assim.

— Mas quem deu o dinheiro?

— Essa é a pergunta que vale 42 mil dólares. É o que eu quis saber, nesses anos todos. A mãe dela? O pai? Os dois?

— O que significaria que estão vivos ou, pelo menos, um dos dois está. Talvez até hoje. Mas se um deles pôde fazer isso, vigiar você, deixar o dinheiro, por que não podia entrar em contato?

— Não faz sentido — disse Tess. — Sempre achei que minha irmã morreu, que todos morreram. Na noite em que sumiram.

— E se morreram, quem enviou o dinheiro se considera responsável pelas mortes. Está tentando consertar — opinei.

— Vê o que eu quis dizer? Essa história traz mais perguntas do que respostas. O dinheiro não significa que estejam vivos. Nem mortos.

— Mas quer dizer alguma coisa — concluí. — Depois que o dinheiro parou de aparecer, quando ficou claro que não seria mais enviado, por que você não avisou a polícia? Eles podiam reabrir a investigação.

Tess me lançou um olhar cansado.

— Você deve achar que eu estava com medo de mexer nisso, Terry, mas o fato é que não sei se eu queria saber a verdade. Estava apavorada e com medo de que tudo isso magoasse Cynthia ainda mais. Eu paguei um preço. O estresse. Não sei se fiquei doente por isso, mas dizem que o estresse afeta o corpo.

— Já ouvi isso. Talvez você precise conversar com alguém — sugeri.

— Ah, já tentei. Procurei a médica de vocês, a Dra. Kinzler.

— É mesmo?

— Cynthia contou que ia lá, então marquei consulta e fui duas vezes. Mas, sabe, não fico à vontade me abrindo com uma pessoa estranha. Tem coisa que só se comenta com a família.

Ouvimos um carro entrando na garagem.

— Você resolve se vai contar para Cynthia — disse Tess. — Sobre os envelopes, quero dizer. Quanto ao meu problema, eu conto assim que puder.

A porta de um carro abriu e fechou. Olhei pela janela: Cynthia foi até a traseira do carro e abriu o porta-malas.

— Tenho de pensar, não sei. Mas obrigado por me contar — eu falei. Fiz uma pausa. — Gostaria que tivesse me contado antes.

— Também gostaria, se eu pudesse.

A porta da entrada se abriu e Cynthia entrou com duas sacolas de compras, ao mesmo tempo em que Grace voltava do porão com a boca suja de chocolate, apertando a caixa de sorvete no peito como se fosse um brinquedo de pelúcia.

Cynthia olhou-a, curiosa. Pensou que tinha cumprido uma missão inútil. Tess tratou de explicar:

— Assim que você saiu, vimos que ainda tinha sorvete. Mas eu precisava das outras coisas. Hoje é meu aniversário, vamos comemorar.

10

Já estava escuro quando entrei no quarto de Grace para dar um beijo de boa-noite, mas vi logo a silhueta dela na janela, olhando o céu enluarado pelo telescópio. Tinha enrolado a base do aparelho de qualquer jeito, com uma fita adesiva.

— Querida — chamei.

Ela mexeu os dedos, mas não saiu do telescópio. Meus olhos se adaptaram ao escuro e vi o livro *Cosmo* aberto sobre a cama.

— O que está vendo? — perguntei.

— Pouca coisa — ela respondeu.

— Que pena.

— Não, é ótimo que nada esteja vindo destruir a Terra.

— Sem dúvida.

— Não quero que aconteça nada com você e mamãe. Se um asteroide fosse cair na nossa casa de manhã, estaria a caminho agora, e eu veria. Então você pode ficar tranquilo.

Toquei nos cabelos dela e coloquei as mãos sobre seus ombros.

— Pai, assim você está tapando a minha visão — resmungou Grace.

— Ah, desculpe.

— Acho que tia Tess está doente — ela disse.

Ah, não. Ela ouviu nossa conversa. Em vez de ficar no porão, se escondeu no alto da escada.

— Grace, você andou...

— Ela não estava contente no aniversário. No meu, eu fico muito mais feliz do que ela estava — Grace disse.

— Quando envelhecemos, às vezes não é tão importante fazer aniversário. Você já fez vários, acaba deixando de ser novidade.

— O que é novidade?

— Sabe quando uma coisa nova é interessante? Mas depois de um tempo você fica meio enjoada dela? Quando é nova, é novidade.

— Ah! — Ela puxou o telescópio um pouco para a esquerda. — A Lua esta noite está bem brilhante. Dá para ver todas as crateras.

— Vá dormir — eu disse.

— Só mais um instante — ela pediu.

— Durma bem e não se preocupe com asteroides hoje.

Resolvi não insistir e não mandá-la se deitar imediatamente. Deixar uma criança acordada depois da hora para estudar o sistema solar não me parecia crime passível de intervenção pelas autoridades do bem-estar infantil. Dei um beijo carinhoso na orelha dela, saí do quarto e passei pelo corredor em direção ao meu quarto.

Cynthia já tinha dado boa-noite para Grace e estava sentada na cama folheando uma revista, distraída.

— Amanhã tenho umas coisas para fazer no shopping — disse ela, sem tirar os olhos da revista. — Preciso achar um tênis novo para Grace.

— Os dela ainda estão bons.

— Estão, mas apertam. Quer ir conosco?

— Claro. De manhã tenho de cortar a grama, mas depois podemos ir ao shopping e almoçar por lá — respondi.

— Hoje foi ótimo. Precisamos ver mais Tess — ela disse.

— Por que não a visitamos toda semana? — perguntei.

— Você acha? — Ela sorriu.

— Claro. Convidamos para ela jantar aqui, depois vamos ao Knickerbocker's ou àquele restaurante de frutos do mar, no canal. Ela ia gostar.

— Ia adorar. Ela parecia preocupada hoje. E está ficando distraída, lembra que ela já tinha sorvete?

Tirei a camisa e pendurei as calças no encosto de uma cadeira.

— Bom, não é nada grave.

Tess não contou para Cynthia da doença. Provavelmente, não quis estragar o aniversário. Competia a ela contar; mesmo assim, achei errado saber de uma coisa que minha mulher ignorava.

Mas saber do dinheiro que Tess recebeu durante vários anos era um peso maior ainda. Que direito eu tinha de guardar essa informação? Sem dúvida, Cynthia tinha mais direito do que eu. Tess não contou por que Cynthia já estava muito fragilizada naquela época e eu não podia discordar. Mesmo assim.

Eu gostaria de perguntar se Cynthia sabia que a tia tinha ido duas vezes à Dra. Kinzler, mas aí ela ia querer saber o motivo da consulta e por que Tess contou para mim e não para ela, então deixei de lado.

— Você está bem? — perguntou Cynthia.

— Estou. Só meio cansado — respondi, ficando só de cuecas. Escovei os dentes e deitei na cama, de lado, de costas para ela.

Cynthia jogou a revista no chão, apagou a luz e, segundos após, me abraçou, apertando meu peito e segurando minha mão.

— Está muito cansado? — ela sussurrou.

— Não tanto — respondi e virei-me.

— Quero me sentir segura com você — disse ela, me beijando.

— Hoje não vai ter asteroides — falei, e se a luz estivesse acesa, acho que eu a veria sorrindo.

Cynthia dormia rápido. Eu não tinha essa sorte.

Fiquei olhando o teto, virei de lado, olhei o relógio digital. Quando marcava um novo minuto, eu começava a contar até 60 e via se acertava. Rolei, fiquei de barriga para cima, olhando o teto mais um pouco. Lá pelas 3 horas da manhã Cynthia percebeu minha agitação e disse, meio grogue:

— Tudo bem?

— Ótimo. Volte a dormir — respondi.

Eu não aguentava as dúvidas dela. Se tivesse resposta para as perguntas que Cynthia faria sobre os envelopes cheios de dinheiro, eu contaria imediatamente.

Não, mentira. Ter algumas respostas só criaria novas perguntas. Suponhamos que eu soubesse que alguém da família deixava o dinheiro. Suponhamos que eu soubesse até quem era essa pessoa.

Ainda assim, não saberia por quê.

Suponhamos que eu soubesse que o dinheiro era enviado por alguém de fora da família. Mas quem? Quem se sentiria responsável por Cynthia, pelo que aconteceu com a mãe, o pai e o irmão a ponto de deixar dinheiro para cuidar dela?

Pensei a seguir se eu devia contar para a polícia, mandar Tess entregar a carta e os envelopes. Talvez, mesmo depois de tantos anos, alguém poderia descobrir alguns segredos, se tivesse os recursos de perícia adequados.

Supondo, claro, que a polícia ainda tivesse alguém interessado no caso. Fazia tempo que o desaparecimento tinha sido considerado arquivo morto.

Quando fizeram o programa de tevê, foi difícil para os produtores acharem alguém ainda na ativa que tivesse investigado o fato. Por isso, tiveram de ouvir aquele sujeito no Arizona, sentado à frente do seu Airstream, que insinuou que Cynthia tinha participação no sumiço da família, aquele babaca.

Assim, não dormi, preocupado com o fato de não contar o que sabia para Cynthia, o que só servia para me mostrar quanto ainda não sabíamos.

Fiquei fazendo hora na livraria enquanto Cynthia e Grace procuravam tênis. Eu estava segurando um dos primeiros livros de Philip Roth, que nunca li, quando Grace entrou correndo. Cynthia vinha atrás, de sacola de loja na mão.

— Estou morrendo de fome — anunciou Grace, me abraçando.

— Conseguiu o tênis?

Ela recuou um passo e fez pose, mostrando um pé e depois o outro. Tênis brancos com detalhes rosa.

— O que tem na sacola? — perguntei.

— O tênis velho. Ela quis usar os novos já. Está com fome? — respondeu Cynthia.

Eu estava. Coloquei o Roth no lugar e subimos a escada rolante para a praça de alimentação. Grace queria ir ao McDonald's, então dei dinheiro para ela enquanto Cynthia e eu íamos a outra lanchonete comprar sopa e sanduíche. Cynthia ficou de olho em Grace. Naquela tarde de domingo o shopping estava cheio, inclusive a praça de alimentação. Ainda havia algumas mesas vazias, mas foram logo ocupadas.

Cynthia ficou tão preocupada em vigiar Grace que me encarreguei de levar para a mesa as duas bandejas de plástico, os talheres e os guardanapos, além do sanduíche e da sopa quando ficaram prontos.

— Ela está guardando uma mesa para nós — disse Cynthia.

Olhei a praça, vi Grace numa mesa para quatro pessoas, acenando para nós. Já estava com seu Big Mac fora da caixa quando chegamos, com as batatas fritas no outro lado.

— Argh — ela fez, ao ver minha sopa de brócolis.

Na mesa ao lado estava uma simpática senhora de uns 50 anos, de casaco azul; ela olhou, sorriu e voltou ao seu almoço.

Sentei em frente a Cynthia, com Grace à direita. Reparei que Cynthia estava olhando por cima do meu ombro. Virei para trás, olhei o que ela estava vendo e virei para a frente.

— O que é? — perguntei.

— Nada — disse ela, dando uma mordida no sanduíche natural de frango.

— O que estava olhando?

— Nada — ela repetiu.

Grace colocou uma batata frita na boca e devorou-a em três mordidas, num ritmo furioso.

Cynthia olhou de novo por cima do meu ombro.

— Cyn, que droga você está olhando? — perguntei.

Dessa vez ela não negou que tinha notado algo.

— Tem um homem ali. — Eu ia virar a cabeça quando ela disse: — Não, não olhe.

— O que tem ele?

— Nada — disse ela.

Suspirei e devo ter revirado os olhos.

— Cyn, pelo amor de Deus, você não pode ficar olhando para o cara por que...

— Ele parece o Todd — ela completou.

Tudo bem, pensei. Já falamos disso outras vezes. Fique calmo.

— Certo. O que ele tem que parece o seu irmão?

— Não sei. Alguma coisa. Parece com Todd como ele seria hoje.

— Do que estão falando? — perguntou Grace.

— Não se preocupe — respondi. E disse para Cynthia: — Diga como ele é, eu viro a cabeça casualmente e olho.

— Tem cabelos pretos e está de jaqueta marrom. Come um prato de comida chinesa, nesse momento, um rolinho primavera. Parece uma versão mais jovem do meu pai, ou uma versão mais velha de Todd. Pode acreditar.

Girei a cabeça lentamente na cadeira sem encosto como se quisesse ver os diversos quiosques de comida, pensando em pedir mais alguma coisa. Vi-o colocando na boca alguns nirás junto com um ovo já mordido. Eu tinha visto algumas fotos de Todd na caixa de lembranças de Cynthia e achei que podia ser. Se ele estivesse com trinta e tantos, quarenta e poucos anos, podia mesmo parecer com aquele sujeito. Um pouco acima do peso, cara redonda, cabelos pretos, talvez 1,80m de altura, embora não desse para ter certeza, com ele sentado.

Virei -me:

— Ele parece com um milhão de pessoas — avaliei.

— Vou olhar mais de perto — comentou Cynthia.

Antes que eu pudesse fazê-la desistir, ela se levantou.

— Querida — chamei, quando passou por mim, fazendo uma tentativa inútil de segurar o braço dela.

— Onde mamãe foi?

— Ao toalete — respondi.

— Também vou — disse Grace, balançando as pernas para ver os tênis novos.

— Depois ela leva você — eu disse.

Vi Cynthia dar a volta na praça de alimentação e ir na direção de onde o homem estava sentado. Passou por todas os quiosques de comida rápida e foi se aproximando por trás dele, pelo lado. Quando ficou ao lado dele, passou direto, entrou na fila do McDonald's, olhando de vez em quando, o mais disfarçadamente possível, para o homem que achava parecido com o irmão.

Voltou para o lugar e deu um potinho de plástico transparente com sorvete de chocolate para Grace. A mão tremia ao colocar o sorvete na bandeja.

— Oba! — exclamou Grace.

Cynthia reagiu à aprovação de Grace. Olhou para mim e disse:

— É ele.

— Cyn.

— É o meu irmão.

— Cyn, espera, não é o Todd.

— Olhei bem. É ele. Tenho tanta certeza quanto de Grace estar sentada ali.

Grace tirou os olhos do sorvete.

— Seu irmão está aqui? Todd? — Ela estava realmente curiosa.

— Coma o seu sorvete — mandou Cynthia.

— Eu sei o nome dele. O seu pai era Clayton e a sua mãe, Patricia. — Ela recitou os nomes como se fosse uma lição da escola.

— Grace! — zangou-se Cynthia.

Senti um peso no coração. Aquilo só ia piorar.

— Vou falar com ele — Cynthia avisou.

Pronto.

— Não pode, não pode ser Todd. Pelo amor de Deus, se o seu irmão estivesse por aí, indo ao shopping, comendo comida chinesa, acha que não teria procurado você? E ele também teria visto você. Você parecia o Inspetor Clouseau, andando em volta dele, óbvia demais. É um cara qualquer, apenas parecido com seu irmão. Você vai falar com ele como se fosse Todd, ele vai se apavorar...

— Ele está indo embora — disse Cynthia, com um tom de pânico na voz.

Virei-me. O homem estava de pé, limpando a boca no guardanapo de papel pela última vez, amassando e jogando no prato de plástico. Deixou a bandeja na mesa, não levou para a lixeira e foi em direção aos banheiros.

— Quem é Inspetor Clusô? — perguntou Grace.

— Você não pode ir atrás dele no banheiro — protestei.

Ela ficou lá, gelada, olhando o homem no corredor que levava para os banheiros masculinos e femininos. Teria de sair, e ela ia esperar.

— Você vai no banheiro dos homens? — perguntou Grace para a mãe.

— Tome o seu sorvete — repetiu Cynthia.

Na mesa ao lado, a mulher de casaco azul serviu-se de salada, tentando fingir que não ouvia a nossa conversa.

Eu tinha poucos segundos para pedir a Cynthia não fazer algo de que íamos nos arrepender.

— Lembra do que você disse quando nos conhecemos, que estava sempre vendo pessoas que achava serem a sua família?

— Ele deve sair logo do banheiro. A não ser que haja outra saída. Tem outra saída lá?

— Acho que não — respondi. — É muito normal você ficar assim, passou a vida toda procurando. Lembro que, anos atrás, estava assistindo ao programa do Larry King. Ele entrevistando um homem, acho que se chamava Goldman, cujo filho foi morto por O. J. Simpson. Ele disse a Larry que às vezes estava dirigindo numa rua e via alguém num carro parecido com o do filho. Ele então perseguia o carro e olhava o motorista só para ter certeza de que não era o filho, embora soubesse que ele tinha morrido e que aquilo não fazia sentido...

— Você não sabe se Todd está morto — disse Cynthia.

— Eu sei. Não disse que ia acabar assim. Só disse que...

— Olha ele lá. Está indo para a escada rolante. — Ela levantou e foi andando.

— Puta que pariu — xinguei.

— Papai! — exclamou Grace.

Virei-me para ela.

— Não saia daqui, sim?

Grace concordou com a cabeça, com a colher de sorvete congelada a caminho da boca. A mulher da mesa ao lado olhou de novo e pedi.

— Desculpe, pode por favor olhar minha filha um instante?

Ela olhou bem para mim, sem saber o que dizer.

— Dois minutos — garanti e levantei, sem dar chance para ela dizer não.

Fui atrás de Cynthia e consegui ver a cabeça do homem que ela perseguia descendo a escada rolante. A praça de alimentação já estava tão cheia que Cynthia teve de andar mais devagar. Havia meia dúzia de pessoas entre ela e o homem, no alto da escada, e mais meia dúzia entre ela e eu.

Quando o homem saiu da escada rolante, seguiu depressa em direção à saída. Cynthia lutava para passar por um casal que equilibrava precariamente um carrinho de bebê nos degraus.

Ao chegar embaixo, ela correu atrás do homem, que estava quase na porta de saída.

— Todd! –– ela chamou.

O homem não se mexeu. Empurrou a primeira porta, abriu-a, empurrou a segunda porta, entrou no estacionamento. Eu tinha quase emparelhado com Cynthia quando ela chegou à primeira porta.

— Cynthia! — chamei.

Mas ela me deu a mesma atenção que o homem deu a ela. Quando passou pela porta, ela chamou de novo, em vão, até que chegou ao lado dele e segurou seu braço.

Ele virou-se, assustado com aquela mulher ofegante, de olhos arregalados.

— Pois não? — disse ele.

— Desculpe, acho que conheço o senhor — disse Cynthia, levando um segundo para recuperar o fôlego.

A essa altura eu estava ao lado dela e o homem olhou para mim como se perguntasse: "Que diabo está acontecendo?"

— Acho que não — disse ele, lentamente.

— Você é Todd — disse Cynthia.

— Todd? — O homem negou com a cabeça. — Senhora, desculpe, mas não conheço...

— Sei quem você é. Posso ver meu pai em você. Nos seus olhos — insistiu Cynthia.

— Desculpe — falei para o homem. — Minha mulher acha o senhor parecido com o irmão dela. Não o vê há muito tempo.

Cynthia virou-se, irritada, para mim.

— Não estou ficando louca — disse para mim. Virando-se para o homem, desafiou: — Certo, então quem é você? Diga.

— Senhora, não sei qual é o seu problema, mas me deixe fora disso, certo?

Tentei ficar entre os dois, e com a voz mais calma possível disse ao homem:

— Sei que é pedir muito, mas se pudesse nos dizer seu nome, ajudaria a acalmar minha mulher.

— Que maluquice, não sou obrigado a fazer isso — disse ele.

— Está vendo? É você mesmo mas, por algum motivo, não pode admitir.

Puxei Cynthia para o lado e disse:

— Me dá um minuto. — Então, voltei para o homem e expliquei: — A família da minha esposa está desaparecida há anos. Ela não vê o irmão há muito tempo e você se parece com ele. Compreendo que você se recuse, mas se puder mostrar um documento de identidade, ajudaria muito. Acabava com essa história de uma vez.

Ele olhou bem para mim um instante.

— Ela precisa de ajuda, você sabe.

Fiquei calado.

Por fim, ele suspirou, balançou a cabeça e pegou a carteira no bolso de trás da calça. Abriu a carteira e tirou um cartão plástico.

— Olha — disse, entregando-me.

Era uma carteira de motorista do estado de Nova York, de Jeremy Sloan, morador de Youngstown, com a foto dele à direita.

— Posso mostrar a ela um instante? — perguntei. Ele concordou. Fui até Cynthia e mostrei. — Veja.

Ela pegou a carteira, desconfiada, entre o indicador e o polegar, olhou entre lágrimas. Examinou a foto, depois o homem. Sem dizer nada, entregou a carteira para ele.

— Eu sinto... muito — ela disse.

O homem pegou a carteira, colocou no bolso, balançou a cabeça novamente, contrariado, resmungou baixo alguma coisa (só entendi "bobo") e foi para o estacionamento.

— Vamos pegar Grace — falei.

— Pegar Grace? Você a deixou sozinha? — perguntou.

— Uma pessoa está com ela, tudo certo.

Mas Cynthia correu pelo shopping, pela praça principal e subiu a escada rolante. Fui atrás e voltamos no meio da confusão de mesas ocupadas onde tínhamos almoçado. Permaneciam lá as três bandejas, nossos pratos com a sopa e os sanduíches por terminar, os restos do lanche do McDonald's de Grace.

Mas Grace não estava.

A mulher de casaco azul também havia sumido.

— Onde ela...

— Meu Deus, você a deixou aqui? *Sozinha?* — perguntou Cynthia.

— Eu disse, deixei com a mulher que estava sentada bem aqui. — Eu queria dizer que se ela não tivesse saído correndo feito louca eu não teria deixado Grace sozinha. — Deve estar em algum lugar — concluí.

— Quem era a mulher? Como ela era? — perguntou Cynthia.

— Não sei. Quer dizer, era mais velha, estava de casaco azul. Era aquela mulher que estava sentada bem aqui.

Ela havia deixado um resto de salada na bandeja, além de um copo de papel cheio de Coca-Cola, Coke ou Pepsi até a metade. Dava a impressão de ter saído com pressa.

— Segurança do shopping — eu disse, procurando não entrar em pânico. — Podem procurar uma mulher de casaco azul com uma menina... — Olhei toda a praça de alimentação, tentando achar um funcionário do shopping.

— Viram a nossa filha? Oito anos, sentada bem aqui? — Cynthia perguntava às pessoas nas mesas próximas. Eles olhavam sem entender, dando de ombros.

Fiquei completamente sem ação. Olhei o balcão do McDonald's pensando que talvez a mulher tivesse atraído Grace com a promessa de mais um sorvete. Mas nossa filha era muito esperta para ser enganada assim. Tinha 8 anos mas conhecia a rua, tinha passado pelo teste de andar sozinha a rua inteira.

No meio da praça de alimentação lotada Cynthia berrou o nome dela:

— Grace! Grace!

Aí, ouvi uma voz atrás de mim.

— Oi, pai.

Girei nos pés e Grace perguntou:

— Por que mamãe está berrando?

— Onde você estava? Cadê aquela mulher? — perguntei.

Cynthia nos viu e veio correndo.

— O celular dela tocou e ela disse que tinha de ir embora — disse Grace. — Eu precisava ir ao banheiro, avisei a vocês. Não era pra vocês ficarem preocupados.

Cynthia segurou Grace com tanta força que quase a sufocou. Se eu estava com escrúpulos de não contar dos pagamentos secretos para Tess, parei. Aquela família não precisava de mais confusão.

Na volta para casa, ninguém abriu a boca.

Chegamos e a luz da secretária eletrônica estava piscando. Era um recado de uma das produtoras do *Deadline*. Ficamos os três na cozinha, ouvindo a produtora dizer que uma pessoa entrou em contato dizendo saber o que aconteceu com os pais e o irmão de Cynthia.

Cynthia ligou na hora e esperou alguém localizar a produtora, que tinha ido tomar um café. Finalmente, a mulher atendeu.

— Quem é? É o meu irmão? — perguntou Cynthia, ofegante.

Afinal, ela estava certa de tê-lo visto pouco antes. Fazia sentido.

— Não — respondeu a produtora. Não era o irmão, era uma vidente ou algo assim. Mas bastante confiável, pelo que eles sabiam.

Cynthia desligou e disse:

— Uma sensitiva disse que sabe o que houve.

— Legal! — disse Grace.

É, fantástico, pensei. Uma sensitiva. Totalmente fantástico.

11

— Acho que devíamos pelo menos ouvir o que ela tem a dizer — propôs Cynthia.

Isso foi naquela tarde, e eu estava sentado à mesa da cozinha, corrigindo trabalhos dos alunos, com dificuldade para me concentrar. Depois do telefonema da produtora falando sobre a tal vidente, Cynthia não pensava em outra coisa. Já eu estava meio reticente.

Não tive muito a dizer durante o jantar mas, depois que Grace subiu para fazer o dever no quarto, Cynthia ficou colocando a louça na lavadora, de costas para mim, e disse:

— Precisamos falar sobre isso.

— Não vejo muito o que falar — disse eu. — Uma sensitiva ligou para o programa. Isso parece o sujeito que achou que sua família sumiu numa fenda da máquina do tempo. Talvez essa mulher tenha uma visão deles montados num brontossauro ou algo assim, ou pedalando num carro dos Flintstones.

Cynthia virou-se.

— Isso foi péssimo — ela disse.

Tirei os olhos de um terrível ensaio sobre Whitman.

— O quê?

— O que você disse foi péssimo. Você tem sido péssimo.

— Eu não.

— Você ainda está irritado comigo pelo que aconteceu hoje no shopping.

Fiquei quieto. O que ela disse tinha uma ponta de verdade. Pensei em dizer várias coisas no caminho de volta para casa, mas achei que não devia. Dizer que eu não aguentava mais. Que estava na hora de Cynthia mudar de assunto. Aceitar que os pais e o irmão tinham sumido, que nada mudou pelo fato de fazer 25 anos do desaparecimento, ou porque um programa de quinta categoria se interessou pelo caso. Ela tinha perdido a família havia muito tempo, o que sem dúvida era trágico, mas tinha outra família hoje e, se não queria viver o presente conosco, em vez de viver no passado com uma família que, com toda a probabilidade tinha morrido, então...

Mas eu não disse nada. Não consegui. E quando chegamos em casa, não consegui consolá-la. Depois, teve a ligação da sensitiva para o *Deadline*, e fiquei mais irritado ainda. Fui para a sala, liguei a tevê, passei pelos canais, sem parar em nenhum por mais de três minutos. Cynthia tinha entrado num furor de limpar, aspirar, lavar o banheiro, arrumar as latas na despensa. Qualquer coisa que a deixasse ocupada demais para falar comigo. Não havia muito lucro numa briga nossa, mas pelo menos a casa ficou pronta para estar numa página de uma revista de decoração.

— Não estou irritado — falei enquanto passava o dedo pela pilha de trabalhos que ainda tinha de avaliar.

— Conheço você e sei quando está zangado — ela disse. — Desculpe pelo que aconteceu. Desculpe por Grace e por aquele homem, pelo que fiz ele passar. Fiquei sem graça, todos nós ficamos. O que mais você quer? O que mais posso dizer? Já não estou me tratando com a Dra. Kinzler? O que quer que eu faça? Que eu vá lá toda semana, em vez de a cada 15 dias? Quer que tome algum remédio para amortecer a minha dor, fazer esquecer tudo o que me aconteceu? Você ficaria feliz com isso?

Joguei longe a minha caneta vermelha que usava para dar nota.

— Céus! — exclamei.

— Gostaria que eu simplesmente fosse embora, não é? — perguntou Cynthia.

— Isso é ridículo.

— Não consegue mais lidar com isso, e sabe de uma coisa? Eu também não. Também estou cheia. Acha que eu tenho vontade de encontrar com uma sensitiva? Pensa que não sei que parece desespero? Como sou digna de pena por ir lá e ter que ouvir o que ela tem a dizer? Mas o que você faria? E se fosse com Grace?

Olhei para ela.

— Nem diga isso.

— E se nós a perdêssemos? E se ela um dia sumisse? Imagine ela sumir por meses, anos? Sem uma pista do que aconteceu com ela?

— Não repita isso — mandei.

— Imagine então se você recebesse uma ligação de alguém que diz ter tido uma visão ou algo assim, que viu Grace num sonho e sabe onde ela está. Você ia se recusar a ouvir?

Trinquei os dentes e olhei para longe.

— Você faria isso? Só por que não queria parecer idiota? Por que estava com medo de ser enrolado, de parecer desesperado? Mas e se houver uma chance em um milhão de essa pessoa saber alguma coisa? E se ela não fosse sensitiva, mas achasse que era, e viu algo, viu uma pista que interpretou como visão ou algo assim? E se, descobrindo o que era isso, conseguisse encontrar Grace?

Coloquei as mãos ao redor da cabeça, olhei para os papéis com redações dos meus alunos e dei de cara com isto: "O texto mais famoso do Sr. Whitman é *Folhas da relva,* que muita gente acha que é sobre maconha, mas não é, embora seja difícil imaginar que um sujeito que escreveu uma coisa com o título *Canto o corpo elétrico* não tenha se chapado pelo menos uma vez na vida."

No dia seguinte, quando encontrei por acaso Lauren Wells, percebi que ela não vestia o habitual conjunto esportivo, estava com uma blusa de gola rolê preta e jeans de grife. A 20 passos de distância Cynthia saberia qual era a marca. Uma noite, estávamos assistindo ao *American Idol* na nossa pequena tevê, que nem era de alta definição, quando apareceu uma candidata gritando sua versão de *Wind Beneath My Wings* e Cynthia disse:

— Ela está usando calças Sevens.

Eu não sabia se Lauren estava de calças Sevens ou não, mas parecia ótima, e os alunos viravam a cabeça para dar uma olhada no traseiro dela enquanto ia pelo corredor.

Eu estava na direção contrária, ela me parou.

— Como vai? Melhorou? — perguntou.

Não lembrava de ter dito que estava nada menos que perfeito na última vez em que nos falamos, mas concordei.

— É, estou bem. E você?

— Bem, mas quase não vim hoje. Uma colega de turma no ensino médio morreu há dois dias num acidente de carro em Hartford. Uma amiga com quem falo pelo MSN me contou, fiquei mal.

— Era uma amiga próxima? — perguntei.

Lauren meio que deu de ombros.

— Bom, era do mesmo ano. Levei alguns minutos para lembrar dela, quando minha amiga disse o nome. Não saíamos juntas nem nada. Ela sentava atrás de mim em duas aulas. Mesmo assim é um choque quando acontece uma coisa dessas com uma pessoa que você conhece, não é? Você fica pensando, reavaliando, por isso eu quase não vim trabalhar.

— Reavaliar — repeti, sem saber se a situação exigia solidariedade. — Isso acontece. — Eu me senti tão mal quanto um cara que está ao lado de alguém que morre num acidente de trânsito, mas Lauren estava usando o meu tempo para falar de uma tragédia envolvendo alguém que não só eu não conhecia como, pelo que se tornava evidente, ela também não.

Os alunos passavam por nós, trombavam, desviavam e ficavam em volta, pois estávamos no meio do corredor.

— Então, como ela é pessoalmente? — perguntou Lauren.

— Quem?

— Paula Malloy, do *Deadline* — disse Lauren. — Ela é bonita como na tevê? Parece bem bonita.

— Tem dentes lindos — observei. Peguei no braço dela, empurrei-a na direção dos armários para não ficarmos atrapalhando a passagem no corredor.

— Escuta, hum, você é bem ligado ao Sr. Carruthers, não? — ela perguntou.

— Rolly e eu? Sim, nos conhecemos faz tempo.

— É meio estranho perguntar, mas na sala dos professores, outro dia, ele estava lá e, bom, acho que ele poderia... o que estou querendo dizer é, ele falou que me viu colocando uma coisa no seu escaninho e tirando depois?

— Hum, bom, ele...

— Pois, certo, deixei mesmo uma coisa lá, depois pensei e achei que não era uma boa, então peguei de volta, mas depois achei, ah, se o Sr. Carruthers me viu, deve ter contado para você e aí pensei, droga, devia ter deixado o bilhete lá por que pelo menos você saberia o que ele continha, em vez de ficar pensando o que era...

— Lauren, não se preocupe com isso, está tudo bem. — Eu não tinha certeza se queria saber o que estava escrito no bilhete. Naquele momento, não queria mais complicações na minha vida. E também não queria nada com Lauren Wells, mesmo se minha vida fosse absolutamente tranquila.

— Era só um bilhete para você e Cynthia perguntando se gostariam de aparecer um dia. Pensei em receber alguns amigos e achei que isso seria uma ótima pausa para vocês dois, com tudo o que têm passado. Mas depois pensei: vai ver que estou parecendo meio insistente, não?

— Ah, muito gentil de sua parte. Um dia, quem sabe? — disse eu. Quanto a mim, nem pensar.

— Mas essa noite você vai ao shopping Post? Alguns artistas do último *Survivor* vão estar lá dando autógrafo — informou, mexendo as sobrancelhas.

— Não sei — disse eu.

— Eu vou — ela garantiu.

— Teremos de passar por lá, Cynthia e eu vamos a New Haven por causa do programa de tevê. Nada muito importante. Só uma sequência.

Na mesma hora, me arrependi de contar.

Ela se animou e avisou:

— Amanhã vai ter de me contar tudo.

Apenas sorri, disse que tinha de ir para a sala de aula, e quando me afastei minha cabeça tremia quase sem que eu percebesse.

Jantamos cedo para dar tempo de irmos de carro à afiliada da Fox em New Haven. Queríamos arrumar uma babá para ficar com Grace, mas Cynthia disse que ligou para várias e não conseguiu nenhuma das nossas conhecidas.

— Posso ficar em casa sozinha — disse Grace, quando estávamos nos aprontando para sair. Nunca tinha ficado em casa sozinha e certamente aquela não seria a primeira vez. Talvez dentro de cinco ou seis anos.

— Nem pensar, querida. Pegue o seu livro *Cosmo,* ou um dever de casa, ou alguma coisa para fazer enquanto estivermos lá — eu disse.

— Não posso ouvir o que a moça vai dizer? — perguntou Grace.

— Não — disse Cynthia, antes que eu pudesse repetir a mesma coisa.

Cynthia estava agressiva no jantar. Eu não estava mais irritado, então não era culpa minha. Considerei que era ansiedade pelo que a vidente ia dizer. Alguém ler sua mão, adivinhar a sua sorte, colocar as cartas do tarô numa mesa podia ser divertido, mesmo quando não se acredita nessas coisas. Isso, numa situação normal. Mas, no nosso caso, era diferente.

— Querem que eu leve uma das caixas de sapato — avisou Cynthia.

— Qual delas?

— Qualquer uma. Ela disse que só precisa segurar a caixa ou algumas coisas de dentro para sentir mais vibrações ou sei lá o quê, do passado.

— Claro. E eles vão gravar tudo isso, não é?

Cynthia:

— Não podemos impedir. Foi o programa que fez a mulher aparecer, vão querer acompanhar o que acontece.

— Sabemos quem é ela? — perguntei.

— Keysha Ceylon — respondeu Cynthia.

— Sei.

— Procurei na internet, ela tem um site — disse Cynthia.

— Aposto que sim — falei, dando um sorriso pesaroso.

— Seja simpático — recomendou Cynthia.

Estávamos os três no carro, saindo de ré da garagem, quando Cynthia disse:

— Espere! Não acredito. Esqueci a caixa.

Ela havia tirado do armário uma das caixas com lembranças da família e colocado na mesa da cozinha para não esquecer.

— Eu pego — me ofereci, parando o carro.

Mas Cynthia já estava com as chaves fora da bolsa e a porta do carro aberta.

— Um segundo — avisou.

Observei-a passar pela entrada da garagem, abrir e porta e entrar correndo, deixando as chaves balançando na fechadura. Pareceu demorar um pouco, mais do que o necessário, mas aí apareceu com a caixa enfiada embaixo do braço. Trancou a porta, pegou as chaves e entrou no carro.

— Por que demorou tanto? — perguntei.

— Tomei um Advil, estou com dor de cabeça — ela respondeu.

Na emissora, fomos recebidos pela produtora de rabo de cavalo, que nos levou ao estúdio e ao local da entrevista, que tinha um sofá, duas cadeiras, algumas plantas de plástico e um fundo de treliça de gosto duvidoso. Paula Malloy estava lá e cumprimentou

Cynthia como se fosse uma velha amiga, destilando sedução como uma ferida purulenta. Cynthia foi discreta. Ao lado de Paula, em pé, estava uma mulher negra que, calculei, devia ter uns quarenta e tantos anos, vestida com um terno azul-marinho impecável. Achei que era mais uma produtora, talvez uma gerente do canal.

— Gostaria de apresentá-los a Keisha Ceylon — disse Paula.

Acho que eu esperava alguém parecido com uma cigana ou coisa assim. Uma hippie, talvez. De saia longa, tingida, não alguém que parecia presidir uma reunião do conselho.

— Prazer em conhecer — disse Keisha, apertando a mão de Cynthia e a minha.

Percebeu alguma coisa na minha cara e disse:

— Você esperava uma pessoa diferente.

— Talvez — concordei.

— E essa deve ser Grace — disse, se inclinando para cumprimentar nossa filha.

— Olá — disse Grace.

— Grace pode esperar em algum lugar? — perguntei.

— Posso ficar? — Grace pediu. Depois olhou para Keisha. — Você teve alguma visão ou algo parecido com os pais de mamãe?

— Existe alguma sala de espera aqui, um camarim onde ela possa ficar? — perguntei.

Imediatamente, uma das assistentes levou Grace.

Fizeram maquiagem em Cynthia e Keisha, que sentaram no sofá com a caixa de sapatos entre as duas. Paula ficou numa cadeira na frente delas, enquanto duas câmeras de rodinhas barulhentas foram colocadas em posição. Eu me enfiei na escuridão do estúdio, longe o suficiente para não aparecer, mas bem perto para olhar.

Paula recapitulou a história que exibiram algumas semanas antes. Depois colocariam mais trechos da história naquele bloco. Ela então anunciou aos espectadores que o caso teve um desenrolar incrível. Uma sensitiva tinha aparecido dizendo que podia ajudar a esclarecer o desaparecimento da família Bigge, ocorrido em 1983.

— Eu vi o programa — disse Keisha Ceylon, em voz baixa e confortadora. — E, claro, achei interessante. Mas não pensei muito mais nele. Até que, duas semanais depois, eu estava ajudando uma cliente a se comunicar com um parente perdido e não estava conseguindo, o que não costuma ocorrer. Era como se houvesse alguma interferência, como se eu estivesse falando num daqueles telefones antigos e entrasse uma linha cruzada.

— Incrível — sussurrou Paula.

Cynthia continuou impassível.

— E ouvi uma voz me dizer "Por favor, dê um recado para nossa filha".

— É mesmo? Ela disse quem era?

— Disse que se chamava Patricia.

Cynthia piscou.

— Disse mais o quê?

— Que queria que eu falasse com a filha dela, Cynthia.

— Por quê?

— Não tenho certeza. Acho que queria um contato para eu saber mais. Por isso eu quis que você trouxesse algumas lembranças — ela falou, sorrindo para Cynthia. — Gostaria de segurar para tentar talvez entender melhor o que aconteceu.

Paula se inclinou para Cynthia.

— Você trouxe umas coisas, não?

— Sim. Esta é uma das caixas de sapato que mostrei antes para você. Com retratos, recortes de jornais velhos, pedaços de coisas. Posso mostrar o que tem dentro e...

— Não — interrompeu Keisha. — Não precisa. Se puder me dar a caixa toda...

Cynthia deixou a mulher pegar a caixa e colocar no colo. Keisha segurou em cada extremidade da caixa e fechou os olhos.

— Sinto tanta energia saindo daqui — ela disse.

Ah, porra, me poupa, pensei.

— Sinto... tristeza. Muita tristeza.

— O que mais você sente? — perguntou Paula.

Keisha franziu o cenho.

— Sinto... que você está prestes a receber um sinal.

— Sinal? Que tipo de sinal? — perguntou Cynthia.

— Um sinal... que vai ajudar a responder suas dúvidas. Não sei se posso dizer mais. — Depois de uma pequena pausa, ela falou novamente: — Há muita energia saindo daqui.

— Por quê? — perguntou Cynthia.

— Por quê? — repetiu Paula.

Keisha abriu os olhos...

— Preciso... preciso que desliguem as câmeras um instante.

— Hein? — exclamou Paula, e pedindo em seguida: — Pessoal, podem desligar um minuto?

— Certo — disse um dos operadores de câmera.

— Qual o problema, Keisha? — perguntou Paula.

— O que houve? — perguntou Cynthia, assustada. — O que você não queria gravar? Alguma coisa que a minha mãe queria que você me dissesse?

— Mais ou menos — disse Keisha. — Mas eu quero saber logo, antes de nos adiantarmos, quanto eu vou ganhar com isso.

Só faltava essa.

— Ah, Keisha! — atalhou Paula. — Nós explicamos que pagaríamos suas despesas de hotel por essa noite se fosse preciso, pois sei que você teve de vir de Hartford, mas não pagamos nenhum tipo de serviço no sentido profissional.

— Não foi o que entendi — disse ela, meio ofendida. — Tenho coisas importantes para dizer a essa moça e, se querem saber, preciso ter uma compensação financeira.

— Por que não conta primeiro e depois vemos o que podemos fazer? — sugeriu Paula.

Eu me aproximei do cenário e olhei para Cynthia.

— Querida... — falei, mexendo a cabeça, no gesto internacionalmente conhecido como "Vamos embora".

Ela concordou com a cabeça, resignada, tirou o microfone da blusa e se levantou.

— Onde vai? — perguntou Paula.

— Vamos embora — respondi.

— Como assim? — perguntou Keisha, furiosa. — Onde vão? Senhora, se esse programa não vai pagar para me ouvir, talvez a senhora devesse pagar.

— Não deixo mais me fazerem de boba — respondeu Cynthia.

— Mil dólares. Digo o que sua mãe quer por mil dólares — avisou Keisha.

Cynthia estava contornando o sofá. Estendi a mão para ela.

— Está bem, 700! — sugeriu Keisha, enquanto saíamos do estúdio.

— Você é mesmo uma figura — disse Paula para a vidente. — Podia ter aparecido na tevê e feito propaganda de graça do seu trabalho, mas perdeu tudo por uns trocados.

Keisha olhou feio para Paula e os cabelos dela.

— Péssima tintura essa, sua vadia.

— Você tinha razão — disse Cynthia a caminho de casa.

Balancei a cabeça.

— Você fez bem em sair. Devia ver a cara da tal sensitiva quando você foi embora. Parecia que alguém tinha roubado o vale-refeição dela.

O farol de um carro na pista contrária iluminou o sorriso de Cynthia. Depois de fazer uma série de perguntas que nos recusamos a responder, Grace dormiu no banco de trás.

— Que noite perdida — lastimou Cynthia.

— Não, você tinha razão. Desculpe por ter dificultado as coisas. Mesmo que fosse apenas uma chance em um milhão, você precisava conferir. Então, conferimos. Agora podemos deixar isso pra lá e seguir em frente.

Entramos na garagem. Abri a porta de trás do carro, peguei Grace no colo e levei-a para dentro de casa. Cynthia foi na frente, acendendo a luz da cozinha enquanto eu subia a escada para colocar Grace na cama.

— Terry — chamou Cynthia.

Normalmente, eu diria "Já volto" e primeiro levaria Grace para cima, mas alguma coisa na voz da minha mulher me disse para ir imediatamente à cozinha.

Foi o que fiz.

No meio da mesa da cozinha tinha um chapéu preto de homem. Um velho, gasto e lustroso, chapéu de feltro.

12

Ela tentou chegar mais perto, o mais perto possível, e sussurrou para ele:

— *Você pelo menos está me ouvindo? Vim até aqui e você nem sequer abre os olhos. Pensa que é fácil chegar até aqui? Eu me esforço tanto e o mínimo que você podia fazer é ficar acordado. Tem o dia inteiro para dormir; eu só fico aqui um pouco. Vou lhe contar uma coisa. Você não está nos deixando. Vai ficar mais um pouco conosco, com certeza. Quando chegar a hora de ir, garanto que você vai ser o primeiro a saber.*

Ele então pareceu querer dizer algo.

— *O que foi? — ela perguntou. Ela só entendeu uma pergunta. — Ah, ele? Não pôde vir esta noite — ela respondeu.*

13

Com cuidado deixei Grace no sofá da sala, coloquei uma almofada sob a cabeça dela e voltei para a cozinha.

O chapéu de feltro podia bem ser um rato morto, considerando o jeito como Cynthia olhava para ele. Ficou o mais longe possível, encostada na parede, os olhos cheios de medo.

Não era o chapéu em si que me assustava. Era como ele chegou lá.

— Olhe Grace um instante — pedi.

— Cuidado — recomendou Cynthia.

Subi a escada, acendi as luzes de todos os quartos e enfiei a cabeça para olhar cada um. Chequei o banheiro, depois resolvi passar pelos outros cômodos de novo, abrindo os armários, olhando embaixo das camas. Estava tudo como devia.

Voltei para o térreo, abri a porta do porão inacabado. No alto da escada, apalpei o teto, puxei o fio e acendi a lâmpada.

— O que você está vendo aí embaixo? — perguntou Cynthia lá de cima.

Nada além de uma lavadora e uma secadora, uma prateleira cheia de porcarias, um conjunto de latas de tinta meio vazias, uma cama dobrável. Só.

Voltei para cima.

— Não tem ninguém — falei.

Cynthia continuava olhando o chapéu.

— Ele esteve aqui.

— Quem?

— Meu pai. Ele esteve aqui.

— Cynthia, alguém esteve aqui e deixou isso na mesa, mas não foi o seu pai.

— É o chapéu dele — garantiu, mais calma do que eu podia esperar.

Cheguei perto da mesa, estiquei a mão para pegá-lo.

— Não toque! — ela gritou.

— Não vai me morder — eu disse e segurei a aba com o indicador e o polegar, peguei com as duas mãos e olhei dentro da copa.

Sem dúvida, era um chapéu velho. As beiradas estavam esfarrapadas, a costura escureceu devido a anos de suor, o feltro estava tão gasto que, em certos pontos, brilhava.

— É só um chapéu — eu disse.

— Olhe a parte interna — ela disse. — Há anos meu pai perdeu alguns chapéus, pegavam o dele por engano em restaurantes, uma vez ele ficou com o de outro homem, então passou a marcar "C" dentro da aba. De Clayton.

Passei o dedo por dentro da aba, dobrando-a. Encontrei a inicial do lado direito, perto da parte de trás. Virei o chapéu para Cynthia ver.

Ela respirou fundo.

— Meu Deus!

Deu três passos na minha direção, esticou a mão. Estendi o chapéu para ela, que o recebeu como se fosse uma peça retirada da tumba do rei Tutancâmon. Segurou com toda a reverência um instante e o levou devagar em direção ao rosto. Por um segundo achei que ia pôr o chapéu na cabeça, mas ela o encostou no nariz e cheirou.

— É dele — concluiu.

Eu não ia discutir. Sabia que o sentido do olfato desencadeava fortemente as lembranças. Eu mesmo me lembrava de, já adulto, voltar à casa da minha infância (para onde meus pais mudaram quando eu tinha 4 anos) e perguntar aos então proprietários se eu podia dar uma olhada. Eles foram muito simpáticos e tudo na casa me foi familiar: a divisão dos cômodos, o ranger no quarto

115

degrau quando subi para o segundo andar, a vista dos fundos pela janela da cozinha. Mas quando enfiei o nariz no espaço entre o piso e os alicerces da casa e senti o cheiro de cedro misturado com mofo, cheguei a ficar tonto. Quase me afoguei numa torrente de lembranças.

Assim, eu tinha uma ideia do que Cynthia estava vivenciando ao colocar o chapéu tão perto do rosto. Sentiu o cheiro do pai.

Ela sabia.

— Ele esteve aqui. Bem aqui nesta cozinha, na nossa casa — garantiu. — Por quê, Terry? Por que ele viria aqui? Por que faria isso? Por que deixaria esse maldito chapéu e não esperou eu chegar em casa?

— Cynthia — falei, tentando manter a voz calma. — Digamos que o chapéu seja mesmo do seu pai e, se você diz que é, eu acredito, mas o fato de estar aqui não significa que foi seu pai quem o deixou.

— Ele nunca foi a lugar algum sem chapéu. Usava em toda parte. Estava com ele na última noite em que o vi. Não foi deixado na casa. Sabe o que isso significa, não sabe?

Esperei.

— Que ele está vivo.

— É, pode significar, sim. Mas não necessariamente.

Cynthia colocou o chapéu de volta na mesa, ia pegar o telefone, mas, hesitando, primeiro tentou argumentar.

— A polícia... — Ela começou. — ... eles podem tirar as impressões digitais.

— Desse chapéu? Mas você já sabe que é do seu pai. Mesmo se conseguirem as impressões, e daí? — perguntei.

— Não, da maçaneta — disse ela, apontando para a porta da frente. — Ou da mesa, de alguma coisa. Se encontrarem as digitais aqui, prova que ele está vivo.

Eu não tinha tanta certeza, mas concordei que chamar a polícia era uma boa ideia. Alguém (se não foi Clayton Bigge, *alguém*) esteve na nossa casa enquanto estávamos fora. Arrombou a porta e entrou, sem quebrar nada? Pode ser. Mas, sem dúvida, entrou.

Liguei para a polícia 911.

— Alguém... entrou na nossa casa — disse eu ao atendente. — Minha mulher e eu estamos muito nervosos, temos uma filha pequena, ficamos muito preocupados.

Cerca de dez minutos depois a polícia estava na nossa casa. Um casal uniformizado. Checaram as portas e janelas para verificar qualquer sinal de arrombamento, mas não havia nenhum. Claro que Grace acordou com toda essa agitação e não quis mais ir para a cama. Mesmo quando a mandamos voltar para o quarto e deitar, vimos que ela estava no alto da escada, espreitando por trás dos balaústres.

— Roubaram alguma coisa? — a policial perguntou, empurrando o quepe para trás e coçando a cabeça.

— Hum, não, pelo que vimos, não — respondi. — Não olhei direito, mas acho que não.

— Algum dano? Algum tipo de vandalismo?

— Não, nenhum — respondi.

— Vocês precisam checar as impressões digitais — disse Cynthia.

O policial perguntou:

— O que disse, senhora?

— Impressões digitais. Não é o que fazem quando alguém invade uma casa?

— Senhora, creio que não haja uma prova concreta de invasão. Parece tudo em ordem.

— Mas deixaram este chapéu aqui. Prova que alguém entrou. Trancamos a casa antes de sair.

— É o que a senhora está dizendo, alguém entrou na sua casa, não levou nada, não quebrou nada, mas entraram, senão, como este chapéu estaria na mesa da cozinha?

Cynthia concordou com a cabeça. Imaginei o que os policiais estavam achando daquilo tudo.

— Seria difícil conseguir alguém para tirar as impressões quando não há prova de crime — falou o policial.

— Isso pode ser apenas uma brincadeira — o colega dela observou. — Algum conhecido seu que está querendo se divertir à sua custa.

Se divertir, pensei. Olhe para nós, estamos morrendo de rir.

— Não há sinal de que a fechadura tenha sido forçada — ele disse. — Alguém a quem a senhora deu uma chave entrou, deixou isso aqui, pensou que fosse seu. Simples assim.

Olhei para o pequeno gancho vazio onde costumávamos deixar uma chave extra. A que notei estar faltando no outro dia, de manhã.

— O senhor pode mandar um policial ficar na frente da casa? — perguntou Cynthia. — Para olhar, caso alguém tente entrar de novo? Só para ver quem é, mais nada. Não quero que machuquem ninguém.

— Cyn — falei.

— Senhora, não podemos fazer isso. Não temos efetivo para colocar um carro na frente da sua casa sem uma boa razão — disse a policial. — Mas se tiver mais algum problema, pode nos ligar.

Com isso, pediram licença e se retiraram. Certamente, eles é que deram umas boas risadas à nossa custa. Dava para ver o boletim de ocorrência na delegacia: "Atendimento a denúncia de aparecimento de chapéu misterioso." Podia imaginar todos na delegacia caindo na gargalhada.

Depois que os policiais saíram, sentamos à mesa da cozinha calados, com o chapéu entre nós.

Grace entrou na cozinha, depois de descer a escada sem fazer barulho, apontou para o chapéu, riu e perguntou:

— Posso colocar?

Cynthia agarrou o chapéu.

— Não.

— Vá dormir, querida — eu disse a Grace, que foi saindo.

Cynthia só largou o chapéu quando nos deitamos.

Naquela noite, olhando para o teto novamente, lembrei que Cynthia havia esquecido, na última hora, de levar a caixa de sapato para a emissora naquele terrível encontro com a sensitiva. Voltou correndo para casa enquanto Grace e eu esperávamos no carro.

Eu me ofereci para ir, mas ela insistiu.

Demorou demais para pegar a caixa. Tomou um Advil, explicou, quando voltou para o carro.

Não é possível, pensei, olhando Cynthia adormecida ao meu lado.

Não, certamente não.

14

Eu estava com uma aula vaga e enfiei a cabeça na porta do escritório de Rolly Carruthers.

— Estou livre. Você tem um minuto?

Rolly olhou a pilha de coisas sobre a mesa dele. Relatórios do conselho, avaliações de professores, estimativas de orçamentos. Estava mergulhado em papéis.

— Se você só precisa de um minuto, eu tenho de dizer não. Mas se precisa de pelo menos uma hora, posso atender.

— Uma hora parece bom.

— Já almoçou?

— Não.

— Então vamos ao Stonebridge. No seu carro. Eu posso querer bater.

Ele vestiu o paletó esporte, disse à secretária que ia ficar fora da escola algum tempo, mas estava no celular, caso o prédio pegasse fogo.

— Assim, fico sabendo que não preciso voltar — acrescentou.

A secretária insistiu para ele atender um dos superintendentes que estava ao telefone, então ele fez sinal para mim que iria em dois minutos. Saí do escritório, bem no caminho de Jane Scavullo, que vinha pelo corredor em alta velocidade, certamente para encher de porrada alguma outra garota no pátio da escola.

A pilha de livros que ela vinha carregando se espalhou pelo corredor.

— Merda — xingou.

— Desculpe — falei, me abaixando para ajudá-la a pegar os livros.

— Tudo bem — ela disse, tentando pegar antes de mim. Mas não foi tão rápida. Eu já estava segurando *Foxfire*, de Joyce Carol Oates, que tinha recomendado para ela ler.

Ela arrancou o livro das minhas mãos e o enfiou no meio dos outros.

Perguntei, sem nada de "Eu disse para você ler" na voz:

— Está gostando?

— É bom — disse Jane. — As garotas da história são muito enroladas. Por que mandou que eu lesse? Acha que sou tão ruim quanto elas?

— As garotas não são todas ruins. Não, não penso que seja como elas. Mas achei que ia gostar do texto — respondi.

Ela fez uma bola de chiclete, que estourou logo.

— Posso perguntar uma coisa?

— Claro.

— Qual o seu interesse nisso?

— Como assim?

— Que interesse você tem em saber o que leio, o que escrevo, essa porcaria toda?

— Você acha que sou professor só para ganhar dinheiro?

Ela pareceu que ia rir, aí se controlou.

— Tenho de ir — disse, e foi.

Quando Rolly e eu chegamos ao Stonebridge, a multidão do almoço tinha diminuído. Ele pediu um camarão no leite de coco e uma cerveja para começar e eu, uma travessa grande de ensopado de mariscos da Nova Inglaterra, com bastante *crackers* e um café.

Rolly comentou que estava pensando em colocar à venda a casa onde morava com a esposa, pois assim teriam muito dinheiro sobrando depois que pagassem o trailer em Bradenton. Poderiam guardar dinheiro no banco, investir, fazer uma viagem para um lugar exótico. E ia comprar um barco para pescar no rio Manatee.

Era como se ele não fosse mais o diretor da escola. Sua cabeça já estava em outro lugar.

— Estou com um problema — desabafei.

Rolly deu um gole na cerveja Sam Adams.

— É Lauren Wells?

— Não. Por que acha que quero falar nela? — respondi, surpreso.

Ele deu de ombros.

— Vi vocês conversando no corredor.

— Ela é desagradável — eu disse.

Rolly sorriu.

— Uma desagradável gostosona.

— Não sei o que ela pensa, mas Cynthia e eu viramos uma espécie de celebridades. Lauren mal falava comigo até aparecermos naquele programa de tevê.

— Pode me dar um autógrafo? — Rolly perguntou.

— Me belisca para mostrar que estou sonhando — eu disse. Esperei um instante para mudar de assunto. — Cynthia sempre considerou você uma espécie de tio, sabe? Você cuidou dela depois do que aconteceu. Por isso, acho que posso falar quando há um problema.

— Claro.

— Estou achando que ela perdeu o pé da situação.

Rolly colocou o caneco de cerveja na mesa e lambeu os lábios.

— Vocês já não estão numa psicanalista, como é o nome dela? Krinkle ou algo assim?

— Kinzler. Vamos a cada duas semanas.

— Comentou isso com a doutora?

— Não, é complicado. Quer dizer, às vezes ela fala conosco separadamente. Eu podia comentar, mas não é muito fácil. São muitas coisas.

— Por exemplo?

Contei. A preocupação com o carro marrom. A ligação anônima dizendo que a família tinha perdoado e como ela, sem querer, apagou a ligação. Correr atrás do sujeito no shopping, achando que era o irmão. O chapéu na mesa.

— O quê? O *chapéu* de Clayton? — perguntou Rolly

— É. Quer dizer, acho que o chapéu ficou enfiado numa caixa esses anos todos. Quer dizer, ele tem uma marca dentro, a inicial dele sob o forro.

Rolly pensou um pouco e disse:

— Se ela colocou o chapéu lá, podia ter feito a marca também.

Eu não tinha pensado nisso. Cyn me obrigou a procurar a inicial, em vez de ela mesma procurar. A expressão de susto foi bastante convincente.

Mas pensei na possibilidade que Rolly levantou.

— Não precisa nem mesmo ser o chapéu do pai dela. Pode ser um chapéu qualquer. Talvez ela tenha comprado numa loja de roupas usadas e dito que era dele.

— Ela cheirou o chapéu e disse que tinha certeza que era do pai — contei.

Rolly olhou para mim como se eu fosse um dos alunos idiotas dele.

— Ela podia ter deixado você cheirar também, para confirmar. Mas isso não prova nada.

— Ela pode ter inventado tudo, mas não consigo acreditar nisso — eu disse.

— Cynthia não me parece uma desequilibrada mental, mas está sob o efeito do estresse. Porém seria capaz de enganar todos nós?

— Não, ela não faria isso — falei.

— Ou inventar coisas? Como ela podia estar aprontando tudo isso? Como fingir que alguém ligou? Por que inventaria essa história do chapéu?

— Não sei. — Tentei achar um motivo. — Para chamar atenção? E daí? A polícia iria reabrir o caso? Ia descobrir, finalmente, o que aconteceu com a família dela?

— E por que agora? Por que esperar tanto tempo para fazer isso? — perguntou Rolly.

Mais uma vez, eu não tinha ideia.

— Que merda, não sei o que pensar. Só queria que tudo isso terminasse. Mesmo se fosse para descobrirmos que todos morreram naquela noite.

— Caso encerrado — disse Rolly.

— Detesto essa expressão. Mas, basicamente, é isso: encerrar o assunto — eu disse.

— Outro detalhe que você deve considerar — disse Rolly — é que, se Cynthia *não* deixou o chapéu sobre a mesa, alguém entrou mesmo na sua casa. Não necessariamente o pai dela.

— É. Já decidi que temos de ter trancas duplas. Imaginei um estranho andando pela nossa casa, olhando nossas coisas, tocando nelas, vendo como somos. Gelei — eu disse. — Nós trancamos a casa sempre que saímos. Mas, de vez em quando, esquecemos alguma porta aberta. A de trás acho que esquecemos de vez em quando, principalmente quando Grace fica entrando e saindo. — Pensei na chave que faltava e tentei lembrar a primeira vez que senti falta dela. — Mas tenho certeza de que trancamos tudo naquela noite em que encontramos a vidente maluca.

— Vidente? — perguntou Rolly.

Resumi a história para ele.

— Quando comprar trancas, procure aquelas barras de colocar nas janelas do porão. É por aí que costumam entrar.

Fiquei em silêncio um tempo. Ainda não tinha chegado ao assunto mais importante.

— O pior é que tem mais.

— Mais?

— Cyn está com a cabeça tão frágil que não posso contar uma coisa para ela. Sobre Tess — falei. Rolly franziu o cenho e deu mais um gole na Sam Adams. — O que há com Tess?

— Primeiro, ela não está bem de saúde. Disse que está morrendo.

— Ah, droga! O que ela tem? — perguntou Rolly.

— Ela não quis entrar em detalhes, mas acho que é câncer. Ela não parece mal, só cansada, sabe? Mas não vai melhorar. Pelo menos, é o que ela afirma.

— Cynthia vai ficar arrasada. As duas são tão próximas.

— Eu sei. E acho melhor Tess contar para ela. Eu não posso, não *quero*. E precisa ser logo, antes que fique evidente que ela não está bem.

— Qual é a outra coisa?

— Hein?

— Há um segundo, você disse "primeiro". Qual é a segunda coisa?

Fiquei indeciso. Achava errado falar com Rolly do dinheiro escondido antes de contar para Cynthia, mas era um dos motivos para contar para ele: ser orientado sobre como revelar à minha mulher.

— Durante alguns anos Tess recebeu dinheiro.

Rolly colocou o caneco de cerveja na mesa e perguntou:

— Como assim, recebeu dinheiro?

— Alguém deixava dinheiro para ela. Dinheiro vivo, dentro de um envelope. Na primeira vez, tinha um bilhete dizendo que era para ajudar na educação de Cynthia. A quantia variava, mas no total foram mais de 40 mil dólares.

— Porra! E ela nunca contou isso? — perguntou Rolly.

— Não.

— Ela disse de onde vinha o dinheiro?

Dei de ombros.

— Esse é o problema. Tess não sabe até hoje, mas fica pensando se os envelopes onde o dinheiro e o bilhete vieram ainda podem ter impressões digitais depois de tantos anos, ou o DNA, sei lá. Mas ela acha que o dinheiro tem a ver com o sumiço da família de Cynthia. Quer dizer, quem daria dinheiro senão a família, ou alguém que se sentisse responsável pelo que aconteceu com a família dela?

— Céus! É um problema enorme. E Cynthia não sabe de nada? — perguntou Rolly.

— Não. Mas tem o direito de saber.

— Claro que tem. — Ele segurou o caneco novamente, bebeu e chamou a garçonete para trazer outra cerveja.

— O que você acha?

— Não sei. Tenho as mesmas preocupações que você. Suponhamos que você conte para ela. E aí?

Mexi o ensopado de mariscos com uma colher. Não tinha apetite.

— Pois é. Traz mais perguntas do que respostas.

— Mesmo se o dinheiro significasse que foi alguém da família, não prova que ainda continue vivo. Ela recebeu o dinheiro até quando?

— Mais ou menos até quando Cynthia terminou a faculdade — respondi.

— Quanto tempo? Vinte anos?

— Não chega a isso, mas faz muito tempo.

Rolly balançou a cabeça, admirado.

— Olha, não sei o que dizer. Sei o que eu faria se estivesse no seu lugar, mas você decide.

— Diga, o que você faria? — perguntei.

Ele apertou os lábios e se inclinou sobre a mesa.

— Eu esperaria.

Acho que fiquei surpreso.

— Mesmo?

— Pelo menos por enquanto. Por que só vai atormentar Cynthia. Ela vai pensar que, enquanto era estudante, se soubesse do dinheiro, podia fazer alguma coisa, podia tê-los encontrado, ficando atenta e perguntando, podia ter descoberto o que aconteceu. Sabe-se lá se isso é possível hoje.

Pensei no argumento dele. Tinha razão.

— E não é só isso — ele disse. — Justo quando Tess precisa de todo apoio e carinho, quando está doente, Cynthia vai ficar zangada com ela.

— Eu não tinha pensado nisso.

— Cynthia vai se sentir traída. Vai achar que a tia não podia ter escondido isso dela durante tantos anos. Vai achar que tinha o direito de saber. E tinha mesmo. Ainda tem. Mas não ter contado são águas passadas.

Concordei, depois me dei conta de uma coisa.

— Mas eu acabo de saber disso tudo. Se eu não contar, também não estarei traindo Cynthia, como Tess?

Rolly olhou bem para mim e sorriu.

— É por isso que é bom que a decisão seja sua e não minha, caro amigo.

Quando cheguei em casa, o carro de Cynthia estava na entrada da garagem e havia um carro que eu não conhecia parado no meio-fio. Um Toyota sedã prata, o tipo de carro anônimo, que você vê e esquece em seguida.

Entrei em casa e Cynthia estava sentada no sofá da sala, de frente para um homem quase careca, baixo, gordo e moreno. Os dois se levantaram e Cynthia veio falar comigo.

— Oi, querido — disse ela, forçando um sorriso.

— Oi, querida. — Virei-me para o homem, estendi a mão, ele me cumprimentou, efusivo. — Olá — falei.

— Sr. Archer — ele disse para mim, com voz profunda e quase melosa.

— Esse é o Sr. Abagnall, o detetive particular que estamos contratando para descobrir o que houve com a minha família — disse Cynthia.

15

— Denton Abagnall. A Sra. Archer me deu alguns detalhes, mas gostaria de fazer algumas perguntas para o senhor também — disse o detetive.

— Claro — concordei, fazendo sinal para esperar um instante, virando para Cynthia e perguntando: — Posso falar com você um minuto?

Ela lançou para ele um olhar de desculpas:

— O senhor nos dá licença?

Ele concordou. Levei Cynthia até a porta da frente, saímos e ficamos no alto da escada. Nossa casa era tão pequena que Abagnall podia ouvir se fôssemos para a cozinha, sobretudo por que eu achava que a conversa ia ser acalorada.

— Que diabo está havendo? — perguntei.

— Não vou mais ficar esperando — disse Cynthia. — Não vou esperar acontecer alguma coisa, ficar pensando nisso. Resolvi enfrentar a situação.

— O que espera que ele descubra? Cynthia, é uma história muito antiga. São 25 anos — eu disse.

— Ah, obrigada por me lembrar, eu tinha esquecido — ela disse.

Pisquei. Ela continuou:

— Bom, aquele chapéu não apareceu há 25 anos. Foi esta semana. E a ligação aconteceu naquele dia que você levou Grace para a escola, também não foi há 25 anos.

— Querida, mesmo que eu achasse boa ideia contratar um detetive, não podemos pagar. Quanto ele cobra?

Ela disse quanto custava a diária.

— Mais qualquer despesa que ele tenha acima disso — acrescentou.

— Certo, e quanto tempo você acha que ele vai levar? Uma semana? Um mês? Seis meses? Ele pode levar um ano e não chegar a conclusão nenhuma — argumentei.

— Podemos fazer um empréstimo — disse Cynthia. — Lembra que o banco nos enviou uma carta antes do Natal oferecendo um empréstimo para quitar o cartão com as compras de fim de ano? Podemos fazer isso, fica sendo o meu presente de Natal. Este ano, você não precisa comprar nada para mim.

Olhei para os meus pés e balancei a cabeça. Eu realmente não sabia o que fazer.

— O que está acontecendo com você, Terry? — perguntou Cynthia. — Um dos motivos para eu casar com você foi saber que estaria sempre ao meu lado, que conhecia a minha história horrível, que me apoiaria, que ficaria comigo. Durante anos você foi esse cara. Mas nos últimos tempos, não sei, estou com a impressão de que você não é mais a mesma pessoa. Talvez tenha cansado de ser assim. Talvez não saiba nem se acredita mais em mim.

— Cynthia, não...

— Talvez esse seja um dos motivos para eu contratar esse detetive. Ele não vai me julgar. Não vai pensar que sou uma espécie de maluca.

— Eu nunca disse que acho você uma...

— Não precisa. Eu vejo na sua cara — disse Cynthia. — Quando pensei que aquele homem fosse o meu irmão, você achou que eu tinha ficado doida.

— Deus do céu, então contrate a porra do detetive! — falei.

Não vi o tapa. Acho que Cynthia também não. Aconteceu, apenas. Uma explosão de raiva, como um trovão súbito, bem ali na escada. Só o que conseguimos fazer por alguns segundos foi ficar em silêncio. Cynthia pareceu estar em choque, com as mãos sobre a boca.

Por fim, eu disse:

— Acho que devo estar aliviado por não ter sido um *backhand*. Eu não estaria de pé agora.

— Terry, não sei o que houve. Eu... perdi a cabeça — disse ela.

Puxei-a para perto de mim e sussurrei no ouvido dela:

— Desculpe. Sempre fui e sempre serei aquele cara do seu lado.

Ela me abraçou e apertou a cabeça contra o meu peito. Tive a perfeita noção de que íamos jogar dinheiro pela janela. Mas, mesmo se Denton Abagnall não descobrisse nada, talvez Cynthia precisasse contratá-lo. Talvez estivesse certa. Era uma forma de assumir o controle da situação.

Pelo menos durante algum tempo. O tempo que pudéssemos pagar. Fiz uns cálculos rápidos de cabeça e achei que um empréstimo mais o fundo móvel de aluguel pelos próximos dois meses pagariam uma semana de serviços de Abagnall.

— Vamos contratá-lo — eu disse.

Ela me abraçou um pouco mais forte.

— Se ele não descobrir logo alguma coisa, nós cancelamos — ela disse, ainda sem olhar para mim.

— O que sabemos sobre esse cara? É de confiança? — perguntei.

Cynthia recuou, fungou. Tirei um lenço do bolso e dei para ela, que passou nos olhos e assoou o nariz.

— Liguei para o *Deadline*. Falei com a produtora. Ela ficou na defensiva quando viu que era eu, achando que eu fosse xingar aquela sensitiva, mas perguntei se eles tinham detetives para descobrir coisas e ela me deu o nome desse cara, disse que não usaram seus serviços, mas fizeram um programa com ele. E que ele parecia muito bom.

— Então vamos falar com ele — eu disse.

Abagnall estava sentado no sofá, olhando as lembranças de Cynthia guardadas nas caixas de sapato e levantou-se quando entramos. Tenho certeza de que notou o meu rosto vermelho de um lado, mas fez um bom trabalho em não ser óbvio sobre o fato.

— Espero que não se incomodem, estava dando uma olhada aqui. Gostaria de olhar mais, se tiverem decidido aceitar minha ajuda — disse ele.

— Resolvemos aceitar. Queremos que descubra o que aconteceu com a família de Cynthia — falei.

— Não vou lhes dar falsas esperanças — avisou Abagnall. Ele falava devagar, firme, e de vez em quando anotava alguma coisa na agenda. — O caso é muito antigo. Vou começar revendo os arquivos da polícia, conversando com todos que lembram ter trabalhado no caso, mas acho que não devem esperar muito.

Cynthia concordou com a cabeça, solene.

— Nada aqui me chama a atenção, me dá alguma pista, pelo menos a princípio — ele disse, mostrando as caixas de sapato. — Mas gostaria de ficar com elas por um tempo.

— Ótimo, desde que sejam devolvidas — disse Cynthia.

— Claro.

— E o que me diz sobre o chapéu? — ela perguntou.

O chapéu que ela achava ser do pai estava ao lado do detetive, no sofá. Ele tinha examinado o chapéu antes.

— Bom. A primeira coisa que recomendaria é que a senhora e seu marido checassem a segurança da casa, talvez trocassem as fechaduras, colocassem trancas nas portas.

— Já fiz isso — garanti. Eu tinha chamado dois chaveiros para ver qual o melhor.

— Pois bem, quer esse chapéu seja de seu pai ou não, alguém entrou na casa e deixou-o aqui. Vocês têm uma filha. Querem que esta casa seja o mais segura possível. Além de ver se esse chapéu é de seu pai — ele disse, com voz baixa e confortadora —, posso levar a um laboratório particular para um teste de DNA em fios de cabelos ou suor no forro. Mas isso não é barato e a senhora precisa fornecer uma amostra para comparação. Se houver ligação entre o seu DNA e o que encontrarem nesse chapéu, bom, pode confirmar se é mesmo do seu pai, mas não vai nos dizer se ele está vivo ou não.

Pela cara de Cynthia, percebi que estava começando a se entusiasmar.

— Podemos deixar essa parte para depois — sugeri.

Abagnall concordou.

— Era o que eu ia dizer, pelo menos por enquanto. — O celular dele tocou dentro do paletó. — Com licença um instante. — Ele abriu, viu quem era, atendeu. — Sim, amor? — Ouviu, concordou. — Ah, vai ser ótimo. Com camarão? — Sorriu. — Mas não muito picante. Certo, chego logo. — Fechou o telefone e guardou. — Minha esposa. Ela sempre me liga a essa hora para dizer o que está preparando para o jantar.

Cynthia e eu nos entreolhamos.

— À noite teremos camarões com *linguini* ao molho de pimenta — ele disse, sorrindo. — Isso me faz ter algo para ansiar. Bom, Sra. Archer, será que tem fotos de seu pai? Já tenho algumas de sua mãe, uma de seu irmão, mas não de Clayton Bigge.

— Acho que não tenho — ela disse.

— Vou procurar no Departamento de Trânsito — disse ele. — Não sei até que ano vão os registros dele, mas talvez tenham uma foto. E talvez a senhora possa me falar mais um pouco do percurso que ele fazia para o trabalho.

— Ia daqui a Chicago. Trabalhava com vendas. Acho que atendia pedidos para lojas de suprimentos de máquinas. Essas coisas.

— A senhora não sabia exatamente qual era o percurso dele?

Ela negou com a cabeça.

— Eu era pequena. Não entendia o que ele fazia, só que passava muito tempo viajando. Uma vez, ele me mostrou fotos do prédio Wrigley, em Chicago. Tem uma foto Polaroid na caixa, eu acho.

Abagnall concordou, fechou a agenda, guardou-a no paletó e deu um cartão de visita para cada um. Pegou as caixas de sapato e levantou-se.

— Entro em contato logo para dizer como estão as coisas. Gostaria que me adiantassem três dias de serviço. Não espero ter respostas nesse tempo, mas terei uma ideia se será possível descobrir alguma coisa.

Cynthia foi pegar o talão de cheques na bolsa, preencheu um cheque e entregou-o para Abagnall.

Grace, que tinha ficado lá em cima o tempo todo, chamou:

— Mãe? Pode vir aqui um instante? Pinguei uma coisa no meu sapato.

— Vou levar o Sr. Abagnall até o carro — falei.

Abagnall abriu a porta do carro e já ia entrando quando eu disse:

— Cynthia comentou que o senhor talvez queira falar com a tia dela, Tess.

— É.

Se eu queria que o trabalho não fosse um total desperdício, era bom que ele soubesse de tudo.

— Recentemente, Tess me disse algo que não contou ainda para Cynthia.

Abagnall não pediu, mas esperou que eu contasse. Falei das doações anônimas de dinheiro.

— Bem... — ele disse.

— Vou dizer a Tess que o aguarde e lhe conte tudo.

— Obrigado — ele disse. Sentou-se, abriu o vidro do carro e enfiou a cabeça na janela. — O senhor acredita nela?

— Em Tess? Sim, acredito. Ela me mostrou o bilhete, os envelopes.

— Não, estou falando da sua esposa. Acredita nela?

Pigarreei antes de responder.

— Claro.

Abagnall puxou o cinto de segurança e colocou-o.

— Uma vez, uma mulher me chamou para encontrar uma pessoa, fui lá e sabe quem ela queria que eu achasse?

Esperei a resposta.

— Elvis. Queria que eu encontrasse Elvis Presley. Isso foi em 1990 mais ou menos, a essa altura Elvis tinha morrido havia uns 13 anos. Ela morava num casarão, tinha muito dinheiro e uns parafusos a menos, como o senhor deve imaginar. Nunca tinha visto Elvis na vida, nem tinha qualquer ligação com ele, mas garantia que o Rei estava vivo, esperando que ela fosse salvá-lo. Eu podia ter trabalhado para ela um ano, tentando achá-lo. Essa senhora poderia garantir minha aposentadoria. Mas tive de recusar o serviço. Ela ficou muito zangada, expliquei que já tinham me contratado para encontrar Elvis e que encontrei: ele estava ótimo, mas queria passar o resto da vida em paz.

— Sem brincadeira? E ela acreditou?

— Bom, na época pareceu acreditar. Claro, deve ter chamado outro detetive. Pelo que sei, ele continua trabalhando no caso. — Ele riu baixinho para si mesmo. — Não me surpreenderia.

— O que acha do nosso caso, Sr. Abagnall? — perguntei.

— Acho que sua esposa realmente quer saber o que aconteceu com os pais e o irmão. Eu não aceitaria um cheque de alguém que estivesse querendo me enganar. Sua esposa não quer me enganar.

— Não, acho que não. Mas essa mulher que queria achar Elvis estava? Ou acreditava mesmo que Elvis ainda estava vivo? — perguntei.

Abagnall me deu um sorriso triste.

— Daqui a três dias dou notícias, se tiver alguma coisa interessante.

16

— *Os homens são fracos (claro que você, não) e nos desapontam, mas em geral são as mulheres que traem* — ela disse.

— *Eu sei, você já disse isso antes* — ele reclamou.

— *Ah, desculpe.* — Estava ficando sarcástica, ele não gostava quando ela ficava assim. — *Estou aborrecendo você, querido?*

— *Não, tudo bem. Continue. Você estava dizendo que mulheres também traem, eu estava ouvindo.*

— *Isso mesmo. Como essa Tess.*

— *Ah, ela.*

— *Ela me roubou.*

— *Bom...* — Tecnicamente falando, sim, pensou ele, depois achou que não valia a pena discutir.

— *Foi o que ela fez* — ela disse. — *Aquele dinheiro era meu. Ela não podia ficar com ele.*

— *Ela não usou o dinheiro. Ela apenas...*

— *Chega! Fico louca quando penso nisso. E não gosto que você a defenda.*

— *Não estou defendendo* — ele disse.

— *Ela devia ter dado um jeito de me contar e fazer as coisas direito.* E como ela poderia ter feito isso?, ele pensou. Mas não disse nada.

— *Você está ouvindo?* — ela perguntou.

— *Continuo aqui no telefone.*

— *Tem alguma coisa que você queira dizer?*

— *Não. Só... bem, isso seria um pouco complicado, não?*

— *Às vezes, não dá para falar com você. Ligue amanhã. Até lá, se eu precisar de uma conversa inteligente, falo com o espelho* — ela disse.

17

Depois que Abagnall foi embora liguei do celular para Tess para contar as novidades.

— Ajudarei no que for possível — disse ela. — Acho que Cynthia está certa em contratar um detetive particular. Se deu esse passo, deve estar preparada para ouvir o que sei.

— Vamos nos encontrar novamente logo.

— Quando o telefone tocou, eu estava pensando em ligar para você — disse Tess. — Mas não queria ligar para casa, seria esquisito pedir para chamar você, se Cynthia atendesse. E acho que não tenho o número do seu celular.

— O que queria falar comigo, Tess?

Ela respirou fundo.

— Ah, Terry, fiz mais um exame.

Senti minhas pernas fraquejarem.

— Qual foi o resultado? — Ela havia me dito que devia ter de seis meses a um ano de vida. Fiquei imaginando que esse tempo tinha sido reduzido.

— Vou ficar boa — disse. — Eles disseram que os outros testes estavam errados. Esse último foi definitivo. — Ela fez uma pausa. — Terry, não vou morrer.

— Céus, Tess, que notícia maravilhosa. Eles têm certeza?

— Sim.

— Isso é fabuloso.

— É, se eu fosse de rezar, diria que minhas preces foram atendidas. Mas, Terry, diga que você não contou para Cynthia.

— Não contei — garanti.

Quando entrei em casa, Cynthia viu uma lágrima escorrendo no meu rosto. Achei que tinha secado direito, mas acabei deixando uma lágrima. Ela esticou o indicador e a tirou com o dedo.

— Terry, o que foi? O que aconteceu?

Abracei-a.

— Estou muito contente. Muito contente — eu disse.

Cynthia deve ter achado que eu estava ficando maluco. Ninguém nunca esteve tão feliz assim.

Nas duas semanas seguintes Cynthia estava mais calma do que há algum tempo. Com Denton Abagnall cuidando do caso, ela se sentiu mais tranquila. Temi que ligasse toda hora para o celular dele, como fez com as produtoras do *Deadline*, querendo saber como ia a investigação. Mas não fez. Sentada à mesa da cozinha, pouco antes de irmos dormir, ela me perguntou se eu tinha sabido de alguma coisa, então ela estava acompanhando de longe, deixando-o trabalhar em paz.

No dia seguinte, depois que Grace chegou da escola, Cynthia sugeriu que as duas fossem às quadras de tênis públicas que ficavam atrás da biblioteca. Não sou melhor tenista do que fui na faculdade, por isso, raramente (para não dizer nunca) pego uma raquete, mas ainda gosto de ver as meninas jogando, sobretudo para me impressionar com o humilhante *backhand* de Cynthia. Então fui junto, levando alguns textos para corrigir, olhando toda hora minha mulher e minha filha correrem, rirem e brincarem uma com a outra. Claro que Cynthia não usou seu *backhand* para surrar Grace, mas estava sempre dando dicas para a filha melhorar. Grace não era má tenista, mas depois de meia hora na quadra vi que estava cansada e achei que era melhor que fosse para casa ler Carl Sagan, como todas as meninas de 8 anos.

Quando terminaram, sugeri que jantássemos na rua, no caminho de casa.

— Tem certeza? E a nossa... despesa atual? — perguntou Cynthia.

— Não tem importância — disse eu.

Cynthia me deu um sorriso diabólico.

— O que você tem? Desde ontem é o rapaz mais animado da cidade.

Como eu ia explicar? Como contar a alegria pela boa notícia de Tess, se ela nunca soube da má? Cynthia ficaria contente por Tess, mas ofendida por ter sido excluída.

— Estou... otimista — falei.

— De que o Sr. Abagnall vai descobrir alguma coisa?

— Não tanto. Acho que queimamos uma etapa, que você, nós, passamos um tempo difícil, mas vamos sair dele.

— Então acho que vou tomar uma taça de vinho no jantar — ela disse.

Retribuí o sorriso alegre.

— Você deve mesmo.

— Eu vou tomar um milk-shake. Com cereja — disse Grace.

Quando chegamos em casa, Grace sumiu para assistir algo no canal *Discovery* sobre do que são feitos os anéis de Saturno; Cynthia e eu ficamos na mesa da cozinha. Eu estava anotando números num bloco, somando, alterando. Era ali que ficávamos quando tomávamos importantes decisões financeiras. Podíamos comprar o segundo carro? Será que uma viagem a Disney World iria quebrar o banco?

— Podemos contratar o Sr. Abagnall por duas semanas, em vez de uma. Acho que não iríamos parar no abrigo de pobres, viu? — eu disse, olhando os números.

Cynthia colocou a mão sobre a minha que escrevia:

— Sabe, eu te amo.

No outro cômodo, alguém na tevê disse "Urano" e Grace riu.

— Já contei para você sobre o dia em que quebrei a fita cassete do James Taylor que era de minha mãe?

— Não.

— Eu devia ter 11 ou 12 anos e mamãe tinha montes de fitas. Ela adorava James Taylor, Simon e Garfunkel, Neil Young e vários outros, mas, acima de tudo, gostava de James Taylor. Dizia que ele a deixava alegre e triste. Um dia, mamãe me irritou com uma coisa, eu queria usar uma determinada roupa para ir à escola, mas ela estava na pilha de roupas para lavar. Então, reclamei que ela não estava cumprindo seus deveres.

— Deve ter surtido efeito.

— Sério. Ela disse que se a roupa não estava lavada do meu gosto eu sabia onde ficava a máquina de lavar. Então, abri o aparelho de som que ela deixava na cozinha, peguei a fita que estava lá e joguei no chão. A caixa abriu, a fita saiu e estragou.

Fiquei ouvindo.

— Logo me arrependi do que fiz, achei que mamãe ia me matar. Mas ela parou o que estava fazendo, pegou a fita com toda calma, olhou qual era e disse: "James Taylor. É a que tem *Your smiling face*. Minha música preferida. Sabe por que gosto dela? — perguntou. — Por que começa dizendo que *Toda vez que vejo teu rosto, tenho de sorrir, pois eu te amo*. Ou alguma coisa assim." E depois mamãe disse: "É a minha preferida porque lembro de você e de quanto o amo. Agora preciso ouvir essa canção mais do que nunca."

Cynthia estava com os olhos úmidos.

— Então, depois da aula, tomei o ônibus para o shopping Post e encontrei a fita cassete. Chamava-se *JT*. Comprei e dei para ela. Ela retirou o celofane, colocou a fita para tocar e perguntou se eu queria ouvir sua música preferida.

Uma lágrima solitária escorreu pelo rosto de Cynthia e caiu na mesa da cozinha.

— Adoro essa música. E sinto muita falta da minha mãe.

Mais tarde ela ligou para Tess. Sem nenhum motivo especial, só para conversar. Depois, veio para o quarto extra, onde ficam a máquina de costura e o computador; eu estava datilografando bilhetes para alunos na minha velha máquina Royal e, pelos olhos vermelhos de Cynthia, concluí que tinha chorado outra vez.

Ela me contou que Tess achava que estava muito doente, em estado terminal, mas que agora está muito bem.

Ela fez uma pausa.

— Disse que não queria me contar, que eu já tinha muita coisa na cabeça, não queria ser mais um *peso* para mim. Foi o que ela disse. Peso. Você consegue imaginar?

— Muito louco — disse eu.

— E acabou descobrindo que está boa e que podia me contar tudo, mas eu gostaria que tivesse me contado quando soube. Pois ela sempre confiou em mim, fosse lá o que fosse, ela sempre... — Pegou um lenço de papel e assoou o nariz. — Não posso pensar em perdê-la.

— Eu sei. Nem eu.

— Quando você estava tão contente, não tinha nada a ver com...

— Não, claro que não — menti.

Talvez eu pudesse dizer a verdade. Poderia ter sido honesto na hora, mas achei melhor não.

— Ah, droga! Ela pediu para você ligar, decerto quer contar direto. Não diga que eu já contei, sim? Não consegui guardar segredo, sabe?

— Claro — eu disse.

Desci e liguei para Tess.

— Contei para ela — disse Tess.

— Eu sei, obrigado — eu disse.

— Ele esteve aqui.

— Hein?

— O detetive. O Sr. Abagnall. Um homem bem simpático.

— É.

— A esposa ligou quando ele estava aqui. Para dizer o que ia fazer para o jantar.

— Era o quê? — Eu tinha de saber.

— Hum, um assado, acho. Rosbife e pudim Yorkshire.

— Parece uma delícia.

— Mas contei tudo para ele. Do dinheiro, da carta. Ficou muito interessado.

Concordei com a cabeça.

— Claro.

— Ele não tem muita esperança de achar impressões digitais nos envelopes que entreguei, depois de tantos anos.

— Faz muito tempo, Tess, e você pegou neles tantas vezes. Mas acho que foi bom entregar tudo. Se lembrar de mais alguma coisa, ligue para ele.

— Foi o que ele me pediu. Me deu um cartão que está pendurado na minha frente agora, preso no painel ao lado do telefone, junto da foto de Grace com o Pateta.

— Então está tudo bem, qualquer novidade me avisa — eu disse.

— Manda um abraço para Cynthia — ela disse.

— Claro. Te amo, Tess — eu disse e desliguei.

— Ela contou? — perguntou Cynthia, quando entrei no nosso quarto.

— Contou.

Cynthia estava de camisola, deitada em cima das cobertas.

— Passei a tarde inteira pensando em fazer amor com você esta noite, um amor selvagem, apaixonado, mas estou tão cansada que acho que meu desempenho não seria nem razoável.

— Eu também — concordei.

— Então vamos usar um vale-sexo?

— Claro. Talvez devêssemos deixar Grace com Tess no fim de semana e ir de carro para Mystic. Dormir e tomar o café da manhã lá.

Cynthia concordou.

— Acho que lá eu dormiria melhor. Tenho sonhado... umas coisas inquietantes — ela disse.

Sentei na beira da cama.

— Que tipo de coisa?

— Como eu disse para a Dra. Kinzler. Ouço-os falando. Conversando comigo, eu acho, ou falando entre eles e nós todos falamos, mas estou com eles e não estou, quase posso tocar neles. Mas quando toco, parece que são de fumaça. Somem.

Inclinei-me, dei um beijo na testa dela.

— Deu boa-noite para Grace?

— Sim, enquanto você falava com Tess.

— Tente dormir. Vou dar boa-noite para ela.

Como sempre, o quarto de Grace estava totalmente escuro, para ela ver melhor as estrelas pelo telescópio.

— Não corremos perigo esta noite? — perguntei ao entrar, fechando a porta do corredor para não entrar luz.

— Parece que não — disse Grace.

— Que bom.

— Quer olhar?

Grace colocava o telescópio na altura dos olhos dela mas eu não queria me abaixar tanto. Peguei a cadeira do computador, coloquei em frente ao telescópio e sentei-me. Apertei os olhos, só vi escuridão com alguns pontinhos de luz.

— Então, o que estou vendo?

— Estrelas — disse Grace.

Virei-me e olhei para ela, que estava rindo, diabólica, sob a luz fraca.

— Obrigado, Carl Sagan — eu disse. Olhei de novo, ajustei o telescópio e ele saiu um pouco do suporte. — Uau! — exclamei. A fita adesiva que Grace grudou no telescópio tinha se soltado.

— Eu avisei. O suporte não aguenta — ela disse.

— Certo, certo — eu disse e olhei de novo no telescópio, mas a lente saiu do lugar e o que vi foi um círculo tremendamente ampliado da calçada na frente da nossa casa.

E um homem olhando a casa. A cara dele, nebulosa e indistinta, enchia a lente.

Larguei o telescópio, saí da cadeira e fui para a janela.

— Quem é esse, diabos? — perguntei, mais para mim mesmo do que para Grace.

— Quem? — ela perguntou.

Ela foi para a janela a tempo de ver o homem correr.

— Quem é aquele, papai?

— Não saia daqui — falei, saindo zunindo do quarto, descendo dois degraus de cada vez e quase voando pela porta. Fui até a entrada da garagem, olhei a rua na direção em que ele correu. A alguns metros acenderam-se as luzes traseiras de um carro estacionado no meio-fio, quando alguém ligou o motor e saiu.

Eu estava muito longe e estava escuro demais para ver a placa ou saber que modelo de carro era, antes de ele virar a esquina e ir embora roncando. Pelo som, era um carro antigo. Parecia escuro. Azul, marrom, cinza, impossível dizer. Tive vontade de pular no meu carro, mas as chaves estavam em casa e, até eu alcançar o homem, ele estaria quase em Bridgeport.

Voltei para a porta da frente e Grace estava lá.

— Eu mandei não sair do quarto. — Eu disse, zangado.

— Eu só queria ver...

— Volte para a cama, já.

Pelo meu tom, ela viu que eu não estava disposto a discutir e subiu a escada na hora.

Meu coração batia forte, eu precisava de um instante para me acalmar e subir. Quando finalmente consegui, encontrei Cynthia, sob os lençóis, dormindo. Olhei-a e fiquei pensando que tipo de conversa ela estaria ouvindo, ou tendo com os desaparecidos, ou com os mortos.

Pergunte para eles uma coisa, eu tinha vontade de dizer. Pergunte quem está vigiando a nossa casa. Pergunte para eles o que aquele homem quer conosco.

18

No dia seguinte Cynthia ligou para Pam e combinou de chegar um pouco mais tarde na loja. Marcamos um chaveiro para as 9 horas e, se ele demorasse mais do que o esperado instalando as trancas, Cynthia poderia esperar.

No café da manhã, antes de Grace descer para ir à escola, falei do homem na calçada. Pensei em não contar, mas logo mudei de ideia. Primeiro, porque Grace certamente comentaria e, segundo, se alguém estava rondando a casa, nós tínhamos de estar bem atentos. Pelo que sabíamos, não tinha nada a ver com o problema de Cynthia, era uma espécie de vizinho pervertido do qual a rua toda precisava ser alertada.

— Você viu como ele era? — Cynthia perguntou.

— Não. Tentei alcançá-lo na rua, mas ele entrou num carro e escapou.

— Você viu o carro?

— Não.

— Podia ser um carro marrom?

— Cyn, não sei. Estava escuro, o carro era escuro.

— Portanto, podia ser marrom.

— Sim, podia. Como também azul-escuro, ou preto, não sei.

— Aposto que era a mesma pessoa. Aquela que passou por mim e Grace a caminho da escola.

— Vou avisar os vizinhos — falei.

Consegui falar com as pessoas dos dois lados da rua quando saíam para o trabalho, perguntei se notaram alguém andando por ali na noite anterior, ou se em qualquer outra noite viram algo que pudessem considerar suspeito. Ninguém tinha visto nada.

Mas mesmo assim liguei para a polícia, caso alguém na rua tivesse notado algo fora do comum nos últimos dias; passaram a ligação para a pessoa encarregada, que disse:

— Ninguém notou nada, mas espere um instante, houve uma ocorrência outro dia, uma coisa muito estranha.

— O que foi? O quê? — perguntei.

— Alguém ligou por causa do aparecimento de um estranho chapéu na casa. — O homem riu.

— Tudo bem.

Antes de eu ir para a escola, Cynthia disse:

— Gostaria de ver Tess. Sei que fomos lá faz pouco tempo, mas considerando o que ela passou, pensei em...

— Não precisa dizer mais nada, acho ótimo — concordei. — Por que não vamos lá amanhã à noite? Levá-la para tomar um sorvete ou coisa assim?

— Vou ligar para ela — disse Cynthia.

Na sala dos professores, encontrei Rolly lavando uma caneca para servir o café horrível que faziam lá.

— Como estão as coisas? — perguntei, chegando por trás dele. Ele deu um pulo.

— Céus! — exclamou.

— Desculpe, eu trabalho aqui. — Peguei uma xícara e servi o café com bastante açúcar para disfarçar o sabor.

— Como estão as coisas? — tentei de novo.

Rolly deu de ombros. Parecia distraído.

— Tudo velho, e você?

Suspirei.

— Na noite passada tinha um homem na calçada olhando nossa casa, e quando fui ver quem era, fugiu. — Dei um gole no café. Estava tão frio que nem dava para notar que era ruim. —

Quem é responsável por isso? Esse café faz parte do contrato de uma empresa de distribuição de esgoto?

— Tinha alguém vigiando sua casa? O que você acha que ele estava fazendo lá? — perguntou Rolly.

Dei de ombros.

— Não sei, mas hoje de manhã mandamos colocar trancas nas portas. Pelo jeito, no momento apropriado.

— É de arrepiar. Talvez fosse um sujeito andando pela rua, olhando quem deixou a porta da garagem aberta ou algo assim. Queria roubar qualquer coisa — disse Rolly.

— Pode ser. De qualquer maneira, trancas novas são uma boa ideia — eu disse.

— É verdade — disse Rolly, concordando com a cabeça. Fez uma pausa e então avisou: — Estou pensando em antecipar minha aposentadoria.

Certo, então terminamos de falar sobre mim.

— Pensei que você tivesse de ficar pelo menos até o final do ano letivo.

— É, mas, bom, e se eu morresse de repente? Eles teriam de achar outra pessoa rápido, não teriam? É só um pouco de grana a menos por mês na minha aposentadoria. Estou pronto para mudar, Terry. Dirigir uma escola, trabalhar em escola não é mais a mesma coisa, sabe? Sempre existiram alunos difíceis, mas hoje está pior. Eles estão armados. Os pais não estão nem aí. Eu dediquei 40 anos da minha vida ao sistema educacional e agora quero sair. Millicent e eu vamos vender a casa, guardar um dinheiro no banco e mudar para Bradenton. Talvez assim minha pressão baixe um pouco.

— Você parece mesmo meio tenso hoje. Talvez fosse melhor ir para casa.

— Estou bem. — Ele fez uma pausa. Rolly não fumava, mas parecia um fumante louco para acender um cigarro. — Millicent já se aposentou. Nada me impede. Nenhum de nós é mais jovem, não é? Nunca se sabe quanto tempo mais ainda temos. Uma hora estamos aqui, na outra, fomos.

— Ah, isso me lembrou uma coisa — eu disse.

— O quê?

— Tess.

Rolly piscou.

— O que tem Tess?

— As coisas mudaram e ela está muito bem.

— Como isso aconteceu?

— Fizeram mais um exame e descobriram que o diagnóstico inicial estava errado. Ela não vai morrer, está ótima.

Rolly parecia pasmo.

— Do que você está falando?

— Estou dizendo que ela está ótima.

— Mas — ele disse devagar, como se não conseguisse entender tudo direito — os médicos disseram que ela estava morrendo. Como eles explicam esse engano?

— Bom, mas não é o que se possa chamar de uma *má* notícia — falei.

Rolly piscou de novo.

— Não, claro que não. É uma ótima notícia. Melhor do que ter uma boa notícia e depois uma má, acho.

— É verdade.

Rolly olhou o relógio de pulso.

— Escute, tenho de ir.

Eu também. Minha aula de escrita criativa começava em um minuto. O último trabalho que propus para os alunos consistia em escrever uma carta para alguém que eles não conhecessem, contando a essa pessoa real ou imaginária algo que não podiam contar para mais ninguém. Às vezes, é mais fácil contar para um estranho uma coisa muito pessoal. É como se fosse menos arriscado abrir-se com quem não se conhece.

Pedi a um voluntário que começasse e, para minha surpresa, Bruno, o engraçadinho da turma, levantou a mão.

— Bruno?

— Sim, senhor, eu escrevi.

Era pouco comum Bruno se apresentar, ou ter terminado um dever. Desconfiei e, ao mesmo tempo, fiquei intrigado.

— Então, Bruno, vamos lá.

Ele abriu o caderno e disse:

— "Cara Penthouse..."

— Espera — eu disse. A turma já estava rindo. — É uma carta para alguém que você não conhece.

— Não conheço ninguém na Penthouse — disse Bruno. — Fiz exatamente como você mandou. Escrevi sobre um assunto que não contaria para ninguém. Pelo menos não para minha mãe.

— Sua mãe é aquela que fez redução de estômago e deu uma grampeada na barriga — zombou alguém.

— Você gostaria que a sua fosse parecida com ela, em vez de ter uma mãe vadia — respondeu Bruno.

— Mais alguém se apresenta? — perguntei.

— Não, espera — disse Bruno. — "Cara Penthouse: gostaria de lhe contar algo que aconteceu com uma pessoa muito minha amiga, que de agora em diante chamarei de Sr. Johnson."

Um garoto chamado Ryan quase caiu da carteira, de tanto rir.

Como sempre, Jane Scavullo estava numa carteira no fundo da sala, olhando pela janela, entediada, como se tudo o que estava acontecendo na classe fosse inferior a ela. Nesse dia, talvez, ela tivesse razão. Ela estava com uma cara de quem queria estar em qualquer lugar, menos ali e, se eu pudesse olhar num espelho naquela hora, veria a mesma expressão em mim.

A garota que sentava na frente dela, Valerie Swindon, queria sempre agradar e levantou a mão.

— "Caro presidente Lincoln, acho que o senhor foi um dos maiores presidentes porque lutou pela libertação dos escravos e tornou todas as pessoas iguais."

E por aí foi. Os garotos bocejaram, rolaram os olhos e pensei que era terrível não poder ser sério sobre Abraham Lincoln sem parecer careta.

Pedi que mais dois alunos participassem, depois tentei Jane.

— Eu passo — disse ela.

No final da aula, saindo da sala, ela colocou uma folha de papel na minha mesa.

Prezado Ninguém: esta é uma carta de ninguém para ninguém, não é preciso nomes, pois ninguém conhece ninguém mesmo. Nomes não fazem diferença alguma. O mundo é feito só de estranhos. Milhões e milhões deles. Cada pessoa é uma estranha para a outra. Às vezes, pensamos que conhecemos os outros, principalmente os próximos, mas, se os conhecemos, por que ficamos surpresos com os erros deles? Os pais sempre se surpreendem com o que os filhos fazem. Criam os filhos desde bebês, passam todos os dias com eles, pensam que são uns anjos até o dia que a polícia aparece na porta e diz: "Ei, sabem o que houve? Seu filho amassou a cabeça de outro jovem com o taco de beisebol." Ou então você é o filho e acha que as coisas estão muito bem até o dia em que o cara que é supostamente seu pai diz: "Adeus, seja feliz." E você pensa: que porra é essa? Anos depois, sua mãe vai morar com outro cara, que parece legal, e você pensa: até quando? A vida é assim. Está sempre perguntando quando será? Por que se faz tempo que não acontece, bastante tempo, você sabe que vai acontecer. Tudo de bom para você, Ninguém.

Li duas vezes e marquei 10 no alto, com minha caneta vermelha.

Eu queria passar na loja de Pamela na hora do almoço para ver Cynthia e fui pegar o carro no estacionamento dos funcionários quando vi Lauren Wells entrando na vaga ao lado da minha, girando o volante com uma mão e com a outra apertando o celular na orelha.

Consegui não esbarrar nela nos últimos dois dias e não queria falar naquele momento, mas ela foi abaixando o vidro do carro e fazendo sinal para eu esperar enquanto falava no celular. Parou o carro, disse no fone "Espera um instante" e virou-se para mim.

— Oi, não vi você depois que esteve com Paula de novo. Vai aparecer no programa? — ela perguntou.

— Não — respondi.

Ela ficou desapontada.

— Que pena. Podia ajudar, não? Paula não quis?

— Não é nada disso — respondi.

— Escuta, pode me fazer um favor? Um segundo? Pode dizer alô para minha amiga?

— O quê?

Ela segurou o celular.

— Ela se chama Rachel. Diga só "Oi, Rachel". Ela vai desmaiar quando eu disser que a sua esposa é aquela do programa.

Abri a porta do meu carro e antes de entrar disse:

— Lauren, vá cuidar da sua vida.

Ela ficou me olhando de boca aberta, e gritou bem alto para eu ouvir com a janela fechada.

— Você se acha, mas não é nada!

Quando cheguei na loja de Pamela, Cynthia não estava lá.

— Ela ligou avisando que estava com o chaveiro — informou Pamela.

Olhei o relógio, era quase 13 horas. Achei que se o chaveiro tivesse chegado na hora, teria ido embora às 10, no máximo, 11 horas.

Peguei o celular no bolso, mas Pam me ofereceu o aparelho fixo, no balcão.

— Oi, Pam — disse Cynthia, ao atender, identificando o número no visor. — Desculpe o atraso, já estou indo.

— Sou eu — falei.

— Ah!

— Passei aqui na loja, pensei que você já tivesse chegado.

— O homem atrasou, saiu há pouco. Eu já ia embora.

Pam disse:

— Diga para ela não se preocupar, a loja está tranquila. Tire o dia de folga.

— Ouviu? — perguntei.

— Sim. Então, está bem. Não consigo me concentrar em nada. O Sr. Abagnall ligou. Quer encontrar conosco às 16h30. Você pode vir?

— Claro. O que ele disse? Descobriu alguma coisa?

Pamela levantou as sobrancelhas.

— Não sei. Disse que vai conversar conosco aqui.

— Você está bem?

— Estou um pouco ansiosa.

— Eu também. Pode ser que ele diga que não descobriu nada.

— É.

— Vamos ver Tess amanhã?

— Deixei recado para ela. Não se atrase, sim?

Desliguei e Pam perguntou:

— O que está havendo?

— Cynthia contratou... *nós* contratamos uma pessoa para investigar o desaparecimento da família dela.

— Ah! Não é da minha conta mas, se quer saber, foi há tanto tempo, vocês estão jogando dinheiro fora. Ninguém vai descobrir o que aconteceu naquela noite.

— A gente se vê, Pam. Obrigado pelo telefone.

— Aceita um café? — perguntou Cynthia, quando Denton Abagnall chegou à nossa casa.

— Ah, quero sim.

Ele se instalou no sofá e Cynthia trouxe uma bandeja com o café, as xícaras, açúcar e creme, além de alguns biscoitinhos de chocolate. Serviu três xícaras e ofereceu os biscoitos para Abagnall, que pegou um. Eu e Cynthia gritávamos mentalmente, pelo amor de Deus!, conte logo o que sabe, não aguentamos nem mais um minuto!

Cynthia olhou a bandeja e me perguntou:

— Só trouxe duas colheres, Terry, você pode pegar mais uma?

Fui à cozinha, abri a gaveta de talheres e notei algo entre o porta-talheres e o fundo da gaveta onde havia todo tipo de coisa, de lápis e canetas a clipes de pacote de pão de forma.

Uma chave.

Peguei. Era a chave reserva da porta dos fundos, que normalmente ficava no gancho.

Voltei para a sala com a colher e me sentei, enquanto Abagnall pegava sua agenda de anotações. Abriu-a, folheou algumas páginas e disse:

— Vejamos o que tenho.

Cynthia e eu sorrimos, pacientes.

— Certo, está aqui — ele disse, olhando para Cynthia. — Sra. Archer, o que pode me dizer sobre Vince Fleming?

— Vince Fleming?

— Isso. O rapaz com quem a senhora saiu naquela noite. Os dois ficaram num carro estacionado... — Ele parou. — Desculpe. — Olhou para Cynthia, depois para mim, e para Cynthia de novo. — A senhora não se incomoda de falar sobre isso na frente de seu esposo?

— De jeito nenhum — disse ela.

— Estavam com o carro estacionado no shopping, creio. Foi quando seu pai encontrou os dois e trouxe a senhora para casa.

— Certo.

— Pude olhar os arquivos da polícia e falei com a produtora da tevê, ela me mostrou a fita do programa... lamento não ter visto quando passou, não me interesso muito por programas de crime, mas quase toda a informação que eles conseguiram foi com a polícia. Esse tal Vince Fleming tem uma história meio movimentada, se me permite dizer.

— Perdi o contato com ele depois daquela noite — disse Cynthia.

— Ele teve problemas com a lei a vida inteira. Como o pai — disse Abagnall. — Anthony Fleming tinha uma organização criminosa de certa importância na época.

— Como a Máfia? — perguntei.

— Não chegava a tanto. Mas estava metido em grande parte do mercado de drogas entre New Haven e Bridgeport. Prostituição, roubo de caminhões, essas coisas.

— Céus, eu não sabia! Quer dizer, sabia que Vince era meio barra-pesada, mas não que o pai dele estivesse envolvido. O pai ainda é vivo?

— Não. Foi assassinado em 1992 por uns candidatos a valentões, num acerto que deu errado.

Cynthia balançava a cabeça, incrédula.

— Foram presos?

— Não precisou. Os comparsas de Anthony Fleming resolveram. Tudo por vingança, massacraram todos os que estavam numa casa: os responsáveis e mais os que estavam no lugar errado, na hora errada. Acham que Vince Fleming era o chefe da operação, mas nunca foi condenado, sequer foi acusado.

Abagnall pegou mais um biscoitinho.

— Eu não devia comer mais um. Minha esposa deve estar preparando um jantar delicioso.

Manifestei-me.

— Mas o que tem tudo isso a ver com Cynthia e a família dela?

— Na verdade, nada — disse o detetive. — Mas estou me inteirando do tipo de pessoa que Vince se tornou e do tipo de pessoa que era na noite do sumiço da família de sua esposa.

— Acha que ele teve algum envolvimento no que aconteceu comigo? — perguntou Cynthia.

— Simplesmente, não sei. Mas teria porque se irritar. Seu pai arrancou a senhora do carro dele. Isso deve ter sido humilhante para vocês dois. E se teve algo a ver com o sumiço de seus pais e seu irmão, se ele... — Abagnall fez uma voz mais suave. — Se ele os matou, o pai tinha os meios e a experiência para ajudá-lo a encobrir as pistas.

— Mas a polícia certamente viu isso na época. O senhor não deve ser a primeira pessoa a pensar nessa hipótese — falei.

— Tem razão. A polícia investigou, mas não chegou a nada concreto. Só suspeitas. Vince e a família dele usaram álibis recíprocos. Ele disse que foi para casa depois que Clayton Bigge levou a filha.

— Isso explica uma coisa — disse Cynthia.

— O quê? — perguntei.

Abagnall sorria. Devia saber o que Cynthia ia dizer, que era:

— Explica por que estou viva.

Abagnall concordou com a cabeça.

— Por que ele gostava de mim.

— Mas e o seu irmão? Não tinha nada contra ele — lembrei. Virei-me para Abagnall e perguntei: — Como o senhor explica?

— Todd pode ter sido apenas testemunha. Estava lá e tinha de ser eliminado.

Ficamos calados um instante. Cynthia então disse:

— Ele tinha uma faca.

— Quem? Vince? — perguntou Abagnall.

— Naquela noite, no carro. Ele me mostrou, era, como se chama? Uma daquelas facas que abrem.

— Um canivete — disse Abagnall.

— Isso mesmo, eu lembro, lembro que segurei... — A voz dela foi sumindo e os olhos reviraram. — Não estou me sentindo bem.

Rápido, coloquei o braço em volta dela.

— Precisa de alguma coisa?

— Preciso só... me refrescar... um instante — ela disse, tentando se levantar.

Esperei para ver se ficou firme em pé e vi, preocupado, ela se encaminhar para a escada.

Abagnall também ficou olhando e, ao ouvir a porta do banheiro se fechar, aproximou-se e perguntou, baixo:

— O que acha disso?

— Não sei. Acho que ela está exausta — respondi.

Abagnall concordou com a cabeça e calou-se um instante. Depois, disse:

— O pai desse Vincent Fleming tinha uma boa vida por causa de suas atividades ilegais. Se ele se sentisse um pouco responsável pelo filho, podia tirar dinheiro do caixa para ajudar a tia de sua esposa a pagar os estudos dela.

— Chegou a ver a carta, Tess entregou a você?

— Sim, além dos envelopes. O senhor ainda não disse nada sobre isso para sua esposa, não é?

— Ainda não. Mas acho que Tess vai dizer. Ela acha que a decisão de contratá-lo é sinal de que Cynthia está preparada para saber de tudo.

Abagnall concordou, sério.

— É melhor contar tudo agora, já que estamos tentando obter algumas respostas.

— Pretendemos visitar Tess amanhã à noite. Aliás, seria melhor irmos hoje mesmo. — Para ser sincero, eu estava pensando no preço da diária de Abagnall.

— Boa ideia... — O celular de Abagnall tocou dentro do paletó. — É o informe do jantar, claro — ele disse, pegando o telefone. Mas ficou intrigado ao ver o número, enfiou o telefone no paletó de novo e disse: — A pessoa pode deixar recado.

Cynthia vinha descendo a escada.

— Sra. Archer, está se sentindo bem? — perguntou Abagnall. Ela concordou com a cabeça e voltou a sentar-se. Ele pigarreou. — Tem certeza? Pois preciso tocar em outro assunto.

— Sim. Por favor, prossiga — disse Cynthia.

— A explicação pode ser bem simples: uma espécie de falha burocrática, nunca se sabe. A burocracia oficial comete seus erros.

— E?

— Bom, como a senhora não tinha nenhuma foto de seu pai, fui ao Departamento de Trânsito. Achei que pudessem me ajudar, mas não puderam fazer nada por mim.

— Também não tinham foto dele? Meu pai sumiu antes de colocarem foto nas carteiras de motorista? — ela perguntou.

— O tema merece ser discutido. O fato é que não há registro nem carteira do seu pai — disse Abagnall.

— Como assim?

— Não há registro dele, Sra. Archer. Para o Departamento de Trânsito, seu pai nunca existiu.

19

— Pode ser só a sua opinião — disse Cynthia. — A toda hora somem nomes e dados sobre pessoas nos computadores.

Denton Abagnall concordou com a cabeça, satisfeito.

— É verdade. O fato de Clayton Bigge não ter registro nos arquivos do Departamento não prova nada. Mas depois conferi os registros dele na Assistência Social.

— E então? — perguntou Cynthia.

— Também não há nada. É difícil achar registro de seu pai em algum lugar, Sra. Archer. Não temos foto dele. Olhei nas suas caixas e não tem nenhum recibo de pagamento de firma empregadora. A senhora por acaso sabe o nome da empresa onde ele trabalhava e para a qual viajava sempre?

— Não — respondeu Cynthia depois de pensar um pouco.

— Não há registro dele no Imposto de Renda. Pelo que descobri, ele nunca pagou imposto. Pelo menos, não com o nome de Clayton Bigge.

— O que o senhor está dizendo? Que ele era espião ou alguma coisa assim? Agente secreto? — ela perguntou.

Abagnall sorriu.

— Bom, não necessariamente. Nada tão radical.

— Ele estava mesmo sempre fora de casa — ela disse, em seguida olhou para mim. — O que você acha? Será que ele era agente do governo, enviado para missões no exterior?

— Parece alguma coisa assim — respondi, hesitante. — Daqui a pouco vamos pensar que ele era um alienígena. Talvez tenha sido enviado para nos estudar aqui e voltar para o mundo dele, levando sua mãe e seu irmão junto.

Cynthia apenas me olhou. Ainda parecia meio tonta.

— Foi uma piada — falei, me desculpando.

Abagnall nos trouxe de volta à realidade. Mais exatamente, a mim.

— Essa não é uma das minhas teses.

— Quais são elas? — perguntei.

Ele deu um gole no café.

— Eu podia dar meia dúzia de versões, com base no pouco que sei no momento — ele disse. — Seu pai vivia com outro nome? Estava fugindo de um passado nebuloso? Criminoso, talvez? Naquela noite, Vince Fleming causou algum dano à sua família? Será que a rede criminosa do pai dele tinha alguma ligação com o passado do seu pai, que estava oculto até então?

— Não sabemos de nada, não é? — perguntou Cynthia.

Cansado, Abagnall se encostou nas almofadas do sofá.

— Só o que sei é que, em dois dias de investigação, as perguntas não respondidas desse caso aumentaram muito. Preciso saber se querem que eu continue. Já gastaram centenas de dólares, que podem passar a milhares. Se quiserem que eu pare por aqui, ótimo. Faço um relatório do que tenho até agora e paro. Ou continuo investigando. Depende dos senhores.

Cynthia ia abrir a boca mas, antes que pudesse falar, eu disse:

— Queremos continuar.

— Certo. Que tal eu ficar mais dois dias? Dessa vez, não preciso de adiantamento. Acho que mais 48 horas vão determinar até onde posso avançar.

— Claro — concordei.

— Gostaria de investigar melhor esse Vince Fleming. Sra. Archer, o que acha? Será que esse homem poderia prejudicar a sua família? Bom, em 1983 ele era bem jovem.

Ela pensou um instante.

— Depois de tanto tempo, acho que tudo é possível.

— É, é bom lembrar disso. Obrigado pelo café.

Antes de ir embora, Abagnall devolveu a caixa de lembranças de Cynthia. Ela fechou a porta de casa, virou-se para mim e perguntou:

— Quem era meu pai? Quem, diabos, era meu pai?

E pensei na redação de Jane Scavullo. Somos todos estranhos, não sabemos nada sobre as pessoas que nos são mais próximas.

Durante 25 anos Cynthia aguentou a dor e a preocupação de ter perdido a família sem uma pista do que aconteceu. E embora ainda não tivéssemos resposta, alguma coisa vinha à tona agora, como restos de uma embarcação naufragada há muito tempo. A revelação de que o pai de Cynthia podia viver sob nome falso; de que o passado de Vince Fleming podia ser bem pior do que se pensava; o telefonema estranho; o misterioso chapéu supostamente de Clayton Bigge. O homem vigiando nossa casa tarde da noite. Os envelopes com dinheiro que Tess recebeu durante algum tempo, de origem anônima e que permitiram custear os estudos de Cynthia.

Eu achava que minha mulher agora já tinha condições de tomar conhecimento dessa última informação. E que era melhor saber pela própria Tess.

Durante o jantar nos esforçamos para não discutir as informações levantadas com a visita de Abagnall. Já tínhamos exposto Grace a coisas demais. Ela estava sempre com o radar ligado, pegando uma informação aqui e juntando com outra ouvida depois. Cynthia e eu achávamos que discutir todos os acontecimentos (a vidente oportunista, o detetive) podia aumentar a ansiedade de Grace, o medo de algum dia sermos todos levados por um objeto do espaço sideral.

Mas, por mais que tentássemos evitar o assunto, Grace sempre acabava tocando nele.

— Onde está o chapéu? — perguntou, depois de uma colherada de purê de batatas.

— O quê? — perguntou Cynthia.

— O chapéu do seu pai. Que estava aqui. Onde está?

— Guardei no armário — disse Cynthia.

— Posso ver?

— Não, ele não é para brincar.

— Eu não ia *brincar*. Só queria *olhar*.

— Não quero que brinque, nem olhe, nem pegue! — disse Cynthia, ríspida.

Grace sossegou e voltou ao purê de batatas.

Cynthia estava preocupada e nervosa. Quem não estaria, uma hora depois de saber que a pessoa que ela sempre conheceu como Clayton Bigge podia não ser Clayton Bigge?

— Acho que devemos ir à casa de Tess esta noite — falei.

— É. Vamos visitar tia Tess — concordou Grace.

Como que saindo de um sonho, Cynthia disse:

— Amanhã. Você disse que devíamos ir amanhã.

— Eu sei. Mas seria melhor hoje. Temos muito a conversar. Você devia contar para ela o que o Sr. Abagnall disse.

— O que ele disse? — perguntou Grace.

Olhei de um jeito que ela ficou quieta.

— Liguei para Tess mais cedo e deixei recado — disse Cynthia. — Ela devia estar na rua fazendo alguma coisa. Vai ligar de volta quando ouvir o recado.

— Vou tentar agora — eu disse e peguei o telefone. Tocou uma dúzia de vezes até a secretária eletrônica atender. Como Cynthia já havia deixado um recado, achei que não valia a pena deixar outro.

— Eu disse, ela não está em casa — repetiu Cynthia.

Olhei o relógio na parede. Eram quase 19 horas. Seja lá o que estivesse fazendo na rua, devia voltar logo.

— Por que não damos uma volta de carro até a casa dela, pode ser que chegue junto conosco, ou esperamos um pouco. Você ainda tem a chave, não?

Cynthia concordou com a cabeça.

— Tudo isso não pode esperar até amanhã? — ela perguntou.

— Acho que ela vai querer saber o que o Sr. Abagnall descobriu e também pode ter alguma coisa para contar.

— Que coisa? — perguntou Cynthia.

Grace também ficou me olhando, curiosa, mas teve o cuidado de não falar nada.

— Não sei. Essa informação nova pode fazer com que ela lembre de detalhes sobre os quais não pensava há anos. Se contarmos que seu pai pode ter tido, sei lá, alguma outra identidade, ela então pode dizer, ah, sim, talvez isso explique certas coisas.

— Dá a impressão de que você já sabe o que ela vai me contar.

Fiquei com a boca seca. Levantei, abri a torneira, enchi um copo e bebi. Virei-me e encostei no armário.

— Certo. Grace, sua mãe e eu precisamos ficar a sós — avisei.

— Não acabei de jantar.

— Leve seu prato e vá ver televisão.

Ela pegou o prato e saiu, zangada. Eu sabia que estava pensando que ia perder a parte mais interessante da história.

Eu disse para Cynthia:

— Antes do resultado desse último exame, Tess achava que estava à beira da morte.

Cynthia ficou parada.

— Você sabia.

— Sim. Ela me disse que tinha pouco tempo de vida.

— E não me contou?

— Por favor, deixa eu acabar primeiro, depois você briga. — Senti os olhos de Cynthia em mim como se fossem pingentes de gelo. — Você estava muito estressada e Tess me contou porque achou que você não aguentaria ouvir na época. E não contou depois porque, no final, descobriu que não tinha nada. Isso é o que temos de pensar.

Cynthia não disse nada.

— De todo jeito, quando achou que ia morrer, Tess queria me revelar outra coisa, que você devia saber na hora certa. Ela não sabia se teria tempo.

E, assim, contei para Cynthia. Tudo. O bilhete anônimo, o dinheiro que podia aparecer em qualquer lugar, a qualquer hora. Como ajudou-a a pagar os estudos. E que Tess, cumprindo o pedido de quem escreveu o bilhete, guardara segredo durante todos aqueles anos.

Cynthia ouviu e só fez duas perguntas. Deixou que eu explicasse tudo. Quando terminei, ela parecia pasma. Disse algo que eu não costumava ouvir dela:

— Preciso de uma bebida.

Peguei uma garrafa de uísque numa prateleira alta da copa e servi uma dose. Ela bebeu num gole, servi mais meio copo. Ela bebeu também.

— Certo. Vamos ver Tess — ela disse.

Preferíamos não levar Grace, mas seria complicado achar uma babá de uma hora para outra. Além disso, sabendo que alguém andava vigiando a casa, ficávamos com medo de deixar Grace com qualquer pessoa.

Então, pedimos que ela levasse coisas para se distrair: levou o livro *Cosmo* de novo e um DVD do filme de Jodie Foster, *Contato*. Assim, nós, adultos, poderíamos conversar à vontade.

No caminho, Grace não estava muito falante como de hábito. Acho que sentiu a tensão dentro do carro e, sensata, resolveu se calar.

— Na volta a gente pode tomar um sorvete — eu disse, quebrando o silêncio. — Ou pegar com Tess, ela ainda deve ter um pouco do aniversário.

Quando pegamos a estrada que ligava Milford a Derby e entramos na rua de Tess, Cynthia mostrou:

— O carro dela está na garagem.

Tess tinha uma caminhonete Subaru 4 × 4. Dizia sempre que não queria ficar parada na estrada numa nevasca, se precisasse de mantimentos.

Grace foi a primeira a saltar do carro e correu para a porta da frente.

— Espere, querida. Não pode ir entrando — falei.

Chegamos na porta, bati. Segundos após, bati de novo, mais forte.

— Ela deve estar nos fundos, cuidando do jardim — concluí.

Demos a volta na casa com Grace, como sempre na frente, aos pulos. Antes de chegarmos aos fundos, já estava de volta, dizendo:

— Ela não está lá.

Tínhamos de ver, claro, mas era isso mesmo. Tess não estava cuidando do jardim, já que o entardecer, aos poucos, virava noite.

Cynthia bateu na porta de trás, que dava na cozinha.

Ninguém atendeu.

— Estranho — ela disse.

Também era estranho que, com o anoitecer, não houvesse luzes acesas.

Passei por Cynthia na escada dos fundos e olhei pela janelinha da porta. Não tive certeza, mas vi algo no chão da cozinha, no piso de xadrez branco e preto.

Uma pessoa.

— Cynthia, leve Grace para o carro — eu disse.

— O que foi?

— Não deixe ela entrar na casa.

— Céus, Terry! O que foi? — ela sussurrou.

Segurei na maçaneta, girei devagar e empurrei para ver se a porta estava trancada. Não estava.

Entrei, com Cynthia olhando por cima do meu ombro, apalpei a parede procurando a tomada de luz e acendi.

Tia Tess estava caída no chão da cozinha, com o rosto para baixo, a cabeça virada num ângulo esquisito, um braço esticado à frente, o outro para trás.

— Meu Deus, ela deve ter tido um derrame ou alguma coisa assim! — exclamou Cynthia.

Eu não era médico, mas o chão tinha sangue demais para ser um derrame.

20

Talvez, se Grace não estivesse lá, Cynthia se descontrolasse. Mas quando ouviu nossa filha correndo atrás de nós, pronta para pular a escada e entrar na cozinha, Cynthia a impediu, levando-a para a frente da casa.

— O que foi? Tia Tess! — Grace gritou.

Ajoelhei ao lado de Tess e toquei nas costas dela. Estava muito fria.

— Tess — sussurrei.

Havia tanto sangue sob o corpo que eu não quis virá-la, e vozes na minha cabeça diziam para não tocar em nada. Então, dei a volta e me ajoelhei, chegando mais perto do chão para ver o rosto dela. Seus olhos vidrados, mirando à frente, me deixaram gelado.

Na minha opinião de leigo, o sangue estava frio e coagulado, como se Tess estivesse morta há bastante tempo. E só então senti o cheiro forte no local.

Levantei, peguei o telefone de parede ao lado do painel e parei. Ouvi aquela voz de novo, dizendo para não tocar em nada. Peguei meu celular e liguei para a polícia.

— Sim, espero aqui, não vou sair — eu disse à telefonista.

Saí pela porta dos fundos e fui até a frente da casa. Cynthia estava no banco da frente do carro, com Grace no colo e a porta aberta. Grace abraçava a mãe pelo pescoço e parecia ter chorado. Cynthia parecia chocada demais para chorar.

Olhou para mim me interrogando, balancei a cabeça e assenti, bem devagar.

— Você acha que foi um ataque cardíaco? — Cynthia perguntou.

— Ataque cardíaco? Ela está bem? Tia Tess está bem? — perguntou Grace.

— Não, não foi ataque cardíaco.

A polícia concordaria.

Uma hora depois devia ter uns dez carros lá, sendo meia dúzia da polícia, uma ambulância que ficou um pouco e dois furgões de tevê que pararam na rua principal.

Dois detetives falaram com Cynthia e comigo separadamente, enquanto outro ficou com Grace, que estava cheia de perguntas. Dissemos que Tess estava doente, tinha acontecido uma coisa com ela. Uma coisa bem ruim.

Isso foi uma explicação suave.

Tess foi apunhalada. Alguém pegou uma das suas facas de cozinha e cravou-a no corpo dela. Num determinado momento, enquanto eu estava na cozinha e Cynthia estava perto de uma das viaturas, respondendo às perguntas de um policial, ouvi uma mulher da perícia dizer que não podia ter certeza, mas que provavelmente a faca a atingiu direto no coração.

Jesus!

Perguntaram muitas coisas para mim. Por que fomos lá? Visitar, respondi. E fazer uma espécie de comemoração. Tess tinha tido boas notícias do médico, expliquei. Ia ficar boa.

O detetive fez um barulho estranho com o nariz, mas não devia ser por achar graça.

— Tem ideia de quem pode ter feito isso? — ele perguntou.

— Não — respondi. E era verdade.

— Pode ter sido um arrombamento. Jovens querendo dinheiro para comprar drogas, coisas do tipo — disse ele.

–– O senhor acha que foi isso? — perguntei.

O detetive fez uma pausa.

— Não. — Ele passou a língua pelos dentes, pensando. — Não, aparentemente não levaram nada. Eles podiam ter pego as chaves do carro, mas não pegaram.

— Eles?

O detetive sorriu.

— É mais fácil do que dizer ele ou ela. Pode ter sido uma pessoa, pode ter sido mais. Não sabemos, por enquanto.

— Pode estar relacionado com algo que aconteceu com minha esposa — falei, indeciso.

— Hein?

— Há 25 anos.

Fiz uma versão resumida da história de Cynthia. De como ocorreram estranhos desdobramentos, sobretudo depois do programa da tevê.

— Ah, sim — disse o detetive. — Acho que assisti. O programa com aquela... como se chama? Paula alguma coisa?

— É. — Contei que contratamos um detetive particular há poucos dias para cuidar do caso. — Denton Abagnall — revelei.

— Ah, conheço. Boa pessoa. Sei como encontrá-lo.

Ele me liberou, desde que não voltasse para Milford, tinha de ficar por ali mais um pouco, caso ele tivesse perguntas de última hora, e fui procurar Cynthia. Ninguém estava perguntando nada para ela quando a encontrei no mesmo lugar, na frente da viatura, com Grace no colo. Nossa filha parecia vulnerável e apavorada.

Ao me ver, perguntou:

— Tia Tess morreu, papai?

Olhei para Cynthia, esperando um sinal. Diga a verdade, não diga. Alguma coisa. Não houve sinal algum, então eu disse:

— Sim, querida.

Os lábios de Grace tremeram e Cynthia disse, tão calma, vi que estava se controlando.

— Você podia ter me contado.

— O quê?

— Podia ter me contado o que ela sabia. O que Tess disse. Você podia ter me contado.

— É. Eu podia. Devia — admiti.

Ela fez uma pausa, escolhendo o que dizer com cuidado.

— Talvez então isso não tivesse acontecido.

— Cyn, não sei como, quer dizer, não há como saber...

— Está certo. Não há como saber. Mas eu sei. Se tivesse me contado antes do dinheiro, dos envelopes, eu teria vindo falar com ela, teríamos colocado a cabeça para funcionar e tentaríamos saber o significado de tudo e eu estaria aqui, ou nós concluiríamos alguma coisa, antes de alguém fazer isso.

— Cyn, eu apenas não...

— O que mais você não me contou, Terry? O que mais está escondendo, supostamente para me proteger? Para me poupar? O que mais ela disse, o que mais você sabe e que não posso aguentar?

Grace começou a chorar e enfiou o rosto no colo de Cynthia. Pelo jeito, tínhamos desistido de protegê-la daquilo tudo.

— Querida, juro por Deus, se escondi alguma coisa, foi com a melhor das intenções — disse eu.

Ela abraçou Grace com mais força.

— O que mais, Terry? O quê?

— Nada — respondi.

Mas havia uma coisa. Algo que eu tinha acabado de perceber e não tinha comentado com ninguém, por que não sabia o que significava.

Os policiais me levaram de novo à cozinha, pediram que eu descrevesse todos os meus movimentos, onde fiquei, o que fiz, onde toquei.

Quando eu estava saindo, olhei por acaso o pequeno painel de avisos ao lado do telefone. Tinha o retrato de Grace que tirei quando fomos à Disney World.

O que Tess tinha me dito pelo telefone? Depois que Denton Abagnall esteve lá?

Eu dissera algo como "Se lembrar de mais alguma coisa, me ligue".

E Tess respondera:

— Ele também me pediu isso. Peguei o cartão de visitas dele. Pendurei-o no painel ao lado do telefone, junto da foto de Grace com o Pateta.

Mas agora não havia cartão no painel!

21

— Não é possível — disse ela.

Aquilo era um enorme desenrolar dos fatos.

— É verdade — ele disse.

— Bem, bem, bem. E pensar que estávamos justo falando nela — disse ela.

— É.

— Que coincidência. Você estar lá e tudo — ela disse, maliciosa.

— É.

— Ela já estava mal, você sabe — disse ela.

— Sabia que você não ia se preocupar quando eu contasse. Mas acho que devemos adiar dois dias a próxima etapa.

— É? — ela perguntou.

Sabia que tinha incentivado a espera, mas de repente estava impaciente.

— Amanhã vai ter um velório aqui — ele disse. — E acho que isso exige muitas providências e ela não tem mais ninguém para ajudá-la com os preparativos.

— É o que sei — ela disse.

— Então, minha irmã vai ficar bem ocupada com tudo isso, certo? Talvez devêssemos esperar mais um pouco.

— É. Mas preciso que você faça uma coisa para mim.

— O quê? — ele perguntou

— Uma coisinha.

— O quê?

— Não a chame de irmã. — Ela foi bem firme.

— Desculpe.

— Sabe como me sinto em relação a isso.

— Certo. É só que, ela é...

— Não me interessa — disse ela.

— Certo, mãe, não vou repetir.

22

Não havia muita gente para ligar.

Patricia Bigge, mãe de Cynthia, era a única parente de Tess, cujos pais, claro, tinham falecido havia muitos anos. Tess foi casada por pouco tempo e não teve filhos, não havia por que tentar localizar o ex-marido. Ele não viria para o enterro e Tess não ia querer aquele filho da puta lá.

Tess não manteve amizade com os colegas do departamento de estradas, onde trabalhou até se aposentar. Como costumava dizer, não tinha muitos amigos. Não davam muita atenção às ideias liberais dela. Ela frequentava um clube de *bridge*, mas Cynthia não conhecia as pessoas e, portanto, não sabia para quem ligar.

Não precisamos avisar todo mundo do enterro. A morte de Tess Berman foi notícia.

Foram entrevistados os moradores da rua densamente arborizada, nenhum dos quais, aliás, notou nada de anormal na vizinhança nas horas que antecederam a morte de Tess.

— Isso realmente faz você ficar pensando... — disse um deles para as câmeras.

— Essas coisas não costumam acontecer por aqui — disse outro.

— Estamos prestando muita atenção para trancar portas e janelas à noite — disse mais um.

Talvez, se Tess tivesse sido apunhalada por um ex-marido ou um amante rejeitado, os vizinhos ficassem mais à vontade. Mas a polícia disse que não tinha ideia de quem foi, ou do motivo. E também não tinha suspeitos.

Não havia sinal de arrombamento. Nem de luta, fora a mesa da cozinha levemente torta e uma cadeira que tinha sido derrubada. Parecia que o assassino tinha sido rápido. Tess resistiu um instante, o suficiente para o agressor tropeçar na mesa, deixando a cadeira cair. Aí, ele enfiou a faca e ela morreu.

Segundo a polícia, o corpo estava no chão há 24 horas.

Pensei em todas as coisas que fizemos enquanto Tess estava boiando em seu próprio sangue. Nós nos deitamos, dormimos, acordamos, escovamos os dentes, ouvimos as notícias matinais no rádio, fomos trabalhar, jantamos, vivemos um dia inteiro de nossas vidas que Tess não tinha vivido.

Era demais para pensar.

Quando me obriguei a parar, minha cabeça voltou a temas igualmente problemáticos. Quem foi? Por quê? Tess foi vítima de um agressor fortuito ou seu assassinato tinha algo a ver com Cynthia e a ameaça na carta escrita tantos anos antes?

Onde estava o cartão de visitas de Denton Abagnall? Ela não prendeu no painel, como me disse? Tinha resolvido que não ia mais ligar para ele, tirou e jogou no lixo?

Na manhã seguinte, exausto e com essas perguntas na cabeça, peguei o cartão que Abagnall nos deu e liguei para o celular dele.

A ligação caiu na caixa postal, dando a entender que o celular estava desligado.

Então, liguei para a casa dele. Uma mulher atendeu.

— O Sr. Abagnall está, por favor?

— Quem é?

— É a Sra. Abagnall?

— Quem fala, por favor?

— Terry Archer.

— Sr. Archer! Já ia ligar para o senhor! — ela disse, parecendo nervosa.

— Senhora, preciso muito falar com seu marido. Talvez a polícia já tenha entrado em contato, dei o número de seu marido na noite passada e...

— O senhor tem notícias dele?

— Como?

— Tem notícias de Denton? Sabe onde ele está?

— Não, não sei.

— Ele não costuma fazer isso. Às vezes, precisa ficar vigiando algo a noite toda, mas sempre avisa.

Senti um mau presságio no fundo do estômago.

— Ele esteve na nossa casa ontem no fim da tarde. Veio nos atualizar sobre a investigação.

— Eu sei — disse ela. — Liguei logo depois que ele saiu da sua casa. Ele disse que tinha um recado no celular e que iam ligar de novo.

Lembrei que o telefone do detetive tocou quando estava na nossa sala, achei que era a mulher dizendo o que ia fazer para o jantar, como ele olhou surpreso por não ser uma ligação de casa e deixou cair na caixa postal.

— Voltaram a ligar?

— Não sei. Foi a última vez que nos falamos.

— A senhora avisou a polícia?

— Sim. Quase tive um ataque do coração quando eles apareceram na porta hoje de manhã. Mas era por causa de uma mulher, perto de Derby, que foi morta em casa.

— Era tia da minha esposa. Fomos visitá-la e descobrimos o corpo — falei.

— Meu Deus! Sinto muito — disse a Sra. Abagnall.

Antes de contar, pensei no que dizer depois, já que peguei a mania de poupar as pessoas com medo de preocupá-las desnecessariamente. Mas era uma política que não estava dando certo. Por isso, eu disse:

— Não quero alarmar a senhora e, com certeza, há um bom motivo para seu marido não entrar em contato, mas acho melhor chamar a polícia.

— Oh! — ela exclamou, calma.

— Deve avisar que seu marido sumiu. Embora faça pouco tempo.

— Sim, vou fazer isso — disse a Sra. Abagnall.

— Pode me ligar, se tiver alguma novidade. Anote o número da minha casa e o celular também, se a senhora não tiver.

Ela não pediu licença para pegar um lápis. Casada com um detetive, devia ter sempre um bloco de papel e uma caneta ao lado do telefone.

Cynthia entrou na cozinha. Estava voltando da funerária. Tess, que Deus a abençoe, tinha deixado tudo planejado para não incomodar os parentes. Anos antes, começou a pagar o enterro em pequenas prestações mensais. Suas cinzas deveriam ser espalhadas sobre o canal de Long Island.

— Cyn — chamei.

Ela não respondeu. Estava me dando um gelo. Sem considerar o que eu achava racional, ela me culpava, pelo menos em parte, pela morte da tia. Até cheguei a pensar se as coisas teriam sido diferentes caso eu contasse tudo para ela assim que soube. Será que Tess estaria em casa quando o assassino chegou se Cynthia soubesse como a tia pôde pagar os estudos dela? E as duas estariam em outro lugar, trabalhando juntas, talvez ajudando Abagnall na investigação?

Eu não podia saber. E era algo com o qual eu teria de aprender a conviver.

Nós dois tínhamos chegado do trabalho. Ela pediu afastamento por tempo indeterminado na loja e eu liguei para a escola avisando que faltaria alguns dias, que era melhor arrumarem um professor substituto. Desejei boa sorte para quem quer que fosse ele.

— A partir de agora, vou te contar tudo — afirmei para Cynthia. — E tem mais uma coisa que você precisa saber.

Ela parou antes de sair da cozinha, mas não virou para me olhar.

— Falei agora com a mulher de Denton Abagnall. Ele está desaparecido.

Ela pareceu se inclinar um pouco, como se estivesse cansada.

— O que ela disse? — Cynthia conseguiu perguntar.

Contei.

Ela ficou ali mais um instante, apoiou a mão na parede e disse:

— Tenho de voltar à funerária para acertar as últimas coisas.

— Claro. Quer que eu vá junto? — perguntei.

— Não — ela disse, e saiu.

Fiquei sem saber o que fazer além de me preocupar. Limpei a cozinha, arrumei a casa, tentei inutilmente prender melhor o telescópio de Grace no suporte em forma de tripé.

Desci de novo as escadas e vi as duas caixas de sapato sobre a mesa de centro, devolvidas por Abagnall no dia anterior. Peguei-as, levei-as para a cozinha e coloquei-as sobre a mesa.

Fui pensando as coisas, uma de cada vez. Como Abagnall certamente fez, achava eu.

Quando Cynthia era adolescente e tudo aconteceu, tirou as coisas da casa, praticamente jogando o conteúdo das gavetas nessas caixas, inclusive as das mesas de cabeceira dos pais. Como quase toda gavetinha, elas viraram depósito de coisas importantes e sem importância: moedas, chaves que não se sabe de onde são, recibos, cupons, recortes de jornais, botões, canetas velhas.

Clayton Bigge não era muito emotivo, mas guardava coisas como recortes de jornais. Tinha um do time de basquete de Todd, por exemplo. Mas se fosse algum artigo sobre pesca, ele certamente guardaria. Cynthia tinha me contado que ele procurava notícias de campeonatos de pesca nos cadernos de esportes e de turismo, notícias sobre lagos especiais que tinham tantos peixes que quase pulavam dentro do barco.

Na caixa havia uma meia dúzia desses recortes que Cynthia deve ter tirado da mesa de cabeceira anos antes de os móveis e a própria casa serem postos à venda. Fiquei pensando quanto tempo ela ia levar para perceber que não valia mais a pena guardar tudo aquilo. Abri cada recorte amarelado para ver do que se tratava, com cuidado para não rasgar.

Um deles tinha algo que me chamou a atenção.

Havia sido retirado do *Hartford Courant*. Uma matéria sobre pesca usando moscas como isca no rio Housatonic. Quem recortou a notícia (Clayton, supõe-se) teve o cuidado de cortar o espaço entre a primeira e a última coluna da matéria que não interessava. A notícia tinha sido colocada em cima de anúncios ou outras notícias que foram empilhadas como degraus no canto esquerdo inferior.

Por isso achei estranho que tivesse sobrado uma notícia sem relação com pesca usando moscas, no canto inferior direito.

Era uma pequena nota.

A polícia ainda não tem pistas sobre a morte de Connie Gormley, 27 anos, solteira, moradora de Sharon, cujo corpo foi encontrado numa vala na estrada U.S. 7, no sábado de manhã. Os investigadores acreditam que Gormley, que trabalhava na Dunkin' Donuts de Torrington, caminhava à margem da estrada perto da ponte Cornwall quando foi atropelada por um carro, na noite de sexta-feira. A polícia diz que o corpo da jovem parece ter sido colocado na vala depois de atingido pelo carro.

A polícia acredita que o motorista tirou o corpo da estrada e jogou na vala para que só fosse encontrada mais tarde.

Por que, pensei, tudo ao redor foi rejeitado, mas essa notícia ficou intacta? A data no alto da página era 15 de outubro de 1982.

Eu estava pensando nisso quando bateram à porta. Deixei de lado o recorte, levantei da cadeira e fui atender.

Era Keisha Ceylon. A vidente. A mulher que o programa de tevê nos apresentou e que subitamente perdeu a capacidade de captar vibrações quando soube que a produção não ia lhe pagar uma gorda quantia.

— Sr. Archer? — ela falou. Continuava vestida num estilo que não condizia com seu tipo, num conjunto elegante, sem xale nos ombros nem grandes argolas nas orelhas.

Concordei com a cabeça, com ar desafiador.

— Sou Keisha Ceylon. Nós nos conhecemos na emissora de tevê.

— Eu me lembro.

— Primeiro, quero me desculpar pelo que ocorreu. Eles prometeram me pagar e isso acabou causando uma confusão, mas nunca deveria ter acontecido na frente de sua esposa.

Fiquei calado.

— De todo modo — ela disse, preenchendo o vazio, sem esperar que houvesse uma resposta —, o fato é que há coisas que eu queria contar ao senhor e a sua esposa e que podem ser úteis no desaparecimento da família dela.

Continuei sem dizer nada.

— Posso entrar? — ela perguntou.

Eu queria fechar a porta na cara dela, mas me lembrei do que Cynthia disse antes de conhecê-la: se havia uma chance, teríamos de aceitar parecermos idiotas, mesmo que a chance de alguém ter algo útil a dizer fosse uma em um milhão.

Claro que já tínhamos rejeitado a ajuda de Keisha Ceylon, mas o fato de ela querer nos ver novamente me fez pensar se devia ouvi-la.

Assim, fiquei indeciso um instante, depois abri a porta para ela entrar. Levei-a para o sofá da sala, onde Abagnall estivera horas antes. Joguei-me pesadamente na poltrona em frente e cruzei as pernas.

— Compreendo perfeitamente que o senhor esteja cético — ela disse. — Mas há muitas forças misteriosas à nossa volta o tempo todo, e poucos conseguem dominá-las.

— Hum, hum.

— Se tenho uma informação importante para uma pessoa que está numa fase difícil, tenho a obrigação de contar. É a única atitude responsável quando se é abençoado por esse dom.

— Claro.

— A recompensa financeira é secundária.

— Posso imaginar. — Embora eu estivesse bem-intencionado quando deixei Keisha Ceylon entrar, comecei a achar que tinha sido um erro.

— Sei que o senhor está zombando de mim, mas realmente vejo coisas.

Ela não devia dizer "vejo pessoas mortas". Não era essa a frase padrão?

— Estou disposta a contar o que sei para o senhor e sua esposa, se quiserem — disse —, mas gostaria que pensassem em alguma recompensa para mim. Considerando como a rede de tevê não se dispôs a fazer isso pelo senhor.

— Hum! — exclamei. — Que tipo de recompensa a senhora espera?

As sobrancelhas de Ceylon subiram como se ela não tivesse pensado em nenhuma quantia antes de bater à nossa porta.

— Bom, já que o senhor pergunta... pensei em, talvez, cerca de mil dólares. Foi o que achei que eles fossem me pagar, antes de recusarem.

— Sei. Se a senhora me desse antes uma ideia de que informação é, então, podemos ver se vale mil dólares.

Ceylon concordou com a cabeça.

— É razoável. Por favor, me dê um instante — pediu. Ela se encostou nas almofadas, aprumou a cabeça e fechou os olhos. Passou uns 30 segundos imóvel, sem emitir nenhum som. Parecia que estava numa espécie de transe, preparando-se para entrar em contato com o mundo dos espíritos. A seguir, disse: — Vejo uma casa.

— Uma casa — repeti. Estávamos chegando a alguma coisa.

— Numa rua, com crianças brincando e muitas árvores, vejo um casal idoso passando por essa casa e um homem andando com eles, que não é tão idoso. Podia ser filho deles. Podia ser Todd ... Estou tentando ver bem a casa, focar nela...

— Essa casa é amarelo-claro? — perguntei, me aproximando.

Ceylon pareceu fechar os olhos com mais força.

— É, é sim.

— Céus! — exclamei. — E as venezianas... são verdes? Verde-escuro?

Ela inclinou a cabeça de leve para um lado, como se estivesse conferindo.

— São, sim.

— As janelas têm jardineiras? Para flores? Como petúnias? Sabe dizer? Isso é muito importante — destaquei.

Ela concordou com a cabeça, devagar.

— Sim, o senhor tem razão. As jardineiras da janela são cheias de petúnias. O senhor conhece essa casa?

— Não, estou só inventando algo para testá-la — respondi, dando de ombros.

Ceylon abriu os olhos, que faiscaram de raiva.

— Seu filho da puta.

— Acho que já basta — falei.

— O senhor me deve mil dólares.

Enganado uma vez, ainda passa. Já duas vezes...

— Creio que não — disse eu.

— Pague mil dólares por que... — Ela pensou em alguma coisa. — Vocês devem ter cuidado. Tive outra visão. Sobre sua filha, a menina. Ela vai correr um grave risco.

— Muito perigo? — repeti.

— Isso. Ela está num carro. Lá no alto, me pague e posso lhe contar mais para salvá-la.

Ouvi a porta de um carro bater.

— Estou tendo uma visão — eu disse, tocando as têmporas. — Vejo minha mulher entrando já por aquela porta.

E assim foi. Cynthia deu uma olhada na sala sem dizer nada.

— Olá, querida. Lembra de Keisha Ceylon, a maior sensitiva do mundo? — perguntei, meio sem jeito. — Ela estava tentando vender uma conjuração do passado, num último esforço para arrancar

179

mil paus de nós e teve uma visão do futuro de Grace. Tentando explorar nossos medos mais elementares quando estamos numa situação bem difícil. — Olhei para Keisha. — Está certo?

Ela não disse nada.

Perguntei para Cynthia:

— Como foram as coisas na funerária? — Olhei para Keisha e expliquei: — A tia dela acaba de falecer. Sua visão não podia ter sido melhor.

Tudo aconteceu muito rápido.

Cynthia agarrou a mulher pelos cabelos, arrancou-a do sofá e a arrastou aos berros até a porta.

Cynthia estava vermelha de raiva. Keisha era grande, mas Cynthia girou com ela pelo chão como se fosse feita de palha. Não deu ouvidos aos gritos dela, nem às obscenidades que saíram de sua boca. Minha esposa empurrou-a até a porta, abrindo-a com a mão livre e jogando a canalha para fora; ela não conseguiu se equilibrar e foi rolando escada abaixo até bater de cara no gramado.

Antes de fechar a porta com força, Cynthia berrou:

— Deixa a gente em paz, sua oportunista, sanguessuga de merda. — Quando olhou para mim, ainda estava furiosa, ofegante.

Foi como se eu também estivesse sem ar.

23

Após o velório, o gerente da casa funerária me levou a Cynthia Grace em seu Cadillac para o porto de Milford, onde ele tinha um pequeno iate. Rolly Carruthers e a mulher Millicent vieram atrás, dando carona a Pamela, e indo encontrar conosco no iate.

Depois que o iate saiu do porto, passamos pelo canal de Long Island, de cerca de 1,5 quilômetro de largura, e pelas casas no litoral de East Broadway. Sempre achei que devia ser maravilhoso ter uma daquelas casas (certamente, quando eu era criança), mas quando o furacão Glória passou por lá, em 1985, pensei melhor. Quem mora na Flórida não consegue se lembrar de todos os furacões, mas quem mora em Connecticut não esquece jamais dos que atingem a região.

Felizmente, considerando o motivo de nossa saída naquele dia, o vento estava fraco. O gerente da funerária, que tinha uma simpatia genuína, levou a urna com as cinzas de Tess.

Ninguém falou muito a bordo, embora Millicent tentasse puxar assunto. Ela abraçou Cynthia e disse:

— Tess não podia ter um dia mais lindo para a realização de seu último desejo.

Talvez, se Tess tivesse morrido de doença, houvesse algum consolo nessa afirmação, mas quando alguém tem uma morte violenta, é difícil se consolar com alguma coisa.

Mas Cynthia procurou ouvir aquelas palavras de conforto da forma como foram ditas. Millicent e Rolly eram amigos dela desde muito antes de nos conhecermos. Eram uma espécie de tios postiços que sempre cuidaram dela. Millicent morou na mesma rua que a mãe de Cynthia e, apesar de Patricia ser um pouco mais velha, as duas ficaram amigas. Quando Millicent conheceu e se casou com Rolly, e Patricia conheceu e se casou com Clayton, os casais se encontravam de vez em quando. Assim, Millicent e Rolly acompanharam o crescimento de Cynthia e se interessaram por ela depois que a família sumiu. Mas Rolly era mais presente na vida de Cynthia do que a esposa.

— Lindo dia — disse Rolly, fazendo eco ao que Millicent disse. Aproximou-se de Cynthia, olhando para o convés, talvez achando que isso o ajudasse a se equilibrar quando o iate entrasse em águas revoltas. — Mas isso não facilita as coisas em nada.

Pam se aproximou de Cynthia aos tropeços, provavelmente concluindo que sapato alto não era o ideal num iate, e abraçou-a.

— Quem poderia ter feito isso? Tess nunca fez mal a ninguém. Ela era a última pessoa que restava da minha família. E agora se foi — disse Cynthia, com um suspiro.

Pam se aproximou mais.

— Eu sei, querida. Ela era tão boa para você, para todo mundo. Deve ter sido algum louco.

Rolly balançou a cabeça, triste, num gesto que parecia dizer "Como o mundo está mudando" e foi para a popa ver o rastro do iate no mar. Sentei-me ao lado deles.

— Obrigado por vir, foi muito importante para Cynthia — falei.

Ele pareceu surpreso.

— Está brincando? Você sabe que estamos sempre à disposição de vocês dois. — Balançou a cabeça de novo. — Quem você acha que fez isso? Algum louco?

— Acho que não, pelo menos não uma pessoa totalmente desconhecida. Acho que mataram Tess por alguma razão específica.

— Qual? O que a polícia acha? — ele perguntou.

— Até o momento, não há nenhuma pista. Contei tudo o que aconteceu há 25 anos e eles ficaram atordoados, como se fosse coisa demais para assimilar.

— É, mas o que você espera? Eles batalham muito para conseguir manter a paz aqui agora — disse Rolly.

O iate foi diminuindo a velocidade, parou e o gerente da funerária se aproximou.

— Sr. Archer? Estamos prontos.

Nós nos juntamos no convés e a urna foi formalmente entregue a Cynthia. Ajudei-a a abrir, nós dois parecíamos segurar uma caixa de dinamite, com medo de despejar Tess na hora errada. Cynthia segurou com as duas mãos, foi para a lateral do iate e virou a urna enquanto Grace, eu, Rolly, Millicent e Pam olhávamos.

As cinzas caíram na água, se dissolveram e se dispersaram. Em poucos segundos o que restava de Tess desapareceu. Cynthia devolveu a urna para mim, parecendo desligada. Rolly se adiantou para ampará-la, mas ela estendeu a mão para mostrar que estava bem.

Grace tinha levado, por iniciativa própria, uma rosa, que jogou na água.

— Adeus, tia Tess. Obrigada pelo livro — disse.

Naquela manhã, Cynthia avisou que queria dizer algo, mas na hora não teve forças. E eu não encontrei palavras que fossem tão expressivas e carinhosas quanto a despedida simples de Grace.

De volta ao porto, vi uma mulher negra, pequena, de jeans e jaqueta de couro no final do cais, quase tão redonda quanto pequena. Mas mostrou graça e agilidade ao segurar no barco e ajudar a firmá-lo quando ele se aproximou. Com leve sotaque de Boston, ela perguntou:

— O senhor é Terrence Archer?

Respondi que sim.

Ela mostrou um distintivo que a identificava como detetive Rona Wedmore. Não era de Boston, mas de Milford. Estendeu a mão para ajudar Cynthia a descer do iate, enquanto eu carregava Grace pela plataforma de desembarque gasta pelo tempo.

— Gostaria de falar com o senhor um instante — disse a mulher.

Cynthia, que estava ao lado de Pam, avisou que cuidaria de Grace. Rolly ficou para trás com Millicent. A detetive e eu andamos devagar pelo cais em direção a uma viatura policial preta, sem identificação.

— É sobre Tess? Prenderam alguém? — perguntei.

— Não, senhor. Tenho certeza de que todos os esforços estão sendo feitos, mas trata-se de outra investigação. Garanto que tudo caminha para isso. — Ela falava rápido, as palavras saíam como balas de revólver. — Vim conversar com o senhor sobre Denton Abagnall.

Senti um tranco mental.

— Pois não.

— Ele está desaparecido há dois dias — ela disse.

— Falei com a mulher dele na manhã seguinte ao dia em que ele foi à minha casa. Sugeri que avisasse a polícia.

— Não o viu desde então?

— Não.

— Ouviu falar nele?

— Não consigo afastar a ideia de que isso pode ter ligação com o assassinato da tia de minha mulher. Abagnall esteve com ela pouco antes, deixou um cartão de visitas que ela me disse ter colocado no painel ao lado do telefone. Mas não estava lá depois que ela morreu.

A detetive anotou alguma coisa na agenda.

— Ele estava trabalhando para o senhor.

— Sim.

— Quando ele desapareceu. — Não era uma pergunta, então apenas concordei com a cabeça. — O que o senhor acha?

— De quê?

— Que aconteceu com ele? — Um toque de impaciência, como se perguntasse o "Que podia ser"?

Fiz uma pausa, olhei para o céu azul sem nuvens.

— Não gosto de pensar nisso, mas acho que ele está morto Abagnall recebeu uma ligação do assassino quando ainda estava na minha casa, conversando sobre o caso.

— A que horas foi?

— Umas 17 horas.

— Antes das 17, depois das 17 ou às 17 horas?

— Às 17.

— Contatamos o provedor do celular e checamos todas as ligações feitas e recebidas. Houve uma ligação às 17 horas, feita de um telefone público em Milford. E outra mais tarde, de outro orelhão, e mais tarde algumas chamadas da esposa, não atendidas.

Eu não tinha ideia do que isso significava.

Cynthia e Grace entraram no banco traseiro do Cadillac do gerente da funerária.

A detetive se inclinou para mim de forma agressiva e, embora tivesse uns 10 centímetros menos que eu, tinha presença.

— Quem poderia querer matar a tia de sua esposa e Abagnall?

— Alguém que quer garantir que o passado permaneça no passado — respondi.

Millicent queria levar todo mundo para almoçar, mas Cynthia disse que preferia voltar para casa, e foi para lá que a levei. Grace ficou emocionada com a cerimônia, e aquela manhã serviu como experiência — foi o primeiro funeral da vida dela. Mas gostei de ver que não perdeu o apetite. Assim que entramos em casa, ela disse que estava com muita fome e precisava comer alguma coisa imediatamente, senão morria. Depois, disse:

— Ah, desculpe.

Cynthia sorriu para nossa filha.

— Que tal um sanduíche de atum?

— Com aipo?

— Se tivermos — disse Cynthia.

Grace abriu a geladeira e constatou:

— Tem aipo, mas está meio mole.

— Deixa eu ver — disse Cynthia.

Pendurei meu paletó nas costas de uma cadeira da cozinha, afrouxei a gravata. Não precisava me vestir muito para dar aulas no ensino médio e aquela roupa formal me deixava apertado e esquisito. Sentei, deixei no fundo da cabeça tudo o que tinha acontecido naquele dia e fiquei olhando minhas meninas. Cynthia pegou uma lata de atum e um abridor, enquanto Grace colocava o aipo na bancada.

Cynthia escorreu o azeite da lata de atum, colocou numa tigela e pediu para Grace pegar o creme Miracle. Grace voltou à geladeira, pegou o vidro, tirou a tampa e colocou na bancada. Cortou o caule do aipo e girou-o no ar. Parecia de borracha.

Brincando, ela bateu no braço da mãe com o aipo.

Cynthia virou-se, quebrou outro pedaço do caule e bateu de leve em Grace com ele. A seguir as duas usaram os caules como armas.

— Segura essa! — disse Cynthia.

As duas riram e se abraçaram.

Fiquei pensando: muitas vezes, imaginei que tipo de mãe Patricia teria sido e a resposta sempre esteve na minha frente.

Mais tarde, depois que Grace comeu o sanduíche e subiu para trocar de roupa, Cynthia me disse:

— Você foi ótimo hoje.

— Você também — disse eu.

— Desculpe — disse ela.

— Hein?

— Desculpe por culpar você pela morte de Tess. Foi erro meu

— Tudo bem, eu devia ter contado tudo para você antes.

Ela olhou para o chão.

— Posso perguntar uma coisa? — falei, e ela assentiu. — Por que seu pai guardaria o recorte de uma matéria sobre um atropelamento?

— Do que você está falando? — ela quis saber.

— Seu pai guardou a notícia de um atropelamento.

As caixas de sapato continuavam na mesa da cozinha tendo por cima o recorte da pesca com mosca e a notícia da morte da mulher de Sharon cujo corpo fora encontrado numa vala.

— Deixa eu ver — disse Cynthia, lavando as mãos e secando-as.

Entreguei o recorte e ela segurou com cuidado, como se fosse um pergaminho.

— Incrível, nunca notei isso — ela respondeu depois de ler.

— Você pensava que seu pai tinha guardado isso por causa da notícia sobre pesca com moscas.

— Pois é.

— Em parte, acho que foi por isso também. Mas fiquei pensando o que veio primeiro. Ele viu a notícia do acidente e quis guardar e aí, como se interessava pelo assunto, recortou a pesca com mosca. Ou será que viu a notícia da pesca, depois a outra e guardou também? Ou... — fiz uma pausa. — Será que guardar uma notícia de atropelamento podia fazer levantar suspeitas em alguém como sua mãe? Talvez, se guardasse junto com a outra notícia... bom, meio que escondia.

Cynthia me devolveu o recorte:

— Do que diabos você está falando?

— Céus, não sei — respondi.

— Cada vez que olho essas caixas, fico esperando descobrir uma coisa que não reparei antes. É frustrante. Quero uma resposta, mas não está ali. E continuo esperando. Alguma pista de como uma peça do quebra-cabeça ajuda a colocar todas as outras.

— Eu entendo como se sente — disse eu.

— Essa mulher que morreu atropelada, como era o nome dela?

— Connie Gormley, tinha 27 anos — respondi.

— Nunca ouvi esse nome. Não tem sentido. E se essa for a peça que falta?

— Você acha que é? — perguntei.

Ela balançou a cabeça devagar.

— Não.

Nem eu.

Mas isso não me impediu de levar o recorte para o escritório, sentar e procurar na internet informações sobre o acidente ocorrido 26 anos antes, que matou Connie Gormley.

Não consegui nada.

Comecei então a procurar Gormley naquela região de Connecticut na lista telefônica, escrevi nomes e números num papel e parei depois de encontrar meia dúzia. Ia ligar para um deles quando Cynthia enfiou a cabeça na porta do quarto.

— O que está fazendo?

Contei.

Não sei se esperava uma reclamação ou um incentivo por me agarrar a qualquer pista, por menor que fosse. Mas ela disse:

— Vou me deitar um pouco.

Liguei para o primeiro número. Atenderam, me identifiquei como Terrence Archer, de Milford, disse que devia ter ligado errado, mas estava querendo informação sobre a morte de Connie Gormley.

— Desculpe, não conheço ninguém com esse nome — disse a pessoa do primeiro número.

— Quem? — perguntou uma idosa, no segundo. — Não conheço nenhuma Connie Gormley, mas tenho uma sobrinha que é Constance Gormley, corretora de imóveis em Stratford. Ela é ótima e se o senhor está procurando uma casa, só minha sobrinha poderá ajudá-lo. Tenho o telefone dela bem ali, se puder esperar um instante. — Não tive a intenção de ser mal-educado, mas depois de cinco minutos desliguei.

A terceira pessoa que liguei, disse:

— Ah, nossa, Connie? Faz tanto tempo.

Era o irmão mais velho dela, Howard Gormley, de 65 anos.

— Por que alguém quer saber disso depois de tantos anos? — perguntou, com voz rouca e cansada.

— Sinceramente, não sei direito. A família da minha esposa teve problemas alguns meses após o acidente com sua irmã, coisa que estamos tentando entender melhor. Uma notícia de jornal sobre o atropelamento foi encontrada no meio de alguns papéis do pai dela — expliquei.

— É meio estranho, não? — perguntou Howard Gormley.

— É, sim. Se o senhor não se incomodar de responder algumas perguntas, pode ajudar ou, pelo menos, eliminar qualquer ligação entre a tragédia da sua família e da nossa.

— Claro.

— Primeiro: descobriram quem atropelou sua irmã? Não tenho qualquer informação sobre isso. Alguém chegou a ser acusado?

— Não, nunca. A polícia nunca descobriu, não prendeu ninguém. Acho que depois de um certo tempo eles desistem.

— Sinto muito.

— É, isso matou meus pais. Foram consumidos pela tristeza. Minha mãe morreu dois anos depois e meu pai, um ano depois de mamãe. Os dois de câncer mas, se o senhor quer saber, foi de tristeza.

— A polícia não teve nenhuma pista? Não descobriu quem dirigia o carro?

— De quando é essa notícia?

Estava ao lado do computador, li para ele.

— Foi bem no começo. Antes de descobrirem que a coisa toda foi armada — ele disse.

— Armada?

— Bom, no começo acharam que tinha sido um simples atropelamento. Um bêbado ou um motorista barbeiro. Mas quando fizeram a autópsia, acharam uma coisa meio engraçada.

— Engraçada, como?

— Não sou especialista, trabalhei instalando telhados a vida inteira. Mas eles disseram que os ferimentos causados pelo carro foram feitos depois que ela estava morta.

— Espere. Sua irmã estava morta quando foi atropelada? — perguntei.

— Foi o que eu acabei de dizer. E...

— Sr. Gormley?

— É que é difícil falar nisso, mesmo depois de tanto tempo. Não gosto de falar coisas que denigram a imagem de Connie, mesmo depois de tanto tempo, o senhor entende.

— Sim.

— Eles disseram que ela esteve com alguém pouco antes de ser deixada na vala.

— O senhor quer dizer...

— Não disseram exatamente que foi violentada, embora possa ter sido, suponho. Mas minha irmã dava umas voltas por aí e dizem que esteve com alguém naquela noite. Sempre achei que essa tal pessoa montou a cena para parecer que foi atropelamento e jogou-a naquela vala.

Eu não sabia o que dizer.

— Connie e eu éramos próximos. Eu não aprovava a vida que ela levava, mas também nunca fui anjo e não podia apontar o dedo para ninguém. Depois de tantos anos, eu ainda sinto que estou aborrecido com isso e gostaria que achassem o filho da puta, mas o fato é que faz tanto tempo, pode ser até que o filho da puta já esteja morto.

— É bem possível — concordei.

Quando terminei de falar com Howard Gormley, fiquei sentado à mesa um pouco, olhando para o vazio, tentando imaginar se aquilo fazia algum sentido.

Depois, sem pensar, como costumo fazer, apertei a tecla de "correio" para ver se tínhamos mensagens. Como sempre, muitas, a maioria oferecendo Viagra, mercadoria de ponta de estoque, um Rolex barato, viúvas de donos de minas de ouro na Nigéria querendo ajuda para transferir seus milhões para uma conta nos Estados Unidos. Nosso filtro AntiSpam só rejeitava uma fração desse lixo.

Mas havia um e-mail cujo endereço era formado apenas por números (05121983) e nele se lia "Não vai demorar muito" no campo Assunto.

Abri a mensagem. Era curta, a mensagem era apenas: "Cara Cynthia, conforme falei em nossa conversa anterior, sua família realmente lhe perdoa. Mas continuam se perguntando: por quê?"

Devo ter lido umas cinco vezes, depois voltei ao Assunto. Não vai demorar muito para quê?

24

— Como conseguiram o nosso e-mail? — perguntei a Cynthia.

Ela estava na frente do computador, olhando a tela. A certa altura tocou no monitor como se assim a mensagem pudesse revelar mais sobre ela.

— Foi meu pai — disse ela.

— Como pode ter sido seu pai?

— Quando deixou o chapéu, deve ter vindo aqui e olhado o nosso endereço de e-mail — disse Cynthia.

— Cyn, ainda não sabemos se seu pai deixou aquele chapéu — disse eu, cauteloso. — Não sabemos quem deixou o chapéu.

Lembrei-me da teoria de Rolly e da minha breve suspeita de que a própria Cynthia tivesse deixado o chapéu lá. Por um instante, não mais que isso, pensei como seria fácil criar um endereço no Hotmail e mandar uma mensagem para si mesmo.

Afasta essa ideia, pensei comigo.

Percebi que Cynthia estava irritada com meu comentário, então acrescentei:

— Tem razão. Quem entrou aqui podia ter subido e dado uma olhada, ligado o computador e visto nosso endereço eletrônico.

— Portanto, é a mesma pessoa — concluiu Cynthia. — A que me telefonou, que você disse que era apenas um maluco, a que mandou esse e-mail, a que entrou na nossa casa e deixou o chapéu. O chapéu do meu pai.

Fazia sentido. A parte que eu estava tendo dificuldade de entender era: quem era essa pessoa? A mesma que tinha matado

192

Tess? Seria o homem que vi pelo telescópio de Grace naquela noite, vigiando nossa casa?

— E ainda fala em perdão — disse Cynthia. — Que eles me perdoam. Por que ele diz isso? E o que quer dizer com não vai demorar muito?

Balancei a cabeça.

— O endereço é só uma confusão de números — falei, mostrando o endereço do remetente na tela.

— Não é uma confusão de número, é uma data: 12/05/1983. A noite em que minha família sumiu.

— Não estamos seguros — disse Cynthia mais tarde, naquela mesma noite.

Estava sentada na cama, com a coberta na altura da cintura. Por acaso, dei uma última olhada na rua antes de me deitar ao lado dela. Era um hábito que tinha criado na semana anterior.

— Não estamos seguros, sei que você também acha, mas não quer demonstrar — ela continuou. — Tem medo de me preocupar, me enlouquecer ou algo assim.

— Não estou com medo de você ficar louca — afirmei.

— Mas não diz que estamos seguros. Você não está, eu não estou, Grace não está.

Eu sabia muito bem, ela não precisava me lembrar. Eu sabia.

— Minha tia foi assassinada. O detetive que eu... nós... contratamos para saber o que houve com minha família está desaparecido. Há algumas noites você e Grace viram um homem vigiando a nossa casa. Alguém esteve aqui, Terry. Se não foi meu pai, foi alguém. Alguém que deixou aquele chapéu, usou o nosso computador.

— Não foi o seu pai — disse eu.

— Diz isso porque sabe quem deixou ou porque acha que meu pai morreu?

Eu não tinha o que responder.

— Por que pensa que o Departamento de Trânsito não tem registro de carteira do meu pai?

— Não sei — respondi, cansado.

— Acha que o Sr. Abagnall descobriu alguma coisa sobre Vince Fleming? Ele não disse que queria saber mais sobre ele? Talvez tenha desaparecido quando fazia isso. Ou talvez ele esteja bem, perseguindo Vince e por isso não pode ligar para a esposa.

— Olha, hoje foi um dia longo. Vamos tentar dormir — disse eu.

— Por favor, diga que não está escondendo mais nada de mim. Como fez com a doença de Tess e o dinheiro que ela recebia — disse Cynthia.

— Não estou escondendo nada. Não acabei de mostrar aquele e-mail? Podia ter apenas deletado, nem contar para você. Mas concordo que precisamos tomar cuidado. Pusemos trancas novas nas portas. Ninguém vai entrar novamente. E não vou criar problema se você quiser levar Grace para a escola.

— O que *acha* que está acontecendo? — perguntou Cynthia.

O tom da pergunta tinha um toque acusatório, dava a entender que ela ainda achava que eu escondia algo.

— Céus! Não sei. Não foi a droga da minha família que sumiu da droga do mundo — respondi, ríspido.

Cynthia ficou num silêncio pasmo. Eu próprio fiquei pasmo.

— Desculpe, não tive a intenção. Isso está nos custando caro.

— O *meu* problema é estar fazendo *você* pagar caro — declarou Cynthia.

— Não é isso. Lembra que eu disse que devíamos nos afastar por um tempo? Nós três. Tiramos Grace da escola, posso conseguir uns dias com Rolly, ele arruma um substituto para mim, vão entender se tirarmos uns dias de descanso...

Ela arrancou as cobertas de cima das pernas e se levantou.

— Vou dormir com Grace. Quero garantir que ela vai ficar bem. Alguém tem de fazer alguma coisa.

Fiquei calado enquanto ela enfiava os travesseiros embaixo do braço e saía do quarto.

Eu estava com dor de cabeça e fui para o banheiro pegar um Tylenol no armário, quando ouvi alguém correndo. Antes de Cynthia aparecer na porta do quarto, ouvi os seus gritos:

— Terry! Terry!

— O que foi? — perguntei.

— Ela sumiu, Grace não está no quarto. Sumiu!

Segui pelo corredor até o quarto da minha filha, acendendo as luzes. Passei por Cynthia e entrei antes dela no quarto de Grace.

— Procurei, ela não está! — disse Cynthia.

— Grace! — chamei, abrindo a porta do armário e olhando embaixo da cama. As roupas que ela usou de dia estavam emboladas na mesa da escrivaninha. Corri para o banheiro, abri a cortina da banheira, estava vazia. Cynthia foi ao quarto onde guardávamos o computador e nos encontramos no corredor.

Nenhum sinal dela.

— Grace! — chamou Cynthia.

Acendemos mais luzes ao descermos a escada correndo. Não podia ser, pensei. Simplesmente não podia.

Cynthia escancarou a porta do porão, chamou nossa filha no escuro. Nenhuma resposta.

Entrei na cozinha e vi que a porta dos fundos, com a nova tranca, estava aberta.

Meu coração parou.

— Chame a polícia — ordenei a Cynthia.

— Ai meu Deus! — ela exclamou.

Acendi a luz de fora quando passei pela porta e corri, descalço, pelo quintal.

— Grace! — chamei.

Ouvi então uma voz. Aborrecida.

— Pai, apaga essa luz!

Olhei à direita, lá estava Grace, de pijama, com o telescópio na grama, apontado para o céu noturno.

— O que foi? — ela perguntou.

*

Nós podíamos e, certamente, devíamos tirar uma folga, sobretudo depois da noite que passamos, mas voltamos ao trabalho na manhã seguinte.

— Desculpe — disse Grace pela milésima vez, enquanto comia seus cereais.

— *Nunca* mais faça isso — disse Cynthia.

— Eu *pedi* desculpas.

Cynthia acabou dormindo mesmo com ela. Não queria deixar Grace fora de vista.

— Sabia que você ronca? — perguntou Grace.

Foi a primeira vez que tive vontade de rir, mas consegui me conter.

Como sempre, saí antes delas para o trabalho. Cynthia não foi se despedir de mim na porta, ainda por causa da nossa briga antes do alarme falso com Grace. Exatamente quando precisávamos nos unir, tínhamos essa barreira invisível entre nós. Cynthia continuava achando que eu escondia coisas dela. E eu estava ficando sem jeito para lidar com ela, o que era complicado de explicar até para mim.

Cynthia achava que eu a culpava por todos os nossos problemas. Não se podia negar que a história dela, sua pesada bagagem de vida, estava assombrando nossos dias e noites. De certa forma, eu a *culpava*, embora não fosse culpa dela a família sumir.

A única preocupação que tínhamos em comum era, claro, o quanto tudo aquilo influía sobre Grace. A forma que nossa filha arrumou para lidar com a angústia doméstica era tão complexa que pensar num asteroide destruidor era uma espécie de solução, o que acabou causando outro golpe.

Meus alunos estavam incrivelmente comportados. Deviam ter ficado sabendo do motivo de minha ausência nos últimos dias. Enfrentei uma morte na família. Garotos do ensino médio, como a maioria dos animais predadores, gostam de aproveitar a fraqueza da vítima. Pelo que eu soube, foi o que fizeram com a professora que me substituiu. Ela sofria de uma leve gagueira, apenas uma hesitação no começo das frases, mas foi o suficiente para os alunos caírem na pele dela e ficarem imitando. Claro que no primeiro dia ela foi para casa chorando, como os colegas me contaram no almoço, sem qualquer solidariedade na voz. Aquele corredor era uma selva — ou você a enfrentava, ou não.

Mas eles foram mais compreensivos, não só a minha turma de escrita criativa, mas as duas turmas de inglês. Acho que não era por respeito aos meus sentimentos; na verdade, isso era o que menos interessava. Eles não se manifestaram porque esperavam sinais de um comportamento diferente, como chorar, brigar com alguém, bater a porta, qualquer coisa assim.

Só que não fiz isso. Portanto, não podia esperar tratamento especial no dia seguinte.

Minha turma da manhã foi entrando na sala e Jane Scavullo se aproximou e disse:

— Meus pêsames por sua tia.

— Obrigado. Na verdade, era tia da minha mulher, embora eu fosse muito próximo dela — eu disse.

— Seja como for — ela disse, e seguiu com os outros alunos.

No meio da tarde, eu ia andando pela corredor perto da diretoria quando uma das secretárias me viu e parou.

— Estava procurando você. Liguei para a sua sala, você não estava — disse ela.

— Por que estou aqui — falei.

— Telefone para você. Acho que é sua esposa.

— Certo.

— Pode atender na sala da diretoria.

— Obrigado.

Fui atrás dela. Apontando o telefone sobre a mesa, com uma luz piscando, ela disse:

— Aperte essa tecla.

Peguei o fone, apertei a tecla.

— Cynthia?

— Terry, eu...

— Olha, eu ia ligar para você. Desculpe o que eu disse ontem à noite.

A secretária sentou-se à mesa, fingindo não ouvir a conversa.

— Terry, tem uma coisa...

— Acho que precisamos contratar outro cara, quer dizer, não sei o que houve com Abagnall, mas...

— Terry, fique quieto — disse Cynthia.

Fiquei.

— Aconteceu uma coisa. Eu sei onde eles estão — disse Cynthia, sussurrando, quase sem fôlego.

25

— *À*s vezes, quando você não liga na hora que eu esperava, acho que eu é que estou ficando louca — disse ela.

— Desculpe. Mas tenho boas notícias, acho que está acontecendo — disse ele.

— Ah, que maravilha! Como é a frase do Sherlock Holmes? A sorte está lançada. Ou é de Shakespeare?

— Não sei.

— Então você entregou?

— Sim.

— Mas precisa ficar um pouco longe para ver o que acontece.

— Ah, eu sei. Tenho certeza de que vai acabar saindo no noticiário — disse ele.

— Gostaria de poder gravar.

— Vou levar os jornais para casa.

— Seria ótimo — disse ela.

— Não saiu mais nenhuma notícia sobre Tess. Isso deve significar que não descobriram nada.

— Acho que devemos ficar gratos por qualquer coisa boa que nos aconteça, não?

— Tinha mais uma notícia, sobre esse detetive que sumiu. Aquele que minha... você sabe quem é... contratou.

— Acha que vão encontrá-lo? — perguntou ela.

— Difícil dizer.

— Bom, não podemos nos preocupar com isso. Você parece meio nervoso — ela disse.

— Acho que estou sim.

— Essa é a parte difícil, arriscada, mas no final vai valer a pena. E na hora certa você poderá voltar e me pegar.

— Eu sei. Será que ele não vai se perguntar onde você está, por que não foi visitá-lo?

— Ele mal me vê. Está desanimando, deve ter mais um mês de vida. Bastante tempo.

— Você acha que ele algum dia realmente gostou de nós? — perguntou ele.

— A única pessoa de que ele gostou foi ela — disse ela, sem tentar esconder a amargura. — E ela alguma vez o ajudou? Cuidou dele? Limpou a sujeira dele? E quem resolveu o maior problema dele? Ele jamais foi grato pelo que fiz. Fomos os prejudicados. Não pudemos ter uma família de verdade. O que vamos fazer agora é justiça.

— Eu sei — disse ele.

— O que quer que eu faça quando você chegar em casa?

— Bolo de cenoura?

— Claro. É o mínimo que uma mãe pode fazer.

26

Liguei para a polícia e deixei recado para a detetive Rona Wedmore, que falou comigo depois que espalhamos as cinzas de Tess no canal. Perguntei se ela podia me encontrar em casa, onde eu e Cynthia estaríamos dali a pouco. Dei o endereço, caso ela ainda não tivesse, mas eu apostava que ela havia anotado. No recado, avisei que estava ligando não pelo desaparecimento de Denton Abagnall mas que podia, de alguma forma, ter ligação com isso.

Destaquei que era urgente.

Pelo telefone, perguntei se Cynthia queria que eu a buscasse no trabalho, mas ela disse que conseguia dirigir até em casa. Saí da escola sem avisar ninguém, mas acho que eles já estavam se acostumando com o meu comportamento. Rolly estava fora da sala dele, me viu falando ao telefone e saindo do prédio.

Minutos depois, Cynthia me encontrou em casa. Parada na porta, com um envelope na mão. Quando entrei, ela me entregou o envelope. Estava escrito "Cynthia". Sem selos, portanto, não veio pelo correio.

— Nós dois tocamos nele — falei, percebendo de repente que estávamos cometendo todos os erros pelos quais a polícia iria nos criticar depois.

— Não me interessa. Leia — disse ela.

Tirei do envelope a folha de papel ofício. Tinha sido perfeitamente dobrada em três, como uma carta. Atrás tinha um mapa maldesenhado a lápis, com linhas cruzadas representando estradas, uma pequena cidade assinalada como "Otis", um lugar oval marcado como "lago da mina", com um "x" num canto. Havia outras anotações, que não entendi.

Calada, Cynthia me viu fazer tudo isso.

Desdobrei a folha e assim que vi o texto datilografado reparei em algo que me chocou. Antes de ler, já pensei nas implicações daquilo.

Por um instante, não disse nada e li.

Cynthia: está na hora de você saber onde eles estavam. Mais provavelmente, onde ainda ESTÃO. A algumas horas de onde você mora, na direção norte, há uma mina abandonada que fica pouco depois da fronteira de Connecticut. Parece um lago artificial, que é onde separavam o cascalho. O lago é bem fundo. Deve ser fundo demais para alguma criança ter nadado lá nesses anos todos. Você entra na estrada 8 Norte, atravessa Massachusetts, segue até Otis, depois vira para leste. Veja o mapa no verso. Há um pequeno caminho atrás de uma fileira de árvores que leva ao alto da mina. Tome cuidado ao subir lá, pois é muito íngreme. Desça até a mina. À direita, no fundo desse lago, você vai encontrar a resposta.

Dobrei a folha de novo. O mapa tinha todos os detalhes citados no texto.

— É onde eles estão — sussurrou Cynthia, mostrando o papel na minha mão. — No fundo do lago. Portanto... mortos. — Ela respirou com dificuldade.

Estava tudo meio nublado; pisquei duas vezes, foquei a visão de novo. Virei a folha outra vez, reli e olhei o que dizia sob um ponto de vista mais técnico.

Tinha sido escrito numa máquina de escrever. Não num computador. Não foi impresso.

— Onde você encontrou isso? — perguntei, fazendo muito esforço para controlar a voz.

— Estava no meio da correspondência da loja de Pamela. Na caixa do correio. Alguém deixou lá. Não foi o carteiro que entregou. Não tem selo.

— É, alguém colocou lá.

— Quem? — ela perguntou.

— Não sei.

— Temos de ir lá, hoje, agora, ver o que tem dentro d'água — disse ela.

— A detetive que nos encontrou no cais, Wedmore, está vindo para cá. Vamos falar sobre isso com ela. Eles têm policiais mergulhadores. Mas quero lhe perguntar outra coisa. Sobre essa nota, olhe. Olhe as letras...

— Temos que ir lá imediatamente — disse Cynthia. Era como se ela achasse que quem estava no fundo daquele lago ainda podia estar vivo, ainda conservar um pouco de ar nos pulmões.

Ouvi um carro parar em frente à casa, olhei pela janela e vi Rona Wedmore vindo pela entrada, uma figura pequena e atarracada.

Tive certo pânico.

— Querida, tem mais alguma coisa que queira me dizer sobre esse bilhete? Antes que a polícia chegue? Você precisa ser totalmente honesta.

— Do que você está falando? — ela perguntou.

— Não acha isso um pouco estranho? — perguntei, segurando a carta na frente dela. Mostrei, mais exatamente, uma das letras — Bem aqui, na segunda palavra — eu disse, mostrando a palavra "está".

— O que tem?

A linha horizontal do "e" estava apagada, quase parecia "cstá".

— Não sei do que você está falando. Como assim, ser honesta com você? Claro que estou sendo.

Wedmore subia o primeiro degrau, pronta para bater à porta.

— Tenho de ir lá em cima um instante. Abra a porta, diga que já desço — pedi.

Antes que Cynthia pudesse dizer mais alguma coisa, subi a escada correndo. Atrás, ouvi a batida da policial na porta, duas batidas fortes, depois Cynthia abriu, as duas se cumprimentaram. Enquanto isso, eu estava no pequeno escritório onde avalio os trabalhos e preparo as aulas.

Minha velha máquina de escrever Royal estava na escrivaninha, ao lado do computador.

Tinha de resolver o que fazer com ela.

Era evidente que o bilhete que Cynthia estava mostrando para a detetive Wedmore naquele momento tinha sido escrito na minha máquina. O "e" apagado era reconhecível na hora.

Eu não tinha escrito.

Grace não podia ter escrito.

Só sobravam duas possibilidades. Ou o estranho que acreditávamos ter entrado em casa usou minha máquina ou Cynthia usou.

Mas havíamos mudado as trancas e fechaduras das portas. Eu tinha certeza que ninguém esteve naquela casa nos últimos dias além de nós.

Parecia impensável que Cynthia pudesse fazer aquilo. Mas e se... devido ao enorme estresse, ela tivesse escrito o bilhete, nos mandando ir para um local remoto, onde supostamente ficaríamos sabendo do destino da família dela?

E se Cynthia tivesse escrito, e o que aconteceria se ela estivesse certa?

— Terry! A detetive Wedmore está aqui! — gritou Cynthia.

— Já vou!

O que significaria se Cynthia soubesse mesmo onde a família estava?

Já começava a me descontrolar, molhado de suor.

Talvez, pensei, ela tenha reprimido a lembrança. Talvez soubesse mais do que pensava. Sim, era possível. Ela viu, mas esqueceu. Isso não acontece? O cérebro, às vezes, resolve dizer:

ei, você está vendo uma cena horrível, mas esqueça, senão não vai conseguir continuar vivendo. Não tinha uma síndrome disso?

Mas, de novo: e se não fosse uma lembrança reprimida? E se ela sempre soubesse...

Não.

Não, tinha de haver outra explicação. Alguém usou a nossa máquina de escrever. Há dias. Planejando. O estranho que entrou na casa e deixou aquele chapéu.

Se fosse um estranho.

— Terry!

— Já vou!

— Sr. Archer! Desça, por favor — gritou a detetive.

Fiz por impulso. Abri o armário, peguei a máquina (céus, essas máquinas antigas pesam à beça) e a escondi no fundo, jogando umas coisas por cima, uma calça velha que eu usava para pintar, uma pilha de jornais velhos.

Desci a escada e vi a detetive e Cynthia na sala. A carta estava na mesa de centro, aberta, com a detetive debruçada, lendo.

— O senhor tocou nela — ela ralhou.

— Toquei.

— Os dois tocaram. Pelo que entendi, sua esposa não sabia o que era quando pegou. Qual é a sua desculpa?

— Sinto muito — eu disse. Passei a mão pela boca e o queixo, tentando secar o suor que certamente traía o meu nervosismo.

— A senhora consegue mergulhadores, não? Para entrar no lago e ver o que tem lá ? — perguntou Cynthia.

— A carta pode ser de um maluco. Pode não ser nada — disse a detetive, pegando uma mecha de cabelo que caiu nos olhos e enfiando atrás da orelha.

— É verdade — concordei.

— Mas não sabemos — disse a detetive.

— Se a senhora não mandar mergulhadores, eu entrarei no lago — disse Cynthia.

— Cyn, não seja ridícula, você nem sabe nadar.

— Não importa.

— Sra. Archer, acalme-se — foi uma ordem da detetive Wedmore.

Alguma coisa nela lembrava um técnico de futebol.

— Acalmar? Sabe o que essa pessoa diz? Está escrito aí: "Os corpos estão lá no fundo." — disse Cynthia, sem se intimidar.

— Desconfio que possa ter muita coisa lá embaixo, depois de tantos anos — disse a detetive, balançando a cabeça, cética.

— Talvez estejam num carro. O carro do meu pai e o da minha mãe nunca foram encontrados — disse Cynthia.

A detetive segurou uma ponta da carta com duas unhas vermelhas brilhantes, e virou-a. Olhou o mapa.

— Vamos ter de envolver a polícia de Massachusetts nisso. Preciso telefonar. — Pegou na jaqueta o celular e abriu-o, pronta para teclar um número.

— Vai conseguir os mergulhadores? — insistiu Cynthia.

— Vamos ver. Teremos de mandar a carta para o nosso laboratório checar se ainda conseguem alguma coisa, ou se foi inutilizada.

— Desculpe — disse Cynthia.

— Interessante terem usado uma máquina de escrever. Quase ninguém mais usa.

Meu coração foi na boca. Cynthia então revelou uma coisa que eu não acreditei ter ouvido.

— Temos uma máquina — disse.

— Têm? — perguntou Wedmore, parando antes de teclar o último número.

— Terry ainda usa essa máquina, não é, querido? Para escrever bilhetes, essas coisas. É uma Royal, não, Terry? — Para a detetive, ela acrescentou: — Ele a conserva desde a faculdade.

— Me mostrem — disse a detetive, guardando o celular na jaqueta.

— Posso ir lá em cima pegar — disse eu.

— Só mostre aonde está.

— Lá em cima eu mostro — disse Cynthia.

— Cyn, lá está meio bagunçado — eu avisei, no pé da escada, tentando fazer uma barreira.

— Vamos — disse Wedmore, passando por mim e subindo a escada.

— Primeira porta à esquerda — disse Cynthia. Para mim, cochichou: — Por que acha que ela quer ver a nossa máquina?

Wedmore sumiu no quarto.

— Não estou vendo.

Cynthia subiu antes de mim, entrou no quarto e disse:

— Costuma ficar ali. Não é, Terry?

Ela estava apontando para a escrivaninha quando entrei no quarto. Ela e a detetive olharam para mim.

— Ah, estava me atrapalhando, então enfiei no armário — declarei.

Abri a porta do armário, me ajoelhei no chão. Wedmore espiou por cima do meu ombro.

— Onde? — perguntou.

Afastei os jornais e a calça salpicada de tinta para mostrar a velha Royal preta. Peguei a máquina e coloquei de novo na escrivaninha.

— Quando você guardou lá? — perguntou Cynthia.

— Há pouco — respondi.

— Escondeu bem rápido. Como explica isso? — perguntou Wedmore.

Dei de ombros. Eu não tinha nada a explicar.

— Não toque nela — ela mandou e pegou o celular de novo na jaqueta.

Cynthia me olhou com uma expressão intrigada.

— O que há com você? Que diabo está acontecendo?

Eu queria perguntar a mesma coisa para ela.

27

Rona Wedmore fez várias ligações, a maioria lá da entrada da garagem, onde não podíamos ouvir o que dizia.

Com isso, Cynthia, eu e Grace (Wedmore deixou Cynthia ir rapidamente buscá-la de carro na escola) ficamos em casa para pensar nos últimos acontecimentos. Da cozinha, Grace perguntou quem era aquela gordinha no celular, enquanto ela fazia um lanche depois da escola, torrada com manteiga de amendoim.

— Está falando com a polícia. E acho que não vai gostar de você chamá-la de gordinha — eu disse.

— Não vou dizer na *cara* dela. Por que ela está aqui? O que está havendo?

— Agora não posso explicar. Pegue o seu lanche e vá para o quarto, por favor — pediu Cynthia.

Depois que Grace saiu resmungando, Cynthia perguntou:

— Por que você escondeu a máquina? Aquele bilhete foi escrito nela, não foi?

— Foi — respondi.

Ela ficou me olhando, atenta, um instante.

— Você escreveu o bilhete? Por isso escondeu a máquina?

— Céus, Cyn, escondi por que achei que *você* tinha escrito — repliquei.

Ela arregalou os olhos, assustada.

— Eu?

— É tão chocante quanto pensar que eu escrevi, não?

— Não escondi a máquina, você escondeu.

— Para proteger você.

— Do quê?

— Caso você tivesse escrito. Eu não queria que a polícia soubesse.

Cynthia calou-se um instante e ficou andando pela sala, ida e volta.

— Estou tentando entender, Terry. Então, o que você vai dizer? Que eu escrevi a carta? E, portanto, eu sempre soube aonde eles estavam? A minha família? Sempre soube que estavam nessa mina?

— Não... necessariamente.

— Não? O que você está querendo dizer?

— Honestamente, Cyn, não sei. Não sei mais o que pensar. Mas assim que vi aquela carta sabia que tinha sido escrita na minha máquina. E que eu não tinha escrito. Com isso, restava você, a menos que outra pessoa tenha entrado aqui e escrito para... para, não sei, fingir que tinha sido um de nós.

— Já sabemos que alguém esteve aqui — disse Cynthia. — O chapéu, o e-mail, mas apesar disso você pensa que fui eu?

— Melhor eu não pensar nada — falei.

Ela olhou bem para mim e fez uma cara muito séria.

— Você acha que matei minha família? — perguntou.

— Ah, pelo amor de Deus!

— Isso não é resposta.

— Não, eu não acho.

— Mas passou pela sua cabeça, não? Pensou, de vez em quando, se seria possível.

— Não, não achei. Mas depois pensei que o estresse que você teve de suportar todos esses anos, não poderia ter feito você... — Eu estava pisando em ovos e sentia as cascas quebrando sob os meus pés. — ... pensar ou sentir ou, talvez até, fazer coisas que não fossem, bem, totalmente racionais.

— Ah! — exclamou Cynthia.

— Quando vi que a carta foi escrita na minha máquina, achei que você havia feito isso para obrigar a polícia a se interessar pelo caso novamente, a fazer alguma coisa, a resolver de uma vez por todas.

— Quer dizer que eu ia obrigá-los a uma busca inútil? E por que escolhi aquele lugar em particular?

— Também não posso saber.

Ouvimos uma batida seca na parede da nossa sala e a detetive Rona Wedmore entrou. Não sei há quanto tempo ela estava ali, escutando.

— Vamos enviar mergulhadores ao local — ela disse.

Foi marcado para o dia seguinte. Um grupo de mergulhadores da polícia estaria no local às 10 horas. Cynthia levou Grace para a escola e pediu que uma das vizinhas fosse buscá-la no final do dia e levá-la para a casa dela, caso não tivéssemos voltado ainda.

Liguei para a escola de novo, avisei a Rolly que não poderia ir.

— Meu Deus, o que houve agora? — ele perguntou.

Contei para onde íamos e que os mergulhadores entrariam na mina.

— Meu coração está com vocês. Isso não acaba nunca! Não acha que devo arrumar alguém para dar suas aulas na semana que vem? Conheci um casal de professores aposentados que poderiam ficar por algum tempo.

— Não chame aquela professora gaga. Os alunos vão comê-la viva. — Fiz uma pausa. — Olha, posso perguntar uma coisa estranha?

— Diga.

— O nome Connie Gormley significa algo para você?

— Quem?

— Ela foi morta alguns meses antes de Clayton, Patricia e Todd sumirem. No norte do estado. Parecia um atropelamento, mas não foi.

— Não sei do que você está falando — disse Rolly. — Como assim, parecia mas não foi? E o que isso tem a ver com a família de Cynthia?

Ele dava a impressão de estar quase irritado. Os meus problemas e suas conexões começavam a cansá-lo, como a mim.

— Não sei se tem alguma coisa a ver. Só perguntei. Você conheceu Clayton, ele alguma vez falou sobre um acidente ou algo assim?

— Que eu lembre, não. Tenho certeza de que lembraria de uma coisa dessas.

— Olha, obrigado por arrumar alguém para dar minhas aulas. Fico lhe devendo esse favor.

Cynthia e eu pegamos a estrada pouco depois. Era uma viagem de mais de duas horas. Depois que a polícia colocou a carta num saco de provas, copiamos o mapa num pedaço de papel para saber a direção. Achamos o caminho, não quisemos saber de parar para tomar café nem nada. Só queríamos chegar.

Qualquer um poderia pensar que conversamos muito durante o trajeto, imaginando o que os mergulhadores encontrariam, o que o achado significaria. Mas, na verdade, quase não falamos. Mas pensamos à beça. Eu podia imaginar o que Cynthia estava pensando, mas minha cabeça estava lá no local: o que eles encontrariam na mina? Se houvesse corpos, seriam da família de Cynthia? Alguma coisa indicaria quem os colocou lá?

E quem era essa pessoa, ou pessoas, que ainda estava por aí?

Fomos rumo leste depois de passarmos por Otis, que não chega a ser uma cidade, são algumas casas e escritórios espaçados entre a sinuosa estrada de pista dupla que acaba subindo para Lee e o pedágio de Massachusetts. Procurávamos a estrada da mina Fell's, que devia seguir para norte, mas não precisamos procurar muito. Dois carros de polícia estavam no início da estrada secundária.

Abri a janela e expliquei quem éramos para um policial de chapéu. Ele foi até sua viatura e falou no rádio, voltou e disse que a detetive Wedmore já estava nos esperando no local. Mostrou a estrada, disse que o caminho era estreito e gramado, tinha menos de 2 quilômetros, virava para a esquerda e subia. Nós a encontraríamos no final da subida.

Fomos devagar. Não era bem uma estrada, mas um caminho de cascalho e lama; quando entramos nele, ficou mais estreito ainda. Ouvi capim alto raspando nas laterais do carro. Estávamos subindo, havia árvores grossas de ambos os lados, e após uns 500 metros o caminho aplainou e chegamos num campo aberto que quase nos tirou o fôlego de tão bonito.

Víamos o que parecia ser um vasto canyon. A uma distância de mais ou menos quatro carros, o campo terminava de repente num precipício: se havia um lago lá embaixo, não dava para ver de dentro do carro.

Dois veículos já estavam lá: da polícia do estado de Massachusetts e um sedã que reconheci como da detetive Wedmore. Ela estava encostada no para-lamas, falando com o policial do outro carro.

Ao nos ver, aproximou-se.

— Não cheguem perto, é muito alto — ela recomendou pela janela aberta.

Saímos do carro devagar como se pudéssemos fazer a terra desmoronar. Mas estava bem sólida sob os pés.

— Por aqui. Algum de vocês tem problema com altura? — perguntou Wedmore.

— Um pouco — respondi. Falei mais por Cynthia do que por mim, mas ela disse que estava ótima.

Nos aproximamos da beira do precipício e vimos o lago, bem pequeno, de uns 8 ou 9 acres, junto a uma fenda. Anos antes, tinham retirado rochas e cascalho daquela região e, depois que a empresa exploradora saiu dali, o buraco encheu com água da chuva e de nascentes. Num dia nublado como aquele, era difícil dizer a cor do lago. Parecia cinzento e sem vida.

— O mapa e o bilhete indicam que podemos encontrar algo lá — disse Wedmore, apontando para o lago.

Senti uma ligeira vertigem.

Lá embaixo, atravessando o lago, havia um barco inflável amarelo, de uns 4 metros de comprimento, com um pequeno motor de popa. Três homens estavam no barco, dois deles de roupa preta de mergulho, máscaras e tubos de ar comprimido nas costas.

— Eles tiveram de fazer outro caminho — explicou a detetive, apontando para o lado mais distante da mina. — Uma outra estrada vem pelo norte até o lago, assim puderam colocar o barco lá. Estão esperando por nós; a essa altura a detetive acenou para os homens no barco! Mas não foi um cumprimento, foi um sinal, e eles responderam. — Vão começar a procurar nesse ponto — ela disse.

Cynthia concordou com a cabeça e perguntou:

— Vão procurar o quê?

A detetive olhou para ela como quem diz "Que pergunta", mas teve a sensibilidade de perceber que falava com uma mulher que tinha passado por muita coisa.

— Um carro. Se estiver lá, eles encontram.

O lago era pequeno demais para o vento formar ondas, mas os homens no barco jogaram uma pequena âncora para impedir que saísse do lugar. Usando o equipamento, os dois mergulharam de costas e sumiram: a única prova de que estiveram ali eram as bolhas na superfície do lago.

Um vento frio soprou no alto do precipício. Aproximei-me de Cynthia e coloquei o braço no ombro dela. Para minha surpresa e alívio, ela não me afastou.

— Quanto tempo eles podem ficar submersos? — perguntei.

Wedmore deu de ombros.

— Não sei. Mas tenho certeza de que dispõem de bastante tempo.

— Se encontrarem alguma coisa, podem retirar de lá?

— Depende, podem precisar de outros equipamentos.

A detetive tinha um rádio de comunicação com o homem que ficou no barco.

— O que está acontecendo? — ela perguntou.

No barco, o homem falava por uma pequena caixa preta.

— Por enquanto, pouca coisa. O lago tem de 40 a 50 metros de profundidade e, em certos pontos, até mais — respondeu uma voz cheia de estática no rádio da detetive.

— Certo.

Ficamos assistindo por uns 15 minutos que pareceram horas.

Aí, duas cabeças vieram à tona. Os mergulhadores nadaram até o barco, apoiaram os braços nas laterais de borracha, tiraram as máscaras da cabeça e, da boca, o aparelho de respirar dentro da água. Disseram alguma coisa para o homem no barco.

— O que estão dizendo? — perguntou Cynthia.

— Espere — respondeu a detetive, pegando seu rádio, e vimos o homem pegar o dele.

— Encontraram uma coisa — disse o rádio.

— O quê? — perguntou a detetive.

— Um carro. Está lá há muito tempo, meio enterrado no lodo e na sujeira.

— Tem alguma coisa dentro?

— Não têm certeza. Teremos de retirar da água.

— Que tipo de carro é? — perguntou Cynthia.

Wedmore transmitiu a pergunta e vimos o homem do barco falando com os mergulhadores.

— O carro parece amarelo, modelo compacto. Não dá para ver a placa e os para-choques, pois estão enterrados.

Cynthia disse:

— O carro de mamãe era amarelo. Ford Escort. Um carro pequeno. São eles, são eles — repetiu, virando-se para mim.

A detetive disse:

— Não sabemos ainda, não sabemos nem se tem alguém dentro. — Virou-se para o rádio e ordenou: — Vamos fazer o que for preciso.

Isso significava trazer mais equipamentos. Eles achavam que, colocando à beira do lago um enorme caminhão-reboque, poderiam mergulhar um cabo, prendê-lo no carro e puxá-lo lentamente do lodo até a superfície.

Se não desse certo, teriam de colocar uma espécie de barcaça em cima de onde estava o carro e puxá-lo direto do fundo.

— Durante algumas horas não vai acontecer nada. Temos de trazer gente para cá, eles resolvem o que fazer. Por que vocês não pegam a estrada até Lee, talvez, para almoçar? Ligo para o seu celular quando alguma coisa acontecer — sugeriu a detetive.

— Não. É melhor ficarmos aqui — disse Cynthia.

— Querida, não podemos fazer nada. Vamos comer alguma coisa, nós dois precisamos de força para suportar o que vem por aí — falei.

— O que você acha que aconteceu? — perguntou Cynthia a Wedmore.

— Acho que trouxeram o carro até aqui onde estamos e empurraram para o precipício.

— Vamos — repeti para Cynthia. E para a detetive: — Por favor, mantenha-nos informados.

Voltamos de carro para a estrada principal, fomos até Otis, depois para Lee, onde achamos um restaurante e pedimos café. Eu quase não tinha fome pela manhã, mas assim mesmo pedi um café com ovos e salsicha. Cynthia só conseguiu comer umas torradas.

— Portanto, quem escreveu aquele bilhete sabia o que estava dizendo — concluiu Cynthia.

— É — concordei, soprando o café para esfriar.

— Mas eles nem sabem se tem alguém dentro. Talvez o carro só tenha sido jogado lá para ocultá-lo. Mas não significa que mataram alguém junto.

— Vamos aguardar — falei.

Acabamos esperando duas horas. Eu tomava o quarto café quando meu celular tocou.

Era a detetive. Ensinou como ter acesso ao lago vindo pelo norte.

— O que houve? — perguntei para Wedmore.

— Foi mais rápido do que esperávamos, retiraram o carro — ela disse, quase amável.

*

Quando chegamos ao local, o Escort amarelo estava no reboque de um caminhão. Antes que eu parasse o carro, Cynthia já tinha saltado e corrido para o caminhão, gritando:

— É esse! O carro da minha mãe!

A detetive segurou-a antes que pudesse se aproximar do carro.

— Me solta — disse Cynthia, lutando.

— Não pode chegar perto — avisou a detetive.

O carro estava coberto de lama e lodo, escorria água pelos buracos da carroçaria. Pelo menos até a altura das janelas estava vazio. Só dava para ver os descansos de cabeça encharcados.

— O carro vai para perícia técnica — disse a detetive.

— Encontraram alguma coisa dentro? — perguntou Cynthia.

— O que você acha? — devolveu a detetive.

Não gostei do jeito que ela falou. Foi como se pensasse que Cynthia já sabia a resposta.

— Não sei. Tenho medo de dizer — respondeu Cynthia.

— Parece ter restos de duas pessoas, mas você compreende que, após 25 anos...

Podia-se imaginar.

— Dois corpos? Não três? — insistiu Cynthia.

— Ainda é cedo para saber. Como eu já disse, temos muito trabalho pela frente. — Fez uma pausa. — E gostaríamos de recolher seu material bucal.

Cynthia teve uma espécie de reação retardada.

— Recolher o quê?

— Desculpe, usei um termo técnico. Queremos uma amostra do seu DNA retirada da sua boca. Não dói.

— Para quê?

— Se tivermos sorte de recuperar o DNA do... que encontrarmos no carro, vamos comparar com o seu. Se um dos corpos for, por exemplo, da sua mãe, podem fazer uma espécie de teste inverso de maternidade para confirmar se ela é, realmente, sua mãe. O mesmo quanto aos demais membros da sua família.

Cynthia olhou para mim com lágrimas se formando em seus olhos.

— Esperei a resposta durante 25 anos e agora que vou ter alguma, estou apavorada.

Abracei-a.

— O resultado sai em quanto tempo? — perguntei para a detetive.

— Em geral, algumas semanas. Mas esse é um caso importante, principalmente depois que fizeram o programa na tevê. Alguns dias, talvez apenas dois. Vocês podem ir para casa e mais tarde mando alguém lá colher o material.

Voltar para casa parecia a única coisa lógica a fazer. Quando viramos em direção ao nosso carro, a detetive avisou:

— Vocês precisam estar à disposição antes mesmo dos resultados. Tenho mais perguntas a fazer.

Havia algo de desagradável na forma como ela disse isso.

28

Conforme o prometido, Rona Wedmore apareceu para fazer mais perguntas. O caso apresentava elementos de que ela não gostava.

Nós três concordávamos quanto a isso, embora Cynthia e eu não considerássemos a detetive uma aliada.

Mas ela confirmou algo que eu já sabia. O bilhete que nos fez ir até o lago foi escrita na minha máquina. Pediram que Cynthia e eu fôssemos (como se pudéssemos nos recusar) à delegacia tirar as impressões digitais. As dela deviam estar nos arquivos, tinha tirado 25 anos antes, quando a perícia vasculhou a casa à procura de pistas para o sumiço da família, mas queriam repetir. Eu nunca tinha tirado.

Compararam as nossas digitais com as encontradas na máquina de escrever. Havia algumas de Cynthia, mas as teclas estavam recobertas com as minhas.

Não havia muito o que fazer, claro. Mas isso não confirmava nosso argumento de que alguém entrara na casa e usara a minha máquina, com luvas para não deixar digitais.

— Por que alguém faria isso? Entrar na casa e escrever um bilhete na sua máquina? — questionou a detetive, apoiando os punhos na cintura avantajada.

Boa pergunta.

— Talvez a pessoa soubesse que o bilhete levaria à máquina de Terry. Queria que a polícia pensasse que Terry a escreveu — disse Cynthia bem devagar, como se pensasse alto.

Achei que ela havia descoberto alguma coisa, pela pequena alteração na voz. Eu então acrescentei:

— Ou que você escreveu.

Ela me olhou um instante sem acusar, pensativa.

— Ou eu — concordou.

— Repito: por que fariam isso? — perguntou a detetive, ainda sem se convencer.

— Não sei. Não faz sentido. Mas a senhora sabe que alguém esteve aqui, deve haver um boletim de ocorrência, pois chamamos a polícia, ela veio, devem ter um registro.

— O chapéu — disse a detetive, sem conseguir disfarçar o ceticismo na voz.

— Isso mesmo. Posso pegá-lo, se quiser. Quer? — perguntou Cynthia.

— Não, já vi esse chapéu — disse Wedmore.

— A polícia achou que éramos malucos — disse Cynthia.

Wedmore deixou de lado a observação de Cynthia. Deve ter se esforçado.

— Sra. Archer, já tinha estado na mina Fell's?

— Não, nunca.

— Quando pequena? Nem quando adolescente?

— Não.

— Talvez tenha ido lá e nem notou. De carro com alguém, para estacionar, bem, essas coisas.

— Não. Nunca fui. Fica a duas horas de carro daqui, pelo amor de Deus! Mesmo se eu e algum garoto quiséssemos namorar, não íamos dirigir duas horas até lá.

— E o senhor?

— Eu? Não. E 25 anos atrás eu não conhecia a família Bigge. Não sou de Milford. Conheci Cynthia na universidade e só então soube o que houve com ela e a família.

— Certo, olhem. Estou tendo muitos problemas com isso — disse a detetive, balançando a cabeça. — Um bilhete, escrito nessa casa, na sua máquina — Ela olhou para mim. —, nos leva ao local

219

onde achamos o carro de sua mãe, 25 anos depois de sumir. — Ela olhou para Cynthia.

— Eu insisto, alguém esteve aqui — disse Cynthia.

— Bom, seja quem for, não quis esconder a máquina. Foi seu marido quem fez isso.

— Devemos chamar um advogado para acompanhar as suas perguntas? — perguntei.

Wedmore apertou a língua do lado de dentro da bochecha.

— O senhor é que sabe se precisa.

— Somos as vítimas. Minha tia foi assassinada, o carro de minha mãe foi achado no lago. E a senhora está nos tratando, me tratando, como se fôssemos os assassinos. Bom, não somos — disse Cynthia, balançando a cabeça, exasperada. — Parece que alguém planejou tudo isso para tentar me enlouquecer ou algo assim. Aquele telefonema, o chapéu do meu pai na casa, a carta escrita na nossa máquina. A senhora não acha? Como se quisessem que a senhora concluísse que o que aconteceu antes me fez inventar isso agora.

A língua da detetive passou de um lado da bochecha para o outro. Finalmente, Wedmore disse para mim:

— O senhor nunca pensou em falar com alguém? Sobre essa conspiração que parece envolvê-los?

— Tenho consultado uma psi... — Cynthia parou.

Wedmore sorriu e disse:

— Bom, isso é ótimo.

— Acho que basta, por enquanto — eu disse.

— Tenho certeza de que voltaremos a nos falar — garantiu a detetive.

E foi logo. Assim que encontraram o corpo de Denton Abagnall.

Eu achava que, se houvesse alguma notícia sobre o homem que contratamos, saberíamos pela polícia. Mas eu ouvia o rádio no nosso quarto-escritório, sem prestar muita atenção, quando falaram em "detetive particular". Aumentei o som.

— "A polícia encontrou um corpo dentro de um carro numa garagem perto do Stamford Town Center — disse o locutor. — A administração do shopping notou que o carro estava lá há dias e notificou a polícia, que descobriu que os dados combinavam com os de um homem procurado desde a época em que o carro foi estacionado lá. Os policiais arrombaram o porta-malas e encontraram o corpo de Denton Abagnall, de 51 anos, morto com um trauma na cabeça provocado por instrumento não cortante. A polícia já está com os vídeos da segurança e não quis especular sobre o motivo da morte. A polícia também investiga se a vítima tinha ligação com alguma gangue."

Ligação com alguma gangue. Como se fosse possível.

Encontrei Cynthia nos fundos do quintal, parada, com as mãos nos bolsos da jaqueta, olhando para a casa.

— Precisei sair um pouco. Está tudo bem? — perguntou quando me aproximei.

Contei o que ouvi no rádio.

Eu não sabia que reação esperar e não me surpreendi por ela não demonstrar nenhuma. Ficou calada um instante, depois disse:

— Estou apática, Terry. Não sei mais o que sentir. Por que tudo isso acontece conosco? Quando vai acabar? Quando voltaremos a ter uma vida normal?

— Eu sei, eu sei — falei, abraçando-a.

O problema é que Cynthia não tinha uma vida normal desde os 14 anos.

Quando Rona Wedmore voltou a aparecer, foi direto ao ponto.

— Onde vocês estavam na noite em que Denton Abagnall sumiu? A última notícia que se tem dele é quando esteve aqui. Ele saiu por volta das 20 horas?

— Nós jantamos e fomos visitar a tia de Cynthia. Ela estava morta, chamamos a polícia e passamos quase a noite inteira com eles. Portanto, acho que a própria polícia é o nosso álibi, detetive Wedmore — eu disse.

Pela primeira vez a detetive pareceu constrangida, sem jeito.

— Claro, eu devia ter concluído isso. O Sr. Abagnall entrou no estacionamento às 8h03m, segundo o tíquete de estacionamento no painel do carro.

— Bom, pelo menos dessa vez não somos suspeitos — disse Cynthia, com frieza.

Indo para a porta, perguntei à detetive:

— Acharam algum papel com ele? Um bilhete, envelopes vazios?

— Pelo que sei, não. Por quê? — perguntou a detetive.

— Por nada. Uma das últimas coisas que ele nos disse foi que ia checar Vince Fleming, que estava com minha esposa na noite em que a família sumiu. Sabe quem é Vince?

— Conheço de nome — ela disse.

No dia seguinte, a detetive apareceu de novo. Quando a vi chegando, comentei com Cynthia:

— Talvez ela tenha nos envolvido até no sequestro do filho do aviador Lindbergh.

Abri a porta antes que a policial batesse e perguntei:

— Pois não? O que foi agora?

— Tenho notícias. Posso entrar?

Nesse dia o tom era menos agressivo. Eu não sabia se isso era bom ou se estava nos preparando para algo.

Levei Wedmore para a sala e pedi que sentasse. Cynthia e eu nos sentamos também.

— Primeiro, os senhores precisam saber que não sou cientista, mas tenho noções básicas e vou fazer o meu melhor para explicar tudo a vocês.

Olhei para Cynthia. Ela fez sinal para a detetive prosseguir.

–– Havia pouca possibilidade de conseguir extrair o DNA dos restos encontrados no carro de sua mãe. E são só dois corpos, não três. Com os anos, o processo natural de decomposição acabou com... — Ela parou. — Sra. Archer, posso ser direta? Compreendo que isso não é agradável de ouvir.

— Continue — pediu Cynthia.

A detetive concordou com a cabeça.

— Como os senhores devem imaginar, com o passar dos anos os corpos perderam totalmente a carne. Quando as células humanas morrem, soltam enzimas, bactéria humana ambiental e, no caso, micro-organismos aquáticos. A decomposição óssea seria ainda pior se a água fosse salgada, portanto, fomos poupados disso. — Ela pigarreou. — Então, tínhamos ossos e dentes para examinar e procuramos os registros dentários de sua família. Pelo que consta, seu pai não tinha dentista, embora o legista tivesse visto logo, com base na estrutura óssea das duas pessoas no carro, que nenhuma delas era de um homem adulto.

Cynthia piscou. Portanto, o corpo do pai dela não estava no carro.

— Já o dentista de seu irmão e de sua mãe faleceu há anos, o consultório foi fechado e os registros, destruídos.

Olhei para Cynthia. Ela parecia se esforçar para não demonstrar desapontamento. Talvez não fôssemos saber nada de definitivo.

— Mas, apesar de não termos registros dentários, tínhamos os dentes para examinar — disse a detetive. — Dos dois corpos. O esmalte dos dentes não contém DNA, mas seu núcleo, a raiz, fica tão protegida que pode conter células.

Cynthia e eu devíamos parecer perdidos, então a detetive disse:

— Bom, o fato é que, se os legistas conseguirem chegar a essas células e extrair material suficiente, os testes darão um perfil de cada pessoa, inclusive o sexo delas.

— E aí? — perguntou Cynthia, prendendo a respiração.

— Era um homem e uma mulher — disse Wedmore. — A análise do legista, antes mesmo do exame de DNA, sugere que seja um homem de menos de 20 anos, provavelmente, e uma mulher de trinta e tantos, talvez quarenta e poucos anos.

Cynthia olhou para mim e depois para a detetive.

Wedmore prosseguiu.

— Portanto, um jovem e uma mulher estavam no carro. Resta saber se há alguma ligação entre eles.

Cynthia esperou.

— Os dois perfis de DNA sugerem uma relação próxima, talvez de mãe e filho. Os exames periciais e as descobertas do legista dão a entender que se trata de mãe e filho.

— Minha mãe e Todd — sussurrou Cynthia.

— Aí é que está. A relação entre os dois mortos está mais ou menos estabelecida, mas não temos certeza se são seu irmão e sua mãe. Se você ainda tivesse algum objeto que pertenceu a ela, como uma velha escova de cabelo, por exemplo, com alguns fios nas cerdas...

— Não, não tenho nada parecido — disse Cynthia.

— Bom, temos a sua amostra de DNA, e os próximos relatórios indicarão se você pode ter alguma relação com os restos que encontramos no carro. Assim que a sua amostra for classificada, o que estão fazendo agora, poderão ver a probabilidade de a falecida ser sua mãe e a probabilidade de você ter um parentesco com o jovem morto.

A detetive fez uma pausa.

— Baseado no que sabemos agora, que esses dois corpos são aparentados como mãe e filho, e que esse era o carro de sua mãe, podemos concluir que encontramos sua mãe e seu irmão.

Cynthia parecia atordoada.

— Mas não encontramos seu pai. Gostaria de fazer mais algumas perguntas sobre ele, como era, que tipo de pessoa.

— Por quê? O que a senhora está querendo concluir?

— Temos de considerar a possibilidade de ele ter matado os dois.

29

— *Alô?*

— *Sou eu* — *disse ele.*

— *Estava pensando em você. Faz tempo que não tenho notícias suas, espero que esteja tudo bem* — *disse ela.*

— *Quis esperar para ver o que ia acontecer. Até onde podiam chegar. O telejornal deu notícias, mostrou o carro* — *disse ele.*

— *Ah, meu...*

— *Mostraram uma imagem do carro sendo retirado do lago. E os jornais noticiaram hoje sobre os exames de DNA.*

— *Ah, isso é animador. Gostaria de estar aí com você. Quais são as notícias?*

— *Bom, falaram umas coisas; outras, não, claro. Estou com o jornal aqui. Diz: "Os exames de DNA indicam uma ligação genética entre os dois corpos encontrados no carro. Aparentemente, são mãe e filho."*

— *Interessante.*

— *"Os testes periciais ainda vão determinar se os corpos têm ligação genética com Cynthia Archer. A polícia acredita que os corpos sejam de Patricia e Todd Bigge, desaparecidos há 25 anos."*

— *Então não afirmaram que eles estavam no carro?* — *perguntou ela.*

— *Não.*

— *Sabe o que eles querem dizer com "acredita". Fazem você de idiota e...*

— *Eu sei, mas...*

— *Mesmo assim, é incrível o que conseguem fazer hoje em dia, não?*

— *Ela parecia quase animada.*

— É.

— Quer dizer, naquela época, quando seu pai e eu nos livramos daquele carro, ninguém tinha nem ouvido falar em exames de DNA. Dá para confundir a cabeça, isso sim. Você ainda está nervoso?

— Um pouco, talvez. — Ele parecia dominado por ela.

— Sabia que desde menino você foi um guerreiro? Eu apenas tentava entender a situação para lidar com ela.

— Bom, você é a forte, acho.

— Acho que você fez um ótimo trabalho, tenho muito orgulho de você. Daqui a pouco estará em casa e poderá me levar de volta. Não quero perder isso por nada no mundo. Mal posso esperar para ver a cara dela.

30

— Então, como está se sentindo com a provável descoberta do que aconteceu com sua mãe e seu irmão? — a Dra. Kinzler perguntou para Cynthia.

— Ainda estou confusa. Não é uma sensação de alívio — respondeu Cynthia.

— Não sei por que haveria de ser.

— E o fato de meu pai não estar com eles... Essa detetive Wedmore acha que ele pode tê-los matado.

— Se for verdade, você conseguirá aceitar? — perguntou a Dra. Kinzler.

Cynthia mordeu o lábio, olhou para as cortinas como se tivesse visão de raios X e pudesse ver a estrada lá fora. Aquela era a nossa consulta de rotina, que insisti para Cynthia manter, embora ela quisesse cancelar. Mas, naquele momento, com a psicanalista fazendo perguntas, eu achava que aquilo poderia abrir mais feridas do que fechar e fiquei me perguntando se valia a pena.

— Preciso aceitar que meu pai não era aquela pessoa que conheci — disse Cynthia. — O fato de não haver registro sobre ele, número de seguro social, carteira de motorista. — Ela fez uma pausa. — Mas não acredito que possa ter matado mamãe e Todd.

— Você acha que foi ele quem deixou o chapéu? — perguntou a doutora.

— É possível.

— Por que ele ia entrar na sua casa e deixar um bilhete escrito na sua máquina, com um mapa que levaria você a encontrar os outros?

— Ele está... querendo consertar as coisas?

— Perguntei o que *você acha* — disse a Dra. Kinzler.

Procedimento padrão de psicanalista, pensei.

— Não sei o que pensar. Se achar que ele fez tudo, pode ser que esteja querendo confessar. Quer dizer, quem deixou aquele bilhete estava envolvido com as mortes, por saber de tais detalhes.

— É verdade — concordou a doutora.

— E embora a detetive acredite que meu pai os matou há anos, acho que pensa que eu escrevi o bilhete — disse Cynthia.

— Talvez ela pense que você e seu pai agem juntos, já que o corpo dele não foi encontrado e você não estava no carro com sua mãe e irmão — supôs a Dra. Kinzler.

Cynthia fez uma pausa antes de concordar com a cabeça.

— Acho que há anos a polícia deve ter pensado que eu estava envolvida. Quer dizer, é preciso considerar todas as hipóteses, não? Provavelmente, pensaram que agi junto com Vince por causa da briga que tive com meus pais naquela noite.

— Você disse que tem poucas lembranças daquela noite. Acha que bloqueou muita coisa? Já recomendei pacientes para um terapeuta que trabalha com hipnose e em quem confio muito — disse a médica.

— Não estou bloqueando nada. Eu *apaguei*. Estava bêbada. Era uma garota. Inexperiente. Cheguei em casa e apaguei. Acordei na manhã seguinte. — Ela levantou as mãos e deixou-as cair no colo. — Eu não tinha condições de cometer um crime, mesmo se quisesse. Estava apagada, não acredita em mim?

— Claro que acredito — disse a médica. Calmamente, ela pediu: — Fale mais da sua relação com seu pai.

— Acho que era normal. Quer dizer, brigávamos, mas nos dávamos mais ou menos bem. Acho... — Ela fez outra pausa. — que ele gostava de mim. Sim, gostava muito.

— Mais do que gostava do seu irmão e da sua mãe?

— O que você quer dizer?

— Bom, se ele chegou ao ponto de matar sua mãe e seu irmão, por que não matou você também?

— Não sei. E já disse que não acredito que ele tenha feito isso. Eu... não tenho como explicar nada, certo? Mas meu pai não faria isso. Não mataria minha mãe. Jamais mataria o próprio filho, meu irmão. Sabe por quê? Não só porque gostava de nós. Não seria capaz de fazer nada disso porque ele era fraco demais.

Isso chamou minha atenção.

— É difícil falar de um pai, mas ele não teria coragem de fazer uma coisa assim.

— Não sei aonde isso vai nos levar — falei.

— Sabemos que sua esposa está muito preocupada com as perguntas levantadas a partir dessa descoberta. Estou tentando ajudá-la, Terry — disse a Dra. Kinzler.

— E se eles me prenderem? — perguntou Cynthia.

— Como assim? — perguntou a doutora.

— O quê? — repeti.

— E se a detetive me prender? — Cynthia repetiu. — Se tiver certeza de que estou envolvida? E se achar que só eu poderia saber o que tinha naquela mina? Se me prender, como vou explicar para Grace? Quem vai cuidar dela, se a detetive me levar? Ela precisa da mãe.

— Querida... — eu disse. Quase acrescentei que eu cuidaria de Grace, mas isso daria a entender que eu acreditava que aquela hipótese poderia se concretizar.

— Se me prender, a detetive vai parar de procurar a verdade — disse Cynthia.

— Ela não vai fazer isso. Se prendê-la, tem de acreditar que você está envolvida com todo o resto: a morte de Tess e, talvez, até de Abagnall. Porque, de certa maneira, tudo está ligado. São peças do mesmo quebra-cabeça. Estão relacionadas, só não sabemos como.

— Gostaria de saber se Vince foi informado disso, se alguém falou com ele recentemente — disse Cynthia.

— Abagnall disse que ia procurá-lo, não foi? Na última vez que o vimos, ele disse isso.

A médica, querendo voltar ao assunto principal, falou:

— Acho que não devemos esperar duas semanas pela próxima consulta. — Ao dizer isso, ficou olhando para Cynthia e não para mim.

— Claro — disse Cynthia, com a voz suave e distante.

Pediu licença e foi ao toalete.

Eu disse à psicanalista:

— A tia dela, Tess Berman, esteve aqui algumas vezes.

As sobrancelhas da doutora subiram.

— Sim.

— O que ela queria?

— Normalmente, eu não comentaria de outro paciente com você mas, no caso de Tess Berman, não há o que comentar. Ela veio duas vezes e não disse nada. Acho que não gostava do processo psicanalítico.

Eu amava Tess.

Quando chegamos em casa, havia dez recados na nossa secretária eletrônica, de diferentes meios de comunicação. Havia uma longa e emocionada mensagem de Paula, do *Deadline*. Dizia que Cynthia devia aos telespectadores a oportunidade de voltar ao caso, considerando as novidades recentes. Era só marcar local e hora que ela estaria lá com a equipe para gravar.

Olhei Cynthia apertar a tecla para apagar o recado. Tranquila. Nenhuma confusão. Uma rápida e firme pressão com o indicador.

— Dessa vez, você não se confundiu. — Deus me perdoe, a frase escapou.

— O que você disse? — perguntou Cynthia, olhando para mim.

— Nada — falei.

— O que você quis dizer? Como assim, não me confundi?

— Esqueça, não era nada — insisti.

— Você falou isso quando apaguei aquele recado.

— Eu disse que não era nada.

— Você está pensando naquela manhã, quando me ligaram e eu, sem querer, apaguei o registro da ligação. Eu disse como foi, eu estava agitada.

— Claro que sim.

— Você não acredita que recebi a ligação, não é?

— Claro que acredito.

— E se eu não recebi a ligação, devo ter escrito o e-mail, não? Talvez na mesma hora em que escrevi o bilhete na sua máquina?

— Eu não disse isso.

Cynthia se aproximou e apontou a mão para mim.

— Como posso ficar sob o mesmo teto que você sem ter certeza do seu apoio? Da sua confiança? Não preciso que você desconfie de mim, questionando tudo o que faço.

— Não estou fazendo isso.

— Pois então diga agora. Olhe nos meus olhos e diga que acredita em mim, que sabe que não participei de nada disso.

Juro que eu ia dizer. Mas o décimo de segundo que hesitei bastou para Cynthia virar-se e sair.

Naquela noite, quando entrei no quarto de Grace e as luzes estavam apagadas, pensei que ela estivesse olhando no telescópio, mas já estava deitada. Mas acordada.

— Que surpresa achar você aqui — eu disse, sentando na beira da cama e tocando na cabeça dela.

Grace não disse nada.

— Pensei que estivesse procurando asteroides. Já procurou?

— Não quis — ela disse, tão baixo que quase não ouvi.

— Não está mais preocupada com os asteroides? — perguntei.

— Não — ela respondeu.

— Então eles não vão mais atingir a Terra? Bom, que ótima notícia — falei, animado.

— Podem estar vindo, mas não interessa — disse Grace, virando a cabeça para o outro lado no travesseiro.

— O que você quer dizer, querida?

— Todo mundo aqui está sempre triste.

— Ah, querida, eu sei. As últimas semanas têm sido duras.

— Não interessa se vem asteroide ou não. Tia Tess morreu. Escutei vocês falando que acharam o carro. As pessoas não param de morrer, de tudo quanto é jeito. São atropeladas, afogadas e, às vezes, assassinadas.

— Eu sei.

— E mamãe acha que não estamos seguros, mas não olhou nem uma vez no meu telescópio. Acha que uma coisa vai nos pegar, mas não vem do espaço.

— Jamais deixaríamos alguma coisa acontecer com você. Sua mãe e eu a amamos muito — disse eu.

Grace ficou calada.

— Ainda acho que vale a pena conferir pelo menos uma vez. Você se importa se eu olhar? — perguntei, saindo da cama e me ajoelhando na frente do telescópio.

— Vai lá — disse Grace.

Se a luz estivesse acesa, ela poderia ver minha reação a esse comentário frio.

— Certo — concordei, me colocando em posição, olhando primeiro pela janela para garantir que a casa não estava vigiada, depois peguei no telescópio.

Apontei para o céu noturno e vi as estrelas passando como uma cena panorâmica do filme *Star Trek*.

— Vamos dar uma olhada naquela direção ali — disse, e então o telescópio soltou do suporte, caiu no chão e rolou para baixo da mesa de Grace.

— Eu disse, pai. Isso é uma porcaria — ela avisou.

Cynthia também estava debaixo das cobertas: puxadas até o pescoço, como se estivesse num casulo. Apesar dos olhos fechados, eu desconfiava que não estava dormindo. Simplesmente não queria conversa.

Fiquei de cueca, escovei os dentes, puxei as cobertas e deitei ao lado dela. Tinha um velho exemplar da *Harper's* ao lado da cama; folheei, tentei ler o sumário mas não consegui me concentrar.

Apaguei a luz da cabeceira. Deitei do meu lado, de costas para Cynthia.

— Vou dormir com Grace — disse Cynthia.

— Claro — eu disse no travesseiro. Sem olhar para ela, continuei: — Cynthia, eu gosto de você. Nós nos amamos. Isso que está acontecendo está nos separando, temos de achar uma solução.

Mas ela saiu da cama sem responder. Abriu a porta e uma nesga de luz apareceu no teto do quarto como uma faca e sumiu quando a porta foi fechada. Ótimo, pensei. Estava cansado demais para discutir, cansado demais para tentar consertar. Pouco depois, adormeci.

Quando levantei de manhã Cynthia e Grace tinham ido embora.

31

Mesmo se não tivéssemos discutido, não me surpreenderia se Cynthia não estivesse na nossa cama na manhã seguinte. Acordei às 6h30 e concluí que ela havia dormido mesmo na cama de Grace. Por isso, não fui imediatamente verificar.

Levantei, vesti meu jeans, fui ao banheiro e joguei água no rosto. Já tive uma aparência melhor. O estresse das últimas semanas estava cobrando seu preço. Havia círculos escuros sob meus olhos e acho até que emagreci uns quilos. Isso era uma coisa boa, desde que meu plano de emagrecimento não consistisse apenas de estresse. Meus olhos estavam vermelhos e meu cabelo precisava de um corte.

O porta-toalhas fica ao lado da janela que dá para a entrada da garagem. Quando peguei a toalha, dei uma olhada lá fora e o mundo parecia diferente pelas venezianas. Os intervalos entre as venezianas costumam ser branco e prata, cor dos nossos dois carros. Mas naquela hora era só prata e negro de asfalto.

Abri as venezianas. O carro de Cynthia não estava na entrada da garagem.

Resmunguei algo parecido com "Que porra é essa?".

Entrei no corredor, descalço e sem camisa, e fui até o quarto de Grace. Abri a porta. Ela nunca acordava tão cedo e eu tinha certeza de que iria encontrá-la na cama.

As cobertas estavam esticadas e a cama, vazia.

Eu podia ter chamado minha mulher ou minha filha lá do alto da escada, mas ainda era muito cedo, e se alguém estivesse dormindo, eu não queria acordar.

Enfiei a cabeça no estúdio, vazio, desci para a cozinha.

Estava igual à noite anterior. Tudo limpo e guardado. Ninguém tomou café da manhã, antes de sair.

Abri a porta do porão e fiquei à vontade para gritar:

— Cyn! — Era idiota, eu sei, já que o carro dela não estava lá, mas, como não fazia sentido, de certa maneira devo ter pensado que o tinham roubado. — Você está aí embaixo? — Esperei um instante e chamei: — Grace!

Abri a porta da frente e o jornal estava lá, me esperando.

Naquele momento, era difícil afastar o pensamento de que estava revivendo uma cena da vida de Cynthia.

Mas desta vez, ao contrário da manhã de 25 anos atrás, havia um bilhete.

Estava dobrado sobre a mesa da cozinha, enfiado entre o saleiro e o vidro de pimenta. Peguei, abri. Era manuscrito e a letra, sem dúvida, era de Cynthia. Li:

Terry,

Estou indo embora.

Não sei para onde, nem por quanto tempo. Só sei que não posso ficar aqui mais um minuto.

Não tenho raiva de você. Mas quando vejo dúvida nos seus olhos, fico dilacerada. Tenho a impressão de estar perdendo a cabeça, de que ninguém acredita em mim. Sei que a detetive Wedmore ainda não sabe o que concluir.

O que vai acontecer a seguir? Quem vai entrar na nossa casa? Quem vai ficar nos vigiando na rua? Quem vai ser o próximo a morrer?

Não quero que seja Grace. Por isso, levei-a comigo. Acho que você vai saber se cuidar. Quem sabe. Talvez, eu estando fora de casa, você se sinta mais seguro.

Quero procurar meu pai, mas não sei por onde começar. Acredito que esteja vivo. Talvez tenha sido o que o Sr. Abagnall descobriu, depois de se encontrar com Vince. Não sei.

Só sei que preciso de espaço. Grace e eu precisamos ser mãe e filha, e não precisamos de nenhuma outra preocupação além dessa.

Não vou deixar meu celular ligado o tempo todo. Sei que podem fazer um rastreamento para achar pessoas. Mas vou conferir os recados de vez em quando. Pode ser que, uma hora, tenha vontade de falar com você. Só não é agora.

Ligue para a escola e avise que Grace ficará fora por um tempo. Não vou telefonar para a loja. Deixe Pamela pensar o que quiser.

Não me procure.

Ainda amo você, mas não quero que venha atrás de mim agora.

Amor, Cyn

Li duas, três, talvez quatro vezes. Depois, peguei o telefone e liguei para o celular dela, apesar do que escreveu. Caiu direto no recado, deixei um.

— Cyn, pelo amor de Deus, me ligue.

Depois, coloquei o telefone no gancho, com raiva.

— Merda! Merda! — gritei.

Andei pela cozinha, sem saber o que fazer. Abri a porta, fui até o final da entrada da garagem, ainda só de jeans, olhei a rua para cima e para baixo, como se assim conseguisse magicamente adivinhar para que lado Cynthia e Grace tinham ido. Voltei para casa, peguei o fone de novo e, como num transe, disquei o número que sempre ligava quando precisava falar com alguém que gostasse de Cynthia tanto quanto eu.

Liguei para Tess.

Quando o telefone tocou pela terceira vez e ninguém atendeu, percebi o que tinha feito, o incrível erro que cometi. Desliguei, sentei à mesa da cozinha e chorei. Com os cotovelos na mesa, apoiei a cabeça nas mãos e deixei sair tudo o que estava no meu peito.

Não sei quanto tempo fiquei lá, sozinho na mesa, com as lágrimas escorrendo pelo rosto. Acho que até não sobrar mais nenhuma lágrima. Quando acabou, só pude subir para o quarto com um plano de ação.

Subi, terminei de me vestir. Tinha de repetir umas coisas para mim mesmo.

Primeiro: Cynthia e Grace estavam bem. Não tinham sido sequestradas, afinal. Segundo: Cynthia não deixaria nada de ruim acontecer com Grace, por mais que estivesse nervosa.

Ela amava a filha.

Mas o que Grace ia pensar? A mãe acordando-a no meio da noite, fazendo-a arrumar a mala e sair de casa sem fazer barulho para o pai não ouvir?

Cynthia devia ter achado que isso era o certo, mas não era. Era errado envolver Grace nisso tudo.

Por isso, não tive dúvidas de que desobedeceria à recomendação de Cynthia de não procurá-las.

Grace era minha filha. Estava desaparecida. Eu ia procurá-la, sem sombra de dúvida. E ia tentar me reconciliar com minha mulher.

Procurei e encontrei na estante um mapa da Nova Inglaterra e do estado de Nova York e abri-o sobre a mesa da cozinha. Fui olhando, do sul de Portland a Providence, do oeste de Boston a Buffalo, me perguntando onde Cynthia estaria. Olhei bem para a conexão entre Connecticut e Massachusetts, a cidade de Otis, nas proximidades do lago. Não a imaginava indo lá. Pelo menos com Grace. Para quê? Qual a vantagem?

Tinha a cidadezinha de Sharon, onde nasceu Connie Gormley, a mulher do falso atropelamento, mas também não fazia sentido ir lá. Cynthia nunca achou que aquele recorte de jornal tivesse alguma importância, ao contrário de mim. Não acreditava que ela fosse lá.

Talvez a resposta não estivesse no mapa. Talvez eu precisasse pensar em nomes. Pessoas do passado. Pessoas que Cynthia poderia procurar em busca de respostas naquele momento tão difícil.

Fui para a sala, onde achei as duas caixas de sapato com lembranças da infância dela. Devido aos acontecimentos das últimas semanas, as caixas não voltaram para o lugar, no fundo do armário.

Fui mexendo aleatoriamente, jogando recibos antigos e recortes na mesa de centro, mas não significavam nada para mim. Pareciam formar um enorme quebra-cabeça sem forma definida.

Voltei para a cozinha e liguei para a casa de Rolly. Era muito cedo para ele ter saído para ir à escola. Millicent atendeu.

— Oi, Terry, como estão as coisas? Não vai trabalhar hoje? — ela perguntou.

— Rolly já me deu licença. Millie, você tem alguma notícia de Cynthia?

— Cynthia? Não. Terry, o que houve? Ela não está em casa?

— Ela foi embora. E levou Grace.

— Vou chamar Rolly.

Ouvi-a colocar o fone em algum lugar e a seguir Rolly atendeu.

— Cynthia foi embora?

— É. Não sei o que fazer.

— Droga. Eu ia ligar para ela hoje, saber como está, perguntar se queria conversar. Não disse para onde ia?

— Porra, Rolly, se eu soubesse, não estaria ligando para você a essa hora da manhã.

— Certo, certo. Não sei o que dizer. Por que ela foi embora? Vocês brigaram ou alguma coisa assim?

— É, mais ou menos. Eu fiz merda e acho que agora ela se encheu. Não se sentia segura aqui, queria proteger Grace. Mas resolver as coisas dessa maneira é errado. Olha, se souber dela, se a vir, me avise, tá?

— Claro. E se você a encontrar, ligue — disse Rolly.

Em seguida, liguei para o consultório da Dra. Kinzler. Ainda estava fechado, deixei recado avisando que Cynthia tinha sumido e pedindo que ela me ligasse. Deixei os telefones.

A única pessoa a mais que pensei foi Rona Wedmore. Resolvi não ligar. Eu achava que ela não estava do nosso lado.

Eu entendia os motivos de Cynthia para sumir, mas não sabia se a detetive entenderia.

Surgiu então um nome na minha cabeça. Uma pessoa que eu nunca vi, com quem nunca falei, mas cujo nome eu sempre lembrava.

Talvez fosse o momento de ter uma conversa com Vince Fleming.

32

Se eu ligasse para a detetive Wedmore, poderia perguntar como localizar Vince Fleming e me pouparia tempo. Ela disse que o conhecia de nome. Abagnall nos dissera que Vince tinha vários registros policiais. Considerava-se até que ele havia participado de um assassinato por vingança, após a morte do pai, no começo dos anos 1990. Era bem provável que uma detetive da polícia soubesse onde uma pessoa assim poderia estar.

Mas eu não queria falar com Wedmore.

Fui para o computador e comecei a pesquisa fazendo buscas sobre Vince Fleming e Milford. Um jornal de New Haven deu algumas notícias nos últimos anos, uma delas detalhava o motivo pelo qual era acusado de agressão: tinha usado a cara de um homem para abrir uma garrafa de cerveja. A acusação foi retirada pela vítima. Eu tinha certeza de que essa história tinha mais detalhes, mas o jornal não contava.

Outra notícia dizia que Vince Fleming foi citado suspeito de envolvimento em roubos de carros no sul de Connecticut. Ele tinha uma oficina mecânica num distrito industrial da cidade. A matéria trazia uma foto dele meio granulada, daquelas tiradas sem que o fotografado perceba, entrando num bar chamado Mike's.

Nunca estive lá, mas já tinha passado de carro pelo local.

Acessei as Páginas Amarelas e achei diversas páginas de oficinas de automóvel. Mas nenhuma deixava óbvio que pertencia a Vince Fleming: não havia nenhuma Oficina Vince nem Mecânica Fleming.

Eu podia ligar para todas as oficinas da região de Milford, ou perguntar por ele no Mike's. Talvez lá encontrasse alguém que pudesse me ajudar ou, pelo menos, dar o nome e endereço da oficina onde, pelo que os jornais sugeriam, ele fazia desmanche de carros roubados para retirar peças.

Eu não estava com muita fome, mas precisava comer alguma coisa, então coloquei duas fatias de pão na torradeira, depois passei bastante manteiga de amendoim. Vesti uma jaqueta, conferi se estava com o celular e fui para a porta.

Quando abri a porta, Rona Wedmore estava lá.

— Ué — ela exclamou, com a mão no ar, pronta para bater à porta.

Recuei.

— Nossa, você me assustou — falei.

— Sr. Archer — ela disse, sem perder a pose.

Claro que me assustei mais do que ela.

— Olá, eu estava de saída — eu disse.

— A Sra. Archer está? Não vi o carro dela.

— Saiu. Posso lhe ajudar? Tem alguma notícia?

— Não. Quando ela volta?

— Não sei exatamente. O que queria com ela?

A detetive ignorou minha pergunta.

— Está no trabalho?

— Talvez.

— Sabe de uma coisa? Vou ligar para ela. Acho que anotei o número do celular. — Ela pegou a agenda.

— Ela não vai atender... — parei de falar.

— Não está atendendo o celular? Vamos ver se o senhor tem razão — disse Wedmore. Ela telefonou, colocou o fone no ouvido, esperou, fechou o celular. — Tem razão. Ela não gosta de atender?

— Às vezes — eu disse.

— Quando saiu? — perguntou.

241

— De manhã.

— Passei por aqui de carro à 1 hora da manhã, saindo tarde do plantão, e o carro dela não estava aí.

Droga! Cynthia tinha pego a estrada com Grace mais cedo do que eu pensava.

— É mesmo? A senhora devia ter parado para dar um alô — ironizei.

— Onde ela está, Sr. Archer?

— Não sei. Confira de novo à tarde, pode ser que tenha chegado. — Um pedaço de mim queria pedir ajuda à detetive, mas tinha medo de que Cynthia parecesse mais culpada do que Wedmore já a considerava.

Ela encostou a língua na bochecha novamente. Fez uma pausa e perguntou:

— Levou Grace?

Eu não conseguia dizer nada, então:

— Tenho muito que fazer, desculpe.

— O senhor parece preocupado. E sabe? Deve estar mesmo. Sua esposa está sob enorme tensão. Quero que o senhor entre em contato comigo assim que ela aparecer.

— Não sei o que a senhora acha que ela fez. Mas minha mulher é a vítima. Foi ela que perdeu a família. Primeiro os pais e o irmão; agora, a tia.

Wedmore tocou no meu peito com o indicador.

— Me ligue.

Deu-me mais um cartão de visita antes de entrar no carro.

Segundos depois eu estava dirigindo rumo oeste na avenida Bridgeport, nas redondezas de Devon. O Mike's era um bar situado num pequeno prédio de tijolos ao lado da 7-Eleven, com as cinco letras escritas na vertical em néon no segundo andar, terminando em cima da entrada. As janelas da frente eram enfeitadas com anúncios de Schlitz, Coors e Budweiser.

Estacionei depois da esquina e andei, sem saber se o bar estaria aberto de manhã, mas quando entrei vi que, para muita gente, nunca é cedo para beber.

Uns 12 fregueses estavam na penumbra do bar, dois conversando empoleirados em banquinhos no balcão e os demais espalhados pelas mesas. Aproximei-me dos dois sujeitos, debrucei-me até chamar a atenção do homem baixo e gordo que trabalhava ali, de camisa xadrez.

— O que deseja? — perguntou, com um caneco molhado numa mão e uma toalha na outra. Passava a toalha no caneco, girando-o.

— Olá, estou procurando um cara, acho que ele vem sempre aqui — eu disse.

— Temos muitos clientes. Qual o nome?

— Vince Fleming.

O barista tinha uma cara de jogador de pôquer. Não mexeu um músculo, uma sobrancelha. Nem disse nada na hora.

— Fleming, Fleming, não sei bem — disse ele.

— Tem uma oficina aqui na cidade. Acho que é um tipo que, se entrasse aqui, você notaria — falei.

Reparei que os dois sujeitos no bar pararam de falar.

— O que o senhor quer com ele? — perguntou o barista.

Sorri, tentando ser educado.

— É assunto pessoal. Mas eu ficaria muito grato se me dissesse onde encontrá-lo. Espere. — Fiz um esforço para tirar a carteira do bolso de trás do jeans. Foi uma operação desajeitada e estranha, que faria um detetive caipira de seriado de tevê parecer ágil. Deixei uma nota de 10 dólares no balcão. — Para mim, é um pouco cedo para uma cerveja, mas gostaria de lhe pagar pela ajuda.

Um dos caras no bar tinha sumido. Devia ter ido ao banheiro.

— Pode ficar com o dinheiro. Se deixar seu nome, na próxima vez que ele vier, aviso a ele — disse o barista.

— Talvez você possa me dizer onde ele trabalha. Olha, não quero criar problemas, só quero saber se uma pessoa que procuro esteve com ele.

O barista pesou a situação, deve ter concluído que a oficina de Fleming era bem conhecida e disse.

— Oficina Dirksen, sabe onde fica?

Neguei com a cabeça.

— Do outro lado da ponte para Stratford — ele disse, desenhando um mapinha num guardanapo de coquetel.

Saí, levei um segundo para adaptar meus olhos à luz externa e entrei no carro. A oficina era perto, cheguei em cinco minutos. Fiquei de olho no espelho retrovisor, pois Rona Wedmore poderia estar me seguindo, mas não vi nenhum carro.

A oficina era um prédio cinza de um andar, com um espaço cimentado na frente e um reboque preto estacionado na frente. Parei, passei por um Fusca de frente batida, um Ford Explorer com as duas portas do lado do motorista afundadas e entrei na recepção.

Era um escritório pequeno e cheio de janelas que abriam para um amplo semicírculo com meia dúzia de carros em diversos estágios de conserto. Alguns estavam apenas com tinta base, outros com máscara de papel à espera da tinta definitiva, outros, ainda, sem para-choques. Senti um cheiro forte de produto químico que subiu pelo meu nariz e foi direto para o cérebro.

Uma jovem na mesa à minha frente perguntou o que eu queria.

— Quero falar com Vince — afirmei.

— Ele não está.

— É importante. Meu nome é Terry Archer.

— Qual é o assunto?

Podia dizer que era sobre minha mulher, mas isso hastearia uma série de bandeiras vermelhas. Quando um sujeito procura outro e diz que é sobre a mulher, difícil acreditar que seja coisa boa.

Por isso, eu disse:

— Preciso falar com ele.

O que, exatamente, eu ia falar? Já tinha pensado nessa parte? Podia começar por: "Tem visto minha mulher? Lembra dela? Em solteira, era Cynthia Bigge. Vocês estavam juntos na noite em que a família dela sumiu."

Depois que quebrasse o gelo, podia tentar algo como: "Você, por acaso, teve alguma coisa a ver com o sumiço? Por acaso enfiou a mãe e o irmão dela num carro e jogou do alto de um precipício num lago abandonado?"

Era melhor pensar no que dizer. Mas a única coisa que me preocupava mesmo era que minha mulher tinha me abandonado e aquela era a primeira providência que eu tomava após o sumiço dela.

— Como eu disse, o Sr. Fleming não está, mas darei o recado — avisou a moça.

— Meu nome é Terry Archer. Preciso muito falar com ele — repeti, deixando meu telefone de casa e o número do celular.

— Bom, o senhor e mais uma porção de gente — ela disse.

Então, saí da oficina Dirksen. Fiquei no sol e me perguntei: "E agora, babaca?"

A única certeza que eu tinha era que precisava de um café. Talvez, tomando o café, eu tivesse uma ideia brilhante sobre o que fazer. Tinha uma cafeteria a meio quarteirão dali, e fui andando. Pedi uma xícara média com creme e açúcar e sentei numa mesa cheia de papel de rosquinhas. Tirei tudo com cuidado para não espirrar açúcar nem migalhas em mim e peguei o celular.

Tentei de novo falar com Cynthia e mais uma vez a ligação caiu na caixa postal.

— Querida, me ligue, por favor.

Estava guardando o celular na jaqueta, quando ele tocou.

— Alô, Cyn?

— Sr. Archer?

— É.

— Aqui é a Dra. Kinzler.

— Ah! Pensei que fosse Cynthia, mas obrigado por retornar a ligação.

— O recado diz que sua esposa sumiu.

— Saiu de casa no meio da noite, levando Grace — falei. — A Dra. Kinzler ficou calada, pensei que a ligação tivesse caído.

— Alô?

— Estou aqui. Ela não me procurou. Acho que o senhor precisa encontrá-la.

— Bom, obrigado. Isso ajuda muito. É o que estou tentando fazer.

— Sua esposa sofreu um estresse muito grande. Tremendo. Não sei se ela tem muita... força. E não sei até que ponto isso pode ser ruim para sua filha.

— O que a senhora quer dizer?

— Nada. Só acho que seria bom encontrá-la logo. E se ela entrar em contato comigo, recomendarei que volte para casa.

— Acho que ela se sente insegura lá.

— Então torne a casa segura. Tenho outra ligação a fazer — disse a doutora.

E desligou. Como sempre, muito útil, pensei.

Eu tinha bebido a metade do café e só então percebi que estava intragável de tão amargo. Deixei o resto e saí da lanchonete.

Um utilitário vermelho veio pela rua junto à calçada e parou de repente na minha frente. As portas dianteira e traseira do lado do carona se abriram e saltaram dois homens de cara enrugada, meio barrigudos, de jeans manchados de graxa, jaquetas azuis e camisetas sujas: um, careca, e o outro, de cabelos louros oleosos.

— Entre — disse o Careca.

— O que disse? — perguntei.

— Você ouviu. Entre na porra do carro — disse o Lourinho.

— Acho que não — discordei, recuando para a lanchonete.

Mas cada um me segurou por um braço.

— Ei, não podem fazer isso. Me soltem! Não podem agarrar pessoas na rua! — protestei, enquanto eles me enfiavam pela porta traseira do utilitário.

Eles me levantaram e caí esparramado no piso de trás. O Lourinho ficou na frente, o Careca, atrás, apoiando sua bota de operário nas minhas costas para que eu não pudesse me mexer. Enquanto eu estava caído lá dentro, vi de relance um terceiro homem ao volante.

— Sabe o que, por um segundo, achei que ele fosse dizer? — o Careca perguntou para o amigo.

— O quê?

— Achei que ele ia dizer "Me soltem".

Os dois morreram de rir.

O fato é que a próxima coisa que eu ia dizer era exatamente isso.

33

Sendo um professor de inglês do ensino médio, eu não tinha muita experiência em ser agarrado por dois brutamontes na frente de uma lanchonete e jogado na traseira de um carro.

Mas vi logo que ninguém estava interessado no que eu tinha a dizer.

— Escutem, isso é um engano — eu disse, do chão do banco traseiro. Tentei girar um pouco de lado para olhar, mesmo que de esguelha, o Careca que pisava nas minhas costas com a bota.

— Cala a boca — disse ele, olhando para mim.

— Só estou dizendo que não quero fazer nada de mal a ninguém. Quem vocês acham que eu sou? Membro de uma gangue? Polícia? Sou *professor*.

Do banco da frente, o Lourinho disse:

— Eu detestava todos os meus professores. Só por isso você já se deu mal.

— Sinto muito, sei que tem muito professor ruim por aí, mas estou tentando dizer que não tenho nada a ver...

O Careca suspirou, abriu a jaqueta e mostrou um revólver que não devia ser o maior do mundo mas que, de onde eu estava, parecia um canhão. Apontou-o para a minha cabeça.

— Se tiver de matar você neste carro, meu chefe vai ficar puto por causa da sujeira de sangue, osso e cérebro no estofamento, mas quando eu explicar que você não calou a boca como mandei, ele vai entender.

Calei.

Não era preciso ser Sherlock Holmes para deduzir que aquilo tinha a ver com minhas perguntas sobre Vince Fleming. Talvez um daqueles dois caras no Mike's tivesse telefonado para ele e alertado. Talvez o barista tivesse ligado para a oficina antes que eu chegasse lá. Depois, alguém mandou os dois valentões checarem o que eu queria falar com Vince Fleming.

Só que ninguém estava perguntando isso.

Talvez eles não se importassem. Talvez bastasse perguntar. Qualquer um que perguntasse sobre Vince acabava na traseira de um utilitário e nunca mais apareceria.

Fiquei pensando em como fugir. Era eu contra aqueles três armários. A julgar pela gordura extra que eles tinham na cintura, talvez não fossem os valentões em melhor forma física de Milford, mas quem precisa de boa forma quando se está armado? Se um deles tinha uma arma, parecia razoável pensar que os outros dois também tivessem. Será que eu conseguia tirar o revólver do Careca, atirar nele, abrir a porta e saltar do carro em movimento?

Nem em um milhão de anos!

O Careca continuava com o revólver apoiado no joelho. A outra perna estava em cima de mim. O Lourinho e o motorista conversavam, o assunto não era eu, mas uma festa na noite anterior. Então, o Lourinho perguntou:

— Que porra é essa?

O motorista respondeu:

— É um CD.

— Eu sei que é um CD. Mas não aguento ouvir de novo. Não vai tocar isso.

— Vou, sim.

Ouvi o chiado característico de um CD sendo colocado num painel de carro.

— Não acredito — disse o Lourinho.

— No quê? — perguntou o Careca do assento de trás.

Antes que alguém pudesse dizer mais alguma coisa, a música tocou. Começo instrumental, depois a letra: *Why do birds suddenly appear... every time... you are near?*

— Porra ... a merda dos Carpenters? — disse o Careca.

— Ei, tira isso. Cresci ouvindo esse negócio — disse o motorista.

— Céus, essa mulher que está cantando não é aquela que parou de comer?

— É. Ela teve anorexia — disse o motorista.

— Essas pessoas deviam comer uma porra de um hambúrguer ou alguma coisa assim — disse o Careca.

Será que aqueles três sujeitos discutindo as qualidades de um conjunto dos anos 1970 estavam mesmo pensando em me levar para algum lugar e me matar? O clima dentro do carro não tinha de ser um pouco mais soturno? Por um instante, me animei. Depois, lembrei de uma cena de *Pulp Fiction* em que Samuel L. Jackson e John Travolta discutem como se chama o Bic Mac em Paris pouco antes de entrar num apartamento e matar um cara. Aqueles indivíduos nem tinham aquele estilo. Na verdade, tinham um inconfundível odor corporal.

É assim que termina? No banco traseiro de um utilitário? Uma hora você está tomando café numa lanchonete, tentando achar a mulher e a filha desaparecidas; outra hora você está olhando o tambor do revólver de um estranho, pensando se as últimas palavras que vai ouvir serão de uma música: *They long to be... close to you*

Demos umas voltas, passamos pelos trilhos de uma ferrovia, depois o carro pareceu descer, lentamente, como se estivéssemos indo em direção à praia. Em direção ao canal.

Depois, o carro diminuiu a velocidade, virou de repente para a direita, subiu num meio-fio e parou. Olhando para cima, pelas janelas, vi apenas o céu e também a lateral de uma casa. O motorista desligou o carro e ouvi gaivotas piando.

— Muito bem — disse o Careca, olhando para mim. — Quero que você seja bonzinho. Vamos sair, subir uma escada e entrar numa casa; se você tentar fugir, ou gritar por socorro, ou qualquer outra idiotice, apanha. Entendeu?

— Sim — respondi.

O Lourinho e o motorista já tinham saltado. O Careca abriu a porta e saiu; eu sentei no banco de trás, me ajeitei e saí do carro também.

Tínhamos estacionado numa garagem que ficava entre duas casas de praia. Fiquei com a impressão de que estávamos em East Broadway. Lá, as casas são todas bem juntas. Olhando para o sul entre as casas, vi a praia e, mais além, o canal de Long Island. Vi a ilha Charles e confirmei onde estávamos.

O Careca fez sinal para eu subir no segundo andar de uma escada aberta, na lateral de uma casa amarelo-claro. O primeiro andar era quase todo garagem. O Lourinho e o motorista foram na frente, depois eu, depois o Careca. Os degraus eram ásperos por causa da areia da praia e faziam um suave e "crocante" som debaixo de nossos sapatos.

No alto da escada o motorista abriu uma porta de tela e nós três fomos na frente dele. Entramos numa sala grande, com portas envidraçadas, de correr, que abriam para a praia e um deque que avançava sobre a areia e o mar. A sala tinha algumas cadeiras, um sofá e uma concha em cima de uma pilha de romances baratos; mais ao fundo havia uma mesa e uma cozinha.

Outro homem forte estava de costas para mim, virado para o fogão, com uma frigideira numa mão e uma espátula na outra.

— Ele chegou — disse o Lourinho.

O homem assentiu com a cabeça, sem dizer nada.

— Vamos descer e ficar no carro — disse o Careca, fazendo sinal para o Lourinho e o motorista virem atrás. Os três saíram e ouvi o som das botas se afastando nos degraus.

Fiquei no meio da sala. Normalmente, eu viraria para ver a paisagem através das portas envidraçadas, talvez fosse até o deque sentir o cheiro da maresia. Mas fiquei olhando as costas do homem.

— Aceita uns ovos? — ele ofereceu.

— Não, obrigado — respondi.

— Não dá trabalho: podem ser fritos, mexidos, cozidos, como quiser — ele disse.

— Mesmo assim, obrigado — repeti.

— Levanto um pouco tarde, às vezes faço o café da manhã quase na hora do almoço — ele disse.

Abriu a porta de um armário, pegou um prato e colocou os ovos mexidos, juntou umas salsichas que deve ter fritado antes e estavam numa toalha de papel, depois abriu uma gaveta de talheres, pegou um garfo e o que parecia ser uma faca de churrasco.

Virou-se, foi até a mesa, puxou uma cadeira e sentou-se.

Ele era mais ou menos da minha idade, embora parecesse meio acabado. O rosto tinha marcas de varíola, havia uma cicatriz de uns 3 centímetros em cima do olho direito e os cabelos negros estavam salpicados de cinza. Usava uma camiseta preta enfiada no jeans também preto. Vi a ponta de uma tatuagem no alto do braço esquerdo, mas não dava para saber o que era. A barriga estava apertada na camiseta, e ele gemeu com o esforço de sentar-se.

O homem fez sinal para eu me sentar na cadeira em frente. Aproximei-me, cuidadoso, e sentei. Ele virou um vidro de ketchup e esperou pingar uma enorme gota num prato ao lado dos ovos e salsichas. Na frente dele havia uma xícara de café. Ele a pegou e me ofereceu.

— Aceita?

— Não, acabei de tomar na lanchonete — respondi.

— Aquela ao lado da minha oficina? — perguntou.

— Sim.

— O café de lá não é bom.

— Não é mesmo. Deixei a metade — disse eu.

— Conheço você? — ele perguntou, depois de colocar um pouco de ovos mexidos na boca.

— Não — respondi.

— Mas você anda perguntando por mim. Primeiro, no bar, depois no meu escritório.

— É, mas sem a intenção de assustá-lo.

— "Sem a intenção" — ele imitou.

O homem que eu agora sabia ser Vince Fleming espetou uma salsicha com o garfo, pegou a faca de churrasco e cortou um pedaço. Comeu.

— Bom, se desconhecidos ficam perguntando por mim, me preocupa. — Fez uma pausa. — Não gostei disso. No meu tipo de trabalho, às vezes encontro gente que faz coisas pouco ortodoxas.

— Sei — falei.

— Então, quando desconhecidos ficam perguntando por mim, arrumo um encontro num lugar onde eu esteja em vantagem.

— Certo — concordei.

— Então: quem é você, porra?

— Terry Archer. Você conhece minha mulher.

— Conheço sua mulher — ele disse, como quem pergunta "E daí?".

— Não agora, mas conheceu há muito tempo.

Fleming me olhou feio e mordeu outro pedaço de salsicha.

— Eu dei umas voltas com a sua senhora ou algo assim? Olha, não tenho culpa se você não consegue dar alegria à sua mulher e ela tem de me procurar.

— Não é isso. Minha mulher se chama Cynthia e você a conheceu quando era solteira, Cynthia Bigge.

Ele parou de mastigar.

— Ah, porra! Isso faz muito tempo.

— Vinte e cinco anos.

— Você demorou a aparecer — ironizou Fleming.

— Aconteceram algumas coisas recentemente. Você lembra daquela noite, não?

— Lembro. A família dela sumiu.

— Isso. Acabam de encontrar o corpo da mãe e do irmão.

— Todd?

— Isso mesmo.

— Eu o conhecia.

— É mesmo?

Fleming deu de ombros.

— Um pouco, quer dizer, estudávamos no mesmo colégio. Ele era um cara legal. — Vince deu mais uma garfada de ovos mexidos com ketchup.

— Não quer saber onde os corpos foram encontrados? — perguntei.

— Imagino que você vá me contar — disse ele.

— Estavam no carro da mãe de Cynthia, um Ford Escort amarelo, no fundo de um lago numa pedreira em Massachusetts.

— Sério?

— Sério.

— Deviam estar lá há tempos. Ainda dá para identificar? — perguntou Vince.

— Pelo DNA — disse eu.

Vince balançou a cabeça, admirado.

— Porra de DNA! O que seria de nós sem ele? — Terminou de comer a salsicha.

— E a tia de Cynthia foi assassinada — disse eu.

Vince sorriu.

— Acho que Cynthia falava nela. É Bess?

— Tess — corrigi.

— É. Isso mesmo.

— Foi apunhalada na cozinha de casa.

— Hum! Por que você está me contando tudo isso?

— Cynthia está desaparecida. Ela... fugiu com nossa filha. Temos uma filha chamada Grace, de 8 anos.

— Que horror!

— Achei que Cynthia podia procurar você. Está querendo descobrir o que aconteceu naquela noite e talvez você soubesse de alguma coisa.

— Saber de quê?

— Sei lá. Mas acho que você foi a última pessoa a vê-la naquela noite, além da família. E você teve uma discussão com o pai dela, quando ele foi procurá-la.

Nem vi o que houve a seguir, diante da rapidez do gesto.

Vince Fleming segurou meu pulso direito com uma mão, abaixando meu braço sobre a mesa enquanto com a outra mão pegou a faca de churrasco que tinha usado para cortar a salsicha. Girou-a sobre a mesa num arco longo e rápido e enterrou-a na madeira, entre os meus dedos anular e médio.

— Céus! — gritei.

A mão de Vince parecia um torno no meu pulso, prendendo-o à mesa.

— Não gostei do seu tom — disse ele.

Meu coração batia forte demais para eu responder. Fiquei olhando a faca, em ângulo reto com a mesa.

— Teve um cara, um outro cara, perguntando a meu respeito por aí. Sabe disso? — Vince falou.

— Que cara? — perguntei.

— De uns 50 anos, baixo, devia ser detetive particular. Andou fazendo umas perguntas, sem ser tão óbvio quanto você.

— Deve ter sido um homem chamado Abagnall. Denton Abagnall — disse eu.

— Como você sabe?

— Cynthia o contratou. Nós dois o contratamos.

— Para me investigar?

— Não, quero dizer, não exatamente. Para procurar a família de Cynthia. Ou, pelo menos, descobrir o que aconteceu com ela.

— E por isso tinham de perguntar por mim?

Engoli em seco.

— Ele disse que valia a pena dar uma olhada em você.

— É mesmo? E o que ele descobriu?

— Nada. Quer dizer, se descobriu alguma coisa, não sabemos. Nem poderemos saber.

— Por quê? — perguntou Vince.

Ele também não sabia. Ou fingia muito bem.

— Ele morreu. Também foi assassinado. Numa garagem de um estacionamento, em Stamford. Achamos que isso tem a ver com a morte de Tess.

— Os rapazes disseram que uma policial também estava atrás de mim. Uma mulher preta, baixa e gorda.

— Wedmore. Ela andou investigando o caso.

— Bom, tudo muito legal, mas não tenho nada a ver com isso — disse Vince, soltando meu pulso e tirando a faca da mesa.

— Então você não viu minha mulher? Ela não esteve aqui, nem no seu escritório para falar com você?

Com calma, ele disse:

— Não. — E olhou bem para mim, como se me desafiasse a duvidar.

Mantive o olhar.

— Espero que esteja dizendo a verdade, Sr. Fleming. Pois faço qualquer coisa para garantir que ela e minha filha voltem para casa em segurança.

Ele se levantou e foi para o lado da mesa onde eu estava.

— Devo considerar isso uma espécie de ameaça?

— Só estou dizendo que, quando se trata da família, mesmo gente como eu, que não é tão influente quanto você, faz o que for preciso.

Ele agarrou meus cabelos, inclinou-se e encostou a cara na minha. O hálito fedia a salsicha e ketchup.

— Escuta, babaca, sabe com quem está falando? Aqueles caras que trouxeram você para cá, sabe o que eles podem fazer? Você pode acabar num máquina de cortar madeira. Pode ser jogado de um barco lá no canal. Pode...

Lá fora, no começo da escada, um dos três sujeitos que me trouxeram gritou:

— Ei, não suba aí.

E uma mulher gritou de volta:

— Vá se foder.

A seguir, ouvi passos na escada.

Eu estava olhando a cara de Vince e não podia ver a porta de tela, mas percebi que foi aberta, e uma voz que tive a impressão de conhecer disse:

— Ei, Vince, você viu minha mãe, porque...

Ao ver Vince Fleming segurando um homem pelos cabelos, ela se calou.

— Estou meio ocupado. E não sei onde está sua mãe. Procure na porra do shopping.

— Que droga, Vince, o que você está fazendo com o meu professor? — perguntou a mulher.

Mesmo com os dedos gordurosos de Vince segurando meu escalpo, consegui virar a cabeça e ver Jane Scavullo.

34

— Seu professor? De quê? — perguntou Vince, sem soltar os meus cabelos.

— De redação. Se você vai foder com meus professores, podia começar por outros piores. Esse é o Sr. Archer, o menos babaca de todos — disse Jane, aproximando-se de mim. — Olá, Sr. Archer.

— Olá, Jane — respondi.

— Quando o senhor volta? O cara que arrumaram para ficar no seu lugar é um mané. Está todo mundo matando a aula. É pior do que a gaga. Ninguém está nem aí se ele dá presença ou não. Sempre tem uma coisa presa no dente, e põe o dedo para tirar, rápido, como se achasse que ninguém fosse notar. — Percebi que, fora da escola, Jane não era nem um pouco tímida para falar comigo.

Então ela perguntou a Vince, casualmente:

— Qual é o problema?

— Jane, por que você não se manda? — perguntou Vince.

— Viu minha mãe?

— Já disse, procure no shopping. Ou talvez esteja lá em cima na garagem. Por quê?

— Preciso de dinheiro.

— Para quê?

— Umas coisas.

— Que coisas?

— Coisas.

— De quanto precisa?

Jane Scavullo deu de ombros.

— Quarenta?

Vince Fleming soltou os meus cabelos e pegou a carteira no bolso traseiro, tirou duas notas de 20 e entregou a Jane. Depois disse:

— É ele o cara que você falou? Que gosta dos seus textos?

Jane concordou com a cabeça. Estava tão calma que concluí que já tinha visto outros homens recebendo aquele tratamento de Vince. A única diferença é que eu era professor dela.

— É. Por que você está ferrando com ele?

— Escuta, querida, não posso contar para você.

— Estou tentando encontrar minha mulher. Ela está com minha filha. Ando muito preocupado com elas. Pensei que o seu pa... pensei que Vince pudesse me ajudar — expliquei.

— Ele não é meu pai. Ele vive com minha mãe faz um tempo — ela disse. Depois, para Vince: — Não quis ofender dizendo que você não é meu pai. Você é legal. — Para mim, ela disse: — Lembra daquele texto que escrevi, do cara fritando ovos?

Tive de pensar.

— Lembro.

— Foi meio baseado no Vince. Ele é legal. — Ela sorriu com a ironia da situação. — Bom, é legal pra mim. Então, se só quer encontrar sua mulher e sua filha, por que Vince está tão irritado com você?

— Querida... — disse Vince.

Ela foi até ele e foi direta.

— Seja razoável com ele, senão estou fodida. É a única matéria em que tenho notas decentes. Se ele precisa de ajuda para encontrar a mulher, ajude, senão ele não volta para a escola e eu vou ter de ficar olhando aquele cara cutucar os dentes todos os dias, e isso não educa ninguém. Além de me dar vontade de vomitar.

Vince colocou o braço no ombro dela e levou-a até a porta. Não ouvi o que conversaram, mas pouco antes de descer a escada ela se virou para mim e disse:

— Até mais, Sr. Archer.

— Até logo, Jane — mal consegui ouvi-la descendo a escada depois que a porta foi fechada.

Quando Vince voltou para a mesa, muito de sua postura ameaçadora havia diminuído. Ele se sentou, parecendo um pouco acanhado, e ficou calado.

— É uma boa garota — falei.

Vince concordou com a cabeça.

— É, sim. A mãe, ela e eu moramos juntos; não dá para confiar muito na mãe, mas Jane é legal. Precisa de, como se diz, estabilidade. Não tive filhos e às vezes considero ela uma espécie de filha.

— Parece se dar muito bem com você — eu disse.

— Ela faz o que quer comigo — ele disse, rindo. — Ela já falou muito em você. Não me toquei do seu nome quando disse quem era. Ela fica o tempo todo "O Sr. Archer falou, o Sr. Archer fez".

— É mesmo? — perguntei.

— Disse que você a incentiva a escrever.

— Ela escreve muito bem.

Vince mostrou as estantes cheias.

— Eu leio muito. Não sou o que chamam de sujeito instruído, mas gosto de livros. Principalmente de história, biografia. Livros de aventura. Fico impressionado com quem consegue escrever, consegue sentar e escrever um livro. Então, quando Jane disse que você achava que ela podia ser escritora, achei bem legal.

— Ela tem estilo próprio — disse eu.

— Hum?

— Sabe quando você lê um determinado livro e sabe quem é o autor, mesmo que não tenha o nome na capa?

— Sei.

— Pois acho que Jane tem isso.

Vince concordou com a cabeça.

— Escute. Sobre o que aconteceu... — ele começou.

— Não se preocupe — falei, engolindo a saliva que se acumulou.

— As pessoas ficam perguntando sobre mim, querendo me achar, e isso não é bom para quem leva uma vida como a minha — explicou.

— O que quer dizer com "uma vida como a minha"? — perguntei, passando os dedos nos cabelos, tentando fazer com que parecessem normais novamente.

— Bom, digamos que não sou um professor de redação. Imagino que, na sua profissão, você não precise fazer certas coisas que preciso na minha — disse Vince.

— Como mandar uns caras agarrar gente na rua? — perguntei.

— Exatamente. Esse tipo de coisa. Aceita um café? — ele perguntou.

— Obrigado, seria ótimo — respondi.

Ele foi à bancada, serviu uma xícara na cafeteira e voltou para a mesa.

— Ainda estou preocupado: você, aquele detetive e a policial ficarem perguntando por mim — ele disse.

— Posso ser sincero, sem ter os cabelos puxados ou um facão enfiado na mesa entre meus dedos?

Devagar, Vince concordou com a cabeça, sem tirar os olhos de mim.

— Você estava com Cynthia naquela noite. O pai encontrou vocês e levou-a para casa. Menos de 12 horas depois Cynthia acorda e é a única que sobrou na família. Como eu já disse, você deve ser uma das últimas pessoas além de Cynthia a ver alguém da família vivo. Não sei se você brigou com o pai dela, mas no mínimo foi uma situação esquisita, o pai encontrar vocês e levá-la para casa. — Fiz uma pausa. — Mas tenho certeza de que na época a polícia checou tudo isso com você.

— É.

— O que você disse para eles?

— Nada.

— Como assim?

— Não disse nada, porque isso foi uma coisa que aprendi com o meu velho, que Deus o tenha. Não se responde pergunta de tira. Mesmo se você for completamente inocente. Falar com tira não melhora a vida de ninguém.

— Mas você podia ajudá-los a entender o que aconteceu.

— Não estava preocupado com isso.

— A polícia não achou que você estava envolvido por se recusar a falar?

— Talvez. Mas não podem condenar ninguém por suspeita. É preciso prova. E não tinham nenhuma. Se tivessem, eu provavelmente não estaria sentado aqui conversando com você.

Dei um gole no café.

— Uau!, o café está uma delícia. — Estava mesmo.

— Obrigado. Posso ser sincero sem você arrancar os *meus* cabelos? — perguntou Vince, rindo.

— Acho que não precisa se preocupar com isso.

— Foi ruim eu não poder ajudar Cynthia. Por que ela era... não quero lhe ofender, por ser marido dela.

— Tudo bem.

— Ela era uma garota muito, muito legal. Um pouco doida, como todas naquela idade, mas nada comparado comigo. Eu já tinha me metido com a polícia. Acho que ela teve uma fase de ficar atraída por *bad boys*. Antes de conhecer você. — Ele falou como se fosse uma desvalorização. — Sem querer ofender.

— Não considerei como ofensa.

— Era uma menina simpática e fiquei triste com o que aconteceu. Imagina, você acorda um dia e a porra da família sumiu. Eu gostaria de fazer alguma coisa por ela, sabe? Mas meu pai disse para me afastar de garotas complicadas. Disse que eu não precisava desse tipo de problema, porque os tiras já deviam estar de olho em mim por causa do meu histórico, por ter um pai envolvido com aquelas porcarias... eu não precisava me meter com uma garota cuja família inteira devia ter sido assassinada.

— Acho que entendo. — Escolhi as palavras com cuidado e falei: — Seu pai vivia bem, não?

— De grana?

— É.

— É. Ele se deu bem. Enquanto pôde, até ser assassinado.

— Ouvi falar — eu disse.

— O que mais ouviu?

— Que as pessoas que mataram receberam o troco.

Vince sorriu, soturno.

— Receberam. — Ele voltou ao presente e perguntou: — Mas o que você tem a ver com o dinheiro do meu pai?

— Você acha que ele teria alguma pena de Cynthia, da situação em que ela ficou? A ponto de ajudar na educação dela, para fazer faculdade?

— Hein?

— Estou só perguntando. Será que ele poderia pensar que você, de certa maneira, foi responsável pelo sumiço da família dela? Você acha que ele pode ter dado dinheiro anonimamente para a tia dela, Tess Berman, para ajudar na educação de Cynthia?

Vince olhou para mim como se eu tivesse ficado louco.

— Você disse que é professor? Nas escolas públicas eles aceitam pessoas com a cabeça tão fodida?

— Você pode responder apenas não.

— Não.

— Fiquei na dúvida se devia te contar isso, mas às vezes a gente age por instinto. Pois alguém fez isso — tomei coragem e falei.

— Sério? Alguém deu dinheiro para a tia pagar os estudos dela? — perguntou Vince.

— Isso mesmo.

— E ninguém nunca soube quem era?

— Isso mesmo.

— Bom, é estranho. E essa tia, você disse que morreu?

— Isso mesmo.

Vince Fleming encostou-se na cadeira, olhou para o teto, voltou à posição normal e colocou os cotovelos na mesa. Deu um longo suspiro.

— Bom, vou contar uma coisa. Mas não é para você passar para os tiras porque senão vou negar, pois eles descobrem um jeito de usar contra mim, aqueles calhordas.

— Certo.

— Talvez eu pudesse ter contado sem morder meu próprio rabo, quer dizer, sem me prejudicar, mas não tive oportunidade. Eu não podia dizer que estava lá, mesmo se pudesse ajudar Cynthia. Eu achava que os tiras podiam pensar que ela matou a própria família, embora eu soubesse que jamais faria isso. Eu não queria me meter.

Fiquei com a boca seca.

— Qualquer coisa que você puder me contar, eu agradeço.

— Naquela noite — ele começou, fechando os olhos um instante, como se fosse para rever a cena —, depois que o pai dela nos achou no carro e levou-a para casa, fui atrás deles. Não os segui, exatamente, mas fiquei pensando até que ponto ela estaria encrencada. Eu percebia que o pai estava gritando com ela, mas fiquei muito atrás, não dava para saber direito.

Esperei.

— Vi os dois entrarem na garagem e irem para a casa. Ela estava meio trocando as pernas, sabe? Tinha bebido um pouco, nós dois tínhamos, mas a essa altura eu já havia criado uma tolerância, comecei cedo. — Ele sorriu, irônico.

Percebi que Vince ia contar algo importante e eu não queria protelar com meus comentários idiotas. Ele prosseguiu:

— Então, estacionei na rua, achando que ela fosse sair de novo, depois da bronca que levou, que ia ficar revoltada e aí eu podia pegá-la de carro. Mas não aconteceu. Dali a pouco passou um carro devagar, como se alguém estivesse conferindo o número das casas, sabe?

— Sei.

— Não prestei muita atenção e ele chegou no final da rua, voltou e estacionou do outro lado, duas casas depois da de Cynthia.

— Deu para você ver quem era? O tipo de carro?

— Era um modelo americano. Um Ambassador, Rebel, ou algo assim. Azul, acho. Parecia ter só o motorista. Não garanto, mas parecia mulher. Não pergunte por que, foi a impressão que tive.

— Uma mulher parou na frente da casa. Estava vigiando?

— Parecia. E lembro que a placa não era de Connecticut. Era do estado de Nova York, que na época era de cor laranja. Mas, porra, tem muita placa igual por aí.

— Quanto tempo o carro ficou lá? — perguntei.

— Um pouco, não muito, até que a Sra. Bigge e o filho saíram. Assenti.

— Eles entraram no carro da mãe de Cynthia, um Ford amarelo, e saíram.

— Só os dois? Clayton, o pai, não foi?

— Não, só a mãe e o irmão. Ele ficou no banco do carona, acho que ainda não tinha carteira de motorista, não sei. Foram para algum lugar. Assim que viraram a esquina, as luzes do outro carro foram acesas e ele foi atrás.

— O que você fez?

— Fiquei lá. O que eu podia fazer?

— Mas esse outro carro seguiu o carro com a mãe de Cynthia e o irmão.

Vince olhou para mim.

— Estou contando muito depressa?

— Não, é que, em 25 anos, Cynthia nunca soube disso.

— Bom, foi o que vi.

— Tem mais alguma coisa?

— Acho que fiquei lá uns 45 minutos e estava pensando em ir embora para casa quando, de repente, a porta da casa se abriu e Clayton saiu correndo como se estivesse com fogo no rabo. Entrou no carro dele, saiu de ré a 100 por hora e seguiu a mil.

Fiquei em silêncio.

— Bom, eu podia fazer as contas. Todo mundo se mandou, menos Cynthia. Então, parei o carro na frente da casa, saí e bati na porta, achando que podia falar com ela. Bati umas seis vezes, com força, ninguém atendeu, achei que ela estava dormindo. Aí, desisti e voltei para casa. — Ele deu de ombros.

— Alguém estava vigiando a casa — eu disse.

— É, não era só eu.

— Você nunca contou para ninguém? Nem para a polícia, nem para Cynthia?

— Não. Fazia sentido dizer aos tiras que naquela noite fiquei sentado lá fora um bom tempo?

Olhei pela janela em direção ao canal, com a ilha Charles ao longe, como se as respostas que eu buscava, as respostas que Cynthia buscava, estivessem sempre além do horizonte, impossíveis de alcançar.

— E por que está me contando agora? — perguntei.

Ele passou a mão pelo queixo, apertou o nariz.

— Porra, não sei. Fiquei pensando: esses anos têm sido duros para Cyn, não é?

Foi como um tapa na cara saber que Vince podia ter chamado Cynthia pelo mesmo apelido carinhoso que eu usava.

— Sim, muito duros. Principalmente os últimos tempos — eu disse.

— E por que ela sumiu?

— Nós brigamos. E ela está assustada com tudo o que aconteceu nas últimas semanas e com o fato de a polícia desconfiar dela. Está assustada por causa de nossa filha. Uma noite dessas, alguém estava na rua, olhando a nossa casa. A tia dela e o detetive que contratamos foram assassinados.

— Hum, que confusão dos diabos. Gostaria de ajudar.

A porta da cozinha se abriu e nós dois nos assustamos. Não tínhamos ouvido ninguém subindo a escada. Mas lá estava Jane, de novo.

— Cara, Vince, vai ajudar o coitado do homem ou não?

— Onde você estava? Ficou ouvindo a conversa? — ele perguntou.

— A porta é de tela. Se não quer que ninguém ouça, melhor construir uma caixa-forte aqui.

— Droga — disse ele.

— Então, vai ajudá-lo? Você não está fazendo nada e, se precisar, tem os três patetas.

Vince olhou para mim, cansado.

— Então, tem alguma coisa que eu possa fazer?

Jane observava-o, de braços cruzados.

Eu não sabia o que responder. Sem noção do que ia enfrentar, não podia prever se precisaria do tipo de serviço que uma pessoa como Vince Fleming oferecia. Apesar de ele ter parado de arrancar meus cabelos pela raiz, ainda me assustava.

— Não sei — disse eu.

— Posso dar uma olhada, ver no que essa história vai dar — ele sugeriu. Como eu não aceitei imediatamente, ele perguntou: — Você não sabe se confia em mim, não é?

Achei que, se eu mentisse, ele perceberia, então disse:

— Não.

— Esperto — disse ele.

— Então, vai ajudá-lo? — perguntou Jane. Vince concordou com a cabeça. Para mim, ela disse: — Melhor você voltar logo para o colégio. — Virou-se e saiu. Dessa vez ouvimos os passos dela descendo a escada.

— Tenho pavor dela — disse Vince.

35

Naquele momento não consegui pensar em nada mais inteligente do que ir para casa, ver se Cynthia ou alguém tinha telefonado. Se quisesse falar comigo e não me encontrasse em casa, ela certamente ligaria para o meu celular, mas eu estava meio desesperado.

Vince Fleming dispensou os valentões e o utilitário e se ofereceu para me levar no carro dele, que era uma ameaçadora picape Dodge Ram. Minha casa não era muito longe da estrada onde ficava a oficina, onde eu tinha deixado meu carro antes de andar até a lanchonete e ser sequestrado. Perguntei a Vince se ele podia passar na minha casa para eu ver se, por acaso, Cynthia tinha voltado ou ido lá e deixado um bilhete.

— Claro — ele disse, enquanto entrávamos na picape, estacionada na East Broadway.

— Desde que moro em Milford, sempre quis arrumar uma casa por aqui — eu disse.

— Sempre morei por aqui. E você? — ele perguntou.

— Eu cresci em outro lugar.

— Quando éramos crianças e a maré estava baixa, íamos andando até a ilha Charles. Mas depois não conseguíamos voltar antes de a maré subir. Era sempre divertido.

Fiquei meio preocupado com meu novo amigo. Vince era um fora da lei. Tinha uma organização criminosa. Eu não sabia se grande ou pequena, mas suficiente para pagar três sujeitos para agarrar na rua quem o irritasse.

O que teria acontecido se Jane Scavullo não tivesse aparecido? E se não tivesse convencido Vince que eu era um cara legal? E se ele continuasse achando que eu, de certa forma, o ameaçava? Como estariam as coisas?

Como um idiota, resolvi perguntar:

— Caso Jane não tivesse aparecido, o que aconteceria comigo?

Com a mão direita ao volante e o braço esquerdo apoiado na janela, Vince olhou para mim.

— Quer mesmo uma resposta?

Deixei passar. Minha cabeça já estava em outro lugar, querendo saber os motivos por que Vince Fleming aceitou me ajudar. Era porque Jane pediu ou porque estava realmente preocupado com Cynthia? Ou um pouco de cada coisa? Ou tinha concluído que fazer o que Jane pedia era um bom jeito de ficar de olho em mim?

Seria verdade o que ele viu naquela noite na frente da casa de Cynthia? E se não fosse, por que contou?

Eu estava disposto a acreditar na história.

Indiquei o caminho para a nossa rua e mostrei a casa. Mas ele passou por ela direto e continuou, sem nem sequer diminuir a velocidade do carro.

Oh, não! Estava me levando para jogar dentro de uma cortadora de lenha.

— O que você está fazendo? O que houve? — perguntei.

— Tem tiras na frente da sua casa — ele respondeu.

Dei uma olhada no enorme espelho retrovisor do lado do motorista e vi o carro do outro lado da rua, sumindo ao fundo.

— Deve ser a Wedmore.

— Vamos dar a volta no quarteirão e entrar pelos fundos — disse Vince, como se fizesse sempre assim.

Deixamos a picape uma rua depois, andamos com o máximo cuidado para não sermos vistos e entramos na minha casa pelo quintal.

Lá dentro, procurei algo que indicasse que Cynthia havia voltado: um bilhete, qualquer coisa.

Nada.

Vince andou pela casa, olhando os quadros nas paredes, os livros nas estantes. Está dando uma geral, pensei. Viu as caixas de sapatos com lembranças.

— Que diabo é isso? — perguntou.

— É de quando Cynthia era adolescente. Ela sempre olha, esperando encontrar alguma pista. Hoje, depois que ela foi embora, também fiz isso.

Vince sentou-se no sofá e mexeu numa das caixas.

— Parece um monte de coisa inútil — disse ele.

— Bom, até agora, foi mesmo.

Tentei o celular de Cynthia, na esperança de que estivesse ligado. No quarto toque, quando já ia desistir, ela atendeu:

— Alô?

— Cyn?

— Oi, Terry.

— Meu Deus, você está bem? Onde está?

— Estamos ótimas, Terry.

— Querida, venha para casa. Por favor.

— Não sei — ela disse.

Muito barulho ao fundo, uma espécie de zunido.

— Onde você está?

— No carro.

— Oi, pai! — Era Grace gritando para ser ouvida do banco do carona.

— Oi, Grace! — eu disse.

— O papai está dando oi. — Cynthia passou o recado.

— Quando você volta? — perguntei.

— Já disse que não sei. Preciso de um tempo. Escrevi no bilhete. — Ela não queria falar no assunto outra vez na frente de Grace.

— Estou preocupado com você e sinto sua falta — eu disse.

— Diga que estou mandando um abraço — Vince berrou da sala.

— Quem é? — perguntou Cynthia.

— Vince Fleming — respondi.

— Quem?

— Não vá sair da estrada — recomendei.

— O que ele está fazendo com você?

— Fui atrás dele. Tive uma ideia maluca de que você podia ter ido visitá-lo.

— Ah, céus! Diga... que também mando um abraço — disse Cynthia.

— Ela também manda um abraço — dei o recado.

Ele resmungou alguma coisa, enquanto mexia nas caixas.

— Mas ele está aí em casa? Agora?

— Está. Me deu uma carona. É uma longa história. Conto quando você voltar. E... — Fiquei indeciso. — Ele me contou algumas coisas sobre aquela noite que não tinha contado para ninguém.

— O quê, por exemplo?

— Que ele seguiu você e seu pai até em casa e ficou do lado de fora achando que você pudesse sair de novo. Então, viu sua mãe e Todd saírem e, mais tarde, seu pai, muito apressado. E que tinha outro carro na frente da casa, que seguiu o de sua mãe e seu irmão.

Só ouvi o barulho da estrada no celular.

— Cynthia?

— Estou aqui. Não sei o que isso quer dizer.

— Nem eu.

— Terry, há muito trânsito, tenho de sair da estrada. Vou desligar. Esqueci de trazer o carregador e tem pouca bateria.

— Volte logo para casa, Cyn. Eu te amo.

— Tchau — ela disse, e desligou.

Desliguei e fui para a sala.

Vince Fleming mostrou o recorte de jornal com a foto de Todd e o time de basquete.

— Parece Todd. Lembro dele — disse Vince.

Concordei com a cabeça, sem olhar o recorte. Já o tinha visto centenas de vezes.

— Vocês eram colegas de classe ou alguma coisa assim?

— Acho que tínhamos uma aula juntos, talvez. Essa foto é estranha.

— Como assim?

— Não reconheço mais ninguém. Não tem ninguém do nosso colégio.

Peguei a foto da mão dele, sem nenhum motivo. Não estudei na escola de Todd e Cynthia, não podia conhecer os colegas deles. Pelo que eu lembrava, ela nunca prestou muita atenção na foto. Olhei.

— E o nome está errado — disse Vince, mostrando a legenda identificando os jogadores da esquerda para a direita: fila de baixo, fila do meio, fila de cima.

Dei de ombros.

— Tudo bem, os jornais costumam escrever errado os nomes.

Olhei a legenda, que tinha o sobrenome de cada um e a inicial do nome. Todd era o segundo da esquerda, na fila do meio. Olhei a legenda onde deveria constar o nome dele.

O nome referente a ele era J. Sloan.

Olhei um instante a inicial e o nome seguinte.

— Vince, o nome J. Sloan diz alguma coisa para você? — perguntei.

Ele negou com a cabeça.

Conferi novamente se J. Sloan se referia ao rapaz da fila do meio, segundo à esquerda.

— Oh, merda! — exclamei.

Vince olhou para mim.

— Pode me dizer o que foi?

— J. Sloan é Jeremy Sloan — falei.

Vince balançou a cabeça.

— Ainda não entendi.

— O homem na praça de alimentação do shopping Post — eu disse. — O homem que Cynthia pensou que fosse o irmão dela.

36

— De quem você está falando? — perguntou Vince.

— Há duas semanas, Cynthia, Grace e eu estávamos no shopping quando ela viu um cara e teve certeza de que era Todd adulto, 25 anos depois.

— Como você soube o nome dele?

— Cynthia foi atrás dele até o estacionamento. Chamou-o de Todd, ele não respondeu, mas ela se aproximou, dizendo que sabia que ele era o irmão dela.

— Caramba! — exclamou Vince.

— Foi uma cena horrível. O homem negou, como se ela fosse louca. E ela *parecia* mesmo. Então, chamei o cara de lado, me desculpei e disse que, se ele mostrasse um documento, ela se convenceria.

— Ele mostrou?

— Sim. Eu vi a carteira de motorista, do estado de Nova York. O nome era Jeremy Sloan.

Vince pegou o recorte da minha mão, olhou o nome correspondente à cara de Todd Bigge.

— É muito estranho, não?

— Não consigo entender, não faz sentido — eu disse. — Por que a foto de Todd está com nome diferente num velho exemplar de jornal?

Vince ficou calado um instante. Por fim, perguntou:

— Esse cara do shopping disse alguma coisa?

Tentei lembrar.

— Disse que minha mulher precisava de ajuda médica. Nada mais.

— E a carteira de motorista? Você lembra de alguma coisa? — ele perguntou.

— Só que era de Nova York.

— É uma porra de um estado grande, ele pode morar ali em Porto Chester, em White Plains ou mesmo em Buffalo — disse Vince.

— Acho que a cidade era Young alguma coisa.

— Alguma coisa?

— Não sei, só vi a carteira um segundo.

— Tem Youngstown, em Ohio. Tem certeza que a carteira não era de Ohio?

— Não sei.

Vince virou o recorte do outro lado. Tinha um texto no verso, mas era evidente que guardaram o recorte por causa da foto. Havia uma coluna e uma manchete cortada pela metade no verso.

— Não foi por causa disso que ele guardou — concluí.

— Espera aí, tem um computador? — perguntou Vince, olhando para mim depois de ler trechos de notícias.

Concordei com a cabeça.

— Ligue — disse Vince. Ele subiu a escada comigo, ficou olhando eu puxar uma cadeira e ligar o micro. — Aqui tem trechos de notícias sobre o Parque Falkner e o condado de Niágara. Joga no Google.

Pedi para ele soletrar Falkner, digitei, teclei Procurar. Foi rápido.

— Tem um Parque Falkner em Youngstown, em Nova York, no condado de Niágara — informei.

— Certo — disse Vince. — Portanto, esse recorte deve ser de um jornal dessa região por que é uma notícia sem importância sobre conservação de um parque.

Virei na cadeira e fiquei de frente para ele.

— Por que Todd está numa foto de um jornal desse lugar, com um time de basquete de outro colégio e identificado como J. Sloan?

Vince encostou-se na soleira da porta.

— Talvez não esteja errado.

— Como assim?

— Talvez não seja uma foto de Todd, mas de J. Sloan.

Pensei um instante.

— Você está dizendo que são duas pessoas (Todd e Jeremy), ou que é uma pessoa com dois nomes?

— Ei, eu só estou aqui por que Jane me pediu.

Virei para o computador, procurei a lista telefônica e digitei Jeremy Sloan em Youngstown, Nova York.

Nada foi encontrado, mas o site sugeriu alternativas, como J. Sloan ou apenas o último nome. Tentei e apareceu um monte de Sloan na região de Youngstown.

— Céus! — exclamei, mostrando a tela para Vince. — Tem um Clayton Sloan bem aqui na avenida Niagara View.

— Clayton?

— É o nome do pai de Cynthia — disse Vince, só para confirmar.

— É — eu disse. Peguei lápis e papel na escrivaninha, copiei o telefone da tela. — Vou ligar.

— Perdeu a porra da cabeça? — perguntou Vince.

— Por quê?

— Não sei o que você achou, ou se achou alguma coisa, mas o que vai dizer ao telefone? Se eles tiverem identificador de chamada, vão saber na hora quem é. Pode ser que conheçam você, ou não, mas por que se expor assim?

Que diabo ele estava pensando? Seria aquele um bom conselho ou Vince tinha algum motivo para não querer que eu ligasse? Estaria evitando que eu tirasse conclusões?

Ele me deu o celular dele e disse:

— Use este, eles não vão saber quem está ligando.

Abri o celular, conferi o número na tela, respirei e liguei. Coloquei no ouvido, sem muita esperança.

Um toque. Dois toques. Três. Quatro.

— Não tem ninguém.

— Espere mais um pouco — disse Vince.

No oitavo toque ouvi uma voz.

— Alô? — Voz de mulher. Mais velha, uns 60 anos pelo menos, pensei.

— Ah, sim, eu já ia desligar — disse eu.

— O que deseja?

— Jeremy está? — Ao perguntar, pensei: e se estiver? O que vou dizer? O que, diabos, pergunto? Ou será melhor desligar? Saber se ele está, confirmar que existe e fim?

— Não. Quem deseja falar? — perguntou a mulher.

— Ah, está bem, ligo mais tarde — eu disse.

— Mais tarde também não estará.

— Ah! Sabe a que horas posso encontrá-lo?

— Ele viajou, não sei quando volta — disse a mulher.

— Ah, é verdade. Ele comentou que ia a Connecticut — menti.

— Falou?

— Acho que sim.

— Tem certeza? — Ela parecia transtornada.

— Posso estar enganado. Olhe, ligo depois, não é nada importante. É sobre golfe.

— Golfe? Jeremy não joga golfe. Quem é? Exijo que me diga.

A ligação já estava ficando fora do controle. Vince ficou bem ao meu lado, ouvindo os dois lados da conversa e passou o dedo na garganta para indicar "desliga". Terminei a ligação sem dizer mais nada. Entreguei o celular para ele, que o guardou na jaqueta.

— Parece que você acertou. Mas podia ter se comportado um pouco melhor — ele disse. Ignorei a crítica. — Portanto, o homem que Cynthia viu no shopping deve ser o mesmo que mora em Youngstown, numa casa cujo telefone está no nome de Clayton

Sloan. E o pai de Cynthia guardou um recorte de jornal onde ele está na foto de um time de basquete.

Ficamos calados. Nós dois estávamos tentando entender.

— Vou ligar para Cynthia, ela precisa saber disso — avisei.

Desci correndo para a cozinha, liguei para o celular dela. Mas, como ela avisou, o telefone estava desligado. Em seguida, Vince entrou na cozinha e perguntei:

— Você tem alguma sugestão?

— Bom, segundo a mulher, que deve ser mãe dele, esse Sloan continua fora da cidade. O que significa que ainda pode estar na região de Milford. E, a menos que tenha amigos ou parentes aqui, deve estar em algum motel ou hotel — concluiu. Vince pegou o celular de novo, selecionou um número na lista de chamadas e teclou. Esperou um instante e disse: — Oi, sou eu. Ele ainda está comigo. Quero que você faça uma coisa.

Vince então mandou quem estava do outro lado da linha chamar mais dois caras e checar todos os hotéis da cidade. Eu desconfiava que esses três homens eram os dois que tinham me agarrado e mais o motorista, os quais Jane chamava de três patetas.

— Não, *não* sei quantos hotéis são. Por que não conta para mim? Quero que descubra se tem um sujeito chamado Jeremy Sloan, de Youngstown, Nova York, hospedado num deles. Se descobrir, me avise. Não faça nada. Certo. Comece pelo Howard Johnson's, o Red Roof, o Super 8, o que for. E que diabo de barulho é esse? Quem está ouvindo os malditos Carpenters?

Depois de dar as ordens e ter certeza de que foram entendidas, Vince guardou o celular.

— Se esse Sloan estiver na cidade, eles descobrem — garantiu.

Abri a geladeira e mostrei uma lata de Coors.

— Claro — ele disse.

Joguei uma para ele, peguei uma para mim e nos sentamos frente a frente na mesa da cozinha.

— Tem ideia do que está acontecendo? — perguntou ele.

Dei um gole na cerveja.

— Acho que estou começando a ter. A mulher que atendeu o telefone... e se for a mãe de Jeremy Sloan? E se esse tal sujeito for mesmo o irmão de minha mulher?

— Sim?

— E se acabei de falar com minha sogra?

Se a mãe e o irmão de Cynthia estivessem vivos, como explicar os testes de DNA nos dois corpos encontrados no carro retirado do lago? A não ser, claro, que os dois corpos fossem aparentados, mas não *fossem* Todd e Patricia Bigge. Estávamos esperando outros testes determinarem uma ligação genética entre o DNA dos corpos e o de Cynthia.

Eu tentava entender essa confusão cada vez maior de informações quando notei que Vince estava falando.

— Só espero que os meus rapazes não matem o sujeito quando o encontrarem. Seria típico deles — disse, dando mais um gole.

37

— *Ligaram para você* — *ela avisou.*

— *Quem era?*

— *Não disse.*

— *Parecia quem? Algum amigo meu?* — *ele perguntou.*

— *Não sei. Como vou saber? Perguntou por você e, quando eu disse que havia viajado, ele disse que lembrava de você comentar que ia para Connecticut.*

— *O quê?*

— *Não devia ter dito a ninguém aonde ia!*

— *Eu não disse!*

— *Então, como ele sabia? Você deve ter contado para alguém. Não acredito que possa ser tão idiota.* — *Ela parecia muito aborrecida.*

— *Estou dizendo que não falei!* — *Ele se sentia com 6 anos quando ela falava daquele jeito.*

— *Bom, então, como ele sabe?*

— *Não sei. O telefone registrou de onde vinha a ligação? Tinha um número?*

— *Não. Ele disse que conhecia você do golfe.*

— *Golfe? Eu não jogo golfe.*

— *Foi o que eu disse.*

— *Sabe, mãe? Deve ter sido número errado ou coisa parecida.*

— *Ele perguntou por você, Jeremy. Simples assim. Talvez você tenha comentado por alto que ia para lá.*

— *Olhe, mãe, mesmo que eu tenha comentado, embora não tenha, você não precisa criar tanto problema.*

— Fiquei preocupada.

— Não fique. Além do mais, vou para casa.

— Vai voltar? — O tom da voz dela mudou completamente.

— É. Hoje, acho. Fiz tudo o que precisava aqui, a única coisa que falta é... você sabe.

— Não quero perder isso. Não sabe há quanto tempo espero por isso.

— Se eu sair logo daqui, acho que chego em casa à noite, bem tarde. Já passa do meio-dia e às vezes fico meio cansado, então devo parar para descansar em Utica ou algum lugar assim, mas chego no mesmo dia.

— Então dá tempo de eu fazer um bolo de cenoura hoje à tarde — ela disse, animada.

— Certo.

— Dirija com cuidado. Não vá dormir ao volante. Você nunca teve a mesma disposição que seu pai para dirigir.

— Como ele está?

— Acho que se terminarmos essa semana ele aguenta. Vai ser bom quando isso finalmente terminar. Sabe quanto custa o táxi para ir lá visitá-lo?

— Daqui a pouco não vai precisar mais, mãe.

— É muito dinheiro. Fiquei pensando como faremos. Vamos precisar de uma corda. Ou um pouco de fita adesiva. E acho bom cuidar da mulher primeiro. Depois, vai ser fácil cuidar da criança. Posso ajudar com ela. Não sou totalmente inútil, você sabe.

38

Vince e eu terminamos nossas cervejas, saímos de fininho pelo quintal e pegamos o carro dele. Ele ia me levar até o meu, que ainda estava parado perto da oficina.

— Como você sabe, Jane tem tido problemas na escola — disse ele.

— É.

— Acho que com a ajuda que estou lhe dando, quem sabe você pode conversar com o diretor sobre ela.

— Já falei, mas posso repetir.

— Ela é uma boa menina, mas às vezes é complicada. Não ouve ninguém, muito menos a mim. Então, quando ela se mete em encrenca, está só se defendendo — ele concluiu.

— Ela precisa de ajuda. Não se pode resolver tudo com porrada — disse eu.

Ele riu baixinho.

— Quer que ela tenha uma vida parecida com a sua? Sem querer ofender — acrescentei.

Ele reduziu a velocidade por causa de um sinal vermelho.

— Não. Mas as chances estão meio contra ela. Não sou o melhor exemplo para ela e a mãe a carregou por tantas casas que a menina nunca teve uma vida estável. É o que estou tentando dar a ela, entende? Um apoio, por um tempo. As crianças precisam disso. Mas demora a criar confiança. Ela já se decepcionou muitas vezes.

— Certo. Você podia mandá-la para um bom colégio. Quando ela terminar o ensino médio, pode fazer alguma faculdade de jornalismo ou de letras, algo onde possa desenvolver o dom que tem — sugeri.

— As notas dela não são muito boas, vai ser difícil entrar em algum lugar — disse ele.

— Mas você pode mandá-la para uma boa faculdade, não?

Vince concordou com a cabeça.

— Pode ajudar também a estabelecer metas. Ajude-a a ver o que fez até agora, diga que, se ela melhorar, você paga a faculdade, assim ela terá condição de desenvolver seu talento — falei.

— Você me ajuda? — Ele me olhou de esguelha.

— Ajudo. O problema é saber se ela vai me ouvir.

Vince balançou a cabeça, cansado.

— É verdade.

— Quero perguntar uma coisa — disse eu.

— Diga.

— Por que você se preocupa com ela? É apenas filha de uma mulher que você conheceu. Sei de muitos caras que não se preocupariam.

— Ah, entendi, você acha que eu devo ser algum pervertido? Quero comer ela, não?

— Eu não disse isso.

— Mas pensou.

— Não. Pensei que se você pretende fazer isso, há coerência no que Jane escreveu. Ela quer confiar em você. Então a pergunta continua sendo: por que se preocupa com ela?

O sinal abriu. Vince acelerou.

— Eu tive uma filha.

— Ah! — exclamei.

— Eu era bem jovem. Vinte anos. Engravidei uma garota de Torrington. Agnes. Isso mesmo, Agnes. Meu pai ficou uma fera, perguntou como eu podia ser tão burro. Nunca tinha ouvido falar em camisinha? Bom, sabe como é às vezes, não? Tentei convencer Agnes a se livrar daquela história e tal mas ela não quis, teve a criança, era uma menina que ela chamou de Colette.

— Lindo nome — disse eu.

— E quando vi a menina, fiquei caído por ela, sabe? Meu velho não queria que eu me ligasse naquela Agnes só por causa da minha burrice, mas o fato é que ela não era má, a Agnes. E o bebê, Colette, era a coisa mais linda que eu já tinha visto. Você pode pensar que com 20 anos seria fácil esquecer, ser irresponsável, mas alguma coisa me conquistou.

"Comecei a pensar em casar, certo? E registrar a menina. Pensei em falar com ela, contar para o velho. Um dia Agnes estava passeando com Colette no carrinho e atravessavam a avenida Naugatuck. Um maldito bêbado num Cadillac avançou o sinal e matou as duas.

Vince pareceu apertar com mais força o volante, como se quisesse estrangulá-lo.

— Sinto muito — eu disse.

— É, pois esse maldito bêbado também. Fiquei seis meses sem querer fazer nada. Depois, conseguiram anular as acusações, o advogado fez o júri achar que Agnes atravessou com o sinal aberto, e mesmo que o motorista estivesse sóbrio, teria atropelado as duas. Aí, a vida tem dessas coisas, alguns meses depois, uma noite, ele está saindo de um bar em Bridgeport, bem tarde, bêbado de novo, e o filho da puta não entendeu nada. Estava andando pelo beco e alguém deu um tiro na porra da cabeça dele.

— Uau! — exclamei. — Imagino que você não tenha chorado quando soube.

Vince me deu uma olhada rápida.

— A última coisa que ele ouviu antes de morrer foi "Isto é por Colette". E sabe o que o filho da puta disse antes que a bala entrasse na cabeça dele?

Engoli em seco.

— Não.

— Perguntou: "Que Colette?" Levaram a carteira dele, a polícia achou que foi roubo. — Ele olhou para mim de novo. — Melhor você fechar a boca, pode entrar mosca — ele disse.

Fechei.

— Foi isso. Para responder a sua pergunta: por isso me interesso por Jane. Quer saber mais alguma coisa? — Neguei com a cabeça. Ele olhou em frente. — Aquele é o seu carro?

Concordei.

Quando ele parou atrás do meu carro, o celular dele tocou.

— Sim? — Ele ouviu um instante e disse: — Espere eu chegar. Desligou e disse para mim:

— Acharam o cara, está hospedado no HoJo's.

— Poxa. Vou seguir você de carro — eu disse, prestes a abrir a porta.

— Esqueça — disse Vince, acelerando de novo e passando pelo meu carro. Entrou na rodovia I-95, que não era o caminho mais curto, mas devia ser o mais rápido, já que aquele hotel era do outro lado da cidade. Ele subiu uma ladeira rápido e estava a mais de 100 quando entrou na estrada.

O trânsito na estrada interestadual não era intenso e em poucos minutos chegamos ao outro lado da cidade. Vince teve que frear ao descer a ladeira e ainda estava a uns 80 quando vi o sinal de trânsito na nossa frente.

Ele entrou à direita, depois à direita de novo, no estacionamento do HoJo. O utilitário que tinha me sequestrado havia estacionado ali também e, quando o Lourinho nos viu, veio correndo falar com Vince, que parou o carro.

O Lourinho deu o número do quarto e disse que, subindo a colina e entrando pelos fundos, o quarto era em frente. Vince deu marcha a ré, parou, engrenou a primeira e entrou num caminho íngreme e sinuoso que dava na parte de trás do hotel. O caminho fazia uma curva fechada para a esquerda e chegava numa série de quartos com janelas abrindo para a calçada.

— É aqui — disse Vince, colocando o carro numa vaga.

— Quero falar com ele. Não faça nenhuma maluquice — pedi.

Vince já estava fora do carro e me fez um sinal reticente sem olhar. Foi até a porta de um quarto, parou um instante, viu que estava aberta e bateu.

— Sr. Sloan? — chamou.

Algumas portas depois a arrumadeira que tinha acabado de colocar seu carrinho de serviço numa porta, olhou para nós.

— Sr. Sloan! — gritou Vince, abrindo mais a porta. — É o gerente, temos um pequeno problema, precisamos falar com o senhor.

Fiquei longe da porta e da janela para ele não me ver, caso olhasse. Podia lembrar quem eu era, se fosse o mesmo homem que ficou na frente da nossa casa naquela noite.

— Ele foi embora — disse a arrumadeira, alto o bastante para ouvirmos.

— O quê? — perguntou Vince.

— Acabou de fechar a conta, agora há pouco. Vou limpar o quarto dele depois — ela disse.

— Embora? Não vai voltar? — perguntei.

A mulher fez que não.

Vince escancarou a porta e entrou no quarto.

— Não pode entrar aí — disse a mulher.

Mas até eu estava disposto a ignorá-la, e fui atrás de Vince.

A cama estava desfeita, o banheiro era uma confusão de toalhas molhadas e não havia sinal de alguém ainda estar hospedado ali. Objetos de toalete retirados, nada de bagagem.

O Careca, um dos comparsas de Vince, apareceu na porta.

— Ele está aí?

Vince virou-se, foi até o Careca e encostou-o na parede.

— Há quanto tempo vocês souberam que ele estava aqui?

— Ligamos para você assim que soubemos.

— É? E depois? Sentaram na porra do carro e esperaram, quando deviam ficar de olho? O cara foi embora.

— Não sabíamos como ele era! O que podíamos fazer?

Vince empurrou o Careca de lado, saiu do quarto e quase atropelou a arrumadeira.

— O senhor não pode...

— Há quanto tempo ele saiu? — perguntou Vince, tirando uma nota de 20 dólares da carteira e entregando a ela.

Ela guardou no bolso do uniforme.

— Uns dez minutos.

— Qual era o carro dele? — perguntei.

Ela deu de ombros.

— Não sei, um carro marrom. Com vidros escuros.

— Ele disse alguma coisa, se ia para casa, algo assim? — perguntei.

— Não me disse nada.

— Obrigado — disse Vince para ela. Fez sinal com a cabeça para o utilitário e nós dois entramos.

— Droga, droga — disse Vince.

— E agora? — perguntei. Eu não tinha a menor ideia do que fazer a seguir.

Vince parou um instante.

— Você quer fazer sua mala? — ele perguntou.

— Mala?

— Acho que você vai para Youngstown e não dá para ir e voltar no mesmo dia.

Pensei e disse:

— Se ele saiu do hotel, deve ter ido para casa.

— Mesmo se não for, me parece o único lugar, no momento, onde você pode ter algumas respostas.

Vince se inclinou na minha direção e por um instante pensei que fosse me agarrar, mas só queria abrir o porta-luvas.

— Cara, fica frio — ele disse. Pegou um mapa rodoviário e abriu. — Vamos dar uma olhada. — Percorreu o mapa, olhou no canto esquerdo superior e disse: — Aqui está, ao norte de Buffalo, norte de Lewiston. Youngstown. Lugar bem pequeno. Nós vamos levar umas oito horas.

— Nós?

Vince tentou dobrar de novo o mapa, amassou-o numa espécie de bola e jogou-o para mim.

— Esse vai ser o seu serviço. Se conseguir dobrar direito, até deixo você dirigir. Mas nem pense em mexer no rádio. Isso seria ir além dos limites.

39

Pelo mapa, parecia que o mais rápido era seguir direto ao norte até Massachusetts e Lee, depois a oeste até o estado de Nova York, pegando a seguir a autoestrada até Albany e então para oeste, até Buffalo.

Íamos passar por Otis, a 2 quilômetros do lago onde foi encontrado o carro de Patricia Bigge.

Contei isso para Vince e perguntei:

— Quer conhecer?

Estávamos fazendo uma média de 120km/h e Vince tinha um detector de radares.

— Estamos adiantados. É, vamos lá, por que não?

Dessa vez não havia viaturas da polícia marcando a entrada para o lago, mas consegui achar a estrada estreita. O Dodge Ram, com sua suspensão mais alta, teve melhor desempenho que o meu sedã, e quando subimos a última colina, onde o bosque terminava à beira do precipício, eu achei, sentado no banco alto do carona, que íamos despencar.

Vince freou devagar, parou o carro e puxou o freio de mão, o que ainda não o tinha visto fazer. Saiu, foi até a beira do precipício e olhou para baixo.

— Eles acharam o carro bem ali — eu disse ao lado dele, mostrando o lago.

Vince concordou com a cabeça, impressionado.

— Se eu fosse jogar um carro com duas pessoas dentro, não conseguiria acertar lá — ele disse.

Eu estava viajando com uma fera.

Fera, não. Um escorpião. Lembrei daquela velha história do folclore indígena sobre o sapo e o escorpião em que o sapo aceita levar o escorpião para o outro lado do rio se ele prometer não envená-lo com seu ferrão. O escorpião aceita o trato e, quando estão no meio do rio, ferra o sapo, embora isso signifique a morte para ele também. Antes de morrer, o sapo pergunta: "Por que você fez isso?", e o escorpião responde: "Porque sou um escorpião, é da minha natureza."

A que altura, pensei, Vince iria me ferrar?

Se ferrasse, eu achava que ele não teria o mesmo destino do escorpião. Vince me parecia bem mais do que um sobrevivente.

Quando nos aproximamos do pedágio e meu celular voltou a funcionar, tentei mais uma vez falar com Cynthia. Como o celular dela não atendia, liguei para casa, mas sem acreditar que estivesse lá.

Não estava mesmo.

Talvez fosse bom não achá-la. Era melhor ligar quando tivesse uma notícia e, talvez, em Youngstown eu teria.

Ia guardar o celular quando ele tocou. Dei um pulo.

— Alô? — atendi.

— Terry?

— Era Rolly.

— Olá — disse eu.

— Alguma notícia de Cynthia?

— Falei com ela antes de sair, mas não disse onde estava. Ela e Grace pareciam bem.

— Antes de sair? Onde você está?

— Nós vamos passar pelo pedágio de Massachusetts em Lee, a caminho de Buffalo. Mais exatamente, um pouco ao norte.

— Nós?

— É uma longa história, Rolly. E parece estar aumentando cada vez mais.

— Para onde está indo? — Ele parecia realmente preocupado.

— Talvez numa busca inútil. Mas pode ser que eu encontre a família de Cynthia.

— Está brincando?

— Não.

— Terry, francamente, depois de tanto tempo, eles devem estar mortos.

— Talvez. Não sei. Talvez tenha sobrado alguém. Clayton.

— Clayton?

— Não sei. Só sei que vamos para o endereço cujo telefone está em nome de Clayton Sloan.

— Terry, você não devia tentar fazer isso. Não sabe aonde está se metendo.

— Talvez — disse eu. Olhei para Vince e acrescentei: — Mas estou com uma pessoa que parece saber enfrentar situações complicadas.

A menos, naturalmente, que só a presença de Vince Fleming já fosse uma situação complicada.

Depois que entramos no estado de Nova York e pagamos o pedágio, chegamos logo a Albany. Precisávamos comer alguma coisa e ir ao banheiro, então paramos numa daquelas lanchonetes de beira de estrada. Comprei sanduíches e refrigerantes e levei para comermos no caminho.

— Não deixe cair nada no carro — recomendou Vince, que mantinha o carro bem limpo.

Não parecia que um dia tivesse matado alguém lá dentro, ou que pretendesse fazê-lo, e considerei isso um bom sinal.

A autoestrada Nova York nos levou ao ponto sul das Andirondacks depois que ficamos um pouco a oeste de Albany, e se eu não estivesse avaliando a situação podia ter apreciado a paisagem. Depois que passamos de Utica, a estrada aplainou, assim como o campo ao redor. A única vez que dirigi naquela estrada foi há anos, rumo a Toronto, para uma conferência sobre educação, e aquele trecho parecia não acabar nunca.

Fizemos outra parada nos arredores de Syracuse, não mais de dez minutos.

Falamos pouco. Ouvimos o rádio. Vince escolhia as estações, claro. Principalmente, música country. Olhei os CDs num compartimento entre os bancos da frente.

— Não tem Carpenters? — perguntei.

O tráfego piorou quando nos aproximamos de Buffalo. Também estava começando a escurecer. Nesse trecho, precisei consultar o mapa mais vezes, orientando Vince sobre como contornar a cidade. No final das contas, não dirigi. Vince era um motorista bem mais agressivo que eu e, se era para chegarmos a Youngstown mais rápido, aceitei controlar meu medo.

Passamos por Buffalo, seguimos em direção às cataratas do Niágara e continuamos na estrada, sem tempo para visitar uma das maravilhas do mundo. Fomos pela Robert Moses até Lewiston, onde reparei num hospital, com seu enorme H azul iluminado sob o céu da noite, perto da estrada. Quase ao norte de Lewiston, pegamos a saída para Youngstown.

Antes de sairmos da minha casa, não pensei em copiar da tela o endereço que estava no nome de Clayton Sloan, nem em imprimir o mapa. Na hora, não sabia que íamos fazer essa viagem. Mas era uma cidade bem pequena, e achamos que logo nos situávamos. Saímos da Robert Moses na rua Lockport e viramos para o sul, na Main.

Vi um bar e restaurante.

— Devem ter uma lista telefônica — eu disse.

— Eu podia comer alguma coisa — disse Vince.

Eu estava com fome e bem ansioso. Estávamos perto.

— Comer alguma coisa rápida — comentei, e Vince achou uma vaga para estacionar na esquina.

Voltamos a pé, entramos e sentimos o cheiro forte de cerveja e asa de frango.

Vince pegou uma cadeira no balcão, pediu cerveja e asas; eu achei um telefone, mas não a lista. Pedi e o barista me deu uma que guardava embaixo do balcão.

Na lista, Clayton Sloan morava na Niagara View, 25. Lembrei então o endereço. Devolvi a lista e perguntei ao barista como chegar lá.

— Ao sul da Main, 500 metros.

— Direita ou esquerda?

— Esquerda. Se for à direita, vai dar no rio, companheiro.

Youngstown ficava à margem do rio Niágara, do outro lado da cidade canadense de Niágara, famosa por seu teatro onde apresentavam o Shaw Festival, e lembrei que tinha esse nome por causa de George Bernard Shaw.

Podia ser que parássemos numa outra ocasião.

Tirei a carne de duas asas e bebi meia cerveja, mas meu estômago parecia cheio de borboletas voando.

— Não aguento mais, vamos — falei para Vince.

Ele acertou as contas e saímos.

Os faróis do carro iluminaram os sinais da rua e logo depois vimos a Niagara View.

Vince virou à esquerda, percorreu devagar a rua enquanto eu procurava os números.

— Vinte e um, três, é aqui. Vinte e cinco — disse eu.

Em vez de parar, Vince seguiu mais alguns metros, desligou o carro e apagou os faróis.

Tinha um carro na entrada do número 25. Um Honda Accord prata, de uns cinco anos. Nenhum carro marrom.

Se Jeremy Sloan veio para casa, parecia que tínhamos chegado antes dele. A menos que o dele estivesse na garagem.

A casa era térrea e espaçosa, de madeira branca, construída nos anos 1960, provavelmente. Bem cuidada. Uma varanda, duas espreguiçadeiras. Não exibia riqueza, mas mostrava conforto.

Também tinha uma rampa para cadeira de rodas, com uma pequena grade, da entrada à varanda. Subimos a rampa e chegamos juntos à porta.

— Como você quer fazer? — perguntou Vince.

— O que você acha?

— Vamos com cuidado — sugeriu Vince.

As luzes ainda estavam acesas na casa e tive a impressão de ouvir uma tevê ligada com som baixo, portanto, eu não ia acordar ninguém. Coloquei o indicador na campainha e esperei.

— O espetáculo vai começar — disse Vince.

Apertei a campainha.

40

Um minuto e meio depois, mais ou menos, como ninguém atendeu à porta, olhei para Vince.

— Toque de novo — ele disse, mostrando a rampa. — A pessoa pode demorar para se locomover.

Então, toquei de novo. Ouvimos movimentos abafados na casa e, um instante depois, a porta se abriu só um pouco, devagar. A abertura era pequena e vi por quê. Era uma senhora numa cadeira de rodas, que recuou e se inclinou para abrir mais um pouco, depois se afastou mais e se inclinou de novo para abrir mais.

— Sim? — ela disse.

— Sra. Sloan? — perguntei.

Calculei que ela tivesse sessenta e tantos, setenta e poucos anos. Era magra, mas movia a parte superior do corpo de um jeito que não dava a impressão de fragilidade. Segurava as rodas da cadeira com firmeza, mexia-se em volta da porta com destreza, bloqueando a entrada. Tinha um cobertor dobrado no colo até a altura do joelho e usava um suéter marrom por cima de uma blusa florida. Os cabelos grisalhos estavam bem puxados para trás, sem um fio fora do lugar. As maçãs do rosto eram fortes e tinham um toque de blush; os penetrantes olhos castanhos passavam de um visitante inesperado para o outro. As feições indicavam que um dia ela podia ter sido uma mulher muito bonita, mas o que transmitia naquele momento, pela mandíbula dura e os lábios apertados, era irritação, talvez até mesquinharia.

Procurei alguma semelhança com Cynthia, não encontrei.

— Sim, sou a Sra. Sloan — ela disse.

— Desculpe incomodar tão tarde. É a Sra. Clayton Sloan? — perguntei.

— Sim, Enid Sloan. Tem razão, é bem tarde. O que deseja? — perguntou.

Seu tom de voz demonstrava que, fosse lá o que desejássemos, não podíamos contar com ela. Mantinha a cabeça ereta e o queixo empinado não só por estarmos acima dela, mas para exibir força. Queria mostrar que era uma velha decidida, que não se podia mexer com ela. Fiquei surpreso por não se assustar com dois estranhos aparecendo na porta tarde da noite já que era uma idosa em cadeira de rodas e nós, dois homens robustos.

Dei uma olhada na sala. Imitação de móveis coloniais, iluminação marca Ethan Allen, bastante espaço entre as peças para passar uma cadeira de rodas. Cortinas e estofamentos desbotados, alguns jarros com flores artificiais. O carpete era grosso, devia ter custado caro, mas estava gasto e manchado em alguns lugares, com a trama marcada pelas rodas da cadeira.

Em outro cômodo, havia uma tevê ligada e de algum lugar vinha um cheiro delicioso. Farejei.

— Está assando alguma coisa? — perguntei.

— Bolo de cenoura — ela respondeu, ríspida. — Para meu filho, que está chegando.

— Ah, viemos falar com ele. Jeremy — eu disse.

— O que querem com ele?

O que exatamente nós *queríamos* com ele? Ou, pelo menos, o que *diríamos* querer com Jeremy?

Fiquei pensando, indeciso, e Vince tomou a dianteira.

— Onde ele está, Sra. Sloan?

— Quem são os senhores?

— Desconfio que nós é que devíamos perguntar, senhora — ele disse. Assumiu um tom autoritário, mas parecia se esforçar para não soar ameaçador. Achei que ele queria dar a impressão para Enid Sloan de ser uma espécie de policial.

— Quem são vocês?

— Talvez pudéssemos falar com seu marido. Onde está o Sr. Clayton? — perguntei.

— Ele está no hospital — ela disse.

Isso me pegou de surpresa.

— Ah, sinto muito. No hospital que passamos vindo para cá?

— Se vieram por Lewiston, sim. Está hospitalizado há semanas. Preciso pegar táxi para ir visitá-lo. Todos os dias, ida e volta. — Era importante para ela, percebi, que soubéssemos os sacrifícios que fazia pelo marido.

— Seu filho não pode levá-la? Está fora há muito tempo? — perguntou Vince.

— Ele teve de resolver umas coisas. — Puxou a cadeira para a frente, como se quisesse nos empurrar para a varanda.

— Espero que não seja nada sério com seu marido — eu disse.

— Ele está morrendo — afirmou Enid Sloan. — Com câncer generalizado. É só uma questão de tempo agora. — Ela ficou indecisa, olhou para mim. — Foi você que ligou, perguntando por Jeremy?

— Hum, sim. Preciso falar com ele — respondi.

— Disse que ele havia comentado que ia para Connecticut — ela lembrou, acusadora.

— Acho que foi isso mesmo.

— Ele nunca comentou. Eu perguntei. Ele disse que não fala para ninguém aonde vai. Então, como você sabe?

— Será que podemos continuar a conversa dentro da casa? — perguntou Vince, se adiantando.

Enid Sloan segurou firme as rodas da cadeira.

— Acho que não.

— Pois eu acho que sim — disse Vince, colocando as duas mãos nos braços da cadeira e empurrando para trás. Enid não tinha a mesma força de Vince.

— Espere — eu me adiantei, tocando no braço dele. Não queria que fôssemos agressivos com uma senhora em cadeira de rodas.

— Não se preocupe. Aqui na varanda está frio e não quero que a Sra. Sloan morra — disse Vince, tentando fazer uma voz tranquilizadora.

Não me incomodei muito com o que ele disse.

— Pare com isso — mandou Enid, batendo nos braços e nas mãos de Vince.

Ele a empurrou para dentro e não tive muita escolha senão ir atrás. Fechei a porta.

— Não vejo por que ficar cheio de dedos. Só queremos esclarecer alguns detalhes — disse Vince.

— Quem são vocês, porra? — perguntou Enid, como se cuspisse as palavras.

Fiquei pasmo.

— Sra. Sloan, eu me chamo Terry Archer, minha mulher é Cynthia Bigge.

Ela ficou me olhando, com a boca entreaberta. Muda.

— Vejo que o nome da minha mulher significa alguma coisa para a senhora. Talvez o meu também, mas o dela, especialmente, parece ter lhe impressionado.

Continuou muda.

— Tenho uma pergunta que pode parecer meio esquisita mas, por favor, tenha paciência se parecer ridícula.

Ainda muda.

— A senhora é a mãe de Cynthia? É Patricia Bigge?

Ela riu, com desprezo.

— Não sei do que está falando.

— Então, por que riu? Parece que conhece esses nomes — eu disse.

— Saia da minha casa. Nada disso faz sentido para mim.

Olhei para Vince, que parecia impaciente. Perguntei:

— Você conheceu a mãe de Cyn? Sem ser naquela noite em que ela foi para o carro?

Ele negou com a cabeça.

— Não.

— Poderia ser essa senhora? — perguntei.

Ele olhou bem para ela.

— Não sei. Acho que não.

— Vou chamar a polícia — disse Enid, virando a cadeira.

Vince veio por trás, ia segurar a cadeira, mas fiz sinal para ele parar.

— É, pode ser uma boa ideia. Poderíamos ficar aqui esperando Jeremy e perguntamos umas coisas para ele na presença da polícia — eu disse.

Isso a fez parar a cadeira e perguntar:

— Por que eu teria medo da polícia?

— Boa pergunta: por quê? Teria algo a ver com o que aconteceu há 25 anos? Ou talvez com fatos mais recentes, ocorridos em Connecticut? Enquanto Jeremy estava fora de casa? A morte de Tess, tia de minha esposa? E de um detetive particular chamado Denton Abagnall?

— Saiam — ela mandou.

— Quanto a Jeremy, é o irmão de Cynthia, não é? — perguntei.

Ela me olhou fixo, cheia de ódio.

— Não ouse dizer isso — suas mãos tremeram, agitando o cobertor que cobria suas pernas.

— Por quê? Por ser verdade? Porque Jeremy na verdade é Todd? — insisti.

— O quê? Quem disse isso para você? É uma mentira suja! — disse ela.

Olhei Vince por cima do ombro. Ele segurava as alças de borracha da cadeira de rodas.

— Quero dar um telefonema. Exijo que me deixem falar no telefone — disse ela.

— Vai ligar para quem? — perguntou Vince.

— Não é da sua conta.

Ele olhou para mim e disse, calmo:

— Vai avisar Jeremy. Não é uma boa ideia.

— E Clayton Sloan? Na verdade, ele é Clayton Bigge? São a mesma pessoa? — perguntei.

— Preciso telefonar — ela repetiu, quase sibilando como uma cobra.

Vince segurou a cadeira de rodas.

— Você não pode fazer isso com ela. É como sequestrar, ou manter em cárcere privado, ou algo assim — falei para Vince.

— Isso mesmo! Não pode fazer isso, não pode invadir a casa de uma senhora e segurá-la assim! — disse Enid Sloan.

Vince soltou a cadeira.

— Pois telefone, chame a polícia. Não chame seu filho, chame a polícia — disse, repetindo a minha ameaça.

A cadeira não saiu do lugar.

— Preciso ir ao hospital, quero ver Clayton Sloan — avisei para Vince.

— Ele está muito doente, não pode ser incomodado — disse Enid.

— Talvez eu possa incomodar só com duas perguntas.

— Não pode! Não é hora de visitas! Além disso, está em coma! Não vai nem notar a sua presença!

Se ele estava em coma, achei que ela não podia se incomodar que eu fosse.

— Vamos ao hospital — eu disse.

— Se sairmos, ela liga para Jeremy e avisa que estamos aqui. Posso amarrá-la — Vince argumentou.

— Céus, Vince — exclamei. Não podia permitir que amarrasse uma idosa deficiente física, por mais desagradável que ela fosse. Mesmo que isso impedisse para sempre as respostas às minhas perguntas. — E se você ficar aqui?

Ele concordou com a cabeça.

— Boa ideia. Enid e eu podemos bater um papo, fofocar sobre os vizinhos, essas coisas. — Ele se inclinou para ver o rosto dela. — Não seria divertido? Podemos até comer um pouco daquele bolo de cenoura. Está com um cheiro ótimo. — Ele pegou na jaqueta as chaves do carro e jogou-as para mim. Agarrei-as no ar.

— Em que quarto ele está? — perguntei para ela.

Ela me olhou fixo.

— Diga, senão eu mesmo chamo a polícia.

Ela pensou um instante, concluiu que eu certamente descobriria quando chegasse no hospital e disse:

— Terceiro andar, quarto 309.

Antes de sair, Vince e eu anotamos nossos números de celular. Entrei no carro dele, lutei para colocar a chave na ignição. A gente leva um tempo para se acostumar com um carro diferente do que tem. Liguei o motor, achei os faróis, dei ré numa entrada de garagem e virei. Precisava um instante para me localizar. Sabia que Lewiston estava ao sul e que saímos do bar nessa direção, mas não sabia se continuava nela para chegar aonde queria. Então, retornei à Main, cortei para leste e, ao entrar na autoestrada, rumei para o sul.

Assim que vi, ao longe, a placa azul H peguei a primeira saída, parei o carro no estacionamento do hospital e entrei pelo setor de emergência. Havia meia dúzia de pessoas na sala de espera; pais com um bebê chorando, um adolescente com o jeans manchado de sangue no joelho, um casal de idosos. Passei direto pela recepção, onde um painel mostrava que o horário de visitas tinha terminado duas horas antes, às 20 horas, e achei um elevador para o terceiro andar.

Era bem possível que alguém me parasse mas, se conseguisse chegar no quarto de Clayton Sloan, seria ótimo.

As portas do elevador se abriram no posto de enfermagem do terceiro andar. Vazio. Saí, parei um instante e virei à esquerda, procurando a numeração nas portas. Achei o 322 e descobri que os números iam aumentando. Parei, voltei em sentido contrário, o que me obrigaria a passar pelo posto de enfermagem novamente. Uma mulher estava de pé, de costas para mim, lendo um prontuário, passei por ela fazendo o mínimo de barulho possível.

Procurei a numeração dos quartos outra vez. O corredor virava para a esquerda e a primeira porta era 309. Estava entreaberta, o quarto, quase escuro, exceto por uma luz de néon na parede ao lado da cama.

Era um quarto particular, de um só leito. A cortina só deixava ver os pés da cama, que tinha uma pequena prancheta num suporte de metal. Entrei no quarto abri a cortina e vi um homem deitado na cama. Ele dormia, com o encosto da cama levemente elevado. Devia ter uns 70 anos, imaginei. Pele emaciada, cabelos ralos. Por causa da quimioterapia, talvez. Respirava com dificuldade. Os braços estavam esticados ao lado do corpo, as mãos tinham dedos compridos, brancos e ossudos.

Fui ao outro lado da cama onde a cortina não permitia que me vissem do corredor. Tinha uma cadeira perto da cabeceira, e, quando me sentei, fiquei ainda mais invisível para quem passasse pela porta.

Olhei bem o rosto de Clayton Sloan, procurando alguma coisa que não consegui encontrar no rosto de Enid. Alguma coisa no nariz talvez, ou uma covinha no queixo. Toquei de leve a mão dele e ele emitiu um som rouco.

— Clayton — chamei, baixo.

Ele fungou, mexeu a ponta do nariz, inconsciente.

— Clayton — sussurrei de novo, esfregando de leve o braço, cuja pele era grossa como couro.

Na altura do cotovelo, um tubo entrava pelo braço, era alguma medicação intravenosa.

Ele abriu os olhos agitados e fungou novamente. Viu-me, piscou forte duas vezes, ajustou a visão, focou.

— Quem...

— Clayton Bigge? — perguntei.

A pergunta o fez fixar a vista e virar a cabeça com mais força. As dobras de pele do pescoço se juntaram.

— Quem é você? — sussurrou.

— Seu genro — respondi.

41

Ele engoliu em seco e o pomo de adão flutuou pela garganta.

— Meu o quê? — perguntou.

— Genro, marido de Cynthia — disse eu.

Ele abriu a boca para falar e vi como estava seca.

— Quer água? — perguntei, calmo.

Ele concordou com a cabeça. Tinha um jarro e um copo ao lado da cama e servi um pouco de água. Tinha também um canudo na mesa e coloquei na boca dele, segurando o copo.

— Eu posso segurar — ele disse, pegando o copo e bebendo no canudo. Segurou com mais força do que eu esperava. Umedeceu os lábios e me devolveu o copo.

— Que horas são? — ele perguntou.

— Mais de 22 horas. Desculpe acordar o senhor, estava dormindo tão bem — falei.

— Não tem problema. Eles estão sempre me acordando, dia e noite. — Respirou fundo pelo nariz e expirou lentamente. — Eu devia saber do que você está falando?

— Creio que sim. O senhor é Clayton Bigge.

Respirou fundo outra vez. Depois:

— Sou Clayton Sloan.

— Acredito que sim, mas acho que é também Clayton Bigge, que foi casado com Patricia Bigge, com quem teve dois filhos: um menino chamado Todd e uma menina, Cynthia. Moravam em Milford, Connecticut, até uma noite de 1983, quando algo terrível aconteceu.

Ele desviou o olhar para a cortina. Fechou a mão que estava mais próxima de mim, abriu e fechou de novo.

— Estou morrendo, não sei como me encontrou, me deixe morrer em paz.

— Então está na hora de abrir o coração — disse eu.

Clayton virou a cabeça para mim no travesseiro e perguntou:

— Como se chama?

— Terry Archer. — Fiquei indeciso e perguntei: — E o senhor?

Ele engoliu em seco de novo.

— Clayton, sempre fui Clayton. — Ele olhou para baixo, as dobras nas roupas de cama do hospital. — Clayton Sloan, Clayton Bigge, conforme o lugar onde estivesse.

— Tinha duas famílias? — perguntei.

Notei um aceno de cabeça. Lembrei do que Cynthia falava sobre o pai. Estava sempre na estrada. De um lado para outro do país. Passava uns dias em casa, uns dias fora, voltava por uns dias. Vivia a metade do tempo em outro lugar.

De repente, alguma coisa o animou:

— Cynthia está aqui? Está com você?

— Não. Eu não sei... não sei exatamente onde ela está agora. Deve ter voltado para casa, em Milford, com nossa filha Grace.

— Grace, minha neta — ele disse.

— É, sua neta — sussurrei, enquanto uma sombra passava pelo corredor.

Clayton fechou os olhos um instante, como se sentisse dor. Mas acho que não era nada físico.

— Meu filho, onde ele está?

— Todd? — perguntei.

— Não, Todd não. Jeremy.

— Deve estar voltando de Milford.

— O quê?

— Está voltando de Milford. Pelo menos, é o que acho.

Clayton parecia mais alerta, estava de olhos arregalados.

— O que foi fazer em Milford? Quando foi para lá? Por isso não tem vindo aqui com a mãe? — Ele então fechou os olhos e ficou resmungando: — Não, não, não.

— O que foi? Qual é o problema? — perguntei.

Ele levantou uma mão cansada e tentou fazer sinal para eu sair.

— Me deixe — disse, ainda de olhos fechados.

— Não entendi. Jeremy e Todd não são a mesma pessoa?

Ele abriu os olhos devagar como uma cortina subindo no palco.

— Isso não pode estar acontecendo... estou tão cansado!

Cheguei mais perto. Eu detestava pressionar um velho doente, da mesma forma que odiava que Vince prendesse uma velha deficiente, mas eu precisava descobrir mais umas coisas.

— Diga, Clayton. Jeremy e Todd são a mesma pessoa?

Ele virou lentamente a cabeça no travesseiro e olhou para mim.

— Não. — Fez uma pausa. — Todd morreu.

— Quando? Quando ele morreu?

— Naquela noite, com a mãe — disse Clayton, resignado.

Então eram eles. No carro no fundo do lago. Quando chegassem os resultados dos exames dos corpos comparados com o DNA de Cynthia, teríamos certeza.

Clayton levantou a mão, fraco, mostrou a mesinha.

— Quer mais água? — perguntei.

Ele acenou com a cabeça. Dei o copo, ele tomou um grande gole.

— Não estou tão fraco quanto pareço — disse, segurando o copo como se isso fosse um grande feito. — Às vezes, quando Enid vem, finjo que estou em coma para não ter de falar com ela, não ouvir muita reclamação. Ainda consigo andar um pouco. Posso ir ao banheiro, às vezes até dá para chegar lá a tempo. — Mostrou a porta fechada do outro lado do quarto.

— Quer dizer, então, que Patricia e Todd morreram? — constatei.

Clayton fechou os olhos de novo.

— Você precisa me dizer o que Jeremy faz em Milford.

— Não sei, mas acho que vigiava a minha família. Acho que esteve na nossa casa, não posso garantir, e também que pode ter matado Tess, tia de Cynthia.

— Ah, meu Deus! A irmã de Patricia morreu? — perguntou Clayton.

— Apunhalada. O homem que contratamos para investigar umas coisas também foi morto.

— Não pode ser. Ela disse que ele tinha arrumado um emprego. No Oeste.

— Do que o senhor está falando?

— Enid. Ela disse que Jeremy arrumou um emprego em... Seattle, ou um lugar assim. Uma oportunidade. Teve de ir lá. E voltaria logo para me ver. Por isso ele não vinha me visitar. Pensei... que não estava se importando comigo. — Ele parecia devanear um pouco. — Jeremy é... ele não tem culpa de ser assim. Enid o fez assim. Obedece a tudo o que ela quer. Ela o envenenou contra mim desde o dia em que ele nasceu. Nem acredito que ela vem me visitar. Sempre me diz "Espera, espera mais um pouco". Parece que não se importa se eu morrer. Só não quer que eu morra já. Está planejando alguma coisa, eu sei. Ela mentiu para mim. Mente sobre todas as coisas, mente sobre Jeremy. Não queria que eu soubesse onde ele tinha ido.

— Por que não? Por que ele teria ido a Milford?

— Enid deve ter visto, deve ter achado alguma coisa — ele sussurrou.

— Visto o quê?

— Meu Deus! — ele disse, fraco, descansando a cabeça de novo no travesseiro e fechando os olhos. Balançou a cabeça de um lado para outro. — Enid sabe... meu Deus!, se ela souber...

— Se ela souber o quê? Do que está falando?

— Se ela souber, pode fazer qualquer coisa.

Inclinei-me mais sobre Clayton Sloan ou Clayton Bigge e sussurrei no ouvido dele:

— Souber o quê?

— Estou morrendo. Ela... deve ter chamado o advogado. Eu não queria que ela visse o testamento antes de eu morrer... minhas recomendações eram bem claras. Ele deve ter desobedecido... eu deixei tudo acertado...

— Testamento? Que testamento?

— O meu testamento. Eu mudei. Ela não podia saber... se soubesse... foi tudo acertado. Quando eu morrer, meus bens vão todos para Cynthia... Enid e Jeremy foram excluídos, não ficam com nada, só o que merecem, só o que ela merece... — Ele olhou para mim. — Você não imagina o que ela é capaz de fazer.

— Ela está aqui, em Youngstown. Jeremy é que foi a Milford.

— Ela deve ter mandado ele ir. Está numa cadeira de rodas, dessa vez não vai conseguir fazer...

— Fazer o quê?

Clayton não respondeu a minha pergunta. Ele próprio tinha muitas perguntas.

— Então ele está voltando? Jeremy?

— Foi o que Enid falou. Ele saiu de um motel em Milford hoje de manhã. Acho que nós vamos encontrá-lo aqui.

— Nós? Você não disse que Cynthia não veio?

— Não veio mesmo, vim com um homem chamado Vince Fleming.

Clayton pensou um instante e disse:

— Vince Fleming, o rapaz com quem ela estava naquela noite. No carro. O rapaz que estava com ela quando a encontrei.

— Isso mesmo. Ele tem me ajudado. Está com Enid agora.

— Com Enid?

— Para não deixar ela ligar para Jeremy e avisar que estamos aqui.

— Mas se ele está voltando, já deve ter feito.

— Feito o quê?

— Cynthia está bem? Está viva? — ele perguntou, com um olhar desesperado.

— Claro que está.

— E sua filha, Grace? Continua viva?

— O que o senhor está dizendo? Sim, claro que elas estão vivas.

— Pois se acontecer alguma coisa com Cynthia, ou com sua filha... está tudo explicado...

Estremeci. Há quantas horas eu tinha falado com Cynthia? Conversamos rapidamente naquela manhã, a única vez desde que ela sumiu com Grace.

Eu tinha mesmo certeza de que ela e Grace estavam vivas agora?

Peguei o celular. Lembrei que não podia usá-lo no hospital, mas como ninguém sabia que eu estava lá, achei que conseguiria falar.

Liguei para a nossa casa.

— Por favor, esteja em casa — sussurrei. Tocou uma, duas, três vezes. Na quarta, entrou a gravação.

— Cynthia, se estiver em casa e ouvir esse recado, ligue para mim imediatamente. É urgente.

Desliguei e tentei o celular dela. Caiu na caixa de recados imediatamente. Deixei a mesma mensagem, acrescentando:

— Você *precisa* me ligar.

— Onde ela está? — perguntou Clayton.

— Não sei — respondi, sem jeito. Pensei em ligar para Rona Wedmore, desisti, liguei outro número. Tocou cinco vezes até atenderem.

Um clique, um pigarro e um sonolento "Alô".

— Rolly? É Terry — disse eu.

Ao ouvir "Rolly", Clayton piscou.

— Sim, sim. Não tem problema, acendi a luz. Achou Cynthia?

— Não, mas encontrei outra pessoa.

— Quem?

— Olha, não dá tempo de explicar, mas quero que ache Cynthia. Não sei o que dizer para você, nem por onde começar. Vá até a nossa casa, veja se o carro dela está lá. Se estiver, bata na porta, arrombe se for preciso, veja se ela e Grace estão lá. Ligue para hotéis, não sei, faça alguma coisa.

— Terry, o que está havendo? Quem você encontrou?

— O pai dela.

Fez-se um silêncio mortal do outro lado da linha.

— Rolly?

— Sim, estou aqui. Eu... não consigo acreditar.

–– Nem eu.

— O que ele disse? Ele contou o que aconteceu?

— Estamos só começando. Estou ao norte de Buffalo, num hospital. Ele não está muito bem.

— Está falando?

— Sim. Conto tudo quando puder. Mas você tem de procurar Cynthia. Se a encontrar, ela precisa me ligar imediatamente.

— Certo. Já vou. Vou me vestir.

— E, Rolly, deixa que eu conto que encontrei o pai dela. Cynthia vai perguntar um milhão de coisas.

— Certo. Se tiver alguma notícia, eu ligo.

Pensei em outra pessoa que poderia ter visto Cynthia. Pamela tinha ligado tantas vezes para a nossa casa que decorei o telefone dela no identificador de chamadas. Liguei, tocou várias vezes até alguém atender.

— Alô? — Era Pamela, tão sonolenta quanto Rolly. Ao fundo, uma voz masculina perguntava: "O que é?"

Eu me identifiquei e me desculpei por ligar numa hora tão ruim.

— Cynthia está desaparecida. Com Grace.

— Meu Deus! Foram sequestradas ou algo assim? — perguntou, com a voz subitamente alerta.

— Não, não é isso. Ela foi embora. Queria ir embora.

— Ela me disse ontem ou anteontem, meu Deus, que dia é hoje? Ela disse que talvez não fosse trabalhar e, quando não apareceu, não me preocupei.

— Queria que você ficasse atenta. Se ela ligar, diga que preciso falar com ela. Pam, consegui encontrar o pai dela.

Por um instante fez-se silêncio do outro lado da linha. Depois:

— Porra.

— É — concordei.

— Está vivo?

Olhei o homem deitado na cama.

— Está.

— E Todd e a mãe dela?

— É outra história. Escute, Pamela, tenho de ir. Mas se vir Cyn, mande ligar para mim. E deixa que eu conto a notícia.

— Droga, terei de guardar segredo.

Desliguei e notei que o celular estava com a bateria fraca. Saí de casa com tanta pressa que não levei o carregador, nem tinha um no carro.

— Clayton, por que acha que Cynthia e Grace correm perigo? Por que acha que pode ter acontecido alguma coisa com elas? — perguntei, retornando ao assunto depois das conversas ao telefone.

— Por causa do testamento. Por que deixei tudo para Cynthia. É o único jeito de consertar o que fiz. Sei que não dá para consertar tudo o que eu fiz, mas o que mais posso fazer? — perguntou.

— Mas o que isso tem a ver com estarem vivas? — perguntei, embora já começasse a entender. As peças começavam a se encaixar, embora devagar.

— Se Cynthia estiver morta e sua filha também, não podem receber o dinheiro. Ele volta para Enid, que será a viúva e única herdeira lógica. Enid não vai permitir que Cynthia fique com o dinheiro, ela é capaz de matar as duas — ele sussurrou.

— Isso é loucura. Um duplo assassinato chamaria muita atenção, a polícia reabriria o caso, iam ver o que aconteceu 25 anos antes, podiam acabar chegando a Enid e então... — Parei.

Um assassinato chamaria a atenção. Sem dúvida. Mas um suicídio, nem tanto. Principalmente quando a suicida passou por tanto estresse nas últimas semanas. Uma mulher que chamou a polícia para investigar um estranho chapéu que apareceu na casa dela. Difícil ser mais bizarro que isso. Uma mulher que também chamou a polícia porque recebeu um bilhete indicando onde estariam os corpos da mãe e do irmão desaparecidos. Um bilhete escrito na máquina da casa dela.

Quando uma mulher assim se suicida, bom, é fácil imaginar o motivo. Era culpa. Culpa que deve ter sentido durante muito tempo. Afinal, como se explica ela ter conseguido mandar a polícia até aquele carro no lago, se não soubesse todos esses anos que estava lá? Que motivo teria para uma pessoa mandar um bilhete assim?

Uma mulher tão cheia de culpa: alguém se surpreenderia se ela tirasse a vida da filha também?

Seria isso o que estava prestes a acontecer?

— O que você está pensando? — perguntou Clayton.

E se Jeremy tivesse ido a Milford para nos vigiar? E se estivesse nos vigiando há semanas, seguindo Grace até a escola? Vigiando-nos no shopping? Da rua, em frente à nossa casa? Entrando na nossa casa um dia, quando nos distraímos e levando a chave reserva para entrar quando quisesse. Numa dessas incursões (lembrei do que descobri na última vez em que Abagnall foi a nossa casa), devolveu a chave colocando-a na gaveta de talheres para pensarmos que guardamos no lugar errado. Deixando aquele chapéu. Pegando o nosso e-mail. Escrevendo um bilhete na minha máquina para Cynthia encontrar os corpos da mãe e do irmão...

Tudo isso poderia ter sido feito antes de trocarmos as fechaduras, colocarmos novas trancas.

Minha cabeça fez um movimento brusco. Eu estava indo além de mim mesmo. Tudo parecia tão inacreditável, tão diabólico!

Será que Jeremy estava preparando a cena do crime? Estaria voltando para pegar a mãe em Youngstown e levá-la para assistir à última cena em Milford?

— Preciso que me conte tudo o que aconteceu naquela noite. Tudo — sussurrei para Clayton.

— Não era para ser assim... — ele disse, mais para si mesmo. — Eu não podia ir visitá-la. Prometi não ir, para protegê-la... Mesmo depois que eu morresse, quando Enid descobrisse que não ficou com nada... tem um envelope lacrado para só ser aberto depois que eu estiver morto e enterrado. Explicava tudo. Eles prenderiam Enid, Cynthia ficaria segura...

— Clayton, acho que elas estão correndo perigo agora. Sua filha e sua neta. Você tem que me ajudar enquanto ainda pode.

Ele olhou bem o meu rosto.

— Você parece uma pessoa ótima. Fico contente por ela ter encontrado você.

— Você precisa me contar o que aconteceu.

Ele respirou fundo como se juntando forças para a tarefa que tinha pela frente.

— Eu a estou vendo... ficar longe não vai protegê-la agora. — Ele engoliu em seco. — Leve-me até minha filha. Deixa eu me despedir dela. Me leva e eu conto tudo. Está na hora.

— Não posso tirar você daqui. Você está todo monitorado, se eu tirar os aparelhos, você morre.

— Vou morrer de qualquer jeito. Minhas roupas estão ali no armário. Pegue — disse Clayton.

Fui até o armário e parei.

— Mesmo se eu quisesse, não deixariam você sair do hospital.

Clayton fez sinal para eu me aproximar, segurou meu braço com força, decidido.

— Ela é um monstro. Faz qualquer coisa para conseguir o que quer. Durante anos tive medo dela, fiz o que ela queria, morrendo de medo de ser punido. Mas o que mais tenho para temer? O que ela pode me fazer? Já que tenho tão pouco tempo, quem sabe posso salvar Cynthia e Grace. Enid não tem limites para o que faz.

— Ela não conseguirá nada enquanto Vince a estiver vigiando — falei.

311

Clayton apertou os olhos e perguntou:

— Você esteve na casa dela? Bateu à porta?

Concordei com a cabeça.

— E ela atendeu?

Concordei, de novo.

— Ela parecia com medo?

Dei de ombros.

— Nem tanto.

— Dois estranhos batem na porta e ela não tem medo. Não é curioso?

Outro dar de ombros.

— Talvez.

Clayton então perguntou:

— Você olhou embaixo do cobertor que ela usa para cobrir as pernas?

42

Peguei de novo o celular e liguei para Vince.

— Atenda — eu disse, com enorme ansiedade. Não conseguia achar Cynthia e estava apavorado que tivesse acontecido algo com um cara que um dia antes eu considerava um assassino.

— Ele não atende? — perguntou Clayton, sentando na cama com as pernas para fora.

— Não — respondi. Depois de seis toques, a ligação caiu na caixa postal e desliguei. — Preciso voltar para lá.

— Espere um instante — ele pediu, quase saindo da cama.

Fui até o armário e achei a calça dele, uma camisa e um paletó leve.

— Precisa de ajuda? — perguntei, colocando as roupas na cama, ao lado dele.

— Estou bem — ele disse, parecendo um pouco sem ar. Tomou fôlego e perguntou: — Você viu se tinha meias e cueca no armário?

Dei outra olhada, não vi nada, depois chequei a gaveta na mesa de cabeceira.

— Estão aqui — eu disse, entregando para ele.

Ele conseguiu ficar de pé ao lado da cama, mas para sair do quarto precisava retirar o soro. Ele arrancou a fita adesiva que segurava o soro e tirou a agulha do braço.

— O senhor tem certeza? — perguntei.

Ele concordou com a cabeça e deu um sorriso fraco.

— Se existe uma chance de ver Cynthia, eu encontro forças.

— O que está acontecendo aqui?

Nós dois viramos a cabeça para a porta. Tinha uma enfermeira lá, uma afro-americana esguia, de seus quarenta e poucos anos, um olhar de espanto.

— Sr. Sloan, o que acha que está fazendo?

Ele tinha tirado a calça do pijama e estava pelado na frente dela. As pernas eram muito brancas e compridas; seus genitais estavam encolhidos e murchos.

— Estou me vestindo, o que a senhora acha? — ele perguntou.

— Quem é o senhor? — ela questionou, virando-se para mim.

— Sou o genro dele — respondi.

— Nunca o vi aqui. Não sabe que o horário de visitas terminou?

— Acabei de chegar à cidade, precisava ver meu sogro.

— O senhor tem de sair daqui já. E volte para a cama, Sr. Sloan — disse ela, aos pés da cama, de onde viu que o soro tinha sido arrancado. — Meu Deus! O que o senhor fez?

— Estou indo embora — disse Clayton, vestindo a cueca branca. Olhando para ele, daquele jeito, a frase ficou com um duplo sentido. Ele se segurou em mim, ao se abaixar para vestir a cueca.

— O senhor vai embora mesmo, se não colocar de novo o soro — disse a enfermeira. — Não tem discussão. Vou ter de chamar seu médico, no meio da noite?

— Faça o que quiser — ele disse.

— Primeiro, vou ligar para a segurança — disse ela, virando-se sobre os sapatos de sola de borracha e saindo rápido do quarto.

— Sei que é pedir muito — eu disse para Clayton —, mas o senhor precisa se apressar. Vou ver se acho uma cadeira de rodas.

Entrei no corredor, vi uma cadeira vazia no posto de enfermagem. Corri lá, a enfermeira estava falando ao telefone. Terminou a ligação e me viu voltando para o quarto de Clayton com a cadeira de rodas.

Ela correu, segurou a cadeira com uma mão e meu braço com a outra.

— O senhor não pode tirar aquele paciente deste hospital — disse, abaixando a voz para não acordar os outros pacientes, mas mantendo a autoridade.

— Ele quer sair — eu disse.

— Ele não deve estar pensando direito. Então, o senhor tem que pensar por ele — disse.

Tirei a mão dela do meu braço.

— Ele precisa fazer isso.

— O senhor acha?

— Ele acha. — Falei mais baixo, bem sério. — Pode ser sua última oportunidade de ver a filha e a neta.

— Se quer ver as duas, elas podem vir visitá-lo — ela argumentou. — Se for o caso, podemos até ampliar um pouco o horário de visitas.

— A situação é bem mais complicada.

— Estou pronto — disse Clayton, aparecendo na porta do quarto. Tinha calçado os sapatos sem meias, não tinha abotoado a camisa ainda, mas estava de paletó e devia ter alisado os cabelos com a mão. Parecia um idoso abandonado.

A enfermeira não desistiu. Largou a cadeira de rodas, aproximou-se de Clayton e disse bem na cara dele:

— O senhor não pode sair daqui, Sr. Sloan. Precisa receber alta de seu médico, o Dr. Vestry, e garanto que ele não vai permitir. Liguei para ele agora.

Peguei a cadeira para Clayton se sentar. Girei-a com ele na direção do elevador.

A enfermeira correu para o posto, pegou o interfone reforçando o pedido de segurança!

As portas do elevador se abriram e coloquei a cadeira com Clayton dentro, apertei o botão do primeiro andar e vi a enfermeira olhando para nós, pasma, até as portas se fecharem.

— Quando a porta abrir, vou empurrar você rápido como se estivesse fugindo do inferno — avisei calmamente.

Ele não respondeu, mas segurou com mais força nos braços da cadeira. Gostaria que tivesse um cinto de segurança.

As portas do elevador se abriram e havia cerca de 4 metros de corredor até a entrada do pronto-socorro e o estacionamento.

—- Segure-se — eu disse, baixo, e empurrei a cadeira correndo.

A cadeira não foi feita para correr e empurrei com tanta força que as rodas dianteiras começaram a balançar. Tive medo de que, de repente, uma delas caísse, Clayton fosse jogado para fora e acabasse com alguma fratura antes de eu colocá-lo no Dodge Ram de Vince. Então, firmei a cadeira para trás, como se só tivesse as rodas traseiras.

Clayton se segurou.

O casal de idosos que antes estava sentado na sala de espera vinha arrastando os pés pelo corredor. Gritei: "Saiam do caminho!" A mulher girou a cabeça e tirou o marido da frente a tempo de passarmos correndo.

Os sensores nas portas de correr da emergência abriam devagar e tive de frear a cadeira para que Clayton não atravessasse o vidro. Reduzi ao máximo para não arremessá-lo para a frente e foi então que alguém, imagino que o segurança, veio atrás gritando:

— Ei, pode parar, companheiro!

Era tanta a adrenalina que não parei para pensar no que estava fazendo. Eu estava funcionando por instinto. Girei, usando o impulso que parecia estocado dentro de mim por ter corrido tanto pelo corredor e formou uma mão fechada que atingiu meu perseguidor bem na lateral da cabeça.

Ele não era um sujeito muito grande, devia medir 1,80m, pesar uns 70 quilos, tinha cabelos e bigode pretos e devia achar que o uniforme cinza e o cinturão preto com revólver resolviam tudo. Felizmente, não pegou o revólver, deve ter pensado que um sujeito empurrando um moribundo numa cadeira de rodas não representava uma ameaça.

Ele estava enganado.

O segurança caiu no chão da emergência como uma marionete cujos cordões foram cortados. Em algum lugar, uma mulher gritou, mas não perdi tempo nem para ver quem era ou se vinha mais alguém atrás de mim. Girei de volta e continuei empurrando a cadeira de Clayton até o estacionamento, direto na porta do carona do Dodge.

Peguei as chaves, destranquei o carro pelo controle remoto, abri a porta. O carro era alto e precisei levantar Clayton para sentá-lo no banco. Fechei a porta, corri para o outro lado do carro e, ao sair da vaga, bati na cadeira de rodas com o pneu dianteiro. Ela raspou no para-choque.

— Droga — xinguei, pensando como Vince era cuidadoso com o carro.

Os pneus chiaram quando deixei o estacionamento em direção à autoestrada. Vi de relance as pessoas saindo do pronto-socorro para constatar a nossa façanha. Clayton parecia exausto e disse:

— Temos de ir para a minha casa.

— Eu sei, estou indo. Preciso saber por que Vince não atende o celular, se está tudo bem, talvez tenha ido procurar Jeremy caso ainda não tenha chegado.

— Preciso pegar uma coisa antes de encontrarmos Cynthia — disse Clayton.

— O quê?

Ele fez sinal com a mão fraca e disse:

— Depois.

— Eles vão chamar a polícia — eu disse, me referindo às pessoas do hospital. — Eu praticamente sequestrei um paciente e agredi um segurança. Vão procurar este carro.

Clayton ficou calado.

Fui a mais de 120km/h, rumo norte, em direção a Youngstown, olhando sempre se via luzes giratórias vermelhas no espelho retrovisor. Liguei de novo para Vince, não atendia. Meu celular estava quase sem bateria.

Senti um enorme alívio ao ver a entrada para Youngstown, já que o carro ficava mais vulnerável e mais visível na autoestrada. Mas e se a polícia estivesse à nossa espera na casa de Sloan? O hospital poderia informar à polícia o endereço do paciente fugido e eles certamente adivinhariam o seu paradeiro. Qual é o paciente terminal que não quer morrer em casa?

Passei pela Main, virei à esquerda, fomos rumo sul por alguns metros e viramos à direita na casa de Sloan. Parecia bem sossegada quando passamos por ela, com duas luzes acesas dentro e o Honda Accord ainda estacionado na frente.

Nenhum carro de polícia. Por enquanto.

— Vou contornar a casa para entrar pelos fundos, onde não dá para o carro ser visto — eu disse.

Clayton concordou com a cabeça. Estacionei no gramado de trás, apaguei as luzes e desliguei o motor.

— Vá ver como está seu amigo. Eu sigo atrás — disse Clayton.

Saltei e corri para a porta dos fundos da casa. Estava trancada, bati.

— Vince! — gritei. Olhei pelas janelas, nenhum movimento. Dei a volta na casa até a frente, olhei a rua de um lado e de outro, procurando carros de polícia, depois fui para a porta principal.

Estava destrancada.

— Vince! — gritei novamente, entrando no saguão. Não vi Enid Sloan na cadeira de rodas, nem Vince Fleming.

Só vi quando entrei na cozinha.

Enid e a cadeira de rodas haviam desaparecido. Mas Vince! estava no chão, com as costas da camisa vermelha de sangue.

— Vince — chamei, me ajoelhando ao lado dele. — Ah, Vince! — Pensei que estivesse morto, mas ele gemeu baixinho. — Ah, meu Deus, ainda está vivo!

— Terry — ele sussurrou, com o lado direito do rosto encostado no chão. — Ela tinha uma... a porra de um revólver embaixo do cobertor. — Os olhos dele rolavam nas pálpebras. Escorria sangue da boca. — Que porra...

— Não fale, vou chamar a emergência.

Achei o telefone, segurei o receptor com uma mão e teclei os três números com a outra.

— Atiraram num homem — falei. Dei o endereço, disse que era urgente e desliguei sem responder às perguntas que a atendente ia fazer.

— Ele voltou para casa — disse Vince, quando me ajoelhei de novo ao lado dele. — Jeremy... ela ficou na porta, não deixou nem ele entrar... disse que tinham de sair na hora. Ela ligou para ele... depois de atirar em mim, e disse "Venha correndo".

— Jeremy esteve aqui?

— Ouvi os dois falando... — Saiu mais sangue da boca de Vince. — Vamos. Ela não deixou nem ele ir ao banheiro. Não queria que ele me visse... não disse para ele...

O que Enid estava pensando? O que se passava na cabeça dela?

Na porta da frente, ouvi Clayton chegando, arrastando os pés.

— Porra, está doendo... Porra de velha — disse Vince.

— Você vai melhorar — eu disse.

— Terry — ele chamou, tão baixo que mal ouvi. Cheguei mais perto dele. — Cuide de... Jane, tá?

— Segura aí, cara. Segura aí.

43

— Enid jamais abre a porta sem um revólver embaixo do cobertor. Principalmente quando está em casa sozinha — disse Clayton.

Ele conseguiu entrar na cozinha e, apoiado na bancada, olhava Vince Fleming no chão. Ficou um instante retomando o fôlego: sair do carro, dar a volta na casa até a frente e entrar o deixara exausto.

Quando melhorou um pouco, ele disse:

— É fácil subestimá-la. Uma idosa numa cadeira de rodas. Deve ter esperado a hora certa e, quando ele ficou de costas, bem perto para não errar o alvo, Enid atirou. Ninguém pode com ela — resumiu, balançando a cabeça.

Eu continuava falando baixo no ouvido de Vince:

— Chamei a ambulância, já está vindo. — Eu esperava que chegasse logo, pois não tinha muita condição de ajudar alguém tão ferido.

— Sei — disse Vince, de olhos fechados, as pálpebras agitadas.

— Temos de ir atrás de Enid e Jeremy, eles vão pegar minha mulher e minha filha.

— Faça o que precisar — sussurrou Vince.

Informei a Clayton:

— Vince disse que Jeremy chegou, Enid não o deixou nem entrar, saíram na mesma hora.

Clayton concordou lentamente e disse:

— Não foi para poupá-lo.

— O que o senhor quer dizer? — perguntei.

— Não queria que visse o que ela fez, não para poupá-lo de uma cena desagradável, mas para ele não saber.

— Por quê?

Clayton tomou fôlego novamente.

— Preciso me sentar. — Levantei-me do chão e ajudei-o a sentar-se numa das cadeiras da cozinha. — Procure ali no armário, deve ter um Tylenol ou algo assim — ele disse, apontando.

Tive de passar por cima das pernas de Vince e tomar cuidado para não pisar na poça de sangue, que aumentava. Achei uns comprimidos de Tylenol extraforte e, no armário ao lado, copos. Enchi um com água e voltei, me esforçando para não escorregar. Peguei dois comprimidos e coloquei na mão de Clayton.

— Quatro — ele disse.

Queria ouvir a sirene de uma ambulância. Queria que socorressem Vince e ao mesmo tempo precisava sair dali antes dela chegar. Peguei mais dois comprimidos e entreguei junto com o copo de água para Clayton. Ele teve de tomar um de cada vez. Demorou uma eternidade para engolir os quatro. Quando terminou, perguntei:

— Por que Enid não queria que Jeremy soubesse?

— Por que, se ele soubesse, podia querer que ela desistisse do plano. Vince ferido, você indo para o hospital falar comigo. Sabendo quem ele realmente é, Jeremy ia achar que estava dando tudo errado. Se eles fossem fazer o que acho que foram, não haveria muita esperança de desistir.

— Mas Enid sabe de tudo isso — disse eu.

Clayton deu um sorriso torto.

— Você não conhece Enid. Ela só enxerga a herança, está cega para qualquer coisa que possa impedi-la. De certa forma, ela é obsessiva.

Olhei o relógio na parede, os dois ponteiros marcavam 1h06.

— Quanto tempo de vantagem eles têm? — Clayton perguntou para mim.

— Seja quanto for, é o bastante. — Olhei em cima da bancada, vi um rolo de Reynolds Rap e migalhas marrons. — Ela embrulhou o bolo de cenoura para comer na estrada.

— Certo — disse Clayton, esforçando-se para se levantar. — Porra de câncer, tomou meu corpo todo. Transformou minha vida em dor e sofrimento e ainda tenho de acabar numa confusão dessas. — Quando se levantou, disse: — Preciso levar uma coisa, mas não tenho força para buscar lá embaixo.

— Diga o que é.

— No porão, tem uma bancada com uma caixa de ferramentas vermelha.

— Certo.

— Abra a caixa e levante a bandeja que fica por cima. Pegue o que está pregado no fundo da bandeja.

A porta do porão ficava atrás da cozinha. No alto da escada, procurei a tomada de luz e perguntei a Vince:

— Está aguentando?

— Merda — ele disse, baixinho.

Desci a escada de madeira. O porão era frio e tinha cheiro de mofo, havia uma confusão de caixas e enfeites de Natal, pedaços de móveis fora de uso, além de duas armadilhas para rato enfiadas num canto. A bancada ficava na parede ao fundo e estava cheia de tubos de calafetar, lixas, ferramentas que não foram jogadas fora e uma caixa de ferramentas vermelha, riscada e muito usada.

Havia uma lâmpada sobre a bancada, puxei o fio para acendê-la e poder enxergar o que fazia. Soltei os dois fechos de metal da caixa de ferramentas e abri. A bandeja estava cheia de parafusos enferrujados, serras quebradas, chaves de fenda. Se eu despejasse tudo o que estava na caixa, ia fazer uma bagunça, embora ninguém fosse perceber. Então, levantei a bandeja e olhei o que tinha embaixo.

Era um envelope padrão de carta, sujo e manchado, preso ao fundo por uma fita adesiva amarelada. Tirei o envelope sem muita dificuldade.

— Achou? — perguntou Clayton, ofegante, do alto da escada.

— Sim — respondi. Coloquei o envelope na bancada, guardei a bandeja na caixa e fechei de novo. Peguei o envelope e olhei o verso. Não tinha nada escrito e dentro parecia ter só uma folha de papel dobrada.

— Ótimo. Se quiser, pode abrir o envelope e olhar — disse Clayton.

Rasguei um lado do envelope, soprei dentro, peguei a folha com o indicador e o polegar, tirei e abri.

— É antigo, cuidado — recomendou Clayton lá de cima.

Olhei para a carta e li. Foi como se o meu último suspiro estivesse se esvaindo.

Subi a escada, Clayton explicou as circunstâncias que envolviam o que eu tinha achado no envelope e o que era para eu fazer.

— Promete? — ele perguntou.

— Prometo — eu disse, guardando o envelope no meu casaco.

Tive uma última conversa com Vince.

— A ambulância deve estar chegando. Você consegue aguentar?

Vince era um homem grande e forte, achei que ele tinha mais chance de sobreviver do que muita gente.

— Vá salvar sua mulher e sua filha. E se achar aquela vadia na cadeira de rodas, jogue-a no meio da rua. — Ele fez uma pausa e disse: — Tenho um revólver no carro. Devia estar com ele. Burro.

Toquei na testa dele.

— Você vai conseguir.

— Vá — sussurrou.

Perguntei para Clayton:

— Aquele Honda na entrada da garagem funciona?

— Claro, é o meu carro. Não usei muito depois que adoeci.

— Acho que não devemos usar o carro de Vince. A polícia o está procurando e as pessoas me viram saindo do hospital com ele. Deve ter uma descrição do carro e a placa.

Ele concordou com a cabeça e mostrou um pratinho de enfeite no aparador perto da porta.

— As chaves devem estar ali.

— Aguarde um instante — falei.

Corri para trás da casa e abri o Dodge. A cabine tinha vários compartimentos nas portas e entre os assentos, além do porta-luvas. Procurei em todos os cantos. No fundo do painel, embaixo de uma pilha de mapas, achei o revólver.

Eu não entendia muito de armas, nem me sentia seguro com uma enfiada na cintura. E já estava com muitos problemas para precisar arranjar um ferimento causado por mim mesmo. Depois abri o Honda com a chave de Clayton, entrei e guardei a arma no porta-luvas. Liguei o carro, passei pelo gramado e parei o mais perto possível da entrada.

Clayton saiu da casa e veio andando, meio inseguro. Saltei do carro, dei a volta, abri a porta do carona e o ajudei a entrar. Puxei o cinto de segurança e afivelei-o.

— Certo, agora vamos — eu disse, voltando ao volante do carro.

Saí da casa, entrei na rua, dobrei à direta na Main, rumo norte.

— Chegaram — disse Clayton.

Uma ambulância veio correndo do sul, seguida de dois carros de polícia, com as luzes girando, mas sem sirene. Depois de passarmos em frente ao bar onde parei antes, rumei para leste para voltarmos à avenida Robert Moses.

Quando entramos na autoestrada, tive vontade de correr mais, mas ainda temia ser parado pela polícia rodoviária. Mantive uma boa velocidade, acima do limite permitido, mas que não dava para chamar muita atenção.

Esperei até passarmos por Buffalo e fui rumo leste, para Albany. Não posso afirmar que eu tivesse exatamente relaxado, mas depois de estarmos a uma boa distância de Youngstown havia pouca possibilidade de ser pego pelo que houve no hospital e pelo que a polícia encontraria na casa dos Sloan.

Foi então que virei para Clayton, que estava muito calmo, com a cabeça apoiada no encosto e disse:

— Agora o senhor pode contar. Tudo.

— Certo — ele disse, e se preparou pigarreando.

44

O casamento foi uma farsa.

O primeiro casamento, explicou Clayton. Bem, o segundo também. Dali a pouco ele falaria nesse. Tínhamos um longo caminho até Connecticut, dava tempo suficiente para contar tudo.

Ele falou primeiro no casamento com Enid. Conheceu-a no ensino médio, em Tonawanda, um subúrbio de Buffalo. Depois, ele foi para a faculdade Canisius, fundada pelos jesuítas, onde cursou administração e estudou um pouco de filosofia e religião. Não era muito longe da casa dos pais e, claro, podia continuar morando com eles, mas conseguiu um quarto barato perto do campus. Achava que, mesmo se não frequentasse uma escola distante, tinha de sair da casa dos pais.

Quando terminou o curso, quem estava esperando por ele? Enid, claro. Começaram a namorar e ele notou que era uma garota decidida, que sempre conseguia o que queria. Ela aproveitava o que tinha de bom: era atraente, tinha um belo corpo e muito apetite sexual, pelo menos no começo do namoro.

Certa noite, ela, chorosa, conta que está grávida.

— Oh, não! — Clayton lamentou.

Pensa primeiro nos pais, que terão vergonha dele. Eram tão preocupados com as aparências e agora acontece uma coisa assim, o filho engravidar uma moça. A mãe dele ia querer mudar de cidade para não ouvir os comentários dos vizinhos.

Então, não tinha muita escolha senão casar. E logo.

Dois meses depois ela diz que não está se sentindo bem, marca consulta com o médico, o Dr. Gibbs. Vai sozinha, chega em casa e diz que perdeu a criança. Adeus, bebê. Muitas lágrimas. Um dia, Clayton vê o Dr. Gibbs no restaurante e vai até ele.

— Sei que não devia perguntar isso aqui, devia marcar consulta, mas Enid vai poder ter outro filho depois de perder o bebê, não?

— Hein! — o Dr. Gibbs exclama.

Ele então tem ideia de com quem está lidando. Uma mulher capaz de dizer qualquer coisa, qualquer mentira, para conseguir o que quer.

Ele devia ter se separado. Mas Enid diz que estava tão triste, achava que estava grávida, teve medo de ir ao médico confirmar e eis que não estava. Clayton não sabe se acredita nela e, mais uma vez, se preocupa com a vergonha por que ele e a família vão passar se ele abandonar Enid, se pedir divórcio. Enid então adoece, fica de cama. Verdade ou fingimento, ele não sabe, mas não pode largá-la assim.

Quanto mais ele fica, mais difícil é ir embora. Logo percebe que Enid sempre consegue o que quer. Quando Enid não consegue o que quer, é um inferno. Fecha os punhos, berra, quebra coisas. Uma vez, ele está na banheira e Enid entra com o secador de cabelos ligado e brinca que vai jogar na água. Algo nos olhos dela dá a entender que jogaria mesmo, sem pensar duas vezes.

Ele aproveita o curso que fez e arruma um emprego no setor de vendas, fornecendo máquinas para lojas e fábricas. Precisa viajar de carro por todo o país, por um trecho que vai de Chicago a Nova York, passando por Buffalo. Vai ficar muito tempo fora de casa, avisa o provável empregador. É a chance de Clayton. Ficar longe das insistências dela, dos gritos, dos olhares estranhos que às vezes lança e mostram que as coisas na cabeça dela nem sempre funcionam como deveriam. Depois de toda viagem, ele tem medo de voltar, pensa nas reclamações de Enid assim que entrar em casa: ela não tem roupas bonitas, ele não trabalha o suficiente, a porta dos fundos está rangendo e ela está ficando louca com isso. A única coisa pela qual vale a pena voltar para casa é reencontrar o setter irlandês dele, Flynn. O cachorro vem correndo receber o carro de Clayton como se estivesse esperando na varanda desde a hora em que ele saiu.

Enid então engravida. Dessa vez, de verdade. Um menino: Jeremy. Ela adora aquele menino. Clayton também, mas percebe logo que há uma competição pelo amor do menino. Quando Jeremy começa a andar, Enid inicia a campanha para envenenar a relação de pai e filho. Diz ao menino que se ele quer ser forte e bem-sucedido, precisa ser como ela, pois não existe um modelo masculino forte naquela casa. Diz também que o marido não faz nada por ela, pena também que o menino seja fisicamente parecido com ele, mas essa deficiência ele pode vencer, com esforço e tempo.

Clayton quer sair de casa.

Mas há algo naquele aspecto sombrio de Enid que o faz ser incapaz de prever como reagirá a uma alusão a divórcio ou a qualquer tipo de separação.

Uma vez, antes de sair para uma das longas viagens de vendas, ele diz que precisa falar com ela. Assunto sério.

— Não estou feliz, acho que esse casamento não está funcionando — diz.

Ela não chora. Não pergunta o que está errado. Não pergunta o que fazer para melhorar o casamento para deixá-lo feliz.

Ela apenas se aproxima e olha bem para ele. Ele quer desviar o olhar, não consegue, como se estivesse hipnotizado pelo mal. Olhar para ela é olhar a alma do demônio. E ela diz apenas:

— Você *jamais* vai me abandonar. — E sai do quarto.

Ele pensa na frase, enquanto dirige na viagem. Veremos, ele pensa. Veremos.

Ao voltar para casa, o cachorro não sai correndo para recebê-lo. Quando abre a porta da garagem para guardar o Plymouth, Flynn está enforcado numa viga, com uma corda amarrada ao pescoço.

— Ainda bem que foi só o cachorro — Enid diz.

Apesar de gostar tanto de Jeremy, ela convence Clayton de que o menino correrá perigo se ela for abandonada.

Clayton Sloan se resigna a essa vida de sofrimento, humilhação e castração. É sua sina, e vai enfrentá-la da melhor forma possível. Vai viver como um sonâmbulo, se for preciso.

Ele se esforça para não desdenhar o menino em quem a mãe fez uma lavagem cerebral, convencendo-o de que o pai não merece afeto. Jeremy considera o pai um inútil, um homem desprezível que mora na casa com ele e a mãe. Mas Clayton sabe que o filho é uma vítima da mãe, como ele.

Ele pensa: como foi que sua vida ficou assim?

E muitas vezes pensa em se matar.

Dirige pelo país no meio da noite. Voltando de Chicago, contorna o lago Michigan, percorre um pequeno trecho que passa por Indiana. Vê uma ponte à frente e acelera. Cem quilômetros por hora, 120, 140. O Plymouth começa a flutuar. Quase não se usava cinto de segurança naquele tempo, mas ele abriu o dele para ter certeza de que sairá pelo painel do carro e morrerá. O carro vai para o acostamento, jogando cascalho e areia para trás; então, no último minuto, Clayton volta para a estrada, fica com medo.

Em outra ocasião, a alguns quilômetros a oeste do rio Battle, ele perde a paciência, entra de novo na estrada em alta velocidade e, quando o pneu dianteiro direito passa do acostamento para o asfalto, o carro fica desgovernado. Atravessa duas pistas, fica de frente para um caminhão-reboque, destrói a divisória central e vai parar num matagal.

O motivo que costuma fazê-lo mudar de ideia é Jeremy. O filho. Tem medo de largá-lo sozinho com ela pelo resto da vida — seja lá quanto tempo ele ainda vai durar.

Então tem a ideia de parar em Milford, arrumar novos clientes, fazer novos negócios.

Entra numa lanchonete para comprar um chocolate e vê o nome da balconista numa plaquinha presa no uniforme: Patricia.

Linda, de cabelos ruivos.

Parece tão simpática! Tão sincera.

Os olhos dela tinham algo, uma gentileza, uma suavidade. Depois de passar os últimos anos se esforçando para evitar os olhos negros de Enid, ver aqueles olhos lindos o deixa tonto.

Gasta um tempo enorme para comprar o chocolate. Comenta do tempo, conta que dois dias antes estava em Chicago, que passa quase o tempo todo na estrada. Depois, diz sem nem perceber:

— Aceita almoçar comigo?

Patricia sorri, avisa que, se ele quiser voltar dali a meia hora, tem uma hora de folga.

Durante essa hora, percorrendo as lojas do centro de Milford, ele se pergunta que diabo está fazendo. É casado. Tem mulher e filho, casa e emprego.

Mas nada disso melhora sua vida. É isso que ele quer: uma vida.

Comendo um sanduíche de atum numa lanchonete próxima, Patricia comenta que não costuma almoçar com homens que acaba de conhecer, mas ele a deixou intrigada.

— Por quê? — ele pergunta.

— Acho que sei o seu segredo, eu conheço as pessoas e acho que conheço você — diz.

Céus! Será que é assim tão evidente? Ela adivinhou que ele era casado? Lê pensamento? Quando a conheceu, ele estava de luvas e agora tirou a aliança e enfiou no bolso, não?

— O que você sabe? — ele pergunta.

— Você me parece uma pessoa complicada. Será por isso que anda pelo país para baixo e para cima? Está procurando alguma coisa?

— Não, esse é o meu trabalho — ele explica.

Patricia sorri.

— Fiquei pensando, talvez haja um motivo para você vir até aqui, em Milford. Talvez esteja dirigindo pelo país todo por que procura algo. Não estou dizendo que sou eu, mas é algo.

Era ela mesmo. Ele tem certeza.

Ele diz que se chama Clayton Bigge. É como se a ideia tivesse nascido antes. Talvez, no começo, estivesse pensando em ter um caso, e podia ser válido arranjar um nome falso para isso.

Nos meses seguintes, suas viagens de vendas o levam até Torrington, mas ele sempre vai um pouco mais ao sul para chegar a Milford e encontrar Patricia.

Ela o adora. Faz com que ele se sinta importante. Faz com que ele sinta que tem valor.

De volta à autoestrada Nova York, ele pensa na logística de sua vida dupla.

A empresa estava reformulando algumas áreas de vendas e ele podia conseguir o trecho de Hartford-Buffalo. Assim, cada vez que terminasse a rota...

Há também o problema do dinheiro.

Mas Clayton está se saindo bem. Já tomou todas as precauções para esconder de Enid a quantia que economizou. Para ela, não interessava o quanto ele conseguia ganhar, pois nunca era bastante. Ela sempre o depreciava. E sempre gastava. Portanto, era melhor ele guardar um pouco.

Deve bastar, ele pensa. É suficiente para manter uma segunda casa.

Como será ótimo ser feliz, pelo menos na metade do tempo!

Patricia aceita o pedido de casamento. A mãe fica contente, mas a tia materna, Tess, não gosta muito da ideia, como se soubesse que ele está tentando esconder algo, só não sabe o quê. Clayton percebe que a tia não confia nem jamais confiará nele e trata de se cuidar. Sabe que Tess deu sua opinião para Patricia, mas ela o ama sinceramente e sempre o defende.

Quando os dois vão comprar as alianças, dá um jeito para que ela escolha uma igual à que tem no bolso. Depois, devolve uma à loja, recebe o dinheiro de volta e continua com a aliança que sempre usou. Preenche fraudulentamente licenças municipais e estaduais (era mais fácil antes do 11 de setembro, ele diz), e faz registros falsos desde carteira de motorista até cartão de biblioteca — assim, pode enganar quando vai fazer a certidão de casamento.

Em algum aspecto deve ter desapontado Patricia, mas tenta ser bom para ela. Pelo menos quando está em casa.

Têm dois filhos. Primeiro, um menino, a quem chamam Todd. Dois anos depois, uma menina, batizada Cynthia.

A vida dele passa a ser um malabarismo espantoso.

Uma família em Connecticut e outra ao norte de Nova York. Ele fica entre as duas.

Quando é Clayton Bigge, só pensa em quando terá de voltar a ser Clayton Sloan. E quando é Clayton Sloan, só pensa em pegar a estrada e voltar a ser Clayton Bigge.

É mais fácil ser Sloan, pelo menos é o nome verdadeiro. Não precisa se preocupar com papelada. Carteira de motorista e outros documentos são todos autênticos.

Mas quando está em Milford, quando é Clayton Bigge, marido de Patricia, pai de Todd e Cynthia, fica sempre alerta. Respeita a velocidade permitida. Garante que tem dinheiro vivo para o estacionamento e não precisa pagar com cartão. Não quer ninguém anotando a placa do seu carro. Toda vez que vai para Connecticut, sai da estrada em algum lugar escondido, tira a placa laranja de Nova York e substitui por uma azul, roubada, do estado de Connecticut, na traseira do carro. E quando volta para Youngstown, põe de novo a placa de Nova York. Tem que estar o tempo todo ligado, prestando atenção em ligações interurbanas, não compra nada como Clayton Sloan nem dá seu endereço em Milford sem pensar. Paga tudo sempre em dinheiro. Assim não deixa vestígios.

Tudo na vida dele é falso. O primeiro casamento é uma farsa a partir de uma mentira de Enid. O segundo é baseado em mentiras que contou para Patricia. Apesar de tanta falsidade, tanta duplicidade, ele conquistou uma certa felicidade e há momentos em que ele...

— Preciso ir ao banheiro — diz Clayton, interrompendo a história.

— Hein? — pergunto.

— Preciso urinar. A não ser que você queira que eu faça aqui no carro.

Pouco antes tínhamos passado por uma placa anunciando uma parada.

— Tem uma aqui perto. O senhor está bem?

— Mais ou menos — ele disse, tossindo um pouco. — Preciso beber água e tomar mais remédio.

Eu tinha pego o Tylenol na casa, mas não pensei em trazer garrafas de água. Vínhamos mantendo uma boa velocidade, eram quase 4 horas da manhã e estávamos perto de Albany. O Honda precisava de gasolina, era boa ideia dar uma parada.

Ajudei Clayton a entrar no banheiro masculino, esperei-o usar o mictório e levei-o de volta para o carro. Ele ficou exausto com a curta caminhada.

— Fique aí, vou buscar água — eu disse.

Comprei um pacote com seis garrafas plásticas, levei para o carro, abri uma delas e dei para Clayton. Ele bebeu bastante, depois tomou os quatro Tylenol que coloquei na mão dele, um de cada vez. Dirigi até as bombas de gasolina, enchi o tanque usando quase todo o dinheiro que tinha na carteira. Estava com medo de passar o cartão e a polícia descobrir quem tirou Clayton do hospital. Eu achava que iam rastrear a minha movimentação bancária.

Entrei no carro e achei que era hora de comunicar os fatos a Rona Wedmore. Quanto mais Clayton falava, mais eu tinha certeza de que estava me aproximando da verdade que anularia para sempre as suspeitas de Wedmore em relação a Cynthia. Procurei no bolso da frente do meu jeans e achei o cartão que ela havia me dado na visita surpresa à nossa casa, na manhã anterior, antes de eu ir procurar Vince Fleming.

Tinha o número do escritório e do celular, mas não o de casa. Àquela hora, ela devia estar dormindo, mas eu apostava que deixava o celular ligado perto da cama.

Liguei o carro, afastei-me das bombas de gasolina, mas saí de novo do carro um instante.

— O que está fazendo? — perguntou Clayton.

— Vou dar dois telefonemas.

Antes de ligar para Wedmore eu queria tentar falar com Cynthia. Liguei para o celular e para casa. Nada.

Por estranho que pareça, fiquei satisfeito. Não sabia onde ela estava, portanto, não havia como Jeremy e a mãe saberem. Naquele momento, sumir junto com Grace foi a coisa mais inteligente que Cynthia poderia ter feito.

Mas ainda precisava saber onde ela estava. Se estava bem. Se Grace estava bem.

Pensei em ligar para Rolly, mas se ele soubesse de alguma coisa, teria me ligado. Além disso, eu não queria usar o telefone mais do que o necessário. Mal tinha bateria para mais uma ligação.

Liguei para o celular da detetive. Ela atendeu no quarto toque.

— Wedmore — ela disse, fazendo um esforço para parecer acordada e alerta.

— Aqui é Terry Archer.

— Sr. Archer, o que foi? — perguntou, já parecendo mais focada.

— Vou falar bem rápido. A bateria está acabando. Você precisa ficar de olho na minha mulher. Um homem chamado Jeremy Sloan e a mãe, Enid, estão indo da região de Buffalo para Connecticut. Acho que querem matar Cynthia. O pai dela está vivo, está comigo. Se encontrar Cynthia e Grace, fique com elas até eu chegar.

Eu esperava ouvir um "O quê?" ou pelo menos: "Hein?" Em vez disso, ouvi:

— Onde você está?

— Na autoestrada Nova York, voltando de Youngstown. Você conhece Vince Fleming, não? Disse que conhecia.

— Sim.

— Deixei-o numa casa em Youngstown, ao norte de Buffalo. Ele tentou me ajudar e Enid Sloan atirou nele.

— Não está fazendo sentido — disse Wedmore.

— Sério. Procure Cynthia, certo?

— E esse Jeremy Sloan com a mãe? Estão em que carro?

— Um carro marrom...

— Um Chevy Impala — acrescentou Clayton, baixo.

— Um Chevy Impala marrom — completei. Perguntei para Clayton: — Número da placa?

Ele negou com a cabeça:

— Não sei.

— Está voltando para cá? — perguntou Wedmore.

— Ainda devo demorar algum tempo pra chegar. Procure por ela. Já pedi ao meu diretor, Rolly Carruthers, para procurar também.

— Diga o que...

— Tenho de desligar — eu disse, fechando o celular e colocando-o no paletó. Coloquei em Localizar e voltei para a autoestrada.

— Então, você era feliz de vez em quando... — falei, voltando ao ponto em que Clayton tinha parado, antes de entrarmos na autoestrada.

Retomamos a conversa.

Se tinha momentos de felicidade, eram só quando ele era Clayton Bigge. Gostava de ser pai de Todd e Cynthia. Os filhos também gostavam dele, até cuidavam dele. Pareciam respeitá-lo. Ninguém diz a eles diariamente que o pai é um inútil. O que não significa que os filhos façam sempre o que se diz, criança é criança.

Às vezes, deitados na cama de noite, Patricia dizia para ele:

— Você parece estar em outro lugar. Fica com um olhar ausente. E dá a impressão de estar triste.

Ele então a abraça e diz:

— Aqui é o único lugar onde quero estar. — Não é mentira. Ele nunca disse nada mais verdadeiro. Às vezes, tem vontade de contar para ela, não quer que a vida dos dois seja uma mentira. Não gostava de ter aquela outra vida.

Pois a vida com Enid e Jeremy se transformou numa *outra* vida. Embora fosse a primeira e aquela em que pode usar seu nome verdadeiro, mostrar a carteira de motorista para um guarda, se for parado, a vida com Patricia é realmente a única para a qual gosta de voltar, toda semana, todo mês, todo ano.

É estranho, mas ele se acostumou com aquela situação. Com as histórias, as enganações, as mentiras elaboradas para explicar por que precisa trabalhar nos feriados. Se está em Youngstown no Natal, dá um jeito de achar um telefone público e, cheio de moedas na mão, liga para Patricia desejando um Feliz Natal para ela e para as crianças.

Uma vez, em Youngstown, ele acha um lugar tranquilo na casa, senta-se e chora. Um choro rápido, só para aliviar a tristeza, amenizar a pressão. Mas Enid ouve, entra no quarto, senta ao lado dele na cama.

Ele enxuga as lágrimas, se ajeita.

Enid põe a mão no ombro dele.

— Não seja criança — diz.

Claro que, lembrando o passado, ele vê que a vida em Milford não foi sempre um mar de rosas. Todd teve pneumonia aos 10 anos. Curou-se. Na adolescência, Cynthia se tornou uma menina difícil. Rebelde. Andava com os garotos e as garotas erradas, de vez em quando. Experimentava coisas para as quais era jovem demais, como bebidas e, quem sabe, até mesmo drogas.

Coube a ele ser o disciplinador. Patricia era sempre mais paciente, mais compreensiva. "Vai passar. Ela é uma boa menina. Só precisa que a gente fique ao lado dela", dizia para o marido.

Mas quando estava em Milford, Clayton queria que a vida fosse perfeita. Em geral, era quase perfeita.

No entanto, ele tinha que entrar no carro outra vez, fingir que ia para o trabalho e voltar para Youngstown.

Desde o começo, ficou pensando em quanto tempo aguentaria.

Às vezes, os pilares da ponte voltavam a parecer uma solução.

Outras vezes, acordava de manhã e se perguntava aonde estava naquele dia. Quem ele era.

Cometia erros.

Uma vez, Enid fez a lista do mercado e ele foi a Lewiston de carro para comprar algumas coisas. Uma semana depois, Patricia estava lavando a roupa na máquina e entra na cozinha com a lista na mão:

— Achei isso no bolso da sua calça. De quem é essa letra? Não é minha.

Era a lista de compras de Enid.

Clayton fica com o coração na boca. A cabeça voa. Ele diz:

— Encontrei outro dia no carrinho do supermercado, deve ser de quem usou o carrinho antes. Guardei porque achei engraçado comparar nossas compras com a de outra pessoa.

Patricia olhou a lista.

— Seja quem for, gosta do mesmo cereal que você.

— É. Bom, nunca achei que fabricassem aqueles milhões de caixas só para mim — ele explicou, sorrindo.

Houve, evidentemente, uma vez que ele colocou um recorte de um jornal de Youngstown na gaveta errada: era o recorte que mostrava um retrato do filho com o time de basquete. Recortou porque, por mais que Enid se esforçasse para colocar Jeremy contra ele, continuava gostando do garoto. Via a si mesmo em Jeremy, como em Todd. Era impressionante como Todd ia crescendo e ficando parecido com Jeremy naquela mesma idade. Olhar Jeremy e não gostar dele era como detestar Todd, e ele não conseguia.

Então, no final de um longo dia, após dirigir muito, Clayton Bigge de Milford esvaziou os bolsos e jogou um recorte do filho de Youngstown numa gaveta da mesa de cabeceira. Guardou porque ficou orgulhoso, embora o menino fosse envenenado contra o pai.

Nunca notou que colocou na gaveta errada. Na casa errada, da cidade errada, do estado errado.

Cometeu um erro parecido em Youngstown. Durante muito tempo nem percebeu.

Foi uma conta telefônica da casa em Milford. No nome de Patricia.

A conta chamou a atenção de Enid.

Ela desconfiou.

Mas não era do estilo de Enid perguntar, na mesma hora, o que era aquilo. Ela primeiro investigava. Procurava outras provas. Juntava-as. Formava uma acusação.

E quando achou que tinha muitas provas, resolveu que também ia viajar na próxima vez que o marido saísse da cidade. Um dia, foi de carro até Milford, em Connecticut. Isso, claro, antes de ficar em cadeira de rodas. Quando ainda tinha facilidade de locomoção.

Arrumou uma pessoa para cuidar de Jeremy por dois dias. "Dessa vez, vou aproveitar a estrada com meu marido", explicou para a babá. Em carros separados.

— Isso nos leva àquela noite — disse Clayton, sentado ao meu lado, com a boca seca e dando mais um gole na garrafa de água.

45

A primeira parte da história eu conhecia, Cynthia me contou. Que ela não voltou para casa na hora combinada. Disse aos pais que ia à casa de Pam. Que Clayton foi buscá-la, encontrou-a no carro de Vince Fleming e trouxe-a para casa.

— Ela ficou furiosa — lembrou Clayton. — Disse que gostaria que nós morrêssemos. Foi para o quarto aos berros. Nunca a vi fazer uma cena assim. Estava bêbada. Deus sabe o que bebeu, deve ter dormido na hora. Não devia ficar saindo com um sujeito como Vince Fleming. O pai dele era um gângster.

— Eu sei — concordei, com as mãos no volante, dirigindo noite adentro.

— Então, como eu disse, foi a maior confusão. Todd, às vezes, gostava quando a irmã se metia em complicações, sabe como são os jovens, não? Mas dessa vez, não. Foi horrível. Pouco antes de eu chegar com Cynthia, ele pediu a Patricia que fosse com ele comprar uma folha de cartolina ou algo assim. Como todo jovem, tinha deixado para a última hora um trabalho da escola e precisava da cartolina. Já era tarde, não sabíamos aonde encontrar, mas Patricia lembrou que havia uma loja aberta 24 horas e decidiu ir com ele.

Ele tossiu, deu um gole na água. Estava ficando rouco.

— Mas, antes, Patricia tinha de fazer aquele negócio. — Ele olhou para mim, toquei no paletó, senti o envelope dentro. — Então, saiu com Todd, no carro dela. Sentei na sala, exausto. Tinha de viajar dois dias depois, pegar a estrada, passar um tempo em Youngstown. Sempre ficava meio deprimido antes de ir ao encontro de Enid e Jeremy.

Ele olhou pela janela quando passamos por um caminhão reboque.

— Tive a impressão de que Todd e Patricia tinham saído havia muito tempo. Fazia quase uma hora e a loja não era tão longe. Aí, o telefone tocou.

Clayton respirou um pouco.

— Era Enid ligando de um telefone público. Ela perguntou: "Adivinha quem é?"

— Meu Deus! — exclamei.

— Na verdade, acho que sempre esperei aquela ligação. Mas não podia imaginar o que ela havia feito. Mandou que eu a encontrasse no estacionamento do Denny's. E que era melhor ir logo, tinha muito o que fazer. Mandou também eu levar um rolo de papel-toalha. Saí correndo da casa, fui de carro até o Denny's, achei que ela estava no restaurante, mas, não, estava no carro dela. Não podia sair.

— Por quê? — perguntei.

— Não podia sair coberta de sangue sem chamar a atenção.

De repente, senti muito frio.

— Corri para a janela do carro dela, tive a impressão de que estava com as mangas do casaco cheias de óleo. Tão calma. Abriu a janela, disse para eu entrar no carro. Quando entrei, vi que ela estava coberta de sangue. Nas mangas do casaco, na frente do vestido. Gritei: "Que diabo você fez? O quê?" Mas eu já sabia.

Depois de uma pequena pausa, ele continuou:

— Ela havia parado o carro na frente da nossa casa. Deve ter chegado minutos após eu chegar com Cynthia. Conseguiu o endereço pela conta telefônica. Deve ter visto meu carro na entrada da garagem, com placa de Connecticut. Ligou todos os pontos. Aí, Patricia e Todd saíram de carro, e ela foi atrás. A essa altura devia estar cega de ódio. Deve ter concluído que eu tinha uma outra vida, uma outra família.

Ela foi atrás de Patricia e Todd até a loja. Saiu do carro, seguiu-os, fingiu comprar alguma coisa enquanto os vigiava. Deve ter ficado pasma ao olhar para Todd. Era muito parecido com Jeremy. Deve ter sido a prova decisiva.

Enid saiu da loja antes de Patricia e Todd e voltou para o carro. O estacionamento estava quase vazio, sem ninguém por perto. Na época, ela mantinha uma faca no porta-luvas para alguma emergência, da mesma forma que, anos depois, passou a ter um revólver à mão. Pegou a faca, voltou correndo para a loja e escondeu-se atrás de um muro onde, àquela hora, estava totalmente escuro. Era uma passagem larga, usada pelos caminhões de entrega.

Todd e Patricia saíram da loja. Todd, com um enorme rolo de cartolina apoiado no ombro.

Enid saiu da escuridão gritando por socorro!

Todd e Patricia pararam e olharam para ela.

— Minha filha foi ferida! — disse Enid.

Patrícia correu para ela, Todd também.

Enid deixou-os entrar na viela e perguntou para Patricia:

— Você por acaso é a mulher de Clayton?

— Ela deve ter ficado pasma, pois primeiro a mulher pede socorro, depois faz aquela pergunta — disse Clayton para mim.

— O que Patricia respondeu?

— Disse que era. Aí surgiu a faca que cortou a garganta dela. Enid não esperou um segundo. Todd ainda tentava entender o que acontecia (estava escuro, lembre-se), mas ela ergueu novamente a faca, cortando a garganta dele com tanta rapidez quanto cortou a da mãe.

— Enid contou tudo isso para você? — perguntei.

— Muitas vezes. Adora falar nisso. Até hoje. Chama de reminiscências.

— E depois?

— Foi aí que ela procurou uma cabine e me ligou. Chego, encontro-a no carro e ela conta o que fez. "Eu matei os dois, sua mulher e seu filho. Estão mortos."

— Ela não sabia? — perguntei calmamente.

Clayton concordou em silêncio.

— Ela não sabia que você também tinha uma filha?

— Acho que tinha algo a ver com a nossa relação ser muito parecida. Eu tinha mulher e filho em Youngstown, mulher e filho em Milford. Um outro filho parecido com o primeiro. Tudo tão equilibrado, uma espécie de reflexo no espelho. Ela tirou certas conclusões. Pelo jeito como falou, vi que ignorava que Cynthia ainda estava em casa, que ela existia. Não me viu chegar com ela.

— E você não ia contar.

— Eu estava em estado de choque, acho, mas tive presença de espírito de não contar. Ela ligou o carro, foi até a rua e me mostrou os corpos. Ela disse: "Você tem de me ajudar, temos que nos livrar deles."

Clayton ficou calado um instante e passou os 500 metros seguintes em silêncio. Por um instante, achei que ele tinha morrido.

Finalmente, perguntei:

— Clayton, você está bem?

— Estou — ele respondeu.

— O que foi?

— Naquela hora, eu podia ter agido de outra forma. Podia escolher o que era certo, mas talvez estivesse chocado demais para perceber, para saber o que era certo. Eu podia ter terminado as coisas ali mesmo. Podia ter me recusado a ajudá-la. Podia ter chamado a polícia. Podia tê-la denunciado. Podia ter acabado com toda aquela loucura.

— Mas você não fez nada disso.

— Eu já me sentia culpado. Levava uma vida dupla. Estava arrasado. Desgraçado. Tenho certeza de que seria condenado. Não pela morte de Patricia e Todd, mas por ser casado com duas mulheres, o que só é permitido aos mórmons ou algo assim. Acho que é proibido por lei. Eu usava identidade falsa, que certamente era ilegal, embora nunca tivesse a intenção de desrespeitar a lei. Sempre procurei ser direito, um homem de moral.

Olhei-o de relance.

— E claro que a outra coisa que ela podia dizer era o que eu estava pensando: se eu chamasse a polícia, ela diria que apenas me ajudou. Que a ideia foi minha e que a obriguei a participar. Então, eu a ajudei. Deus me perdoe, eu ajudei. Colocamos Patricia e Todd no carro deles, deixamos o lugar do motorista vazio. Eu dei a ideia de onde nos livrarmos do carro com eles dentro. Um lago. Perto da estrada que eu sempre percorria, na ida e na volta. Uma vez, indo para Youngstown, comecei a rodar sem rumo, não queria voltar e achei uma estrada que dava no alto de um precipício que tinha lá embaixo uma mina de cascalho abandonada. Havia um pequeno lago. Fiquei lá um bom tempo e pensei em me jogar lá de cima. Acabei achando que, se caísse num lago, acabaria não morrendo.

Ele tossiu, deu mais um gole na água.

— Tínhamos de deixar um dos carros no estacionamento. Então, dirigi o Escort de Patricia por duas horas e meia rumo norte, no meio da noite, Enid veio atrás, no carro dela. Demorei, mas achei o caminho de novo. Coloquei uma pedra no acelerador com o carro em ponto morto e pulei para fora enquanto o veículo despencava no precipício. Ouvi-o cair na água dois segundos depois. Não dava para enxergar quase nada. Olhei para baixo, estava tão escuro que não vi nem o carro sumir na água.

Ele estava cansado, ficou alguns segundos tomando fôlego.

— Depois, tivemos de voltar ao estacionamento, para pegar o meu carro. Voltamos em dois carros para Youngstown. Não pude nem me despedir de Cynthia, deixar um bilhete, qualquer coisa. Só o que eu podia fazer era sumir.

— Quando ela descobriu? — perguntei.

— Hein?

— Quando Enid descobriu que não tinha dizimado a sua outra família, que ainda havia uma menina?

— Poucos dias depois. Ela estava assistindo ao noticiário para ouvir alguma notícia sobre aquilo, mas não teve muita cobertura das tevês e jornais de Buffalo. Quer dizer, não era um assassinato.

Não havia corpos. Não tinha nem sangue na viela ao lado da loja. Naquela manhã, caiu uma tempestade que limpou tudo. Mas ela foi à biblioteca, na época não existia a internet, claro. Enid consultou jornais de outras cidades e estados e achou a notícia "Família de garota some", acho que era o título. Ela voltou para casa, nunca a vi tão irritada. Quebrou pratos, destruiu coisas, ficou completamente louca. Demorou algumas horas para se acalmar.

— Mas ela ia ter de conviver com isso — disse eu.

— No começo, não. Começou a arrumar uma mala para ir a Connecticut acabar com Cynthia. Mas não deixei.

— Como o senhor conseguiu impedi-la?

— Fiz um pacto com ela. Disse que jamais a abandonaria, jamais teria outra mulher de novo desde que ela nunca, jamais, procurasse minha filha, que ela a poupasse. É só o que peço, eu disse. Deixe-a viver e fico o resto da minha vida compensando essa traição.

—- E ela aceitou?

— Sim, mas de má vontade. Acho que eu era um incômodo para ela, como uma coceira que não se consegue alcançar. Ela sempre deixou claro que havia um trabalho por terminar. Mas, agora, é preciso pressa, já que Enid sabe que existe um testamento, que se eu morrer antes que ela mate Cynthia, ela vai perder tudo.

— Então, o que você fez? Continuou casado?

— Parei de viajar. Arrumei outro emprego, abri uma empresa própria, trabalhava em casa ou nas redondezas, em Lewiston. Enid deixou bem claro que eu não podia viajar mais. Não ia ser enganada outra vez. Às vezes, eu pensava em fugir, pegar Cynthia e contar tudo, levá-la para a Europa, nos escondermos lá, com outros nomes. Mas eu sabia que daria errado, acabaria deixando uma pista, e ela seria morta. E não é tão simples você convencer uma garota de 14 anos a fazer o que você quer. Então, fiquei com Enid. Passamos a ter um elo mais forte do que o melhor casamento do mundo. Cometemos juntos um crime hediondo. — Ele se calou e depois disse: — Até que a morte nos separe.

— E a polícia nunca interrogou o senhor? Nunca desconfiou de nada?

— Nunca. Fiquei esperando. O primeiro ano foi o pior. Toda vez que um carro parava na entrada da garagem, eu achava que eram eles. Depois, passou o segundo ano, o terceiro, e antes que eu percebesse, passaram-se dez anos. Mas o tempo não tirou de mim a sensação de culpa

— O senhor devia ter viajado um pouco — eu disse.

— Não, nunca mais.

— Nunca mais foi a Connecticut?

— Desde aquela noite, nunca mais pus os pés lá.

— Então, como mandou o dinheiro para Tess? Para ajudar a cuidar de Cynthia e pagar os colégios dela?

Clayton ficou me olhando durante alguns segundos. Ele tinha me contado tantas coisas naquela viagem que me chocaram, mas foi a primeira vez em que eu o surpreendi.

— Como você soube disso? — ele perguntou.

— Tess me contou, há pouco tempo — respondi.

— Não pode ter dito que era eu.

— Não disse. Ela me contou sobre o dinheiro e que desconfiava, mas não sabia quem era.

Clayton ficou calado.

— Era você, não? Reservou um dinheiro para Cynthia, não deixou Enid perceber, como fez quando montou uma segunda casa — eu disse.

— Enid desconfiou. Anos depois. Íamos fazer uma auditoria, Enid arrumou um contador para conferir anos de recibos. Encontraram um erro. Tive de inventar uma história, dizer que desviei dinheiro por causa de uma dívida no jogo. Mas ela não acreditou. Ameaçou ir até Connecticut matar Cynthia como deveria ter matado anos antes se eu não dissesse a verdade. Então, contei que mandava dinheiro para Tess, ajudando nos estudos de Cynthia. Mas mantive o combinado: jamais entrei em contato com ela, já que Cynthia acreditava que eu tinha morrido.

— Portanto, Enid passou anos com raiva de Tess também.

— Sim, tinha raiva por que recebia um dinheiro que Enid achava que era dela. Eram as duas mulheres que ela mais odiava no mundo, sem nunca tê-las visto.

— Então essa sua história de nunca ter voltado a Connecticut, mesmo que sem ver Cynthia, era mentira.

— Não, é verdade — ele insistiu.

Fiquei pensando nisso um pouco enquanto continuávamos na estrada, pela noite.

46

Finalmente, eu disse:

— Sei que o senhor não mandou dinheiro para Tess pelo correio. Os envelopes que ela recebeu não tinham selo. Ela achou no carro um envelope com dinheiro em espécie; numa outra vez, encontrou dentro do jornal.

Clayton fez de conta que não me ouviu.

— Portanto, se não mandou pelo correio, nem entregou pessoalmente, alguém deve ter levado — acrescentei.

Clayton continuou impassível. Fechou os olhos, encostou a cabeça como se estivesse dormindo. Mas não acreditei.

— Sei que está me ouvindo — eu disse.

— Estou muito cansado. Em geral, durmo à noite, me deixa dar um cochilo — pediu.

— Tenho mais uma pergunta — eu disse. Ele continuou de olhos fechados, mas seus lábios tremeram, nervosos. — Quem foi Connie Gormley?

Ele abriu os olhos de repente, como se tivesse levado um choque elétrico. Clayton tentou se recuperar.

— Não conheço esse nome.

— Vejamos se ajudo. Ela era de Sharon, tinha 27 anos e trabalhava na Dunkin' Donuts. Uma noite de sexta-feira, há *26* anos, andava no acostamento da estrada perto da ponte Cornwall, na Route Seven, quando foi atingida por um carro. Não foi um atropelamento sem prestar socorro à vítima: ela já devia estar morta e o acidente foi forjado. Como para parecer acidente. Bem sinistro.

Clayton olhou pela janela, então não pude ver o rosto dele.

— Foi mais um dos seus deslizes, como a lista de compras e a conta telefônica — eu concluí. — O senhor recortou a notícia maior, sobre pesca utilizando mosca como isca, mas o registro sobre o acidente estava embaixo, no canto. Seria fácil desprezar essa notícia, mas o senhor guardou não sei por quê.

Estávamos nos aproximando da fronteira de Nova York com Massachusetts, indo para leste, com o sol quase nascendo.

— O senhor conhecia a moça? Também a conheceu quando trabalhava rodando pelo país? — perguntei.

— Não seja bobo — disse Clayton.

— Ela era parente de Enid? Cynthia não a conhecia, eu perguntei.

— Não tinha por que conhecer — disse Clayton, calmo.

— Foi o senhor que a atropelou, jogou-a na vala do acostamento e deixou-a lá?

— Não — disse ele.

— Se foi isso, talvez esteja na hora de contar. O senhor admitiu muita coisa esta noite. A vida dupla. Ajudar a acobertar o assassinato de sua mulher e de seu filho. Para proteger sua filha, como o seu relato confirma. Mas o senhor não quer contar qual o seu envolvimento na morte de Connie Gormley, nem como entregou dinheiro para Tess Berman.

Clayton ficou calado.

— Os dois fatos são relacionados? Têm alguma ligação? Você não pode ter usado essa mulher para entregar o dinheiro, ela morreu anos antes.

Clayton bebeu um pouco de água, guardou a garrafa no porta-objeto entre os assentos do carro e passou as mãos nos joelhos.

— Faça de conta que eu disse que nada disso é importante. Que reconheci que suas perguntas são interessantes, que há coisas que você ainda ignora mas que, no geral, não têm importância.

— Uma mulher inocente é morta, depois o corpo é atingido por um carro e deixado numa vala. O senhor diz que isso não tem importância? Acha que a família dela concorda? Outro dia falei no telefone com o irmão dela — eu disse.

As sobrancelhas fartas de Clayton se contraíram.

— Os pais de Connie morreram dois anos depois dela. Como se desistir de viver fosse a única maneira de aliviar o sofrimento.

Clayton balançou a cabeça.

— Você diz que isso não tem importância? Clayton, o senhor matou essa mulher?

— Não — ele respondeu.

— Sabe quem matou?

Clayton apenas balançou a cabeça, negando. Eu insisti.

— Foi Enid? Um ano depois, ela veio a Connecticut para matar Patricia e Todd. Será que veio antes para matar Connie?

Clayton continuou balançando a cabeça até que, finalmente, falou:

— Muitas vidas já foram destruídas. Não faz sentido destruir outras. Não tenho mais nada a dizer. — Ele cruzou os braços sobre o peito e esperou o sol aparecer.

Eu não queria perder tempo no café da manhã, mas também sabia da fraqueza física em que Clayton se encontrava. Quando o dia amanheceu e o carro ficou cheio de luz, vi o quanto ele tinha piorado desde que havíamos fugido do hospital. Estava há horas sem receber o soro e sem dormir.

— Acho que o senhor precisa comer alguma coisa — falei.

Estávamos na direção de Winsted, onde a Highway 8 passava de duas sinuosas pistas para quatro. A partir dali, conseguiríamos um tempo ainda melhor de viagem, o último trecho até Milford. Winsted tinha algumas lanchonetes e sugeri que entrássemos em uma lanchonete e drive-in para comprar algo para comer.

Clayton concordou, cansado.

— Preciso mesmo comer qualquer coisa.

Entramos na fila de carros e Clayton, parecendo lembrar de algo importante, pediu:

— Fale sobre ela.

— Quem?

— Cynthia. Não a vejo desde aquela noite, há 25 anos.

Eu não sabia direito como reagir a Clayton. Às vezes, ficava solidário a ele e à vida horrível que teve, o sofrimento de viver com Enid, o drama de perder entes queridos.

Mas de quem era a culpa, afinal? Clayton mesmo disse: ele escolheu. Não só ajudar Enid a acobertar um crime hediondo, mas também a deixar Cynthia passar toda a vida se perguntando o que tinha acontecido com a família dela. Ele podia ter escolhido enfrentar Enid de alguma forma. Ter insistido no divórcio. Chamado a polícia quando ela ficou violenta. Condená-la. Qualquer coisa.

Ele podia tê-la largado para sempre. Sumir da sua vida.

No mínimo, seria mais honesto.

Não que ele quisesse a minha solidariedade ao perguntar sobre a filha, minha mulher. Mas a voz dele tinha algo de "coitadinho de mim". Não via a filha há duas décadas e meia. Que tristeza!

Companheiro, existe espelho retrovisor, pensei. Mexa nele e dê uma olhada. Lá está o cara com o peso enorme de toda a porcaria que vem acontecendo desde 1983.

Em vez de dizer tudo isso, eu apenas afirmei:

— Cynthia é maravilhosa.

Clayton esperou eu falar mais.

— Cyn é a melhor coisa que já aconteceu na minha vida. Gosto muito dela, nem consigo dizer quanto. E, desde que a conheço, ela tenta arranjar uma forma de lidar com o que o senhor e Enid fizeram com ela. Pense bem. Um dia, você acorda e sua família sumiu. Os carros sumiram. Sumiu todo mundo. — Senti que meu sangue estava começando a ferver e segurei com mais força o volante, com raiva. — O senhor faz ideia? O que acha que ela devia pensar? Que estavam todos mortos? Que algum maluco, assassino em série, chegou na cidade e matou vocês? Ou naquela noite os três resolveram começar outra vida na qual ela não seria incluída?

Clayton ficou pasmo.

— Ela pensou isso?

— Ela pensou um milhão de coisas! Foi abandonada! O senhor não entende? Não podia ter mandado uma notícia? Uma carta explicando que a mãe e o irmão tiveram um destino trágico mas, que pelo menos, gostavam dela? Que não resolveram sair de casa e uma noite decidiram abandoná-la simplesmente?

Clayton olhou para as mãos no colo. Tremiam.

— Certo, o senhor fez um trato com Enid: Cynthia não seria morta, desde que o senhor nunca mais a visse, nunca mais entrasse em contato. Talvez ela hoje esteja viva porque o senhor aceitou passar o resto da vida ao lado de um monstro. Mas acha que isso o torna algum tipo de herói? Sabe de uma coisa? O senhor na verdade é um covarde. Se tivesse sido homem desde o começo, pode ser que nada disso tivesse acontecido.

Clayton escondeu o rosto nas mãos e encostou na porta do carro.

— Deixe-me lhe perguntar uma coisa — eu disse, me controlando. — Que homem é capaz de ficar com uma mulher que matou o filho dele? Alguém assim pode ser chamado de homem? Se fosse comigo, acho que eu a mataria.

Chegamos à janela da lanchonete, onde faríamos os pedidos. Entreguei o dinheiro para o caixa, peguei um saco com dois sanduíches, batatas e dois cafés. Entrei numa vaga e coloquei o sanduíche no colo de Clayton.

— Pronto, coma isso — eu disse.

Eu precisava tomar um ar e esticar as pernas um pouco. Queria também ligar de novo para casa, por precaução. Peguei o celular no casaco, abri e olhei a tela.

— Droga! — xinguei.

351

Tinha um recado. Tinha uma maldita mensagem de voz. Como podia? Como não ouvi tocar?

Deve ter sido depois que passamos pelo pedágio de Massachusetts, naquele trecho da estrada que é comprido e sinuoso. A recepção do celular era ruim naquela área. Devem ter me ligado, não atendi, deixaram recado.

O recado era:

"Oi, Terry, sou eu, Cynthia. Liguei para você em casa e agora no celular. Meu Deus, onde você está? Olha, acho que vou voltar para casa, precisamos conversar. Aconteceu uma coisa. Completamente inacreditável. Grace e eu estávamos num motel e pedi acesso à internet de lá. Queria ver notícias antigas, qualquer coisa, e chequei meu e-mail: tinha outra mensagem enviada daquele endereço, marcando o encontro, lembra? Dessa vez, tinha um telefone para ligar, então resolvi ligar, por que não? Liguei e, Terry, você não vai acreditar. A coisa mais incrível, era meu irmão. Meu irmão Todd. Terry, não consigo acreditar. Falei com ele! Liguei e falei com ele! Eu sei, eu sei, você acha que é algum maluco, um doido qualquer. Mas ele disse que era o homem que estava no shopping, que eu achei que era meu irmão. Eu tinha razão! Era Todd! Terry, eu sabia!"

Fiquei tonto.

O recado continuava:

"A voz dele tinha alguma coisa que confirmava, era ele. Era parecida com a voz do meu pai. Portanto, Wedmore estava enganada. Deve ser outra mulher com o filho que está no lago. Quer dizer, sei que ainda não temos o resultado do meu exame de DNA, mas isso mostra que aconteceu outra coisa naquela noite, alguma confusão. Todd disse que lamentava muito, não podia dizer quem era no shopping, sentia muito pela ligação e pelo e-mail, pois eu não fiz nada para que devesse ser perdoada, ele ia explicar tudo. Estava se preparando para me encontrar e dizer onde havia ficado todos esses anos. Parece um sonho, Terry. Tenho a impressão de estar num sonho, isso não pode estar acontecendo, finalmente vou ver Todd outra vez. Perguntei sobre mamãe e papai, ele disse que contaria tudo quando nos encontrássemos. Gostaria que você estivesse aqui, sempre quis estar junto com você, se isso acontecesse. Mas espero que compreenda, não posso demorar muito, tenho de ir. Ligue quando receber esse recado. Grace e eu estamos indo para Winsted vê-lo. Meu Deus, Terry, parece um milagre."

47

Winsted?

Nós estivemos em Winsted. Cynthia e Grace *iam* para lá? Olhei há quanto tempo ela havia deixado o recado. Quase três horas. Portanto, ligou antes de sairmos do pedágio, talvez quando estávamos num daqueles vales entre Albany e a fronteira de Massachusetts.

Fiz as contas. Era muito provável que as duas já estivessem em Winsted. Há uma hora, pensei. Cynthia, certamente, desrespeitou todos os limites de velocidade; quem não faria isso, prevendo um encontro assim?

Fazia algum sentido. Decerto Jeremy mandou o e-mail antes mesmo de sair de Milford, ou talvez tivesse usado um laptop ou algo parecido e esperou que Cynthia ligasse para o celular dele. Ela ligou quando ele estava na estrada e sugeriu que Cynthia o encontrasse no norte. Ela sai de Milford, assim ele não precisa fazer todo o caminho de volta.

Mas por que aqui nessa região do estado? Apenas para Jeremy ter de dirigir menos?

Localizei o número do celular de Cynthia. Tinha de impedi-la. Ela ia encontrar o irmão. Mas não Todd. Era o meio-irmão que nunca soube que tinha, Jeremy. Não era um encontro. Era uma cilada.

E ia levar Grace.

Coloquei o celular no ouvido e esperei chamar. Nada. Ia ligar de novo quando percebi: meu celular estava sem bateria.

— Droga! — Procurei um telefone público, tinha um na rua, corri.

Do carro, Clayton gritou, ofegante:

— O que foi?

Não dei ouvidos, peguei a carteira com o cartão telefônico que raramente usava. Enfiei o cartão no telefone, segui as instruções, liguei para o celular de Cynthia. Desligado. Entrou na caixa postal. Gravei: "Cynthia, não encontre seu irmão. Não é Todd, é uma cilada. Ligue para mim, não, meu celular está descarregado. Ligue para Wedmore. Espera, tenho o número dela." Mexi no bolso procurando o cartão de visitas dela, achei, disse o número. "Vou falar com ela. Mas não esqueça: não vá ao encontro! Não vá!"

Coloquei o fone no gancho e, exausto, frustrado, encostei a cabeça no telefone.

Se ela se deslocara para Winsted, já devia ter chegado.

Que lugar seria adequado para um encontro? Certamente, o McDonald's, onde tínhamos parado. Tinha mais duas lanchonetes lá. Eram simples, modernas, marcos icônicos. Fáceis de localizar.

Corri para o carro, entrei. Clayton não tinha comido nada do que eu havia levado.

— O que está acontecendo? — perguntou.

Tirei o Honda da vaga e percorri o estacionamento do McDonald's, procurando o carro de Cynthia. Não encontrei, voltei para a via principal e fui até as duas outras lanchonetes.

— Terry, conte o que há — pediu Clayton.

— Cynthia deixou um recado no meu celular. Jeremy ligou dizendo que era Todd e pedindo para encontrá-la. Bem aqui, em Winsted. Ela deve ter chegado há uma hora, talvez menos.

— Por que aqui? — perguntou Clayton.

Entrei em outro estacionamento, procurei o carro de Cynthia. Nada.

— O McDonald's é o primeiro prédio grande que se vê da autoestrada, vindo do norte. Se Jeremy ia sugerir o lugar, teria de ser esse. É o mais óbvio.

Voltei com o Honda, percorri rapidamente a rua até o McDonald's, saltei do carro com o motor ligado, fui até a janela da lanchonete e passei à frente de uma pessoa que ia pagar.

— Hei, amigo, não pode fazer isso — disse o caixa na janela.

— Você viu há uma hora, mais ou menos, uma mulher num Toyota com uma menina?

— Está brincando? Sabe quantas pessoas passam por aqui em uma hora? — perguntou o homem, entregando um embrulho de sanduíche para um motorista.

— Com licença — disse o motorista, recebendo o sanduíche. Acelerou, e o espelho lateral raspou nas minhas costas.

— E um homem com uma idosa? Num carro marrom? — insisti.

— O senhor tem que sair daqui dessa janela.

— Ela devia estar em cadeira de rodas, não, a cadeira devia estar no banco traseiro. Dobrada.

O caixa acabou dizendo:

— Ah, sim. Lembrei, mas faz tempo, talvez uma hora. O carro tinha vidros escuros, lembro da cadeira. Pediram café, acho. Foram para lá — ele mostrou o estacionamento.

— Era um Impala?

— Cara, não sei. Você está atrapalhando o serviço.

Corri para o Honda e disse a Clayton:

— Jeremy e Enid estiveram aqui. Esperando.

— Bom, não estão mais — disse ele.

Apertei o volante, soltei, apertei de novo, dei um soco. Minha cabeça estava prestes a explodir.

— Sabe aonde estamos, não? — Clayton perguntou.

— Claro que sei.

— Sabe por onde passamos, alguns quilômetros ao norte daqui. Reconheci a estrada ao passarmos por ela.

A estrada para a mina Fell's. Pela minha cara, Clayton viu que eu sabia do que ele estava falando.

— Entendeu? É preciso saber como Enid raciocina, mas faz muito sentido. Cynthia e a sua filha acabam finalmente no lugar que Enid acha que ela já deveria estar há anos. E talvez agora Enid nem se preocupe que o carro e os corpos sejam encontrados logo. A polícia vai encontrá-los facilmente. Talvez as pessoas achem que Cynthia estava perturbada, de certa maneira se sentia responsável e desesperada com a morte da tia. Então, vai de carro até lá e chega à beira do precipício.

— Mas isso é loucura — eu disse. — Poderia funcionar antes, mas não agora, quando já sabemos o que está acontecendo.

— Exatamente. Mas Enid é assim.

Ao sair da vaga quase enfiei o carro em cima de um Fusca. Fui na direção de onde viemos. O carro estava a mais de 100 por hora e nos aproximamos de uma das curvas fechadas ao norte de Otis; tive de frear para não perder o controle do carro. Depois que entramos no retorno, pisei fundo no pedal. Por pouco não matamos um cervo que atravessou o caminho e quase arranquei a frente de um trator quando o camponês saiu de sua pista.

Clayton mal piscou.

Estava segurando firme a maçaneta da porta, mas nem uma vez pediu para eu ir mais devagar ou tomar cuidado. Sabíamos que podia ser tarde demais.

Não sei quanto tempo levamos para entrar na estrada para leste, depois de Otis. Meia hora, uma hora, talvez. Pareceu uma eternidade. Eu só pensava em Cynthia e Grace. E imaginava-as no carro, caindo num precipício até o lago lá embaixo.

— Abra o porta-luvas — eu disse para Clayton.

Com algum esforço, ele abriu, e o revólver que eu tinha retirado do carro de Vince apareceu. Clayton pegou e deu uma olhada.

— Fique segurando até chegarmos lá — falei.

Clayton concordou em silêncio, depois teve um ataque de tosse. Era uma tosse funda, áspera, comprida, parecia vir das profundezas do corpo.

— Espero que eu consiga — disse ele.

— Espero que nós dois consigamos — repeti.

— Se Cynthia estiver lá, se chegarmos a tempo, o que acha que vai me dizer? — Fez uma pausa. — Tenho de me desculpar com ela.

Olhei-o de relance e ele me olhou de um jeito que dizia que pedir perdão era a única coisa que podia fazer. Mas, pela expressão dele, por mais tarde que tenha chegado, por mais inadequado que fosse, o pedido era sincero.

Era um homem que precisava se desculpar pela vida inteira.

— Talvez você tenha uma chance — eu disse.

Apesar do estado em que estava, Clayton viu primeiro a estrada para a mina. Não tinha placa, era estreita, fácil de passar sem ser notado. Apertei o freio e os cintos de segurança nos seguraram quando fomos atirados para a frente.

— Me dê o revólver — eu disse, segurando o volante com a mão esquerda, enquanto descíamos a estrada.

A estrada ficou bem íngreme, as árvores começaram a se espaçar e o painel do carro mostrou um céu azul e sem nuvens. A estrada, então, foi se aplainando na pequena clareira, e lá na frente à direita vimos a traseira do Impala marrom e o velho Corola prata de Cynthia à esquerda.

Entre os dois carros, olhando para nós, estava Jeremy Sloan. Tinha algo na mão.

Quando levantou o braço, vi que era um revólver, e quando o painel do nosso Honda se espatifou, tive certeza de que estava carregado.

48

Apertei o freio e coloquei o carro em ponto morto. Abri o cinto de segurança e a porta, saltei, me abaixando. Sabia que estava deixando Clayton à própria sorte mas, àquela altura, eu só pensava em Cynthia e Grace. Nos dois segundos em que avaliei a situação, não vi as duas, mas, como o carro de Cyn ainda estava à beira do precipício, me pareceu um sinal positivo.

Caí no chão e rolei no matagal, depois atirei para o alto. Queria que Jeremy soubesse que eu também estava armado, apesar de ser a primeira vez que eu dava um tiro. Parei e me mexi no matagal para ver onde Jeremy estava, mas ele tinha sumido. Olhei ao redor, alucinado, e vi a cabeça dele saindo de trás do para-choque dianteiro do Impala marrom.

— Jeremy! — chamei.

— Terry! — Era Cynthia. A voz vinha de dentro do carro.

— Papai! — Era Grace.

— Estou aqui! — gritei.

De dentro do Impala, outra voz.

— Mate-o, Jeremy! Atire! — Era Enid, sentada no banco dianteiro.

— Jeremy, escute! — chamei. — Sua mãe contou o que houve na sua casa? Disse por que você teve de ir embora tão rápido?

— Não ouça o que ele diz. Atire — mandou Enid.

— O que você está dizendo? — ele perguntou para mim.

— Ela atirou num homem na sua casa. Chamado Vince Fleming. Ele deve estar no hospital, contando tudo à polícia. Nós dois fomos a Youngstown ontem à noite. Já chamei a polícia. Não sei como você tinha planejado isso. Acho que você queria dar a impressão de que Cynthia tinha enlouquecido e estava envolvida na morte da mãe e do irmão. Depois, ela vem até aqui com a filha e se mata. Não foi mais ou menos isso?

Esperei a resposta. Como não houve, continuei:

— Mas acabou-se a história, Jeremy.

— Ele está mentindo — garantiu Enid. — Mandei atirar, faça o que sua mãe diz.

— Mãe, não sei... nunca matei ninguém — disse Jeremy.

— Ande, você tem que matar as dua — Vi Enid pelas costas, indo para o carro de Cynthia.

— É, mas só preciso empurrar o carro, é *diferente*.

Clayton abriu a porta do Honda e, devagar, foi saindo do carro. Vi os pés dele, os calcanhares sem meia, num esforço para se levantar. Pedaços de vidro do painel caíram da roupa dele.

— Volte para o carro, papai — disse Jeremy.

— O quê? Ele está aqui? Céus! Seu velho idiota! Quem tirou você do hospital? — disse Enid, vendo-o pelo espelho da porta do carona.

Devagar, ele foi andando para o Impala. Chegou por trás do carro, apoiou as mãos na carroceria, se aprumou, tomou fôlego. Parecia prestes a desmaiar.

— Não faça isso, Enid — gemeu.

Ouviu-se então a voz de Cynthia:

— Papai?

— Minha filha, não imagina o quanto lamento tudo isso — disse ele, tentando sorrir.

— Papai? — ela perguntou de novo, sem acreditar.

Não dava para ver Cynthia, mas imaginei como estava chocada.

Claro que Jeremy e Enid conseguiram sequestrar Cynthia e Grace e levá-las até lá, mas não se deram o trabalho de atualizar os fatos para as duas.

— Filho, pare com isso. Sua mãe está errada em envolver você, em obrigá-lo a fazer todas essas coisas ruins. Olhe para ela. — Clayton pediu para Jeremy olhar para Cynthia. — Ela é sua irmã. Sua *irmã*. E aquela menina é sua sobrinha. Se fizer o que sua mãe quer, você vai se tornar um homem como eu.

— Papai — gritou Jeremy, ainda abaixado perto do Impala. — Por que você está deixando tudo para ela? Nem a conhece. Como foi tão mesquinho comigo e com mamãe?

Clayton suspirou e disse:

— Não são só vocês dois.

— Cala a boca! — disse Enid, ríspida.

— Jeremy! Largue o revólver, desista — gritei. Eu estava segurando o revólver de Vince com as duas mãos, deitado no mato. Não entendia nada de armas, mas sabia que tinha de segurar firme.

Ele se levantou da frente do Impala e atirou. A bala espalhou terra à minha direita e eu instintivamente rolei para a esquerda.

Cynthia gritou de novo.

Ouvi passos rápidos no cascalho. Jeremy estava se aproximando de mim. Parei de rolar no chão, tentei mirar nas pernas que avançavam e atirei. Mas a bala passou longe, e antes que eu pudesse atirar de novo Jeremy chutou o revólver, a ponta do sapato bateu nas costas da minha mão direita.

A arma soltou da minha mão e voou para o mato.

O chute seguinte me atingiu de lado, nas costelas. A dor parecia um raio. Mal tinha registrado a dor quando ele me chutou de novo, desta vez com tanta força que girei de costas. Pedaços de lama e capim grudaram no meu rosto.

Mas ele não se deu por satisfeito. Chutou outra vez.

Perdi o fôlego, com Jeremy em cima de mim, me olhando com desdém, enquanto eu lutava para respirar.

— Atire, senão devolve meu revólver que eu atiro — disse Enid.

Ele ainda estava segurando o revólver, mas não atirou. Podia ter acertado na minha cabeça com a maior facilidade, não havia resistência da minha parte.

Comecei a ter um pouco de ar nos pulmões, voltando a respirar normalmente, mas doía demais. Com certeza, tinha quebrado algumas costelas.

Clayton ainda estava apoiado no carro e olhou para mim cheio de tristeza. Eu quase conseguia ler os pensamentos dele. Tentamos, parecia dizer. Fizemos o possível. A intenção foi boa.

E o inferno está cheio de boas intenções.

Rolei de barriga para baixo, aos poucos fiquei de joelhos. Jeremy achou meu revólver no mato, pegou-o e colocou-o atrás de si, na cintura.

— Levante — ele disse para mim.

— Não está ouvindo? Atire nele! — berrou Enid para Jeremy.

— Mamãe, talvez seja melhor colocá-lo no carro com as duas.

Enid pensou um pouco.

— Não, não dá. Elas vão ser jogadas sem ele. É melhor. Teremos de matá-lo em outro lugar.

Apoiando as mãos, Clayton veio andando pela lateral do Impala. Ainda parecia prestes a apagar.

— Eu... eu acho que vou desmaiar — ele disse.

— Seu filho da puta! — berrou Enid. — Devia ter ficado no hospital e morrido lá. — Ela precisava girar tanto a cabeça para acompanhar os acontecimentos que pensei que fosse se soltar do pescoço. Vi as alças da cadeira de rodas aparecendo pelas janelas de trás. O chão ali era desnivelado e esburacado, não dava para usar uma cadeira de rodas ali.

Jeremy teve de escolher entre me vigiar ou ajudar o pai. Tentou as duas coisas.

— Não se mexa — disse, mantendo a arma apontada para mim enquanto ia até o Impala. Queria abrir a porta traseira para o pai sentar-se, mas a cadeira de rodas estava lá, então abriu a porta do motorista.

— Sente — disse Jeremy, olhando do pai para mim e para ele outra vez.

Clayton deu mais dois passos arrastados e despencou no assento do carro.

— Tenho sede — disse.

— Ah, pare de reclamar. Pelo amor de Deus, você tem sempre alguma coisa — disse Enid.

Consegui me levantar e ir para a lateral do carro de Cynthia, no lado do motorista, onde ela estava com Grace. Não dava para ter certeza, mas estavam sentadas tão rígidas que deviam estar amarradas.

— Querida — eu disse.

Cynthia estava com os olhos vermelhos e o rosto riscado de lágrimas secas. Já Grace continuava chorando. As lágrimas escorriam pelo rosto dela.

— Ele disse que era Todd, mas não é — disse Cynthia.

— Eu sei, mas aquele é seu pai — eu disse.

Cynthia olhou à direita, para o homem sentado ao volante do Impala e olhou para mim de novo.

— Não, parece com ele, mas não é meu pai. Não é mais — disse ela.

Clayton ouviu a conversa e abaixou cabeça, envergonhado. Sem olhar para Cynthia, ele disse:

— Você tem o direito de pensar isso. No seu lugar, eu também pensaria. Só sei que lamento, mas não sou tão ingênuo para achar que vai me perdoar. Não sei nem se você devia.

— Saia do carro e fique lá — disse Jeremy para mim, vindo para a frente do Toyota de Cynthia, com o revólver apontado. — Volte para onde estava.

— Como você pôde deixar tudo para aquela vadia? — perguntou Enid a Clayton.

— Eu disse ao advogado que você não podia ver o testamento antes de eu morrer. Vou ter de arrumar outro advogado — disse Clayton, quase achando graça.

— Foi a secretária dele. Ele entrou de férias, fui lá e disse que você estava no hospital e queria dar mais uma olhada no testamento. Ela então me mostrou. Seu filho da puta ingrato. Dediquei toda a minha vida a você e é assim que me agradece.

— Vamos, mãe? — perguntou Jeremy. Estava ao lado da porta de Cynthia, preparando-se para se debruçar na janela, ligar o carro, colocar em primeira ou ponto morto, afastar-se e ver o carro cair no precipício.

— Ei, mãe, não é melhor soltá-las? — perguntou Jeremy, mais devagar agora. — Não vai ficar estranho elas estarem amarradas no carro? Não é para parecer que a minha... que ela fez isso sozinha?

— O que você está dizendo? — gritou Enid.

— Não é melhor deixá-las inconscientes? — repetiu Jeremy.

Eu só pensava em atacá-lo. Pegar a arma, apontar para ele. Podia acabar levando um tiro, mas tinha que tentar salvar minha mulher e minha filha. Com Jeremy fora do caminho, Enid não podia fazer nada, pois não andava. Cynthia e Grace conseguiriam se soltar e ir embora.

— Sabe de uma coisa? Você jamais agradeceu nada que fiz por você. Desde que o conheci, foi um mal-agradecido filho da puta. Um inútil que não servia para nada. Além do mais, traidor — disse Enid para Clayton, balançando a cabeça, desaprovadora. — Isso foi o pior de tudo.

— Mamãe? — insistiu Jeremy. Estava com a mão na porta de Cynthia e a outra ainda apontava o revólver para mim.

Acho que pensei no momento em que ele se debruçou. Se ele fosse ligar o carro, ia ter de ficar de costas para mim, nem que fosse por um segundo. E se ele conseguisse bater em Cynthia e Grace e colocar o carro em movimento antes de eu pegá-lo? Eu podia pegá-lo, mas não a tempo de impedir que o carro caísse no precipício.

Tinha de ser naquele momento, eu tinha de ir para cima deie...

Ouvi então o barulho de um carro sendo ligado.

Era o Impala.

— O que você está fazendo? Desliga isso! — gritou Enid para Clayton, sentado no banco do carona.

Mas Clayton não deu atenção. Virou calmamente para a esquerda e olhou o Toyota de Cynthia. Sorria de leve, parecia quase sereno. Fez sinal para a filha e disse:

— Sempre a amei e sempre pensei em você, sua mãe e Todd.

— Clayton! — gritou Enid.

Clayton então olhou para Grace, de quem só apareciam os olhos por cima da porta.

— Gostaria de ter conhecido você, Grace, mas tenho certeza de que, sendo filha de Cynthia, você é uma menina muito especial.

Clayton então deu atenção a Enid.

— Adeus, velha miserável — disse, colocando o carro em movimento e apertando o acelerador.

O motor roncou. O Impala pulou para a frente em direção ao precipício.

— Mamãe! — gritou Jeremy, correndo para a frente do carro de Cynthia, no caminho do Impala, achando que poderia pará-lo com a força do corpo. Pode ter pensado que o carro só estava andando porque Clayton deixou em ponto morto.

Mas não era nada disso. Clayton tentou ver em quanto tempo o carro fazia de zero a 100 nos 30 metros entre ele e a beira da mina.

O carro atropelou Jeremy, que caiu sobre a capota e permaneceu imóvel quando o Impala mergulhou no precipício, com Clayton na direção e Enid gritando ao lado.

Levou uns dois segundos para ouvirmos o barulho do carro batendo na água.

49

Tive de manobrar o Honda de Clayton, com o painel estilha-
çado, para o Toyota de Cynthia poder sair. Ela veio no banco de
trás, abraçada com Grace, na longa viagem rumo sul, de volta
para Milford.

Eu sabia que devíamos chamar a polícia e esperarmos lá no
alto até eles chegarem, mas achamos mais importante levar logo
Grace para casa, onde se sentiria mais segura. Clayton, Enid e
Jeremy não iam a lugar nenhum. Continuavam no fundo do lago
quando ligamos para Rona Wedmore.

Cynthia queria que eu fosse a um hospital, e eu precisava
mesmo. Estava com muita dor, embora o alívio pelo final feliz
a diminuísse um pouco. Depois de deixar Cynthia e Grace em
casa, eu iria ao Hospital Milford.

Não falamos muito na viagem de volta. Acho que Cynthia e eu
estávamos de acordo: não queríamos comentar nada na presença
de Grace — não só os fatos daquele dia, mas também os de 25
anos antes. Grace tinha passado por coisas demais. Precisava só
chegar em casa.

Mas consegui saber o que tinha ocorrido. Cynthia e Grace
foram de carro para Winsted e encontraram Jeremy no estacionamento do McDonald's. Ele disse que tinha uma surpresa para
elas: a mãe estava esperando no carro. Dando a entender, claro,
que se tratava de Patricia Bigge.

Atônita, Cynthia foi levada para o Impala, e quando entrou
no carro, com Grace, Enid apontou a arma para Grace. Mandou

Cynthia dirigir até a mina, senão ela matava Grace. Jeremy foi levando o carro de Cynthia.

Quando chegaram perto do precipício, Cynthia e Grace foram amarradas no banco da frente do Toyota de Cynthia, prontas para serem jogadas.

Aí, Clayton e eu chegamos.

Fiz um resumo rápido para Cynthia do que tinha havido. Contei sobre a viagem a Youngstown, sobre o encontro com o pai dela no hospital e a história da noite em que a família sumiu.

Contei também do tiro que Vince Fleming levou.

Assim que chegasse em casa, eu ligaria para saber como ele estava. Não queria ir para a escola e ter de avisar Jane Scavullo que o único homem que foi correto com ela estava morto.

Em relação à polícia, tinha esperanças de que Wedmore acreditaria em tudo o que eu tinha para dizer. Outros fatos precisavam ser investigados.

Ainda não estava tudo esclarecido. Só pensava em Jeremy em cima de mim, apontando o revólver, sem conseguir puxar o gatilho. Ele certamente não ficou tão indeciso em relação a Tess Berman ou a Denton Abagnall.

Os dois foram mortos a sangue-frio.

Mas o que Jeremy disse mesmo quando me dominou? "Nunca matei ninguém."

É, foi isso.

Quando passamos de novo por Winsted, perguntamos se Grace queria comer alguma coisa, mas ela recusou. Queria ir para casa. Cynthia e eu nos entreolhamos, preocupados. Íamos levar Grace ao médico. Ela passou por um fato traumático. Podia estar em choque. Mas dali a pouco ela dormiu e não deu a impressão de estar tendo pesadelos.

Duas horas depois, chegamos. Quando entramos na nossa rua, vi o carro de Rona Wedmore parado na frente da nossa casa, com ela ao volante. Ao ver o nosso carro, ela saiu e nos olhou firme, com os braços cruzados, enquanto entrávamos na garagem. Ficou ao lado do carro quando abri a porta, pronta a me cobrir de perguntas, pensei.

Seu rosto suavizou quando me viu gemer ao sair lentamente do carro. Doía demais.

— O que foi? Você parece péssimo — disse ela.

— É como me sinto. Levei uns chutes de Jeremy Sloan — eu disse, tocando numa costela.

— Onde ele está? — perguntou Wedmore.

Ri comigo mesmo, abri a porta traseira e peguei Grace, que dormia. Mesmo com a sensação de que algumas costelas estavam prestes a se soltar, carreguei minha filha para casa.

— Deixa que abro a porta de casa — disse Cynthia, também fora do carro.

— Está bem — concordei, levando Grace até a porta, enquanto Cynthia ia na frente.

Rona Wedmore veio atrás de nós.

— Não consigo mais carregá-la — eu disse, com a dor ficando insuportável.

— Coloque-a no sofá — disse Cynthia.

Consegui deitá-la devagar, com receio que fosse deixá-la cair. Apesar de tanto movimento e falação, ela não acordou. Cynthia colocou algumas almofadas sob a cabeça de Grace e pegou uma manta de lã para cobri-la.

Wedmore aguardava sem nenhuma pressa, apenas nos acompanhando. Depois que Cynthia cobriu Grace, nós três fomos para a cozinha.

— Acho que você precisa de um médico — disse Wedmore.

Concordei.

— Onde está Sloan? Se atacou você, vamos prendê-lo — disse ela.

Encostei-me na bancada.

— Vai ter de chamar os seus mergulhadores de novo — avisei.

Contei tudo. Que Vince percebeu o erro no velho recorte de jornal; que isso nos levou a Sloan, em Youngstown; o meu encontro com Clayton Sloan no hospital; o sequestro de Cynthia e Grace por Jeremy e Enid. O carro caindo no precipício e mergulhando no lago, com Clayton, a mulher e o filho.

Deixei de lado só um detalhe, que ainda não sabia o que era, embora tivesse pistas.

— Puxa, uma história e tanto — disse Wedmore.

— É. Se fosse para inventar, eu inventaria uma coisa mais crível — eu disse.

— Vou querer conversar com Grace também — disse a detetive.

— Agora, não. Ela passou por muita coisa, está exausta — disse Cynthia.

Wedmore concordou, sem dizer nada. Depois, avisou:

— Volto mais tarde, vou fazer umas ligações, falar com os mergulhadores, acompanhar os acontecimentos. — Para mim, disse: — Vá ao hospital. Posso deixar você lá, se quiser.

— Certo, mas vou daqui a pouco e chamo um táxi, se precisar — falei.

Wedmore se despediu e Cynthia disse que ia subir, para ver se conseguia recuperar uma aparência respeitável. O carro da detetive tinha acabado de sair quando ouvi outro entrar. Abri a porta e era Rolly, de casaco comprido sobre camisa xadrez azul e calça azul.

— Terry! — ele exclamou.

Fiz sinal de silêncio.

— Grace está dormindo — avisei, indicando com a mão para irmos à cozinha.

— Você os encontrou? Cynthia também?

Concordei, enquanto procurava um Advil na copa. Achei o vidro, coloquei alguns comprimidos na mão e enchi um copo com água.

— Você parece machucado. Tem gente que faz qualquer coisa para conseguir uma dispensa longa do trabalho.

Quase ri, mas doía muito. Joguei três comprimidos na boca e bebi bastante água.

— Pois é, pois é — disse Rolly.

— É — concordei.

— Então você achou o pai dela? Clayton?

Concordei.

— Incrível que ele ainda esteja vivo — disse Rolly.

— Nem tanto — eu disse. Contei então que ele vivera anos, mas tinha morrido.

— Incrível.

— Não está querendo saber de Patricia também? E Todd? Não quer saber o que houve com eles? — perguntei.

Rolly ficou com os olhos agitados.

— Claro, quero sim. Quer dizer, sei que foram achados no carro, na mina.

— É. Mas você deve saber quem os matou, senão teria perguntado — eu disse.

Rolly ficou sério.

— Não quero bombardear você com perguntas. Acabou de chegar em casa.

— Quer saber como eles morreram? O que aconteceu com eles?

— Claro — ele disse.

— Num minuto. — Dei mais um gole na água, esperava que o remédio fizesse efeito logo. — Rolly, era você quem entregava o dinheiro?

— O que você disse?

— O dinheiro que Tess recebia para sustentar Cynthia. Era você, não era?

Ele umedeceu os lábios, nervoso.

— O que Clayton contou?

— O que você acha?

Rolly passou a mão no alto da cabeça e virou-se.

— Ele contou tudo, não?

Fiquei quieto. Achava melhor Rolly pensar que eu sabia mais do que sabia.

— Céus, que filho da puta, jurou que jamais contaria. Devia achar que fui eu que levei você a ele, não? Por isso traiu o nosso acordo.

— Você chamou assim, Rolly? Acordo?

— Nós combinamos! — Ele balançou a cabeça, irritado. — Falta tão pouco para eu me aposentar. Só quero um pouco de paz para sair daquela merda de escola e dessa maldita cidade.

— Então conte, Rolly, deixa eu ver se a sua versão combina com a de Clayton.

— Ele falou sobre Connie Gormley, não? O acidente.

Fiquei calado.

— Estávamos voltando de uma pescaria e Clayton quis tomar uma cerveja. Eu queria vir direto para casa, mas concordei. Fomos a um bar só para uma cerveja e essa garota começou a dar em cima de mim.

— Connie Gormley.

— É. Quer dizer, ela sentou do meu lado, tomou umas cervejas e acabei tomando outras tantas. Clayton não esquentou, disse para eu beber e aproveitar o encontro. Essa Connie e eu saímos do bar enquanto Clayton tirava um cochilo, e acabamos indo para o banco traseiro do carro dela.

— Na época, você já era casado com Millicent — lembrei. Eu não queria julgar, só confirmar. Mas a cara feia de Rolly mostrou que ele não entendeu assim.

— De vez em quando, eu dava uma escapada — ele confessou.

— Então, deu uma escapada com Connie. Mas como ela saiu do banco traseiro para a vala?

— Quando nós... terminamos e eu queria voltar para o bar, ela me pediu 50 pratas. Eu disse que se ela era prostituta devia ter avisado antes, mas não sei se era mesmo. Talvez só precisasse do dinheiro. Mas eu não quis pagar, ela ameaçou me procurar em casa e conseguir o dinheiro com minha mulher.

— Ah!

— Saímos do carro e ela começou a me arranhar. Acho que reagi um pouco forte demais, ela tropeçou, bateu com a cabeça no para-choque e pronto.

— Morreu — eu disse.

Rolly engoliu em seco.

— As pessoas nos viram juntos no bar. Podiam lembrar de mim e de Clayton. Pensei: se ela fosse atropelada, a polícia ia pensar num acidente, que ela estava bêbada andando pelo acostamento, não iam procurar um sujeito que ela pegou no bar.

Balancei a cabeça.

— Terry, numa situação dessas, a gente entra em pânico. Procurei Clayton, disse o que tinha acontecido e vi que ele achou que estava tão enrascado quanto eu, não queria conversar com tira algum. Na época, eu não sabia da vida dupla dele, então pusemos o corpo no carro, fomos pela autoestrada, Clayton jogou-a na frente do carro, e eu passei por cima. Depois, jogamos o corpo na vala.

— Céus! — exclamei.

— Não tem uma noite que eu não lembre disso, Terry. Foi horrível. Mas, às vezes, você tem de estar na situação para ver o que fazer. — Ele balançou a cabeça de novo. — Clayton jurou que jamais contaria. Filho da puta.

— Ele não contou. Tentei, mas ele não entregou você. Deixa eu adivinhar o resto. Uma noite, Clayton, Patricia e Todd somem da face da Terra, ninguém sabe o que houve com eles, nem mesmo você. Até que, um ano depois, talvez mais, ligam para você. É Clayton. Confusão. Ele acobertou você na morte de Connie Gormley e agora quer que retribua. Ser um portador, digamos. Entregar dinheiro. Mandaria para você, talvez por caixa postal, e você entregaria para Tess, no carro dela, escondido num jornal, não importa.

Rolly me olhou fixo.

— É, foi mais ou menos isso — confirmou.

— Então, eu, como um idiota, almoço com você e conto o que Tess me disse. Sobre o dinheiro e que ela ainda tinha os envelopes e a carta avisando para jamais investigar de onde vinha, nem contar para ninguém. Depois de tantos anos, tinha tudo guardado.

Dessa vez Rolly não tinha nada a dizer.

Tentei outros caminhos.

— Você acha que quem foi capaz de matar duas pessoas para agradar à mãe mentiria para ela que nunca matou ninguém?

— O quê? Do que, diabos, você está falando?

— Estou meio que pensando alto. Não acho que ele fosse capaz. Um homem que está prestar a matar por causa da mãe, admitiria que já tinha matado antes. — Fiz uma pausa. — O fato é que, até o momento em que esse homem disse isso, eu tinha certeza de que ele já havia matado duas pessoas.

— Não sei aonde você quer chegar — disse Rolly.

— Estou falado em Jeremy Sloan, filho de Clayton com a outra mulher, Enid. Mas acho que você os conhece. Clayton deve ter explicado quando começou a mandar o dinheiro para entregar. Pensei que Jeremy tivesse matado Tess e também Abagnall. Mas agora não tenho mais essa certeza.

Rolly engoliu em seco.

— Você viu Tess depois do que contei? — perguntei. — Ficou com medo de que ela acabasse percebendo? A carta que ela ainda guardava, os envelopes, podiam revelar alguma coisa que a perícia ligasse a você? E com isso você estaria ligado a Clayton e ele não tinha obrigação de manter segredo mais?

— Eu não queria matá-la — disse Rolly.

— Você fez um bom trabalho — constatei.

— Mas achei que ela estivesse morrendo. Não encurtei a vida dela. Mas só depois é que você comentou que ela fez novos exames e não estava à morte.

— Rolly...

— Ela entregou a carta e os envelopes para o detetive — disse ele.

— E você tirou o cartão de visitas dele do painel — eu disse.

— Liguei para ele, marquei um encontro no seu estacionamento.

— Você o matou e pegou a pasta com os papéis.

Rolly inclinou a cabeça para a esquerda.

— O que você acha? Minhas digitais ainda podem estar naqueles envelopes? Restos de saliva, talvez, de quando umedeci os envelopes?

Dei de ombros.

— Sabe lá? Eu sou apenas um professor de inglês.

— Mas me livrei deles — disse Rolly.

Olhei para o chão. Não estava sentindo dor. Só uma enorme tristeza.

— Rolly, você foi um ótimo amigo durante tantos anos! Não sei, talvez eu aceitasse ficar calado sobre uma escolha errada feita há mais de 25 anos. Certamente, você nunca teve a intenção de matar Connie Gormley, foi um acidente. É difícil acobertar isso mas, por um amigo, talvez o fizesse.

Ele me olhou, atento. Eu continuei:

— Mas Tess, a tia de minha mulher. A maravilhosa e meiga Tess. E você não parou nela, não posso esquecer isso.

Ele enfiou a mão no bolso do casaco e tirou um revólver. Fiquei pensando se foi aquele que ele encontrou no jardim da escola, entre garrafas de cerveja e cachimbos de crack.

— Pelo amor de Deus, Rolly!

— Suba a escada, Terry — ele mandou.

— Você deve estar brincando — eu disse.

— Já comprei o trailer, está tudo pronto. Arranjei um barco, faltam só algumas semanas. Mereço ter uma boa aposentadoria.

Ele me fez subir as escadas e foi atrás. No meio dos degraus, virei de repente e tentei chutá-lo, mas fui lento demais. Ele pulou um degrau e manteve o revólver apontado para mim.

— O que houve? — perguntou Cynthia, do quarto de Grace.

374

Entrei no quarto, seguido por Rolly. Ao ver o revólver, Cynthia, que estava ao lado da escrivaninha, abriu a boca, mas não conseguiu dizer nada.

— Foi Rolly. Ele matou Tess — eu disse para Cynthia.

— O quê?

— E Abagnall também.

— Não acredito.

— Pergunte a ele.

— Cala a boca — disse Rolly.

— O que vai fazer, Rolly? Matar nós dois e Grace também? Acha que pode matar tanta gente e a polícia não descobrir? — perguntei, virando devagar ao lado da cama de Grace.

— Tenho de fazer alguma coisa — disse ele.

— Millicent sabe? Sabe que vive com um monstro?

— Não sou monstro. Eu errei. Bebi um pouco demais, a mulher me provocou pedindo dinheiro daquele jeito. Aconteceu, só isso.

Cynthia estava com o rosto vermelho, os olho arregalados. Não devia acreditar no que ouvia. Eram choques demais para um dia só. Não entendeu nada como naquele dia em que o psicótico apareceu. Ela gritou e acusou-o, mas Rolly estava preparado, balançou o revólver na frente dela, atingiu-a no rosto e ela caiu no chão, ao lado da escrivaninha de Grace.

— Desculpe, Cynthia. Desculpe — disse ele.

Achei que podia pegá-lo nesse instante, mas ele apontou a arma para mim outra vez.

— Céus, Terry, detesto ter de fazer isso. Sente-se. Sente ali na cama.

Ele deu um passo adiante, eu recuei um passo e sentei na beira da cama de Grace. Cynthia continuava se esforçando para levantar do chão, o sangue escorrendo do corte para o pescoço.

— Jogue um travesseiro para mim — ele ordenou.

Era esse o plano. Colocar um travesseiro para abafar o tiro.

Olhei para Cynthia. Ela estava com a mão embaixo da escrivaninha de Grace. Olhou para mim e fez um leve sinal. Tinha alguma coisa nos olhos dela. Não era medo. Era outra coisa. Estava dizendo "Confie em mim".

Peguei um travesseiro na cama de Grace. Era um especial, com estampa de lua e estrelas.

Joguei para Rolly, mas não chegou até ele, precisou dar um passo para pegar.

Nisso, Cynthia se levantou — pulou seria uma palavra melhor. Estava com uma coisa na mão, comprida e preta.

O telescópio vagabundo de Grace.

Cynthia girou o telescópio por cima do ombro para pegar velocidade, depois atingiu a cabeça de Rolly com toda a potência de seu famoso *backhand*.

Ele virou-se, viu o telescópio vindo, mas não pôde reagir. Rolly foi atingido de lado e a pancada não fez um som parecido com o que se ouviria numa quadra de tênis. Foi mais parecido com o barulho de um bastão de beisebol atingindo uma bola rápida.

Ponto para nós.

Rolly Carruthers caiu como uma pedra. Não sei como Cynthia não o matou.

50

— Certo. Então, estamos combinadas?

Grace concordou com a cabeça. Estava com a mochila pronta. Dentro, o lanche, o dever de casa e um celular. Cor-de-rosa. Cynthia insistiu, e eu não discuti. Quando contamos para Grace o nosso plano, ela disse:

— Dá para mandar mensagens de texto? *Tem* que dar. — Gostaria de afirmar que Grace é a única garota do quarto ano com celular, mas seria mentira. O mundo hoje é assim.

— Então, o que você vai fazer?

— Quando chegar na escola, ligo.

— Certo, o que mais? — perguntou Cynthia.

— Tenho de pedir para a professora dizer oi no celular.

— Certo. Já combinamos tudo. Ela não vai dizer oi na frente da turma, assim você não fica com vergonha — lembrou Cynthia.

— Tenho de fazer isso todos os dias?

— Bom, vamos resolver um dia de cada vez, certo? — perguntei.

Grace sorriu. Estava achando ótimo. Ir sozinha para a escola, mesmo tendo de ligar para casa ao chegar, era muito interessante. De nós três, não sei quem estava mais nervoso, mas conversamos muito sobre o assunto duas noites antes. Houve um consenso de que todos nós precisávamos seguir em frente, resgatar nossas vidas.

A coisa mais importante para Grace era ir sozinha para a escola. Sinceramente, isso nos surpreendeu. Depois de tudo o que ela passou, achamos que poderia gostar de companhia. O fato de continuar desejando a independência nos pareceu um sinal positivo.

Nós nos despedimos dela com abraços e ficamos na janela até ela virar a esquina.

Parecia que nós dois estávamos prendendo a respiração. Ficamos perto do telefone, na cozinha.

Rolly ainda estava se recuperando no hospital. Assim, Rona Wedmore não teve nenhuma dificuldade em encontrá-lo para acusá-lo das mortes de Tess Berman e Denton Abagnall. O caso de Connie Gormley também foi reaberto, porém foi mais complicado provar a culpa dele. A única testemunha (Clayton) estava morta e não havia prova concreta, como o carro que Rolly dirigia quando os dois forjaram o atropelamento. Devia estar enferrujando em algum cemitério de automóveis.

A mulher de Rolly, Millicent, ligou para nós e, aos gritos, disse que mentimos, o marido dela não tinha feito nada, estavam se preparando para mudar para a Flórida, ela ia contratar um advogado e nos processar.

Tivemos de arrumar um novo telefone. Que não constasse da lista.

Foi bom. Pouco antes disso Paula Malloy, do *Deadline*, ligava várias vezes ao dia pedindo para gravarmos o desdobramento do caso. Nunca retornamos as ligações. Quando a vimos na escada da frente pela janela, não atendemos à porta.

Tive de enfaixar as costelas e o médico disse que Cynthia vai, provavelmente, precisar de uma plástica no rosto. Quanto às cicatrizes emocionais, bom, ninguém sabe.

A herança de Clayton ainda está sendo resolvida. Pode demorar, mas não tem problema. Cynthia nem sabe se quer o dinheiro. Estou insistindo com ela.

Vince Fleming foi transferido do hospital em Lewiston para o daqui. Está se recuperando. Visitei-o outro dia e ele contou que

Jane vai terminar o ano com notas ótimas. Eu disse que torcia para isso.

Prometi acompanhar a carreira acadêmica de Jane, mas talvez fosse em outro colégio. Penso em mudar de escola. Poucos professores têm um diretor acusado de dois assassinatos. Isso pode criar um clima esquisito na sala dos professores.

O telefone tocou. Cynthia atendeu antes do primeiro toque terminar.

— Certo... certo. Você está bem? Tudo bem? Certo... deixa eu falar com sua professora. Oi, Sra. Enders. É, ela parece ótima... Obrigada. Muito obrigada... Sim, passamos por muita coisa. Ainda acho que devia ir buscá-la na escola. Pelo menos hoje. Certo... obrigada. Para a senhora também... certo. Tchau.

Desligou.

— Ela está bem — Cynthia disse.

— Foi o que imaginei — afirmei, e algumas lágrimas escorreram por nosso rosto.

— Você está bem? — perguntei.

Cynthia pegou um lenço, secou os olhos.

— Estou. Quer um café?

— Quero, sirva para nós. Tenho de pegar uma coisa — eu disse.

Fui até o armário do saguão, peguei o casaco que havia usado na noite em que tudo aconteceu e tirei do bolso o envelope. Voltei para a cozinha, onde Cynthia estava sentada com seu café. Havia um caneco no meu lugar à mesa.

— Já coloquei açúcar — ela avisou e então viu o envelope. — O que é isso?

Sentei-me, segurando o envelope.

— Estava esperando a hora certa, e acho que é agora. Vou explicar — falei.

Cynthia olhou como quem espera o médico dar más notícias.

— Seu pai me pediu que explicasse a você.

— O quê?

— Naquela noite, depois que você teve aquela briga com seus pais e foi dormir, acho que você meio que apagou. Mas sua mãe ficou preocupada. Pelo que você disse, ela não gostou de saber que as coisas ficaram ruins entre as duas.

— Não. Ela gostava de amenizar as coisas assim que pudesse — disse Cynthia, num sussurro.

— Acho que foi o que ela quis fazer, por isso escreveu... um bilhete para você. Colocou na sua porta antes de levar Todd à loja.

Cynthia não tirava os olhos do envelope na minha mão.

— Mas seu pai não estava com o espírito tão conciliador. Continuava muito irritado por procurar você na rua e encontrá-la num carro com Vince. Ele achava que era muito cedo para amenizar as coisas. Então, depois que sua mãe saiu, ele subiu a escada, pegou o bilhete que ela havia deixado e guardou no bolso.

Cynthia estava gelada.

— Mas, devido ao que aconteceu a seguir, deixou de ser apenas um bilhete para ser o último bilhete de sua mãe para você. Foi a última coisa que ela escreveu. — Fiz uma pausa. — Então, seu pai guardou, colocou nesse envelope e prendeu na caixa de ferramentas, com fita adesiva, embaixo da bandeja. Não é bem um bilhete de despedida, mas tem o mesmo valor.

Entreguei o envelope para Cynthia por cima da mesa, aberto de um lado.

Ela tirou o bilhete do envelope, mas não abriu logo. Segurou um instante, se controlando. Depois, com cuidado, abriu.

Claro que eu já havia lido. No porão da casa dos Sloan, em Youngstown. Por isso sabia que Cynthia estava lendo o que segue:

Oi, Pipoca,

Quero escrever um bilhete antes de você dormir. Espero que não tenha se sentido muito mal. Você fez umas bobagens esta noite. Acho que ser adolescente é isso.

Gostaria de poder dizer que foram as últimas bobagens que você fez na vida, ou que essa briga foi a última que você vai ter comigo e com seu pai, mas não seria verdade. Você vai fazer mais bobagens e vamos ter outras brigas. Algumas vezes, você vai estar errada; outras, talvez nós estaremos errados.

Mas é isso que você precisa saber. Não importa o que for, sempre vou amar você. Nada que você faça vai me impedir de amá-la. Por que estou sempre com você. E essa é a verdade.

Vai ser sempre assim. Mesmo quando você estiver independente, mesmo quando tiver marido e filhos (imagine!), mesmo quando eu for apenas pó, estarei sempre olhando por você. Um dia você pode ter a impressão de que alguém está olhando por cima do seu ombro, vai olhar para trás e ver que não há ninguém. Mas serei eu. Cuidando de você, olhando; você me deixa muito, muito orgulhosa. Por toda a sua vida, filhinha. Estarei sempre ao seu lado.

Com amor,

Mamãe

Fiquei esperando Cynthia ler até o fim e abracei-a quando ela chorou...

Este livro foi composto na tipologia Palatino LT
Std, em corpo 10/14,5, e impresso em
papel off-white no Sistema Cameron da
Divisão Gráfica da Distribuidora Record.